AUX QUATRE VENTS

Du même auteur

Combien de temps, récit autobiographique, 2011.
Fidèle au poste, roman, Éditions Michel Lafon, 2016.
Au nom de quoi, roman, 2016.
Quand on n'a que l'humour..., roman, Éditions Michel Lafon, 2017, repris sous le titre *Les Silences* au Livre de poche, 2018.
Les Secrets, roman, Éditions Michel Lafon, 2018.
Sans elle/Avec elle, roman coécrit avec Solène Bakowski, Éditions Michel Lafon, 2018.
Raisons obscures, XO Éditions, 2019.
Le Jour où, XO Éditions, 2020.
Le Bonheur l'emportera, XO Éditions, 2021.

Amélie Antoine

AUX QUATRE VENTS

Roman

XO
EDITIONS

Cet ouvrage a reçu le soutien du Centre national du livre
et de la Région Hauts-de-France

ISBN : 978-2-37448-470-9

Celui-ci est pour mes grands-parents.

« Quiconque lutte contre des monstres devrait prendre garde, dans le combat, à ne pas devenir monstre lui-même. »

Friedrich Nietzsche,
Par-delà le Bien et le Mal

J'ai toujours été fasciné par les maisons abandonnées.
Il y en a une dans presque chaque village.
Chacune a un destin particulier.
Une vie particulière, faite de joies, de tristesses et peut-être de drames.

Alors m'est venue une histoire.
Que j'ai passé des nuits à faire dérouler dans mon esprit.
En rêve ou en cauchemar ? Et pourquoi particulièrement sur ce thème ?
Je n'en sais rien mais je me la suis racontée pendant des mois.
Sauf la fin. Je ne pouvais pas l'imaginer, même si je suis plutôt *happy end* en général.

Pour donner vie à mon imagination et à cette page et demie sur laquelle tenait mon histoire, il fallait du talent. Que je n'ai pas.
Alors je l'ai racontée à Amélie. Je me souviens parfaitement du moment.
Elle s'en est emparée, lui a donné une âme, des vies, des personnages, des paysages et de la densité.
Et même une fin.
Parce qu'elle a ce talent, elle en a fait un roman magnifique, à partir d'une page et demie.

Et je ne peux que vous faire imaginer le plaisir que j'ai eu à lire une histoire dont je n'ai inventé que les grandes lignes. Une sensation parfaitement étrange et des plus réjouissantes.

C'est devenu son roman à elle et à elle seule.

Et je n'ai aucun doute que vous serez emportés comme moi, par ses mots, par cette aventure, par ces personnages, ces sentiments, ces vies.

Emportés aux quatre vents.

Jack KOCH

Prologue

Il n'y a encore pas si longtemps, c'était un vrai petit village de carte postale.

Un petit village d'environ quatre cents âmes en bordure de la rivière Lys, dans le Pas-de-Calais, en Flandre française. Pour y accéder, un pont en pierre de taille voûté composé de trois grandes arches, qui enjambe la rivière depuis longtemps domestiquée en canal.

Le genre de lieu que l'on traverse en voiture et qu'on ne peut s'empêcher d'admirer tant il est pittoresque et respire la nostalgie du passé. Le genre de lieu qui donne envie de se garer sur le bas-côté, juste humer l'air et s'imprégner de l'atmosphère hors du temps.

Une petite place entourée de maisons étroites à l'architecture flamande si typique : des façades en briques rouges, des pignons à échelons qui donnent l'impression étrange que le toit s'est transformé en un escalier menant jusqu'aux nuages et des tuiles orangées qui contrastent avec le sempiternel gris du ciel.

Sur cette place où les petits commerces ont toujours prospéré se trouve une grande fontaine ronde au rebord de marbre suffisamment large pour servir de banc. L'hôtel de ville qui lui fait face, lui aussi en briques rouges de la région, arbore avec un orgueil ostentatoire le nom du village, en grandes lettres noires apposées dans un rectangle blanc peint à la chaux.

Sabran-sur-la-Lys.

À quelques pas du centre se dresse une église du XVe siècle en pierre blanche, avec un clocher au toit si pointu que tous les enfants du village, depuis des générations, le comparent au chapeau d'une sorcière. Autour de l'édifice religieux s'étend un cimetière paisible, agrémenté d'une rangée d'imposants marronniers qui le sépare de la route pourtant peu fréquentée.

Le petit hôtel du village affiche deux étoiles sur sa façade, tandis qu'à quelques rues de là l'école semble sortir tout droit d'un décor d'avant guerre : des murs de crépi repeints en bleu pastel, des volets en bois et des linteaux de fenêtres couleur nuit, et deux immenses portes blanches qui encadrent le bâtiment principal, où l'on peut lire pour celle de gauche l'inscription « Filles » et pour celle de droite l'inscription « Garçons ».

Un peu à l'écart du village, tout en haut d'un large chemin qui serpente à travers une colline, un château de style néogothique en pierre de taille et à la toiture d'ardoises, édifié sur un petit promontoire de grès, surplombe l'ensemble des habitations. Sa particularité tient au fait que son entrée, majestueuse, est surmontée d'une très haute tour carrée couronnée d'une longue flèche en ardoise entourée de quatre tourelles rondes. Sur cette tour, une horloge noire aux chiffres dorés à l'or fin, d'après laquelle tous les villageois règlent leur montre. Cette tour centrale est flanquée de deux ailes en L, elles-mêmes ornées d'une profusion de tourelles et échauguettes à toits pointus.

Ce château fait la fierté du village et la jalousie des hameaux voisins. Depuis toujours, les Sabranois racontent à leurs enfants, lorsqu'ils sont un peu trop turbulents à leur goût, que la forteresse a appartenu à Barbe-Bleue, et que parfois, à la nuit tombée, il arrive encore d'entendre le vent porter les cris de peur et de douleur de ses épouses qu'il a assassinées.

Il n'y a encore pas si longtemps, Sabran-sur-la-Lys était un vrai petit village de carte postale.

Aujourd'hui, pourtant, il ne faut que très peu de temps pour s'apercevoir que quelque chose ne tourne pas rond dans cet endroit.

Que quelque chose cloche.

Dans chaque rue, chaque ruelle, chaque impasse, chaque allée bordée d'habitations, des maisons hébétées, laissées abandonnées çà et là, au milieu d'autres qui sont encore des foyers éclairés dès que l'obscurité tombe sur le village. Des maisons mystérieusement amputées de leurs portes et de leurs fenêtres, de leurs portails et de leurs lucarnes, où il ne reste plus que des murs de briques ou de béton défigurés par des trous rectangulaires béants.

Des maisons courants d'air, des maisons aussi vides que menaçantes, des maisons tombeaux qui donnent froid dans le dos et qui, peu à peu, asphyxient et condamnent à l'agonie un village auparavant animé et touristique.

À présent, les visiteurs qui passent ici ne sont plus guère que des amateurs de frissons, ceux-là mêmes qui rêveraient de passer une nuit dans une maison prétendument hantée, mais qui s'enfuiraient en hurlant au premier événement un tant soit peu étrange. La réputation de Sabran-sur-la-Lys, au fil des mois, n'est plus à faire : un village fantôme où il ne manque plus qu'un amas de vautours et un silence de plomb pour parfaire l'atmosphère mortifère et oppressante.

L'hiver arrivant, les animaux errants et les marginaux de tous les horizons semblent s'être passé le mot, tous trouvant leur compte dans ces inexplicables désaffections.

Aux quatre vents

Plus de portes ni de fenêtres, et soudain, c'est le chaos, le retour à l'état sauvage, comme si la civilisation ne tenait finalement qu'à notre pouvoir de nous enfermer, de nous barricader, de nous *séparer* du reste du monde.

1985

Chapitre 1

Avril 1985

Ce dimanche matin là, nombreux sont les badauds flânant au gré des tables dressées sur le trottoir ou des dizaines d'objets hétéroclites disposés à même le sol. C'est le vide-greniers annuel de Sabran-sur-la-Lys et il suffit d'un minuscule rayon de soleil pour que tous les habitants des environs s'y donnent rendez-vous, à l'affût d'un bibelot ou d'un disque vinyle à chiner.

Ludmilla Ackerberg a beau habiter ici depuis près de quarante ans, c'est la première fois qu'elle installe un vieux drap devant chez elle pour y proposer toutes sortes de choses qui encombrent son appartement. Elle a sorti son fauteuil confortable, parce qu'elle n'a malheureusement plus l'âge de rester des heures debout ou, pire, de s'asseoir à même le trottoir. Sa fille Léa s'est laissé convaincre de participer à la brocante, accompagnée de son fils Baptiste, treize ans, qui s'occupe très bien à dévorer le gâteau au yaourt que Ludmilla a confectionné pour en proposer aux passants.

— Elle est drôlement jolie, cette boussole, elle me rappelle celle que mon oncle possédait, il y a bien longtemps…, déclare Henri Vernay en s'arrêtant devant le stand de Ludmilla.

D'un geste assez autoritaire, il tend son index pour désigner la boussole en cuivre. Léa se lève du petit pliant qu'elle a apporté et lui donne l'objet pour qu'il ait tout loisir de l'examiner.

Henri Vernay plisse les yeux et, l'espace de quelques instants, son visage ressemble à celui d'une taupe éblouie par le soleil. Malgré tout, Léa est sidérée par la forme olympique de l'ancien cafetier du village, qui vient pourtant de fêter ses quatre-vingt-dix ans. À côté de lui, son épouse, Marthe, semble si frêle. Son visage est strié de rides profondes qui n'altèrent pourtant que très peu sa beauté d'antan : elle fait partie de ces personnes qu'il suffit de regarder quelques instants pour imaginer parfaitement à quoi elles ressemblaient plus jeunes. Une silhouette voûtée par le poids des années. Un pissenlit sur lequel il suffirait de souffler pour que les akènes s'éparpillent au vent.

— Ce n'est pas une vraie, maugrée Henri Vernay en tournant la boussole au creux de sa grosse main calleuse.

— Si, c'est une vraie boussole, elle est en parfait état de marche, réplique aussitôt Léa, piquée par le ton peu amène du patriarche de la famille Vernay, une des plus anciennes du village.

Il lève un œil torve vers elle, paraît étonné qu'elle se permette de le contredire ainsi. Après tout, il la connaît depuis sa plus tendre enfance, alors qui est-elle pour s'opposer à lui ?

— Ce n'est pas une vraie, répète Henri Vernay sans sourciller. Elle est beaucoup trop légère.

— Ce que veut dire Léa, c'est que cette boussole fonctionne, mais vous avez raison : il s'agit d'une reproduction d'un modèle des années 1920, intervient Ludmilla pour apaiser un échange qui pourrait devenir houleux.

Henri Vernay esquisse un mince sourire, satisfait d'avoir eu le dernier mot. Léa fait mine de se replonger dans son roman, quand, contre toute attente, il demande le prix de l'objet.

— Soixante francs ? propose Ludmilla avec hésitation.

Henri Vernay perçoit parfaitement le point d'interrogation dans son intonation.

— Quarante, riposte-t-il aussitôt d'un ton ferme. Puisque ce n'est pas une vraie.

À ses côtés, immobile, Marthe rougit. Visiblement, la vieille dame est embarrassée des manières grossières de son mari.

Ludmilla, elle, se contente de hausser les épaules. Elle se fiche de cette boussole qui traîne dans le tiroir de son buffet depuis des années. Tout ce qu'elle veut, c'est ne pas avoir à tout remballer puis ranger chez elle à la fin de la matinée…

Elle accepte donc l'offre de ce vieil homme bougon qui habite à quelques rues de chez elle. Triomphal, il fouille dans les poches de son blouson beige, à la recherche de son portefeuille. En vain.

Quand il finit par se tourner vers son épouse, celle-ci a déjà sorti son porte-monnaie, mais elle secoue la tête : elle n'a qu'un billet de vingt francs et quelques pièces de monnaie.

— On n'a pas idée de sortir avec si peu d'argent…, maugrée Henri à son intention.

Léa est estomaquée. Intérieurement, elle espère que Marthe va le rembarrer vertement en lui signalant que lui n'a même pas un centime. Mais la vieille dame ne bronche pas. Au contraire, elle s'évertue à fouiller en silence dans son sac à main. Au bout de quelques instants, Henri lui fait signe de la main d'arrêter, comme s'il chassait une abeille qui l'agaçait. Marthe relève la tête sans pour autant ranger son porte-monnaie. Elle attend les instructions, songe Léa avec dépit.

— On ne peut jamais compter sur toi…, ronchonne-t-il, la boussole toujours au creux de la main.

Léa serre les dents, écœurée. Soudain, elle entend la voix calme de l'octogénaire s'élever :

— De toute façon, qu'est-ce que tu aurais fait d'une boussole, au juste ? Tu n'as jamais mis le nez en dehors de ce fichu village, à ce que je sache…

Henri Vernay laisse échapper un soupir contrarié et Ludmilla lui propose de régler la boussole plus tard. Marthe, elle, semble s'être éteinte de nouveau, comme si sa repartie n'avait été qu'une fulgurance qui l'aurait elle-même surprise, mais Léa ne peut s'empêcher de sourire, ravie que le vieux bougon se soit fait moucher.

Une femme blonde affublée d'un chapeau en paille tressée s'arrête alors juste à côté des Vernay et s'agenouille pour regarder les livres. Quand elle se relève, elle observe en silence les deux maisons à gauche de l'immeuble de Ludmilla.

Deux maisons à l'abandon depuis quelques semaines, deux maisons où toutes les portes et les fenêtres ont été retirées sans que personne puisse expliquer pourquoi.

— C'est triste de voir ça, quand même… Quand j'étais petite, j'adorais venir à Sabran-sur-la-Lys ; avec mes parents, on se promenait le long du canal. Mais maintenant… Franchement, ça fait peur à voir. Je n'oserais même pas être dans ces rues à la nuit tombée…, murmure-t-elle d'un ton presque dégoûté.

Aussitôt, Henri Vernay fait un quart de tour vers l'inconnue, sans doute pour vérifier qu'il ne la connaît pas. Qu'elle n'est pas *de chez eux*.

Puis, lentement, il déclare :

— À votre place, je n'oserais même pas être dans nos rues en plein jour.

La blonde repousse un instant son chapeau de paille pour voir qui lui adresse cette menace à peine voilée. Mais quand elle croise le regard glacial d'Henri Vernay, elle fait le choix instinctif de se détourner et de reprendre son chemin d'un pas pressé.

Machinalement, Léa accepte la part de gâteau au yaourt que son fils lui tend. Malgré l'inimitié qu'elle ressent pour le vieil homme, elle est contente qu'il ait fait déguerpir cette femme vautour.

Les Vernay s'éloignent en trottinant, et Léa songe à la réunion publique prévue à la mairie le lendemain soir. Jusqu'à présent, elle n'avait aucune intention de s'y rendre, aucune envie d'écouter les plaintes et les angoisses des habitants du village.

Mais, au moment où elle regarde la blonde au chapeau de paille disparaître au bout de la rue, elle se dit qu'au contraire elle se doit d'y aller.

Chapitre 2

— Franchement, Raymond, tout ça ne peut plus durer ! Si ça continue, le village va finir par en crever, c'est une évidence ! s'exclame Henri Vernay avec sa verve habituelle.

Le vieil homme aux cheveux gris et à la barbe épaisse est debout, fermement appuyé sur sa canne, à haranguer la petite cinquantaine de villageois qui s'est entassée dans la salle des fêtes à la suite de l'invitation de Raymond Molinet, maire de Sabran-sur-la-Lys depuis près de cinquante ans. Une réunion publique exceptionnelle pour évoquer la situation inédite qu'affronte le village.

Installée sur une chaise au dernier rang, près d'une grande fenêtre, Léa repense aux réflexions de la femme aperçue au vide-greniers, qui lui ont laissé un drôle de goût dans la bouche, peut-être parce que c'est du village de son enfance qu'elle parlait avec tant de dédain.

Henri Vernay interpelle le maire, se donne en spectacle. Il est d'ailleurs le seul à avoir osé pester contre les dix minutes de retard avec lesquelles la réunion a commencé : le maire souhaitait attendre un peu et laisser le temps aux habitants de s'installer, mais Henri Vernay a levé haut la main en tapotant le cadran de sa montre pour le rappeler à l'ordre. « Être ponctuel, c'est essentiel, Raymond ! » a-t-il tonné sans le moindre embarras. Marthe, son épouse, s'est tournée vers les rangs de derrière pour murmurer dans un sourire contrit que son mari détestait que l'on soit en retard. Un vrai spectacle, ces deux-là...

— Vernay a raison : le mois dernier, un groupe de jeunes sortis d'on ne sait où s'est amusé à venir faire une fête dans l'hôtel désaffecté ; ils étaient près d'une trentaine pendant tout le week-end, à mettre la musique à fond et à fumer des clopes et sans doute autre chose ! ajoute d'un air dégoûté Pierre Vallon, ex-employé de l'état civil aujourd'hui à la retraite.

Il reste assis, mais sa voix tremble, et Léa ne le connaît pas assez pour savoir s'il s'agit de trac ou de colère contenue face à tout ce qui se passe depuis quelques mois à Sabran-sur-la-Lys. Compte tenu de son passé de résistant qu'il a tendance à mentionner dès que la moindre occasion se présente, elle aurait tendance à penser que Pierre Vallon est plutôt submergé par une rage mêlée d'impuissance.

À l'autre bout de la salle, installé derrière une table sur l'estrade, Raymond Molinet paraît dépassé par la véhémence des habitants. Avec un grand mouchoir à carreaux bleus, le maire éponge le sommet de son crâne dégarni, signe que la situation n'est pas des plus confortables pour lui. Il a proposé cette rencontre avec l'objectif d'apaiser l'angoisse de ses administrés, mais force est de constater que, loin de diminuer l'inquiétude, la mise en commun des interrogations ne fait qu'aviver un climat de tension, comme si chacun soufflait un peu plus sur des braises qui ne demandent qu'une chose : se transformer en incendie.

Raymond Molinet range son mouchoir dans la poche de la veste de costume que son épouse l'a forcé à mettre ce soir – « Il faut que tu aies l'air sérieux, c'est un moment important et tu dois réussir à les rassurer ! » – et lève la main pour prendre la parole. Il attend que le brouhaha ambiant s'atténue pour ouvrir la bouche.

— Je sais que vous vous posez tous beaucoup de questions, et la vérité, c'est que je n'ai pas encore de réponses à vous apporter. Vous me connaissez depuis suffisamment longtemps pour savoir que ce village, c'est toute ma vie. J'y ai consacré toute ma carrière, tout mon temps, et je consacrerai encore toute mon énergie à son avenir et sa sécurité. La situation actuelle est alarmante, je ne vous le cache pas, mais je veux croire qu'il y a une explication et que tout arrive pour une bonne raison…, affirme-t-il avec le plus de conviction possible avant de saisir le verre d'eau posé devant lui pour en avaler quelques gorgées.

Aussitôt, un brouhaha impatient reprend dans la salle des fêtes, comme si ces mots n'avaient été qu'une parenthèse inutile.

— Mais nous, si on est venus, c'est justement pour avoir des réponses ! gronde Henri Vernay en se levant de nouveau de sa chaise, visiblement incapable de parler en restant assis.

Le maire secoue la tête, désemparé. Que croient-ils, tous ? Lui aussi, il aimerait savoir ce qui se passe ! Il en a passé, des nuits blanches, rongé par l'insomnie, à tourner les faits et les dates dans sa tête dans l'espoir de leur donner un sens…

D'après lui, tout a commencé il y a déjà plus d'un an et demi, en septembre 1983, lorsque le château du village a été racheté. À l'époque, tout le village avait poussé un « ouf » de soulagement en apprenant que Jean et Yvonne de La Broise, le couple de châtelains, avaient vendu leur propriété. Depuis des années, les recettes générées par l'afflux de touristes en haute saison ne couvraient malheureusement plus les dépenses, sans parler des travaux de restauration qu'ils ne pouvaient pas se permettre. Le château faisait pourtant vivre un certain nombre d'habitants de Sabran-sur-la-Lys, à commencer par les petits commerces et bien sûr l'hôtel. Jean de La Broise avait fini par s'avouer vaincu, et quand un acquéreur s'était montré intéressé au point d'acheter la demeure sans même en négocier le prix, Raymond Molinet avait été le premier à se dire qu'un tournant positif pour l'ensemble du village venait de s'amorcer : le propriétaire allait restaurer le château et lui redonner sa splendeur d'antan, ce qui serait, par la force des choses, providentiel pour tous. Il n'était pas loin d'imaginer des hordes de touristes anglais, américains et asiatiques déferler dans ses ruelles, appareil photo à la main…

Pourtant, rien de tel ne s'était passé, malheureusement. Jean et Yvonne de La Broise n'avaient pas eu le cœur à quitter un village qu'ils aimaient profondément, et avaient fait construire une grande propriété chemin d'Août, dans la courbe juste avant d'arriver à la ferme des Flament. Mais contre toute attente, si le nouveau châtelain, un certain Clément de Clercq, s'était bien installé au château au début de l'année 1984, aucun chantier de restauration n'avait démarré. Plus étrange encore : depuis son arrivée, personne ne l'avait jamais croisé ou même ne serait-ce qu'aperçu. On voyait parfois sa voiture aux vitres teintées filer sur une des deux départementales qui traversaient le village. De temps à autre, son majordome – un homme guindé d'une cinquantaine d'années avec une fine et élégante moustache poivre et sel – ou son assistante – une jeune femme aux cheveux châtains impeccablement permanentés qui répondait au nom de Barbara Lombardi – descendaient au village faire quelques emplettes.

Lui, jamais.

La haute saison était arrivée, et le château, pour la première fois, était resté fermé aux touristes. Raymond Molinet avait voulu croire que ce Clément de Clercq n'avait pas eu le temps de faire des travaux ; il avait tenté de le contacter par tous les moyens pour engager un dialogue avec lui : en vain. Une fois où il avait aperçu

Barbara Lombardi sortant de la poste, il s'était empressé de la rejoindre pour lui demander pourquoi le château n'avait pas ouvert. Elle s'était contentée de le toiser d'un air impassible, avant de déclarer : « M. de Clercq souhaite jouir de sa propriété en toute tranquillité, tout simplement. » Le maire aurait voulu parler de l'enjeu financier et touristique que représentait la demeure, mais il avait été tellement estomaqué par le dédain affiché par la jeune femme qu'il en était resté comme deux ronds de flan.

Jusque-là, rien d'extraordinaire en soi : un châtelain qui préfère vivre dans sa propriété sans plus l'ouvrir aux visiteurs, c'était rageant pour le village, mais compréhensible. Ce qui avait changé la donne, ç'avait été quand, au bout de quelques mois, le maire et les habitants s'étaient rendu compte que le mystérieux nouvel arrivant rachetait à tour de bras les propriétés en vente à Sabran-sur-la-Lys. Pire, entre septembre 1983 et l'automne 1984, il était parvenu à acquérir pas moins d'une quarantaine de maisons, en envoyant son assistante démarcher de façon offensive la plupart des villageois ! Apparemment, le procédé était toujours le même : Barbara Lombardi entrait en contact avec les propriétaires d'une maison, leur proposait une somme largement supérieure au prix du marché, les contraignant ainsi plus ou moins à vendre… Rares étaient ceux qui avaient refusé de céder aux sirènes de l'argent…

Le château n'avait pas accueilli de touristes l'an dernier, et il était évident qu'il n'en accueillerait pas davantage cette année. Les gérants de l'hôtel, après une saison sans revenus, avaient mis la clé sous la porte, préférant abandonner la partie avant la banqueroute. Ils avaient quitté la région à l'automne dernier, sans même faire leurs adieux, et Raymond Molinet n'avait pas été le moins du monde surpris quand il avait appris que l'hôtel avait aussitôt été racheté par Clément de Clercq. C'était bien simple : aujourd'hui, dans le village, dès qu'un habitant parlait de partir, souvent le regard gêné, tout le monde savait qui était tapi derrière cette décision.

En revanche, s'il y avait bien une chose que personne ne parvenait à comprendre, c'était la raison pour laquelle cet homme que nul n'avait jamais vu cherchait à acquérir autant de propriétés dans le même village... Le maire restait convaincu que Clément de Clercq avait un projet, un projet sans doute ambitieux, par exemple reconstruire tout le village pour le transformer en un lieu dédié à la culture, ou à l'histoire.

— Donc si je comprends bien, un étranger peut débarquer chez nous, racheter toutes les maisons qu'il veut pour les laisser à l'abandon, et on devrait trouver ça normal ? lance soudain Françoise Lemaître, qui tient avec son mari la boulangerie sur la place du village.

Raymond Molinet relève la tête, se rend compte qu'il était plongé depuis un moment dans ses pensées et que la conversation a repris dans la salle.

— Et surtout, comment est-il possible qu'il ait le droit de faire enlever toutes les portes et les fenêtres des habitations et de les laisser béantes ? En tant que maire, ne me dites pas que vous ne pouvez rien faire ; on parle de notre sécurité et de la salubrité du village ! ajoute André Louchard, médecin à la retraite depuis une dizaine d'années déjà, mais que les anciens continuent d'aller ennuyer parce qu'ils n'ont confiance qu'en lui.

Léa se rappelle parfaitement ce matin, à l'automne dernier, où des camions-bennes ont débarqué dans le village aux aurores et où des ouvriers ont entrepris de démonter toutes les portes d'entrée et toutes les fenêtres de chaque maison acquise par le châtelain invisible. Le même jour, l'horloge de la tour du château a cessé de fonctionner et, depuis, le nouveau propriétaire n'a toujours pas daigné la faire réparer. C'était au mois de novembre ; elle en est certaine parce que le lendemain, c'était un samedi, et ils avaient fêté avec Baptiste l'anniversaire de sa mère, Ludmilla. Rose s'était jointe à eux, heureuse de pouvoir partager ce moment familial. Léa avait aimé avoir autour d'elle les trois personnes qui comptaient pour elle le plus au monde. Le passage éclair de ces ouvriers et de leurs engins avait d'ailleurs alimenté leur discussion une bonne partie du déjeuner. Les trois femmes étaient persuadées que le châtelain avait décidé de faire remplacer toutes les portes et fenêtres de ses biens immobiliers ; sans doute avait-il eu un prix de gros ? Mais les ouvriers étaient repartis avec des véhicules remplis de bois et de verre brisé, et personne ne les avait jamais revus à Sabran-sur-la-Lys.

Depuis, tout était resté ouvert aux quatre vents. Et, après cinq mois d'abandon, les dégâts étaient importants, comme si la nature s'était empressée de reprendre ses droits, et, surtout, il commençait à régner dans le village une atmosphère délétère. La rancœur et la colère s'invitaient dans le cœur de bon nombre d'habitants, en particulier des anciens, extrêmement attachés à l'endroit qui les avait vus naître et qu'ils n'avaient même jamais songé à quitter.

Léa observe le maire, qui tente de calmer les villageois. Soudain, elle éprouve une vive empathie pour lui, à le voir seul sur cette estrade, à plus de quatre-vingts ans, vêtu d'un costume étriqué qu'il a dû ressortir de son armoire exprès pour l'occasion. Dans la salle, ils ont tous besoin de déverser leur amertume et leur incompréhension sur quelqu'un, n'importe qui, à défaut de pouvoir invectiver le principal intéressé, enfermé dans son château à quelques centaines de mètres de là.

Si proche et si lointain à la fois.

— Peut-être qu'il a un beau projet pour le village, peut-être que nous devrions être plus confiants tant que nous n'avons aucun éclaircissement ? Après tout, il semble évident que personne ne s'amuserait à dépenser des centaines de milliers de francs pour rien, non ? tente

Marie-Louise Plantier, l'institutrice de l'école communale qui va prendre sa retraite dans quelques mois.

Aussitôt, tout le monde se retourne vers elle, et elle se tasse un peu sur sa chaise, apparemment mal à l'aise d'être d'un seul coup au centre de l'attention.

— Foutaises ! vitupère avec hargne Henri Vernay depuis le premier rang, d'un ton si méprisant que sa femme, Marthe, pose la main sur son avant-bras pour essayer de le tempérer.

Il se dégage sans même un regard pour son épouse, avant de continuer sur sa lancée :

— Un « beau projet » ? J'aimerais bien savoir quoi, tiens ! interroge-t-il en gloussant avec arrogance.

Il n'en faut pas davantage à Marie-Louise Plantier pour se ratatiner un peu plus en secouant désespérément la tête pour signifier qu'elle n'a pas de réponse à apporter.

— La seule hypothèse qui puisse être crédible, c'est que ce type a décidé de raser le village, oui ! À tous les coups, il a l'intention de le privatiser, ça s'est déjà vu, des milliardaires sans vergogne qui ne peuvent pas se satisfaire d'une somptueuse demeure mais qui ont carrément besoin d'avoir une ville tout entière rien que pour eux ! s'exclame André Louchard en adressant un signe de tête entendu à Henri Vernay.

Les deux amis sont sur la même longueur d'onde, comme toujours. Léa soupire : la balle va rebondir entre eux pendant quelques minutes, le temps que chacun ait épuisé son stock d'inventivité rageuse.

— Ou alors, ce de Clercq va tout démolir pour construire une tripotée de résidences secondaires pour des étrangers aussi richards que lui ! J'ai entendu dire qu'il y a plein d'Angliches qui rêvent de passer leurs vacances en France et qu'ils sont prêts à investir pas mal d'argent pour ça…, siffle Henri Vernay en levant sa canne d'un geste si brusque qu'il manque de bousculer sa femme.

Quel rustre, songe Léa en observant la famille Vernay qui occupe tout le premier rang : Henri et Marthe, leur fils Julien et son épouse Suzanne, qui restent assis et préfèrent visiblement ne pas se mêler aux échanges, et Violette, leur unique enfant, une vieille fille de quarante-cinq ans qui n'a jamais trouvé chaussure à son pied, comme plaisante souvent Henri Vernay avec complaisance. Tous soudés autour d'un patriarche aussi autoritaire qu'orageux. Soudain, Violette lève la main dans un geste docile, comme si elle tenait à avoir la permission du maire pour parler. Raymond Molinet lui fait un petit signe de tête, heureux qu'au moins une personne dans l'assistance sache encore se montrer un tant soit peu polie. La petite femme replète replace ses cheveux blonds coiffés en un carré mi-long derrière ses oreilles et prend une longue inspiration avant d'ouvrir la bouche :

— Il pourrait avoir l'intention de construire un immense club de vacances, un genre de Club Med, par exemple. En pleine campagne, il aura tout l'espace qu'il veut, une fois qu'il aura racheté tout Sabran. Et s'il laisse les maisons à l'abandon, c'est parce qu'il compte tout raser à la fin et qu'il se dit que ça va nous pousser à vendre et à partir…, propose-t-elle d'une voix douce.

Les villageois se regardent entre eux, semblent réfléchir aux paroles de celle qui tient le café-tabac depuis qu'Henri a jugé qu'il était temps de se retirer. Même Léa fronce les sourcils, en réalisant que si cette hypothèse d'une résidence de vacances semble farfelue, elle n'en est pas moins tout à fait plausible. Et surtout, l'idée de faire retirer les portes et les fenêtres des maisons achetées pour accélérer le processus de désaffection et inciter tout le monde à vider les lieux est à la fois machiavélique et parfaitement pertinente… D'autant plus qu'avec tout ce qui se passe, plus personne ne veut s'installer au village : qui aurait envie d'acheter une maison quand une habitation sur dix est mystérieusement à l'abandon ? C'est donc de ça qu'il s'agirait ? Faire en sorte que Sabran-sur-la-Lys soit déserté pour que ce de Clercq puisse tout reconstruire à sa guise, sans tenir compte du passé chargé d'histoire et de souvenirs du village, sans tenir compte de son identité profonde, et surtout, sans tenir compte des âmes qui y vivent et qui chérissent les lieux ?

Pour la première fois, Léa prend conscience de ce qui est peut-être en train de se jouer. Pour la première fois, elle a mal au cœur comme ont mal au cœur les autres habitants. Et peu importe, au fond, que sa réaction soit en décalage avec celle des autres, comme si elle riait d'une plaisanterie bien après que tout le monde s'était esclaffé.

Peu importe, parce que quand Léa a décidé de mener un combat, elle finit toujours par le remporter. Et il est hors de question qu'elle laisse un inconnu, si riche soit-il, détruire *son* village en toute impunité.

Chapitre 3

Déjà deux ans qu'elle a quitté Lille et son effervescence citadine pour revenir à Sabran-sur-la-Lys. En rentrant chez elle ce soir pour retrouver Baptiste qui est probablement installé à la table de la cuisine à finir ses devoirs, Léa songe soudain qu'elle a eu de la chance de trouver cet appartement à louer rue des Colibris, à l'époque, à quelques centaines de mètres de la maison de sa mère. C'était avant la fièvre acheteuse de l'inconnu enfermé dans son château, c'était avant tout ce remue-ménage absurde.

Aujourd'hui, elle regrette d'avoir attendu tant d'années avant ce retour aux sources. Elle aurait pu quitter Lille bien avant, si elle avait eu l'énergie de prendre sa vie en main.

Quand elle a rencontré Christophe, elle avait vingt-quatre ans. Une soirée improvisée avec quelques amies à Lille ; un restaurant bon marché puis un cinéma. La file d'attente pour faire poinçonner son ticket à l'entrée des salles du Familia rue de Béthune. La chaleur étouffante, l'énorme seau de pop-corn de la bande de garçons devant elles. Et puis Christophe, juste derrière, tout seul, les mains dans les poches de son pantalon en velours côtelé marron pour se donner un air nonchalant. Près de vingt ans après, alors qu'elle serait pourtant incapable de se rappeler quel film ses amies et elle ont vu ce soir-là, Léa se souvient encore de chaque détail de cette scène. La façon dont ses joues se sont empourprées dès que Christophe a posé son regard sur elle, le petit sourire malicieux qu'il a eu en se rendant compte de l'effet qu'il produisait. Il a pris soin de s'installer juste derrière son fauteuil et elle n'a absolument rien suivi du film, tant son ventre se serrait malgré elle. Dès que le générique de fin avait commencé à défiler sur l'écran, il s'était penché à son oreille : « J'ai cru que ce film n'allait jamais se terminer… », avait-il chuchoté, et elle avait encore rougi, désespérée de cet afflux d'émotion brute.

Voilà comment leur histoire avait commencé. Christophe était batteur dans un petit groupe de rock qui vivotait tant bien que mal en se produisant dans des cafés presque tous les soirs. Léa était tombée sous le charme de son côté artiste torturé, en prenant bien soin d'occulter le côté « torturé » du combo. Elle adorait le regard dans le vague qu'il avait, chaque fois qu'il s'emparait de ses baguettes et commençait à insuffler le rythme aux autres membres du groupe. Comme s'il était à des années-lumière de ce monde-ci, à des années-lumière d'elle. Et quand, entre deux morceaux, ses yeux se posaient sur elle et qu'il lui souriait, elle se sentait soudain invincible, à être celle qui le ramenait sur Terre. Peu importait que la moitié du temps il soit aux prises d'angoisses si fortes qu'il n'était plus capable que de se déprécier. « Je suis un musicien ringard de seconde zone », soupirait-il souvent en jetant ses baguettes au loin. « Tu es le musicien le plus doué que je connaisse », rétorquait inlassablement Léa. Chaque fois, elle allait ramasser la paire de baguettes et les lui tendait jusqu'à ce qu'il les reprenne. « Pourquoi tu fais ça ? » demandait-il. « Parce que je crois en toi », répondait-elle, l'air le plus sérieux du monde.

Très vite, Léa avait quitté Sabran pour s'installer dans le petit appartement qu'il louait à Lille. Le sentiment de partir à l'aventure et d'avoir rencontré son âme sœur avait été tellement grisant. Elle avait retrouvé un emploi de fleuriste, avait fait abstraction du caractère tyrannique de sa patronne, et tout avait été pour le mieux durant quelques trop courtes années. Comme tout le monde, ils s'étaient mariés et avaient eu droit à être copieusement aspergés de riz à la sortie de l'église par leur famille et leurs amis. Comme tout le monde, sans vraiment se poser plus de questions que ça, mais juste parce que ça semblait être le chemin prévu, ils avaient fait un enfant.

Baptiste.

Avec le recul, Léa se dit que Christophe s'est sans doute très vite rendu compte de son erreur.

Pourtant, bon an mal an, il a attendu que leur enfant souffle ses cinq bougies pour prendre la tangente. Comme si cet âge était la frontière acceptable pour ne pas passer pour un mauvais père ou un enfoiré de première. Un soir, alors qu'ils étaient tous deux allongés dans le lit conjugal, il avait chuchoté dans le noir : « Je n'en peux plus de cette vie, j'ai besoin d'être libre... » Léa n'avait rien répondu, à quoi bon tenter de retenir quelqu'un qui était déjà parti dans sa tête depuis bien longtemps ?

Au début, il avait pris Baptiste un week-end sur deux, probablement juste pour se donner bonne conscience, puisqu'il se contentait de le traîner partout avec lui, dans n'importe quel bar où il se produisait avec son groupe, quitte à ce que l'enfant dorme sur une banquette ou à même le sol. Très vite, c'était passé à un week-end par mois, et encore. « Je ne suis pas à l'aise à l'idée d'être responsable de lui, tu comprends... », avait-il expliqué à Léa en lui rendant un dimanche soir le sac contenant la Ventoline de Baptiste, comme si un enfant asthmatique était un fardeau aussi lourd à assumer qu'un chiot qu'on finit par abandonner sur le bord de l'autoroute un samedi matin de juillet.

Léa s'était peu à peu enlisée dans une vie qui ne lui convenait pas, dénuée de sens, mais qu'elle ne parvenait pas à changer pour autant. Sa patronne lui imposait tellement d'heures qu'elle était régulièrement obligée de payer une baby-sitter pour garder Baptiste le week-end, le studio qu'elle avait trouvé en urgence était trop petit pour eux deux ; bref, rien n'allait mais tout continuait…

Le déclic s'était produit longtemps après. Le 17 septembre 1982 pour être exact. Le jour de la mort de Jacques. Ça faisait plusieurs mois qu'elle s'était promis de revenir à Sabran, au moins le temps d'un week-end, pour profiter de lui encore un peu. Mais sa patronne avait refusé ses jours de congé, et elle n'avait pas osé taper du poing sur la table. Le jour où Rose lui avait téléphoné pour lui annoncer la triste nouvelle, Léa était restée figée un long moment, prenant conscience qu'à force de remettre à plus tard, il était désormais *trop tard*. Jacques, celui qui l'avait aimée et protégée depuis toute petite, n'était plus de ce monde. Et à quatre-vingt-douze ans, il ne restait peut-être plus beaucoup d'années à Rose non plus. Quasiment du jour au lendemain, elle avait démissionné, empaqueté le contenu de son studio, et était retournée s'installer au village avec Baptiste. Au plus près de ses deux mères, celle de sang et celle de cœur. Christophe n'avait rien trouvé à y redire, bien au contraire.

Depuis deux ans, la vie de la jeune femme et de Baptiste avait radicalement changé, passant d'un quotidien urbain au rythme intrépide à une vie en pleine campagne. L'asthme de l'enfant avait diminué, et les crises se faisaient si rares que Léa se demandait chaque jour pourquoi elle avait mis tant d'années à revenir ici.

Pressée de retrouver son fils, elle tourne à l'angle de la route des Trois-Bonniers pour rejoindre la rue calme qui abrite deux rangées de maisons et le petit immeuble où elle réside. Son cœur se serre quand elle aperçoit à quelques mètres de là des ouvriers occupés à retirer de ses gonds une lourde porte en chêne, tandis que d'autres se chargent des grandes portes-fenêtres du rez-de-chaussée, après avoir jeté dans un camion-benne toutes les baies vitrées du premier étage. La maison est défigurée, comme si on lui arrachait les yeux.

Oh non, pas encore…, songe Léa avec amertume. Elle ralentit jusqu'à s'immobiliser à quelques pas de la maison en train d'être assassinée. Quelques instants plus tard, elle est rejointe par Félix Wattencourt, l'octogénaire qui habite juste à côté de chez elle.

— Si c'est pas triste, d'assister à ce spectacle sans rien pouvoir faire…, murmure-t-il, le regard rivé sur les vitres qui se brisent en étant déposées sans délicatesse dans le camion-benne.

Léa hoche la tête sans rien répondre. C'est la deuxième maison dans la rue des Colibris à connaître ce destin. Le 23 novembre dernier, c'était celle de l'ancien facteur, Antoine Dupleyssis, qui avait été amputée. Son mari décédé, sa femme, Ève, avait fini par vendre leur propriété pour aller s'installer en Lozère, près de sa fille… Et depuis cette date où, en une seule journée, des dizaines de maisons du village avaient connu le même sort, c'est désormais au compte-gouttes que les destructions ont lieu. Clément de Clercq rachète une maison dès qu'il en a la possibilité et y envoie des ouvriers qui ont visiblement pour ordre de ne répondre à aucune question, comme aujourd'hui.

Les poings serrés, Léa décide malgré tout de s'approcher d'eux, Félix sur ses talons.

— Pourquoi vous faites ça ? Pourquoi vous acceptez d'obéir aveuglément ? Vous voyez bien que vous détruisez notre village, non ? interroge-t-elle avec véhémence deux ouvriers qui transportent à présent la porte de chêne.

Ces derniers, affublés d'un casque de chantier, ne prennent même pas la peine de tourner le regard vers celle qui les apostrophe.

— Il y a des familles qui ont vécu dans les maisons que vous démolissez, vous savez ! Des gens qui se sont aimés, qui ont construit de belles choses… Et vous, vous détruisez tout ! Tout ça pour quoi ? Je suis sûre que vous ne le savez même pas, vous n'êtes que des lâches, en fait ! s'écrie-t-elle en les poursuivant.

— On ne fait que notre boulot, ma jolie, déclare d'un ton neutre un des deux ouvriers, un homme barbu à la carrure massive.

Aussitôt, son comparse le fusille du regard, pour lui signifier qu'il n'a pas à prononcer le moindre mot.

Avant que Léa ait eu le temps de rebondir sur ce « ma jolie » qui la hérisse, Félix Wattencourt intervient :

— Vous ne faites que « votre boulot » ? Messieurs, sachez qu'à une époque pas si éloignée, d'autres que vous se sont aussi contentés de faire leur travail. Et c'est comme ça que des millions de Juifs ont fini dans des chambres à gaz.

En entendant ces paroles, le cœur de Léa se fait aussi lourd qu'une enclume. Les deux ouvriers, eux, ne cillent pas, et elle pose la main sur l'avant-bras de son voisin.

— Ça ne sert à rien, murmure-t-elle doucement.

Les deux rebroussent chemin en silence, et quand, arrivée devant son appartement, elle quitte Félix, le regard qu'ils échangent est empli de tristesse.

1942

Chapitre 4

Janvier 1942

Isaac Ackerberg pourrait prendre un autre chemin pour rentrer chez lui, mais il ne parvient jamais à s'y résoudre, quand bien même sa femme Ludmilla lui répète qu'il se fait du mal, à toujours passer devant la librairie, devant cette vitrine joliment éclairée qu'il avait l'habitude de décorer lui-même, il n'y a pas si longtemps de cela.

Il n'y a pas si longtemps de cela, il pouvait exercer son métier. Il pouvait prendre un café où bon lui semblait, emmener sa femme dans n'importe quel restaurant. Il pouvait se promener le dimanche au parc avec elle, aller au musée, monter dans un bus.

Comme n'importe qui.

À part qu'ils ne sont pas n'importe qui, apparemment.

Victor Bouton, le propriétaire de la librairie, a fait des pieds et des mains pour garder Isaac le plus longtemps possible. « Allons, il n'y a pas de quoi s'en faire, ce n'est pas comme s'il était écrit sur votre front que vous êtes juif ! » s'exclamait-il régulièrement pour remonter le moral d'Isaac.

Et pourtant si, en un sens.

« Isaac Ackerberg » ; il n'y avait guère que Victor pour penser qu'avec un nom pareil ses origines pourraient rester secrètes éternellement !

D'abord, son patron a cédé d'un pas en lui demandant, tête baissée tant il avait honte, de passer ses journées à ranger les caisses de livres dans l'arrière-boutique. Là où il n'aurait plus de contact avec la clientèle, puisque c'était désormais interdit.

Puis, le jour où Victor a voulu lui expliquer, en se triturant les mains nerveusement, qu'il ne pouvait plus le garder, qu'il n'y avait plus d'échappatoire, Isaac l'a pris de court. Il n'a pas attendu que Victor ouvre la bouche pour bredouiller ce qu'il avait à dire, non. N'importe quel homme ayant un tant soit peu de fierté aurait fait la même chose que lui, de toute manière, il en était persuadé. « Monsieur Bouton, écoutez-moi avant de parler. Je suis désolé, car je sais que vous prévenir au dernier moment risque de vous mettre dans l'embarras, mais je vous présente ma démission », avait déclaré Isaac d'un ton aussi ferme que solennel. Bien évidemment, le libraire n'avait pas été dupe un seul instant, mais il avait hoché la tête pour accepter que les choses se passent de cette manière. Isaac avait pu faire semblant de partir la tête haute.

Ludmilla n'était pas encore enceinte, alors. Mais si elle l'avait été, cela aurait-il changé les choses, après tout ? Isaac se serait peut-être battu bec et ongles, jusqu'à s'humilier, pour conserver son emploi. Peut-être. Mais le résultat aurait été le même, au bout du compte. Ludmilla et lui en seraient au même point, aujourd'hui : lui à donner des cours de violon à des enfants de familles aisées, et elle des cours d'allemand aux deux fils d'Elsa et Armand Beaumont, des clients fidèles de la librairie. Après avoir été secrétaire trilingue de la plus prestigieuse étude de notaires de Lens, voilà à quoi Ludmilla en était réduite à cause d'Hitler et de Vichy. Isaac en aurait pleuré, de cette injustice. Du jour au lendemain, ils étaient devenus des parias, des rebuts de la société, des rats d'égout qu'il fallait chasser à coups de balai.

À présent, ils se sentaient redevables aux quelques personnes qui étaient restées amicales, comme s'ils étaient indignes de la moindre humanité. Rien que ce sentiment permanent de gratitude vis-à-vis de Victor Bouton ou des Beaumont donnait la nausée à Isaac. Victor passait son temps à recommander à ses clients de prendre des cours de violon, comme si les gens avaient la tête à apprendre la musique, depuis le début de cette fichue guerre. Il se sentait si coupable d'avoir dû se séparer de lui qu'il aurait fait n'importe quoi pour l'aider financièrement. Lorsqu'il avait appris la grossesse de Ludmilla, un matin au marché, il s'était épongé le front avec son mouchoir en tissu bleu, manquant de vaciller sur les étals du primeur. C'est Ludmilla qui l'avait attrapé par l'avant-bras pour le retenir, et c'est encore elle qui avait trouvé les mots pour le réconforter, allons, allons, monsieur Bouton, ne vous inquiétez pas, nous nous en sortons très bien, avec Isaac ! Victor avait, encore une fois, fait mine de croire ces boniments. Quant aux Beaumont, Ludmilla leur accordait toute sa confiance, et elle avait raison de le faire, car non seulement leurs deux fils n'avaient aucun besoin – ni aucune envie, d'ailleurs – d'apprendre l'allemand, mais Elsa Beaumont ne la laissait jamais repartir sans un panier rempli de précieuses victuailles. Isaac faisait l'effort de se taire et d'apprécier la générosité des autres ; il serrait les dents pour ravaler sa honte de ne pouvoir subvenir seul aux besoins de sa famille à venir.

La semelle de sa chaussure droite est tellement élimée qu'Isaac doit prendre bien soin d'éviter les flaques d'eau sur le trottoir. Il marche tête baissée, comme toujours. Être transparent est devenu sa devise. Ne pas se faire remarquer, être le plus terne possible.

Une ombre, un souffle d'air.

Quand il tourne au coin de la rue, il tombe nez à nez avec la vitrine de la librairie. Chaque fois, il ressent un violent coup au cœur. Ses jambes ralentissent soudain, jusqu'à s'arrêter complètement pour que ses yeux puissent contempler la nouvelle décoration de la boutique.

La grande vitrine rectangulaire est parsemée d'étoiles à six branches découpées dans du carton jaune poussin. Il y en a des grandes, des moyennes, des pas plus grosses qu'un ongle de pouce. Un ciel improvisé.

Au fond de la librairie, Isaac aperçoit Victor, occupé à encaisser les achats d'un client. Son ancien patron relève la tête, comme s'il sentait les yeux d'Isaac posés sur lui. Les deux échangent un regard appuyé, puis un sourire.

Isaac voudrait oser entrer, faire tinter la clochette accrochée à la porte sans craindre que les quelques personnes dans la boutique ne se retournent pour le dévisager de haut en bas d'un air dédaigneux. Il voudrait aller serrer la main de Victor, le féliciter pour sa décoration tout en lui faisant comprendre qu'il est inconscient de défier les Allemands ainsi.

Mais il se contente de reculer d'un pas pour admirer encore un peu la grande baie vitrée étoilée.

Après tout, il sait que cette folie est avant tout le geste d'amitié d'un homme qui se sent aussi impuissant que lui.

Chapitre 5

Juillet 1942

Les semaines filent à toute allure depuis la naissance de Léa. Elle a eu deux mois, deux mois déjà. Pour Ludmilla, ce bébé est un rayon de soleil dans un quotidien grisâtre. Elle est folle d'amour pour sa petite fille et passe son temps à l'admirer. Elle adore la façon qu'a la petite de téter son index, ses grands yeux fixés sur elle ou sur Isaac. Elle adore ses menottes, les minuscules doigts qui s'agrippent à ses cheveux noirs quand elle s'assoupit au sein. C'est bien simple ; elle adore tout chez ce petit être qui lui paraît si fragile, si vulnérable. Depuis sa naissance, elle se sent telle une maman kangourou qui emmène partout son petit, telle une louve prête à tout pour protéger la chair de sa chair. Pendant les cours d'allemand chez les Beaumont, Léa reste sagement dans son landau, sans jamais pleurer, sans jamais chercher à attirer l'attention.

Comme si, déjà, elle savait qu'il valait mieux être discrète, dans ce monde devenu fou.

Ludmilla sursaute quand la sonnette de l'appartement retentit. Léa lâche un instant le sein qu'elle tétait, avant de le reprendre avec avidité sans même daigner ouvrir un œil.

— Pas d'inquiétude, c'est la personne qui vient acheter le piano, murmure Isaac en passant la main sur les touches immaculées.

Ludmilla sent l'émotion contenue dans la voix de son mari. Ce piano droit est dans la famille d'Isaac depuis des générations. La jeune femme se refuse à verser de nouvelles larmes, mais voir son époux devoir se séparer de cet instrument lui fend le cœur.

— Tu es certain qu'il n'y a pas d'autre solution ? chuchote-t-elle malgré tout.

— On en a déjà parlé. La vie est faite d'épreuves, et je suppose que c'en est une. Je préfère que nous ayons à manger et que nous puissions subvenir aux besoins de la petite, déclare Isaac sans la regarder.

— Mais… la musique *est* un besoin, n'est-ce pas ce que tu répètes toujours ?

— Pas dans ce monde, ma chérie. Pas dans ce monde…, rétorque Isaac en se dirigeant vers la porte de l'appartement.

— Pourtant, Léa adore le piano. Elle s'endort toujours en t'écoutant en jouer…, insiste encore Ludmilla, soudain persuadée que vendre le précieux instrument n'est rien d'autre qu'un sacrilège.

— Elle a davantage besoin d'être vêtue que d'être bercée par la musique, crois-moi. Et puis, il me restera mon violon…

Ludmilla se tait, admet sa défaite en silence. Il restera les pleurs du violon, oui. Et les chansons qu'elle fredonnera à sa fille pour qu'elle sache toujours d'où elle vient, quand bien même d'autres préféreraient qu'elle renie ses racines. Elle se penche vers la petite et commence à chantonner tout doucement, pour l'emmener très loin d'ici.

Oy oy oy, Belz,
Mayn shtetele Belz,
Mayn heymele, vu ikh hob
mayne kindershe yorn farbrakht…

Léa n'a peut-être encore jamais mis les pieds en Pologne, mais Ludmilla lui racontera, et elle *verra*, à travers le cœur de sa mère. Ainsi, le jour où Isaac et elle pourront emmener leur fille là-bas, elle se sentira chez elle tant tout lui paraîtra familier.

Sans bouger de son fauteuil, Ludmilla observe le manège de l'homme au complet noir qu'Isaac a fait entrer. La manière qu'il a de la dévisager de haut en bas, avec un dédain non dissimulé. La façon dont il examine le piano sous tous les angles, en listant chaque petite éraflure du bois et en fronçant le nez pour montrer son exigence. La mine fermée de ses deux acolytes, restés en arrière, dans l'encadrement de la porte d'entrée de l'appartement. Enfin, l'homme sort de sa poche intérieure quelques billets à moitié chiffonnés.

Isaac les prend, les fait rapidement défiler entre ses doigts avant de déclarer d'un ton hésitant qu'il n'y a pas le compte.

— C'est tout ce que j'ai. C'est à prendre ou à laisser, tance l'homme à la moustache noire, désinvolte.

Isaac se fige. Ludmilla sait exactement ce que son mari pense à cet instant précis : il voudrait rendre ses billets à ce malotru hautain et lui ordonner de déguerpir.

Ludmilla sait aussi exactement ce qu'Isaac va répondre : qu'il accepte la transaction.

— Ça ira comme ça..., marmonne-t-il en pliant les billets en deux.

— Vous nous aidez à le descendre ? Vu le poids qu'il doit faire, on ne sera pas trop de quatre...

Ludmilla sait que l'homme a parfaitement vu que son mari était handicapé. Isaac claudique à chaque pas, avec sa jambe raide. Une polio contractée alors qu'il était tout bébé, et mal soignée. Personne ne pourrait ne pas le remarquer. Alors comment imaginer un instant qu'Isaac puisse descendre un piano sur trois étages ?

L'homme patiente d'un côté de l'instrument de musique tandis que ses deux comparses entrent dans l'appartement pour se poster à l'autre extrémité, les muscles déjà bandés, prêts à l'effort intense que va exiger le transport du piano. L'acheteur au complet immaculé n'a pas un soupçon d'hésitation quand il fait signe à Isaac de le rejoindre pour qu'ils puissent soulever leur côté. Ludmilla fulmine quand elle voit l'air démuni de son mari, honteux de ne pas pouvoir porter d'objet lourd, honteux de ne pas parvenir à l'avouer tête haute.

— J'aimerais vous aider, mais ça m'est malheureusement impossible, murmure enfin Isaac en montrant sa jambe droite.

— Pourtant, vous parvenez bien à monter et descendre ces étages, non ? insiste l'homme sans le moindre tact.

— Oui, mais..., commence Isaac avant d'être interrompu par Ludmilla qui se lève d'un seul coup et va déposer Léa dans son landau.

— Je vais m'en charger, annonce-t-elle d'un ton sans appel.

L'homme à la moustache parfaitement disciplinée la regarde, estomaqué, s'approcher de lui puis se pencher, prête à soulever un côté du piano.

— Eh bien, allons-y ! s'exclame-t-elle avec sécheresse.

Une fois en bas, dans la rue, Ludmilla se masse le bas du dos, les dents serrées. La fourgonnette qui va emporter le piano est à deux pas, garée à cheval sur le trottoir d'en face.

— On va terminer sans vous, ma p'tite dame, grommelle l'un des deux comparses de l'acheteur, les joues écarlates.

L'homme moustachu adresse un signe de tête à Isaac, qui a tenu à descendre en même temps qu'eux. Puis les trois larrons disparaissent dans leur camionnette, tout comme le piano.

— Tiens, je t'ai pris ton gilet, murmure Isaac en tendant le vêtement pour que Ludmilla y passe un bras.

— Je n'en ai pas besoin, j'allais remonter…

— On n'est jamais trop prudent, mon amour, rétorque Isaac en tapotant l'étoile jaune cousue au niveau de la poitrine. On n'est jamais trop prudent…

Maintenant, ils ont l'obligation de porter cette étoile dès qu'ils sortent, et Isaac veut respecter les règles à la lettre, peu importe qu'elles soient absurdes ou injustes. Il semble déjà loin le temps où Victor Bouton pouvait disséminer des étoiles sur la vitrine de sa librairie en signe de contestation… Aujourd'hui, plus personne ne se risquerait à contester quoi que ce soit ni même à tenter la moindre plaisanterie. Il suffit d'un mot ou d'un regard de travers pour se faire arrêter et déporter en camp de travail. Parfois même, il suffit de rien, absolument rien : le mois dernier, le fils aîné des Tabachnik a été arrêté lors d'un contrôle policier dans un des rares cafés ouverts aux Juifs. Il fêtait son anniversaire, et ses parents venaient de lui offrir un pardessus. Il a retiré sa veste pour l'essayer, et c'est à ce moment-là que les soldats allemands sont entrés. Ils ont vérifié les identités de tout le monde, et quand ils se sont aperçus que le garçon n'avait pas d'étoile sur son pardessus tout neuf, ils ont vu rouge. La mère s'est épuisée à s'expliquer et supplier, rien n'y a fait. « Il s'agit d'une tentative de dissimulation », ont-ils seriné d'un air grave. « Nous n'avons pas d'autre choix que de l'emmener », ont-ils conclu sans le moindre état d'âme. Depuis, la famille n'a plus aucune nouvelle du garçon de dix-sept ans. Aucune.

Non, Ludmilla a beau ne pas avoir froid aux yeux et être capable de descendre un piano sur trois étages, mieux vaut suivre les règles et ne pas faire de vagues. S'ils veulent qu'ils portent une étoile jaune, ils la porteront.

Obéir, c'est peut-être bien ce qui les sauvera, après tout.

Chapitre 6

10 septembre 1942

— Si M. Gittelman a couru le risque de venir prévenir toutes les familles juives qu'il connaît, ce n'est pas pour rien, Isaac... On ne va quand même pas rester ici sans rien faire, enfin ! s'exclame Ludmilla.

— Ce n'est pas la première fois que de telles rumeurs courent. Si on devait s'enfuir chaque fois que quelqu'un nous dit que des arrestations vont avoir lieu, on n'en aurait pas fini ! riposte Isaac en fronçant les sourcils. Cesse donc de t'inquiéter, ma chérie...

Ludmilla ronge son frein tout en faisant les cent pas dans la cuisine pour bercer Léa et l'aider à s'assoupir. Depuis des mois, son mari ne cesse de lui répéter que la France est le pays des Lumières, des droits de l'homme, de la liberté, que la France est le pays qui a blanchi Dreyfus, et qu'il faut avoir foi en cette nation où ils ont choisi de venir vivre, après que leurs parents respectifs avaient fui la Pologne puis l'Allemagne. Peu importent les lois aberrantes édictées par le maréchal Pétain, Isaac refuse de croire au pire, refuse de croire que le régime de Vichy puisse être de mèche avec la Gestapo pour arrêter et exterminer le plus possible de Juifs, en les déportant en Allemagne. D'après lui, il suffit de faire le dos rond le temps que durera cette guerre qui ne les concerne en rien, il suffit d'attendre que l'orage passe et de se soumettre aux injonctions sans chercher à y trouver un sens et encore moins à les contester. Ça a beau faire plus de deux ans que toute cette mascarade dure et s'amplifie, Isaac n'en démord pas : sa foi en la France est inébranlable. En septembre 1940, il a peut-être bien été le premier Juif à aller se faire recenser. L'été dernier, il s'est empressé de se débarrasser de leur poste de radio comme le gouvernement l'exigeait, à croire que cette confiscation absurde ne le choquait en rien. Quand le couvre-feu a été instauré pour eux, cet hiver, il n'a pas bronché. Il a même fait signe à Ludmilla de se taire quand, à table, elle a osé s'insurger à voix haute et s'exclamer qu'elle en avait assez qu'on les traite comme des moins-que-rien. Pas un mot plus haut que l'autre, voilà où se trouve leur salut, est-il persuadé. L'obéissance et la résignation sont les clés de leur avenir. Et lorsque cet été, à la mairie, l'employé a réclamé soixante centimes par étoile grossièrement découpée dans ce tissu affreux, Isaac a sorti son porte-monnaie avec le sourire, en murmurant : « Bien sûr, bien sûr, attendez… » Ludmilla en aurait pleuré de rage, tant l'injustice est insupportable. Isaac est convaincu qu'en ne disant rien les choses vont se tasser. Elle, au contraire, est certaine qu'en se comportant comme des moutons dociles la situation ne pourra qu'empirer.

— J'ai un mauvais pressentiment, murmure Ludmilla en caressant les fins cheveux noirs de Léa puis ses joues rebondies de bébé. On pourrait partir quelques jours, juste au cas où…

— Allons, et où voudrais-tu qu'on aille, tous les trois ?

— Je ne sais pas ; peut-être que les Beaumont nous accueilleraient chez eux, au moins pour cette nuit ? tente la jeune femme, presque suppliante.

— Non, c'est hors de question de les ennuyer : ils sont déjà bien gentils avec nous, il ne faut pas en abuser. En plus, tu trouves qu'il serait juste de les mettre dans l'embarras et de leur faire encourir des ennuis simplement parce que tu as un « mauvais pressentiment » ? interroge Isaac avec le plus de douceur possible.

Il ne cherche pas à blesser son épouse ; il voudrait seulement la réconforter, calmer ces angoisses disproportionnées. Celle-ci hoche la tête, comprend qu'elle n'a pas le droit de mettre en danger la famille qui les soutient depuis des mois. Isaac s'approche d'elle, serre les deux femmes de sa vie contre lui en un geste qu'il espère protecteur.

— Quand bien même les Allemands viendraient frapper à notre porte : que voudrais-tu qu'il nous arrive, au juste ? Toi et Léa, ils ne vous regarderaient même pas, et que voudrais-tu qu'ils fassent de moi, avec ma jambe raide ? Je ne serais bon à rien, dans un de leurs camps de travail : jamais ils n'emmèneraient un handicapé. Crois-moi, mon amour : nous ne risquons absolument rien !

Ludmilla rend les armes, se love contre son mari et ferme les yeux pour profiter de cet instant de répit. Après tout, M. Gittelman a toujours été du genre à crier « Au loup » pour rien.

— Pourrait-on au moins confier Léa à Mme Courmont, juste pour cette nuit ? demande-t-elle dans un murmure.

Isaac pousse un soupir, embrasse Ludmilla sur la tempe en même temps qu'il prend la minuscule main de leur fille, tout juste assoupie.

— Si ça peut te rassurer, pourquoi pas… Après tout, elle a déjà gardé la petite quelques fois…, déclare-t-il, prêt à accepter ce compromis s'il permet de tranquilliser son épouse.

Ce sera la première fois que la petite passera la nuit loin d'eux, et il faut beaucoup de courage à Ludmilla pour envisager de se séparer de son bébé. La jeune mère va reposer Léa avec douceur dans le landau qui lui sert de lit, puis elle sort son petit coffre à couture. Sans doute a-t-elle quelques vêtements à raccommoder, songe Isaac en allant s'installer dans son fauteuil avec son violon.

Ludmilla réfléchit à toute vitesse. Ce n'est pas la première fois que son esprit est envahi de sombres pensées, mais c'est la première fois qu'elle agit de façon tangible en fonction d'elles. Elle va chercher dans l'armoire la petite cape en feutrine bleu nuit qu'elle a confectionnée peu après la naissance de Léa. Avec précaution, elle entreprend de découdre une partie de la doublure en coton de la capuche, puis, alors qu'Isaac est plongé dans l'étude d'une de ses partitions, elle place à l'intérieur du vêtement une feuille de carnet pliée en quatre, une feuille presque aussi fine que du papier à cigarette. Ludmilla ferme les yeux pour palper l'étoffe, sourit légèrement quand elle est sûre qu'on ne sent absolument pas le papier au toucher. Puis elle recoud minutieusement la doublure de la capuche, contemple le résultat d'un air aussi satisfait que mélancolique.

Quoi qu'il puisse arriver désormais, Léa sera protégée. Ludmilla y a veillé.

Chapitre 7

11 septembre 1942

Il n'est pas encore cinq heures du matin lorsque Ludmilla et Isaac sont réveillés en sursaut par des coups martelés à la porte d'entrée. La première pensée de la jeune mère, c'est de craindre qu'il soit arrivé quelque chose à Léa : la petite avait des coliques hier soir, et se tortillait comme un ver au moment où elle s'était résolue à la confier à Mme Courmont pour la nuit.

Mais une nouvelle salve de coups se fait entendre. Ludmilla se lève d'un bond et observe son mari qui vient de s'asseoir dans le lit, droit comme un I.

— Ce sont eux, Isaac, je suis sûre que ce sont eux…, chuchote Ludmilla d'un ton paniqué.

Celui-ci lui jette un regard vide ; il ne comprend absolument pas de quoi elle parle.

— Ils viennent nous chercher, tu vois, M. Gittelman avait raison, il nous a prévenus mais tu n'as pas voulu écouter, mon Dieu, qu'est-ce qu'on va faire…, se lamente la jeune femme en tournant comme un lion en cage dans la chambre.

Soudain parfaitement éveillé, Isaac se met debout et se dirige vers la porte d'entrée d'un air décidé. Aussitôt, Ludmilla tente de le retenir par l'avant-bras :

— Où vas-tu ? Il ne faut pas leur ouvrir, il faut rester silencieux et ne pas bouger, chuchote-t-elle en le fixant d'un regard suppliant.

À nouveau, les coups martèlent la porte, si forts que le mince panneau de bois vibre. Le cœur battant la chamade, Ludmilla se demande s'ils pourraient aller jusqu'à défoncer la porte pour entrer. Pour venir les *chercher*.

— Ouvrez immédiatement ! tonne une voix légèrement nasillarde.

Isaac se dégage en douceur, pose la paume de sa main contre la joue de son épouse pour essayer de la calmer, chut, ça va aller, ma chérie, nous sommes obligés de leur ouvrir, mais tu verras, tout ira bien… Ludmilla fait non de la tête, elle joint ses mains comme pour prier son mari de rester immobile, de l'écouter, pour une fois, mais Isaac se détourne pour aller déverrouiller la porte.

Quelques instants plus tard, trois hommes surgissent dans l'appartement ; deux *Feldgendarmes* avec leur uniforme vert-de-gris, et un policier français vêtu d'une longue gabardine noire. Le Français s'empresse d'allumer toutes les lumières et sourit quand il remarque que Ludmilla, éblouie, plisse les yeux.

— Vous allez nous suivre sans faire d'histoires, c'est bien compris ? lance-t-il en direction d'Isaac. Comme nous sommes de bonne humeur, on vous laisse cinq minutes pour vous habiller et pour préparer vos affaires. Pas besoin d'emporter grand-chose, vous serez de retour dans deux ou trois jours, ajoute-t-il en s'asseyant sur une chaise et en allumant une cigarette d'un air nonchalant.

Il suffit de donner un petit peu de pouvoir à un être humain pour qu'il y trouve du plaisir et se transforme en monstre, songe Ludmilla en refermant le plus possible contre elle les pans de sa robe de chambre.

— Où est-ce que vous nous emmenez ? demande-t-elle dans un murmure plus plaintif qu'elle ne l'aurait voulu.

Isaac lui jette un regard désapprobateur ; il préférerait qu'elle aille dans la chambre et obéisse aux ordres sans discuter. Le policier tourne la tête vers elle, la détaille de haut en bas, s'arrête à dessein sur les pieds et les chevilles nus. Ludmilla se sent soudain très mal à l'aise.

— Garde tes questions, ma jolie. Je ne suis pas payé pour y répondre, d'accord ? Contente-toi de faire ce que j'ai dit et tout ira bien.

Tout ira bien. En entendant ces trois mots, les mêmes qu'a prononcés Isaac quelques minutes auparavant, Ludmilla ne peut retenir une expiration narquoise. Rien n'ira bien, et dans cette pièce, ils sont cinq à en être conscients. Ou peut-être quatre, puisque son mari sera sans doute toujours persuadé que *ces gens-là* sont des êtres civilisés. La jeune femme sait qu'elle devrait baisser la tête, se soumettre aux injonctions sans chercher à les comprendre.

Mais son bébé est dans l'appartement en face, et elle a besoin de savoir où on les emmène, combien de temps elle risque d'être séparée de sa fille, si elle la reverra un jour. Sa peur est animale, elle se sent comme une bête qu'on accule dans un coin et qui n'a plus pour seule défense que l'attaque. Alors, malgré elle, elle se tourne vers les deux *Feldgendarmes* qui sont restés postés devant la porte d'entrée refermée et qui préfèrent laisser la sale besogne à leur collègue français.

— *Wohin gehen wir ?* ose-t-elle demander dans un allemand irréprochable.

Le plus grand des deux hausse les sourcils, sans doute étonné d'être interpellé ainsi, et dans sa langue maternelle qui plus est. Le policier français se lève si brusquement que la chaise se fracasse au sol.

— Si tu ne vas pas préparer ton sac tout de suite, je t'embarque dans cette tenue, c'est ça que tu veux ?

Apeuré, Isaac bredouille quelques mots d'excuses au nom de son épouse et l'entraîne avec lui dans la chambre.

— Deux ou trois jours, ils ont dit, ce n'est pas la peine de trop nous charger pour si peu de temps…, se murmure-t-il à lui-même tout en déposant quelques vêtements attrapés à la va-vite dans leur armoire.

Ludmilla se déshabille, enfile une jupe longue et un gilet sans hâte. On dirait qu'elle est anesthésiée. Elle entend vaguement Isaac marmonner ce qui n'est pour elle qu'inepties, mais à quoi bon le lui faire remarquer ? Heureux celui capable de rester dans ses illusions, songe-t-elle en boutonnant le côté de sa jupe. Elle pourrait lui demander s'il ne trouve pas étrange qu'ils soient tous les deux arrêtés, alors qu'Isaac prétend depuis des mois que les Allemands n'envoient que les hommes valides et en bonne santé dans leurs fameux camps de travail. Elle pourrait lui rappeler cette rafle de Juifs qui aurait eu lieu à Paris cet été et dont tout le monde parle encore, quand bien même Isaac a soutenu dur comme fer qu'il ne s'agissait que d'une légende inventée pour les effrayer. Mais elle voit son époux attraper avec sa délicatesse habituelle son violon et le ranger dans son étui pour l'emporter, et elle n'a pas le courage d'expliquer à l'homme qu'elle aime que, là où ils se rendent, il n'y a que peu de chances que la musique ait la moindre place…

Soudain, la porte de leur chambre – qu'Isaac avait repoussée pour que sa femme ait un peu d'intimité pour se changer – s'ouvre à la volée, et les yeux de fouine du policier détaillent la pièce du regard. Sans un mot, il entre, s'agenouille pour inspecter le dessous du lit, fouille dans la grande armoire. Dans la pièce qui leur sert à la fois de salon et de cuisine, Isaac et Ludmilla entendent les deux *Feldgendarmes* tout retourner. Sans se concerter, l'un et l'autre s'efforcent de rester impassibles.

D'avoir l'air *innocent*.

Le policier leur fait signe de le suivre jusqu'au salon.

— Où est votre fille ? demande-t-il, menaçant.

L'un des deux *Feldgendarmes* tapote une feuille de l'index, comme si ce geste allait faire apparaître Léa par magie.

— Isaac Ackerberg, Ludmilla Ackerberg, Léa Ackerberg, ânonne-t-il avec un accent traînant.

Le policer français hoche la tête en signe d'assentiment, recoiffe en arrière ses cheveux blond foncé pourtant déjà parfaitement gominés.

— Où est-elle ? répète-t-il en s'approchant de Ludmilla et en la fixant d'un air mauvais.

La jeune femme déglutit avec difficulté, mais tente de garder un visage dégagé.

— Elle a été très malade dernièrement, et nous l'avons envoyée chez des amis qui vivent dans le Bordelais, pour qu'elle puisse se remettre au grand air, déclare-t-elle les yeux baissés.

Le policier penche la tête sur le côté, pas dupe un instant. Les trois hommes reprennent leur fouille de l'appartement. Enragé, le Français laisse échapper un cri de dépit quand il doit se rendre à l'évidence : l'enfant n'est pas là, et c'est lui qui devra rendre des comptes si le nombre de Juifs embarqués est inférieur à celui prévu grâce aux listes fournies par la préfecture…

Isaac et Ludmilla sont poussés sur le palier sans ménagement par les *Feldgendarmes* qui sont pressés de passer à l'adresse suivante. Avec violence, le policier claque la porte derrière eux avant de s'immobiliser d'un seul coup. Il pose son index sur la bouche pour enjoindre aux autres de ne plus faire un bruit.

Les secondes s'égrènent dans un silence de mort.

Jusqu'à ce que le visage de l'homme déterminé s'éclaire d'un large sourire.

En provenance de l'appartement d'en face, des pleurs de bébé se font entendre à travers la cloison.

Le policier jette un regard de défi à Ludmilla, comme pour lui demander si elle osera nier l'évidence. Celle-ci reste de marbre, tandis qu'Isaac contemple le bout de ses chaussures. En deux pas, l'homme à la gabardine est devant la porte de l'autre appartement et déchiffre le nom sur la sonnette.

— Albertine Courmont, lit-il à voix haute. M'est avis qu'elle n'a plus l'âge d'avoir un bébé, cette femme-là, si ?

Ludmilla hausse les épaules.

— Il lui arrive de garder sa petite-fille, riposte-t-elle froidement.

Le policier ne s'avoue pas vaincu ; il frappe à la porte en beuglant : « Police, ouvrez ! »

Lorsque la voisine entrouvre la porte, elle tient tout contre elle Léa, qui sanglote sans s'arrêter. Ludmilla est saisie d'effroi : elle connaît sa fille, sait reconnaître ses différents pleurs comme personne. Léa pleure de douleur à n'en pas douter. Elle hurle, peut-être à cause de coliques ou d'une dent qui perce sa gencive fragile.

Mme Courmont explique d'une voix tremblante qu'il s'agit de sa petite-fille, que son fils lui a confiée parce que sa mère est trop fragile pour s'en occuper ces derniers temps. Ludmilla et elle se sont mises d'accord sur ce boniment peu élaboré, et la jeune mère retient son souffle en espérant que le policier lâchera prise.

Un des *Feldgendarmes* remonte jusqu'au palier et s'approche de Léa qui hurle à la mort. Avec une douceur étonnante, il lui caresse les cheveux tout en dévisageant Ludmilla.

— Vous allez revenir dans deux ou trois jours, vous savez. Cette petite a l'air bien mal en point, et je crois que ce dont elle a le plus besoin, c'est sa mère…, déclare-t-il dans un français hésitant.

À cet instant-là, Ludmilla s'effondre intérieurement. Extérieurement, pourtant, elle vacille à peine. Juste un coup d'œil vers Léa, le temps que les rouages de son cerveau s'activent et déterminent quoi faire.

Mais ce coup d'œil paniqué est suffisant pour le policier qui ne manque pas une miette de la scène. Avec brusquerie, il arrache le bébé des bras de Mme Courmont, qui murmure des excuses si confuses que personne ne saurait dire si elles s'adressent aux Allemands ou à Ludmilla. Léa atterrit dans les bras de sa mère, qui la serre contre elle avec l'énergie du désespoir.

— Maintenant qu'on est enfin au complet, allons-y, annonce le policier en descendant l'escalier sans se retourner.

Les *Feldgendarmes* poussent Isaac et Ludmilla pour qu'ils les suivent sans rechigner. Une fois dans la rue, ils sont emmenés jusqu'à un camion bâché où on les fait monter prestement. Ludmilla met son auriculaire dans la bouche de Léa, pour que la petite le tète goulûment et parvienne à se calmer. À son oreille, elle lui explique, des sanglots dans la gorge, à quel point elle est désolée de ne pas avoir réussi à la protéger coûte que coûte, à quel point elle s'en veut d'avoir *failli*. Parce que si Léa se trouve dans ce camion avec eux, c'est à cause d'elle, entièrement à cause d'elle.

Ils sont une vingtaine à être entassés les uns contre les autres, à se regarder d'un air effrayé, à se demander où ils vont être emmenés. Isaac passe son bras autour des épaules de Ludmilla, tente de garder la tête froide malgré la peur qui s'insinue aussi sournoisement qu'un serpent.

Le camion démarre quand, soudain, une voix se fait entendre à quelques mètres d'eux :

— Attendez-nous ! Attendez-nous !

Le véhicule s'immobilise et, quelques instants après, la famille Bickert entre pour s'installer à l'intérieur. Le père, la mère, et les trois enfants. Ils semblent soulagés de ne pas avoir manqué le convoi, et Ludmilla écarquille les yeux, hébétée. Dans ses bras, Léa recommence à s'agiter, alors elle se penche vers sa petite fille adorée et, les yeux fermés pour oublier tout ce qui l'entoure, lui fredonne doucement *Oy oy oy, Belz, mayn shtetele Belz…*

Chapitre 8

Une fois le camion arrivé à la gare de Lens, on les a tous fait monter dans un train sans rien leur dire. À croire que la langue allemande pourrait se contenter d'un seul et unique mot : « *Schnell* ». Isaac, Ludmilla et Léa se sont retrouvés tous les trois assis sur une banquette, dans un wagon rempli de gens *comme eux*. Des gens aux regards inquiets, aux yeux ronds comme des soucoupes, qui tous se posent la même question : « Où va-t-on ? »

En face, un couple encore plus jeune qu'eux ; la jeune fille aux cheveux nattés doit avoir à peine vingt ans. Ils se sont pelotonnés l'un contre l'autre, et le garçon lui frotte régulièrement les épaules pour la réchauffer, quand bien même il fait très chaud dans le wagon. Le train s'est mis en branle et le paysage morne a commencé à défiler. Ludmilla serre Léa contre son sein simplement pour qu'elle soit le plus calme possible, et il n'y a rien qui l'apaise autant que téter sa mère. Elle a enveloppé la petite dans sa cape bleu nuit, comme si ce geste pouvait la rendre invisible aux yeux du reste du monde.

Sur la banquette de l'autre côté de la mince allée, un homme coiffé d'un chapeau de feutre s'agite de plus en plus. Il discute avec un homme plus âgé, à la barbe grisonnante, et l'échange tout en murmures semble s'envenimer.

Curieuse, Ludmilla ne peut s'empêcher de tendre l'oreille pour tenter de saisir de quoi ils parlent : en vain. Elle tourne la tête vers les deux hommes, les fixe d'un regard si appuyé que l'un d'eux lui jette un coup d'œil, probablement parce qu'il se sent observé. Aussitôt embarrassée de son impolitesse, elle fait mine de contempler les champs derrière eux, par la fenêtre, mais l'homme au chapeau choisit de l'apostropher :

— Vous savez où ils nous emmènent ?

Ludmilla ne cille pas, et après avoir attendu quelques secondes, il répond lui-même à sa question, si fort que tout le wagon entend ses mots :

— À la mort !

Un brouhaha commence à monter ; chacun cherchant à faire des hypothèses sur le sort qui va leur être réservé. Un contrôle massif d'identité, un nouveau recensement, un séjour en camp de travail, au pire. Mais l'homme au chapeau se penche vers Ludmilla et lui murmure :

— Ils préfèrent tous fermer les yeux plutôt que voir la vérité en face, mais croyez-moi, je sais de quoi je parle : si nous restons dans ce train, les Allemands vont nous assassiner.

Ludmilla sent un frisson remonter le long de sa colonne vertébrale. Isaac, témoin de la scène, la tire vers lui pour clore l'échange. L'homme secoue la tête avant d'ajouter :

— Si vous tenez à la vie, il faut fuir.

Ludmilla reste comme paralysée, sourde aux chuchotements de son mari qui essaye de la rassurer et de la convaincre de ne pas accorder le moindre crédit aux paroles de l'inconnu.

Lorsque le train s'arrête en gare de Lille-Fives, tous les passagers retiennent leur souffle. Sur le quai, des soldats allemands qui surveillent le convoi. Désespérée, Ludmilla se redresse, regarde de part et d'autre : impossible de sortir du train et de déguerpir au milieu de tous ces soldats.

Isaac n'a pas dit un mot depuis la discussion avec l'homme au chapeau. Il est resté prostré, la tête contre la vitre du compartiment. Les yeux fermés de toutes ses forces, comme s'il réfléchissait. Quand il voit Ludmilla scruter les environs de la gare, il prend Léa dans ses bras pour l'embrasser longuement sur le front. La petite, à présent parfaitement éveillée, sourit et gazouille. Isaac finit par la rendre à Ludmilla, avec un regard soudain très triste. Celle-ci est étonnée : lui qui est toujours d'un optimisme invincible semble à présent résigné.

— C'est toi qui avais raison, mon amour. Nous aurions dû partir, nous cacher il y a bien longtemps. Maintenant, il va nous falloir saisir sans hésiter la moindre chance de nous échapper, si jamais Dieu nous accorde sa miséricorde…, déclare-t-il avec une fermeté inattendue.

Si Ludmilla est décontenancée, elle n'en laisse rien paraître. Enfin, son époux se rend à l'évidence, mais sans doute trop tard, malheureusement.

Contre toute attente, le train redémarre lentement, comme si le trajet qu'il restait à parcourir était court. Devant l'air interloqué d'Isaac, l'homme au chapeau explique que le train se dirige probablement vers la gare de triage située non loin.

— C'est là qu'ils vont nous débarquer, sûrement pour nous entasser dans un autre train…, ajoute-t-il en se levant soudain pour s'approcher de la fenêtre.

Après avoir regardé à gauche et à droite, il se retourne vers Ludmilla et Isaac et les salue en soulevant son chapeau, comme pour leur dire adieu.

— Où allez-vous ? murmure Isaac.

— Le plus loin possible…, répond l'homme en s'éloignant déjà dans l'allée.

Aussitôt, Isaac se met debout, attrape son épouse par le bras et avance pour rejoindre l'homme qui est déjà à la porte du wagon.

— Vous allez sauter ? interroge Isaac d'un ton effrayé.

Sans répondre, l'homme au chapeau ouvre la porte qui donne sur la voie, se penche pour regarder à l'extérieur, puis il hoche la tête.

— Le train circule au ralenti, et il va certainement encore décélérer, car nous arrivons dans une courbe. Je n'ai pas l'intention de laisser les Boches me cueillir comme une fleur à l'arrivée en gare !

Isaac se frotte l'arête du nez, prend une profonde inspiration. Il ne sait pas quel est le bon choix, si même il en existe un. Peut-être que toutes les décisions mèneront à une mort certaine, en réalité.

— On doit tenter le coup, déclare soudain Ludmilla. Tu as dit toi-même qu'il ne faudrait pas hésiter si une chance de fuir se présentait. Eh bien, je crois qu'on y est, Isaac…

Il acquiesce, conscient qu'elle a raison, conscient qu'elle a toujours eu raison, depuis le début de cette guerre absurde. Il sait aussi pertinemment qu'il ne pourra pas sauter de ce train avec sa jambe raide ; il ne s'en relèverait pas et les soldats auraient tôt fait de l'abattre. Il faut que Ludmilla parte avec Léa, ce sera peut-être la seule occasion pour qu'elles s'en sortent. Et il est hors de question qu'il les mette en danger en tentant de se joindre à elles. L'homme au chapeau leur donnera un coup de main, ou pas. Dans tous les cas, Ludmilla a suffisamment de ressources pour se débrouiller et tout faire pour se sauver de cet endroit, Isaac en est convaincu.

Sans prévenir, l'homme saute à l'extérieur, parvient à se réceptionner en roulant sur le dos et court aussitôt se glisser sous un train à l'arrêt.

— Est-ce que ça ira, avec ta jambe ? demande Ludmilla avec inquiétude.

— Ne t'en fais pas pour moi : le plus compliqué sera surtout de protéger Léa en sautant…, rétorque-t-il sans parvenir à croiser le regard de celle qu'il va devoir abandonner.

— Je vais la tenir contre moi ; le train ne roule pas vite, on va s'en sortir, assure Ludmilla.

Isaac ne peut s'empêcher de la prendre une dernière fois tout contre lui, de l'embrasser avec tendresse. Il se penche à l'oreille de Léa et chuchote : « Prends soin de ta maman, je t'aime », avant de dire à son épouse d'y aller en premier.

— Dès que tu touches le sol, tu cours t'abriter sous le train stationné en face. On se rejoint…

Ludmilla s'approche de l'extérieur et saute sans plus attendre. Isaac l'observe qui atterrit sur son épaule gauche, il grimace en imaginant la décharge de douleur qu'elle a dû ressentir pour protéger Léa du moindre choc. La jeune femme ne perd pas une seconde et court, courbée le plus possible pour passer inaperçue, jusqu'au wagon immobile le plus proche. Elle se glisse dessous, les bras serrés autour de la petite.

Isaac, toujours debout à la porte du compartiment, observe leur silhouette qui devient de plus en plus petite. Les yeux embués, il chuchote quelques mots en yiddish, une prière pour qu'elles aient la vie sauve. Si le ciel lui en donne la possibilité, il s'échappera plus tard. Plus tard, sans avoir à risquer la vie de quiconque hormis la sienne.

Quelques minutes après, un coup de sifflet retentit.

Le train va entrer en gare.

Une fois à l'abri, Ludmilla observe le train qui continue de progresser vers la gare de triage. Les yeux plissés, elle suit des yeux le rectangle sombre par lequel elle a sauté, ne comprenant pas pourquoi Isaac met tant de temps. Il était censé sauter, alors que se passe-t-il ? A-t-il pu être retenu par un soldat dans le train ?

Léa pleurniche, agite les bras pour tenter de se dégager de la cape dans laquelle sa mère a pris soin de l'envelopper avant de sauter. Elles ne vont pas pouvoir rester là longtemps. Le cœur en miettes lorsqu'elle prend conscience qu'Isaac ne viendra plus, Ludmilla progresse sous la rame à l'arrêt jusqu'à atteindre le mur d'enceinte de la gare. Personne en vue, s'assure-t-elle avant de se redresser. L'homme au chapeau s'est volatilisé.

Tremblant de tous ses membres tant elle craint d'être repérée, elle se met à longer le mur en courant, dans l'espoir de trouver une issue.

Soudain, elle aperçoit en face d'elle un homme en tenue sombre, qui lui fait signe de le rejoindre. Paniquée, elle fait demi-tour, persuadée que tout est perdu puisqu'elle se dirige vers la gare, là où une meute de soldats doit attendre. En moins d'une minute, l'homme la rattrape, la retient par le bras.

— Je vais vous aider, suivez-moi, ordonne-t-il en la tirant dans l'autre sens.

Ludmilla le dévisage. Un béret gris sur la tête, une chemise noire et un pantalon râpé retenu par des bretelles ; ce n'est pas un soldat.

— Je travaille ici, je connais la gare comme ma poche, alors faites-moi confiance, ajoute-t-il encore, pressant.

A-t-elle le choix ? Elle emboîte le pas au cheminot en priant pour qu'il ne s'agisse pas d'un piège. Les gens sont parfois prêts à n'importe quoi en échange d'une petite récompense…

Mais l'homme aux bretelles n'a pas menti : une vingtaine de mètres plus loin, une échelle traîne au sol. Il s'en saisit, la dispose contre le mur pour que Ludmilla puisse y grimper, quand soudain une voix féroce les interpelle :

— Ne bougez plus ou je tire !

Ludmilla laisse échapper un petit cri de terreur. Le cheminot la pousse à monter à l'échelle, mais elle ne sait plus quoi faire tant elle est effrayée. Un coup d'œil par-dessus l'épaule ne fait que confirmer son effroi : sorti de nulle part, un policier se dirige vers eux en courant, un pistolet à la main.

— On va tous se faire descendre si vous ne réagissez pas, la secoue le cheminot. Pensez à votre bébé !

La jeune femme dévisage l'homme au visage rond et aux sourcils broussailleux. Peut-elle lui faire confiance ? Une balle siffle à leurs oreilles et Ludmilla perd pied tant elle craint que Léa se fasse tuer.

— Prenez-la, prenez-la, je vous en supplie ! gémit-elle en tendant son enfant au cheminot qui la fixe d'un air hébété.

Il regarde la silhouette du policier qui se rapproche, ne cherche plus à tergiverser. Il colle Léa sur son torse pour la protéger et grimpe prestement aux barreaux. Une balle manque de peu sa jambe, et quand elle le voit en haut du mur, prêt à sauter de l'autre côté pour s'enfuir, Ludmilla s'écrie :

— Emmenez-la chez Elsa et Armand Beaumont, 12, rue de l'Orangerie à Lens !

Le cheminot hoche la tête et, juste avant qu'il disparaisse, Ludmilla lance :

— Elle s'appelle Léa…

Quand elle se retourne, le policier est là. Il lui assène une gifle retentissante, si violente que Ludmilla sent son oreille bourdonner dans toute sa tête.

— Alors comme ça, tu voulais t'enfuir, ma cocotte ?

Chapitre 9

Dans cette gare, ils sont des centaines à avoir attendu des heures sous un soleil de plomb, sans eau pour se désaltérer, sans coin d'ombre pour s'abriter. Sans nourriture, sans sanitaires. Des hommes moins bien traités que des chiens, a songé Isaac, le cœur au bord des lèvres. Quand, dans la foule, il a aperçu Ludmilla au loin, il s'est frotté les yeux pour s'assurer qu'il n'avait pas une hallucination. Mais non, c'était bien elle, là-bas. Immobile, à le chercher du regard, l'air complètement déboussolée. Alors il a fendu la foule pour la rejoindre, s'est jeté sur elle en lui demandant pardon de lui avoir menti, pardon de ne pas avoir été capable de sauter du wagon lui aussi. Ludmilla est demeurée amorphe, ses bras sont restés immobiles le long de ses cuisses sans même qu'elle cherche à les replier autour de son époux. Lorsqu'il s'est reculé pour la dévisager, il a soudain été saisi d'effroi devant son regard vide.

— Léa ? a-t-il demandé d'une voix sourde.

Ludmilla a bégayé quelques phrases d'explication avant d'éclater en sanglots. En une fraction de seconde, elle était devenue orpheline d'enfant, et il n'existait même pas de mot dans la langue française pour exprimer cela, tant la situation était inimaginable.

— Tu as fait le bon choix, a murmuré Isaac. Tu as fait le bon choix, a-t-il répété pour en persuader Ludmilla, pour s'en persuader lui-même. Grâce à ton courage, elle aura peut-être une chance de vivre, et un peut-être vaut mieux qu'un pas du tout…

Au fil des heures interminables, le ciel se pare de douces couleurs rosées et orangées, signe que le soleil va bientôt disparaître et les laisser seuls avec la nuit, seuls avec des Allemands de plus en plus exaspérés et féroces.

On les fait de nouveau monter dans des wagons, on les entasse avec brusquerie sans qu'aucun sache quelle sera leur destination ni s'ils reviendront *vraiment* dans une poignée de jours, ainsi qu'on le leur a pourtant promis au petit matin.

Ils roulent dans un silence entrecoupé de pleurs et de gémissements.

Ils roulent longtemps, serrés les uns contre les autres, dans une promiscuité qui leur paraît à tous désagréable.

Ils roulent longtemps, et Isaac ne relâche jamais Ludmilla ; il la serre contre lui en faisant rempart contre les autres et contre les à-coups du wagon, parce que c'est la seule chose qu'il puisse encore faire.

Ce n'est que des heures plus tard qu'enfin le train s'immobilise, dans un crissement métallique d'essieux.

Ils sont à Malines, en Belgique.

Hébétés, ils sortent un par un à l'air libre. Un bref instant, Isaac savoure l'oxygène frais qui pénètre dans ses poumons, tandis que Ludmilla regarde autour d'elle dans l'espoir de comprendre ce qui les attend.

À grand renfort de syllabes aiguisées dans cette langue de papier de verre, on les fait grimper dans des camions qui roulent jusqu'à une immense bâtisse carrée et franchissent deux barrières avant de s'arrêter dans une large cour. Les rayons de lampes torches balayent l'intérieur des véhicules, il faut descendre, maintenant. Vite, vite, comme chaque fois, et, surtout, sans poser la moindre question.

On les fait s'aligner dans la cour aux murs démesurément hauts pour qu'un par un ils se rendent à l'*Aufnahme*, le bureau d'enregistrement. Quand vient le tour de Ludmilla, elle adresse un dernier regard à Isaac, un regard qu'elle espère chargé de tout l'amour qu'elle éprouve pour lui depuis le premier jour où ils se sont rencontrés, ce matin d'hiver où il lui a couru après pour lui donner un gant qu'il venait de ramasser sur le trottoir et qui n'était pourtant absolument pas le sien. Elle avait ri en remarquant sa mine gênée, lui avait demandé s'il avait fait exprès de trouver ce prétexte pour l'aborder, et lui avait rougi, encore plus mal à l'aise à l'idée de passer pour le séducteur qu'il n'était pas.

Le visage d'Isaac s'éclaire d'un sourire ; il veut donner à son épouse le peu de courage et d'espoir qui lui reste.

À l'intérieur du bâtiment, plusieurs jeunes femmes sont assises derrière des tables et des machines à écrire. Elles portent un brassard noir frappé de la lettre P en majuscule, signe, à l'évidence, qu'elles font partie du personnel du camp. Ludmilla se poste en face de l'une d'entre elles, décline son identité puis son adresse d'un ton mécanique. Sur une autre table, un homme aux yeux rapprochés lui indique de vider ses poches et de retirer ses bijoux. À contrecœur, Ludmilla détache la chaîne au bout de laquelle pend le médaillon en or qu'Isaac lui a offert pour leur mariage, celui dans lequel se trouve une minuscule photo de Léa, prise peu après sa naissance.

— Nous allons l'enregistrer pour que vous puissiez le récupérer, précise la femme au chignon brun installée derrière sa machine à écrire.

Le SS à côté d'elle saisit le médaillon, le retourne dans tous les sens pour l'examiner, l'ouvre et regarde la photo de plus près. Ludmilla a la nausée et voudrait lui hurler de retirer ses doigts du visage de sa fille. Soudain, elle l'entend ordonner en allemand à la jeune femme de mettre le bijou de côté pour lui, il compte le récupérer pour l'offrir à son épouse. Le regard baissé, la dactylo hoche la tête pour signifier qu'elle a compris. Scandalisée, Ludmilla s'entend rétorquer, dans cet allemand qu'elle maîtrise très bien :

— Vous venez pourtant de dire que je pourrai le récupérer.

L'homme aux yeux rapprochés tourne la tête vers elle et esquisse un petit sourire narquois.

— Mais c'est qu'elle cause allemand, la petite dame, murmure-t-il en croisant les bras, visiblement très satisfait.

Chapitre 10

12 septembre 1942

La veille, Étienne Pithiviers a fait l'aller-retour jusqu'à Lens avec la petite. Son épouse, Marie-Anne, l'a convaincu qu'il ne fallait pas perdre de temps, car, dans le quartier à proximité de la gare, les SS étaient sur les dents et on ne savait jamais ce qui pouvait arriver. Il n'avait quand même pas sauvé cette enfant pour se faire arrêter avec elle quelques heures plus tard !

Quand il a frappé à la porte du 12, rue de l'Orangerie, Léa hurlait dans ses bras, et il avait beau lui tapoter le dos pour tenter de la calmer, rien n'y faisait. La femme aux longs cheveux châtains qui lui a ouvert la porte a écarquillé ses yeux noisette comme des soucoupes en découvrant l'étrange duo. Étienne a jeté des coups d'œil inquiets derrière lui, avant de se présenter et d'expliquer la raison de sa venue. La rafle, la rencontre avec la jeune mère qui lui avait confié son bébé en le suppliant de l'amener ici.

Elsa Beaumont a contemplé Léa d'un air extrêmement triste, et le cheminot s'est demandé pourquoi elle ne les invitait pas à entrer, plutôt que de les laisser sur le pas de la porte, à la vue de tous. Lorsqu'elle a secoué la tête, visiblement désolée, il a compris.

— Je ne peux pas prendre ce risque, j'ai des enfants aussi, vous comprenez… Deux garçons… Ce ne serait pas juste pour eux…, a-t-elle bredouillé sans le regarder dans les yeux.

— Mais… Cette femme comptait sur vous, c'est votre nom qu'elle m'a donné, a riposté Étienne en désespoir de cause.

De l'intérieur de la maison, une voix d'homme a demandé ce qui se passait, et, aussitôt, la femme a repoussé un peu plus la porte, en s'excusant de ne pas pouvoir prendre le bébé. Elle en avait suffisamment fait pour cette famille juive, à accepter que Ludmilla donne des cours d'allemand à ses garçons, à leur donner de la nourriture à chacune de ses visites… Et si ce n'était pas suffisant aux yeux de Dieu, personne ne pourrait pour autant la blâmer de ne pas vouloir en faire plus aujourd'hui.

— J'aimerais vous dire oui, mais c'est impossible, vraiment, a-t-elle soufflé avant de refermer complètement la porte et de laisser Étienne seul sur le trottoir.

Une fois revenu à Lille avec la petite, Marie-Anne et lui ont passé la soirée à réfléchir. Il était inenvisageable de garder l'enfant avec eux, quand bien même il n'aurait pas déplu à Marie-Anne de pouponner un deuxième enfant. Mais cacher une enfant juive en ville aurait été une folie, aussi bien pour elle que pour eux…

— Mes parents ? a fini par suggérer Marie-Anne d'un ton incertain.

À toute vitesse, Étienne a pesé le pour et le contre de cette proposition.

— Oui, a-t-il fini par déclarer. Les connaissant, ils ne diront jamais non, et le bébé sera en sécurité là-bas, si tant est qu'on puisse être en sécurité quelque part aujourd'hui…

Ce matin, il prend donc la route pour Sabran-sur-la-Lys, et lorsqu'il aperçoit enfin la ferme de Rose et Jacques Flament, ses beaux-parents, son cœur se fait soudain plus léger.

Il y est arrivé.

Dès que le regard de Rose tombe sur la petite qui est endormie, Étienne sait que tout se passera bien. Elle lui prend Léa des bras, écarte la capuche de la cape bleu nuit pour admirer le visage minuscule. Les délicates paupières veinées de bleu, les longs cils noirs, la bouche miniature qu'on dirait peinte au pinceau. Jacques s'approche, sa pipe à la bouche. Il hoche la tête pour signifier qu'ils sauront se montrer à la hauteur de la mission que leur beau-fils leur confie.

— Je vais demander à Pierre Vallon de lui procurer une fausse carte d'identité. Il a accès à tout ce qu'il faut, à la mairie, je suis sûr qu'il nous aidera, déclare-t-il en croisant les bras, déterminé.

— Oui, et M. Michelet lui établira un faux certificat de baptême, il en a déjà fait plusieurs pour des gamins des villages voisins ; c'est Mme Pollet qui me l'a dit, l'autre jour, au marché…, murmure Rose en soufflant doucement sur le visage de Léa pour en écarter les fins cheveux qui parsèment son front.

— Je peux compter sur vous pour prendre soin d'elle, alors ? interroge encore Étienne, pas certain que ses beaux-parents saisissent la pleine mesure de leur engagement.

Rose se contente de serrer la petite contre elle en guise de réponse, tandis que Jacques acquiesce d'un air solennel.

— Il vous faudra être sur vos gardes, rester méfiants, n'accorder votre confiance à personne, ajoute Étienne d'un ton grave.

Jacques étouffe un petit rire, donne une bourrade sur l'épaule de son beau-fils.

— Hé, ce n'est pas un petit gars de même pas trente ans qui va nous apprendre la vie, quand même ! s'exclame-t-il pour détendre l'atmosphère.

— Ses parents ne reviendront peut-être pas, vous en êtes conscients ? ne peut s'empêcher de souligner le jeune cheminot en contemplant la petite qui vient d'ouvrir les yeux et qui commence à pleurnicher, la lèvre inférieure plissée.

À ces mots, instinctivement, Rose fait un signe de croix, comme pour éloigner tout malheur.

— Qui vivra verra, chuchote-t-elle avant d'aller s'installer dans son *rocking-chair* pour se balancer doucement avec l'enfant et la réconforter.

1985

Chapitre 11

Avril 1985

Juste avant de se décider à composer le numéro de téléphone du cabinet du maire pour demander un rendez-vous, Léa a pris une longue inspiration. Son médaillon porte-bonheur serré au creux de la main gauche – celui qu'elle ne quitte jamais et que sa mère Ludmilla lui a offert pour ses seize ans, après avoir ajouté une minuscule photo de son père en face de celle de Léa bébé –, elle a attendu, un peu fébrile, que résonne la sonnerie à l'autre bout de la ligne. Puis la secrétaire du maire, Ségolène Degroote, a décroché et, après avoir poliment écouté Léa, lui a demandé d'une voix peu intéressée la raison pour laquelle elle souhaitait s'entretenir avec Raymond Molinet, car son planning était complet pour les huit prochains jours.

— J'ai la ferme intention de découvrir ce que trame ce Clément de Clercq et de l'empêcher de nuire, a rétorqué d'une voix blanche Léa.

À l'autre bout du fil, il y a eu quelques longues secondes de silence, pendant lesquelles Léa a retenu son souffle, songeant qu'elle se montrait probablement un peu trop arrogante. Après tout, elle n'était ni flic, ni reporter, et encore moins une justicière masquée !

Pourtant, Ségolène Degroote n'a pas pouffé de rire devant la grandiloquence de Léa. Impassible, elle s'est contentée de déclarer :

— Je pense que M. le Maire trouvera un moment pour vous rencontrer à la fin de sa journée. Demain, dix-huit heures ?

Ce soir, c'est un peu démunie qu'elle se présente à l'hôtel de ville, car elle n'a en réalité aucune idée de ce qu'elle va bien pouvoir dire à Raymond Molinet. Une petite voix lui souffle qu'il aurait peut-être mieux valu ne pas se mêler de toutes ces histoires, mais elle la fait aussitôt taire. À peine s'est-elle assise sur une chaise que le maire sort de son bureau et l'invite à entrer. Léa lui emboîte le pas et s'installe en face du majestueux bureau ancien en acajou verni, bien trop grand pour la pièce.

— Vous vouliez me voir ? lance-t-il en s'enfonçant dans son fauteuil à roulettes.

— Oui, je... je voudrais faire quelque chose... par rapport à ce qui est en train d'arriver au village..., bredouille Léa.

Le vieil homme au crâne dégarni sur le dessus qui lui donne l'air d'une chouette effarouchée sourit avec bienveillance.

— Je crois qu'on voudrait tous pouvoir faire quelque chose, madame Ackerberg...

Durant quelques instants, Léa se plonge dans la contemplation du tableau accroché derrière Raymond Molinet. Une reproduction du *Voyageur contemplant une mer de nuages*, de Caspar David Friedrich. La solitude face à l'adversité.

— À quel point avez-vous essayé d'entrer en contact avec ce M. de Clercq ? demande Léa en baissant le regard sur Raymond Molinet.

— Je lui ai téléphoné, des dizaines de fois. Et chaque fois, soit ça sonnait dans le vide, soit son assistante finissait par décrocher pour faire barrage. J'ai tenté de lui rendre visite, à plusieurs reprises, sans jamais parvenir à lui faire ouvrir les grilles du château. « M. de Clercq ne souhaite pas être dérangé. » Je crois bien que c'est la phrase que j'ai le plus entendue depuis des mois..., se lamente le maire en posant les bras sur les accoudoirs de son fauteuil et en joignant les doigts d'un air pensif.

Léa fronce les sourcils.

— Et lui écrire ? propose-t-elle avec espoir.

Raymond Molinet émet un rire narquois.

— Oh, je lui ai déjà adressé plusieurs lettres, qu'est-ce que vous croyez... Elles sont toutes restées sans réponse. Ça peut sembler complètement fou, mais les faits sont là : personne n'a jamais vu cet homme. Les habitants à qui il a acheté leur maison ne l'ont jamais croisé. Même les agents immobiliers et le notaire concernés ne l'ont jamais rencontré en chair et en os et n'ont eu affaire qu'à cette Barbara Lombardi qui visiblement se charge de tout : démarcher les villageois, leur faire une offre parfois indécente pour obtenir leur accord, représenter son patron à la signature de la vente..., liste le maire d'un ton presque désespéré. Vous vous rendez compte : il ne visite même pas les biens qu'il acquiert !

— Cet homme ne peut pas être aussi insaisissable qu'il veut le laisser croire..., murmure Léa plus pour elle-même qu'à l'intention de son interlocuteur.

— Je pense que si, malheureusement... La situation pour le village commence à être catastrophique, entre les marginaux qui s'installent petit à petit dans les maisons abandonnées, transformant des rues tranquilles en véritables coupe-gorge où plus personne n'ose s'aventurer à la nuit tombée, et les animaux errants qui prennent de plus en plus leurs aises là où ils n'ont rien à faire ! Je repense à la colère des Sabranois lors de la réunion publique, et pourtant, ils ne sont pas au courant de tout..., se lamente Raymond Molinet en soupirant.

— Que voulez-vous dire ? demande aussitôt Léa, dont la curiosité est piquée.

Le maire jette un coup d'œil à la porte de son bureau, apparemment pour vérifier qu'elle est bien fermée et qu'aucune oreille indésirable ne traîne dans les parages. Puis il se penche vers la jeune femme et déclare à voix basse :

— Le cours de l'immobilier est en chute libre. Pour l'instant, les villageois ne s'en rendent pas compte, puisque dès qu'ils veulent vendre, de Clercq leur achète à bon prix. Mais s'il partait du jour au lendemain ou cessait d'acquérir des biens, les vendeurs auraient du souci à se faire… Avec la réputation du village, plus personne ne veut s'y installer, forcément. Sans parler des journaux locaux qui n'ont que cette histoire à la bouche depuis des mois, comme s'il s'agissait de l'enquête du siècle !

Léa acquiesce d'un air songeur, ne sachant que répondre ou que dire pour apporter son aide. Raymond Molinet poursuit et elle a l'impression qu'en lui confiant ses angoisses il se libère d'un poids :

— Et puis… Il y a la célèbre école de formation à la joaillerie Hautecœur qui avait le projet d'ouvrir une antenne dans le village. La première en dehors de la capitale ! Si vous saviez le nombre d'heures que j'ai passées à monter ce dossier et à argumenter pour prouver au comité de pilotage que Sabran-sur-la-Lys était le choix idéal… Eh bien, figurez-vous que la nouvelle est tombée comme un couperet la semaine dernière : l'école, qui devait ouvrir à la rentrée de septembre dans les anciens locaux de la gare, va finalement s'installer à Roverny ! Dire que les travaux devaient démarrer le mois prochain, c'est une catastrophe, une catastrophe…

Le désespoir du maire est si évident qu'il submerge Léa à son tour.

— Mais qu'ont-ils donné comme raison pour ce revirement ? interroge-t-elle.

— Que Sabran-sur-la-Lys n'était plus considéré comme « un lieu suffisamment attractif et renommé », cite Raymond Molinet de mémoire, les lèvres retroussées de dégoût.

Léa réfléchit quelques instants. Que pourrait-elle faire pour débloquer une situation de plus en plus terrible pour le village de son enfance, le village qui l'a accueillie et secourue à une époque où beaucoup se seraient contentés de la rejeter et de l'abandonner à une mort certaine ? Il faut qu'elle fasse tout ce qui est en son pouvoir pour atteindre, d'une manière ou d'une autre, Clément de Clercq. Raymond Molinet s'est peut-être cassé les dents, mais rien ne dit qu'elle ne parviendra pas à ses fins, après tout… Mais avant, elle doit en apprendre le plus possible sur cet inconnu, c'est une évidence.

— Qu'est-ce que vous savez sur de Clercq, au juste ?

Le maire lève la tête, perplexe.

— Rien. Ou pas grand-chose : j'ai accès aux informations du cadastre relatives aux ventes, mais il n'y a aucun élément digne d'intérêt… Clément de Clercq, né le 23 novembre 1944 à Castanges. Je connais ces informations par cœur à force d'avoir épluché les documents en vain. Qu'est-ce qu'on peut faire avec juste un prénom et un nom, hein ?

Les épaules de Léa s'affaissent imperceptiblement ; effectivement, le dossier est mince. Plutôt léger pour démarrer une enquête sur un étranger sorti de nulle part… Amère, elle prend congé du maire et se lève pour quitter le bureau. Raymond Molinet lève un regard plein d'espoir vers elle :

— Vous allez m'aider ?

Léa hoche vigoureusement la tête, même si elle n'a aucune idée de comment elle va bien pouvoir s'y prendre pour faire sortir le renard de son terrier.

Chapitre 12

La porte du bureau de Raymond Molinet est fermée, ce qui fait que, malheureusement, Ségolène Degroote ne peut rien entendre de ce qui se dit à l'intérieur. Mais de toute façon, ça ne doit pas être bien intéressant..., songe-t-elle, les lèvres pincées.

Léa Ackerberg a beau n'être restée que très peu de temps avant que M. le Maire ne la fasse entrer pour la recevoir, la secrétaire a eu le loisir de la détailler discrètement de haut en bas. Ce n'est pas qu'elle soit jalouse de la beauté naturelle de Léa, c'est seulement qu'elle aime bien savoir à qui elle a affaire, voilà tout. Un pantalon en velours noir légèrement brillant, un chemisier crème plutôt ample, peut-être même un peu trop grand, a songé la secrétaire du maire sans pouvoir s'empêcher d'être ravie de cette faute de goût. De grands yeux marron aux cils épaissis par une couche de mascara ; le seul maquillage que la jeune femme sache manier, apparemment. Des cheveux noirs légèrement ondulés qui lui arrivent aux épaules, retenus d'un côté par une grande barrette dorée. Ça défrise Ségolène Degroote de l'admettre, mais Léa est belle. Elles ont beau avoir le même âge – quarante-trois ans –, Léa, qui a été dans la même classe qu'elle durant quasiment toute leur scolarité jusqu'au baccalauréat, paraît bien plus jeune, sans que Ségolène Degroote soit capable de dire en quoi. Elle ne s'habille pas particulièrement bien, elle n'est ni coquette ni apprêtée, et pourtant il se dégage d'elle une sorte d'énergie et de combativité innée. L'enfant du village. Celle que tout le monde a chérie et protégée, des années durant, comme si elle était plus *précieuse* que tous les autres, en un sens. Oh, Ségolène Degroote n'en a jamais parlé à qui que ce soit, mais elle sait qu'elle n'est pas la seule à avoir jalousé Léa Ackerberg, quand bien même aucun adulte, à l'époque, n'aurait pu comprendre cette réaction.

Et là, aujourd'hui, que s'imagine-t-elle, au juste ? Elle est revenue au village depuis quoi, deux ans à peine, et elle compte les sauver tous en réglant son compte au millionnaire qui a décidé de mettre Sabran-sur-la-Lys à genoux et de rayer l'endroit de la carte pour construire on ne sait quoi à la place ? Ça fait des mois que M. le Maire est sur le coup, qu'il se démène comme un diable pour approcher ce Clément de Clercq et trouver une solution à l'amiable. Léa passe un coup de fil en annonçant qu'elle veut résoudre le problème, et tout le monde va encore être à ses pieds ?

Ségolène Degroote se lime les ongles en attendant que le rendez-vous s'achève pour pouvoir rentrer chez elle. Pourvu que Laurent ait pensé à donner le bain à Adeline, ça serait déjà ça de moins dont s'occuper, d'autant qu'elle n'a pas la moindre idée de ce qu'elle va bien pouvoir préparer pour le dîner… L'esprit ailleurs, la secrétaire se lève pour observer la place du village depuis la grande baie vitrée en face de son bureau. Elle aperçoit Pierre Vallon qui sort de la boulangerie, une boîte en carton enrubannée sous le bras, et elle se dit qu'elle pourrait très bien passer acheter deux baguettes en sortant tout à l'heure et faire des œufs à la coque pour le dîner ; ça ira vite et, en plus, les enfants en raffolent.

Au moment où il traverse la place presque déserte en dehors de quelques gamins qui jouent à s'attraper autour de la fontaine, Pierre Vallon, soixante-sept ans aujourd'hui, se demande s'il a bien fait de prendre deux millefeuilles. Mireille, son épouse, aurait évidemment préféré une tarte aux fraises, ou au citron meringué. Mais c'est son anniversaire, après tout ! Il a bien le droit de choisir ce qui lui plaît, non ? Et si Mireille fait la tête, eh bien, il mangera les deux gâteaux, ce n'est pas ça qui risque de l'effrayer ! Surtout qu'à tous les coups elle aura préparé un gratin dauphinois pour ce soir, alors qu'elle sait pertinemment qu'il déteste ça. Enfin, pour être exact, il déteste *son* gratin dauphinois, parce qu'elle n'a jamais été capable de cuire les pommes de terre correctement. Et il n'y a rien de plus immangeable qu'une pomme de terre à moitié cuite. Clara, elle, savait cuisiner un gratin dauphinois fondant, alors même qu'à l'époque c'était la guerre et que la crème fraîche ou le beurre étaient des denrées aussi rares et précieuses qu'un lingot d'or…

Mais tout ça, c'est du passé, songe-t-il en secouant la tête comme pour chasser ces souvenirs de son esprit. On ne regrette pas une femme juste pour son gratin dauphinois, quand même. Et, à repenser à la honte que Clara lui a infligée, Pierre Vallon se dit qu'il n'a pas perdu au change en rencontrant Mireille quelques années plus tard, quand bien même la cuisine n'est pas son point fort.

Ce soir, il aimerait que le dîner se passe bien. Qu'il puisse y avoir, en quelque sorte, une trêve, juste parce que c'est son anniversaire. Peut-être que Mireille pourrait entendre ce souhait ? Ça fait déjà deux semaines qu'elle le harcèle tous les jours pour le convaincre de vendre leur maison.

Vendre !

Vendre la maison qu'ils ont achetée il y a plus de trente ans, dans laquelle ils ont élevé leurs deux enfants, dans laquelle ils accueillent aujourd'hui leurs cinq petits-enfants dès que l'occasion se présente !

« Et pourquoi on ferait une chose pareille ? » siffle Pierre chaque fois que Mireille lui rebat les oreilles avec cette idée saugrenue. Ce village, c'est toute sa vie ! Ses enfants y sont nés, il y est né, ses parents et ses grands-parents y sont nés et y sont à présent enterrés, alors ce n'est pas demain la veille que qui que ce soit lui fera quitter Sabran-sur-la-Lys !

Oh, Mireille ne s'avoue évidemment pas vaincue. Elle a entendu parler de cette femme à l'accent italien, qui débarque à l'improviste dans les foyers du village pour proposer de racheter telle ou telle habitation. Le mois dernier, les Guillemant ont vendu leur maison où tout était pourtant à refaire pour 310 000 francs ! Quand Mireille lui a raconté ça, Pierre n'y a même pas cru : cette baraque valait 150 000 francs à tout casser… Et pourtant, c'était vrai. Des exemples comme ça, elle en a des dizaines, et à force d'entendre ces chiffres à plusieurs zéros, elle en a la tête qui tourne. Tout juste si elle ne se réveille pas au milieu de la nuit !

Ce qui sauve Pierre, dans toute cette histoire à dormir debout, c'est que personne n'est encore venu les démarcher. Quasiment tous les habitants du village ont croisé cette Barbara Lombardi, mais pas eux. Alors Pierre se dit que c'est un signe du ciel : Dieu lui vient en aide pour qu'il puisse finir sa vie en paix dans son village. Dieu est dans son camp, pas dans celui de Mireille.

Arrivé au bout de la rue des Archers, Pierre Vallon songe qu'il a bien fait de prendre des millefeuilles, car quand ça croustillera dans ses oreilles, il n'entendra plus le charabia futile de sa femme. Soudain réjoui, il croise sa voisine, Marie-Louise Plantier, qui sort de chez elle, et cette dernière lui adresse un petit sourire en retour, en pensant que celui de Pierre lui est destiné.

En voyant la boîte en carton entourée d'un ruban jaune brillant que transporte Pierre Vallon, Marie-Louise

Plantier ressent un pincement d'envie. Mireille a bien de la chance d'avoir un mari si attentionné qu'il rapporte des pâtisseries pour le dîner… Elle, elle n'a personne pour la gâter : ni mari, ni enfants… Ce n'est pourtant pas faute d'avoir cherché quelqu'un de convenable, mais il faut croire que les astres n'étaient pas de son côté à l'époque. Elle a longtemps espéré que les enfants de sa classe combleraient la famille qu'elle n'était pas parvenue à fonder, mais aujourd'hui, alors que l'heure de la retraite va sonner dans quelques mois, elle sait bien que la solitude qui va peupler son quotidien sera sans doute difficilement supportable…

Peut-être aurait-elle dû se montrer moins exigeante, quand elle était encore jeune et pas trop désagréable à regarder. Durant quelques mois, il y avait eu Antoine Dupleyssis, le facteur, qui l'avait courtisée. Mais elle avait fait la fine bouche parce qu'il était connu comme le loup blanc, dans le village : c'était bien simple, il tentait de séduire n'importe quel être humain qui portait une jupe. Alors Marie-Louise n'avait pas voulu n'être qu'un trophée de plus pour ce garçon. Quelques mois plus tard, il avait pourtant épousé une fille de Béthune, Ève, et Marie-Louise avait eu le cœur serré en pensant que, tout compte fait, ça aurait pu être elle, dans cette grande robe blanche.

Ça lui aurait peut-être épargné bien des souffrances, qui plus est. Elle n'aurait jamais eu l'occasion de rencontrer Michel, jamais eu l'occasion de tomber amoureuse de lui au point d'accepter de mettre sa carrière entre parenthèses pendant plusieurs années pour le suivre dans ses missions humanitaires en Inde… Toute cette abnégation pour quoi ? Se rendre compte que cet homme si merveilleux avait eu le temps de faire deux enfants à une fille deux fois plus jeune qu'elle du hameau voisin, pendant que Marie-Louise jouait à la gentille bénévole française. Une double vie qu'elle était la seule à ignorer. Le dindon de la farce… Quand elle avait eu le courage de refaire sa valise et de rentrer à Sabran-sur-la-lys, elle s'était promis d'enterrer ces quatre années au plus profond de sa mémoire et surtout de ne jamais avouer la vérité à qui que ce soit. Elle avait quitté Michel parce qu'elle n'en pouvait plus de cette vie en Inde et avait besoin de se reconnecter à ses racines, voilà ce qu'elle avait toujours raconté en prenant soin d'afficher un grand sourire pour dissimuler son cœur en miettes et sa rage sourde. Elle avait fait des pieds et des mains pour retrouver son poste et reprendre sa vie là où elle l'avait laissée.

Aujourd'hui encore, chaque fois qu'elle repense à cette folie, Marie-Louise Plantier sent le rouge d'une honte cuisante lui monter aux joues.

Les regrets ne servent à rien, se répète-t-elle presque tous les jours. Il reste moins de trois mois d'école, à présent, et le compte à rebours fatidique lui glace le sang et l'empêche régulièrement de trouver le sommeil. Que va-t-elle faire de tout ce temps libre, toute seule ?

En début d'année, elle a cru avoir trouvé la solution pour être heureuse et ne plus appréhender la retraite annoncée. Elle allait s'installer dans le Bordelais, là où sa nièce vivait avec son mari et ses quatre enfants, âgés de un à huit ans. Là-bas, elle aurait de quoi faire, et les parents seraient ravis de pouvoir compter sur son aide ! Lorsque cette idée lumineuse lui était venue, un énième soir d'insomnie, Marie-Louise Plantier avait tout à coup ressenti un immense soulagement. Il lui suffisait de vendre son appartement de trois pièces et de changer de vie !

Manque de chance, elle faisait partie des rares habitants du village à ne pas avoir été démarchés par Barbara Lombardi. Mais il en aurait fallu plus à Marie-Louise pour se décourager : le destin devait parfois être forcé ! Un dimanche, elle avait confectionné un biscuit au yaourt et était allée sonner chez la mère Prévost, impasse

Beausoleil, qui l'avait accueillie chaleureusement, ravie du goûter improvisé. Moins d'une heure plus tard, l'institutrice repartait avec la carte de visite de Barbara Lombardi. Un prénom, un nom, un numéro de téléphone.

Le lundi, elle avait composé le numéro et une voix chantante avait aussitôt répondu. Marie-Louise Plantier avait expliqué qu'elle habitait au 2, rue des Archers, juste à côté de l'école, et qu'elle cherchait à vendre son appartement. À l'autre bout du fil, son interlocutrice n'avait pas réagi ; aussi, après quelques instants d'un silence gêné, Marie-Louise avait ajouté :

— Je pensais que ça intéresserait probablement M. de Clercq, étant donné que…

Elle avait laissé sa phrase en suspens, ne sachant pas exactement comment la terminer, et Barbara Lombardi avait attendu avant de rétorquer sèchement :

— Étant donné que quoi ?

— Eh bien, étant donné qu'il achète beaucoup de maisons dans le village…, avait bredouillé Marie-Louise Plantier, désarçonnée.

— Beaucoup, ça ne veut pas dire toutes, madame, avait déclaré Barbara Lombardi d'un ton dénué d'émotion.

L'institutrice, soudain honteuse sans savoir pourquoi, s'était empressée de raccrocher, non sans avoir demandé à l'Italienne de parler de son appartement à son patron.

— Il vous rappellera si jamais il est intéressé, avait lâché son interlocutrice avec nonchalance.

Le téléphone de Marie-Louise Plantier n'avait jamais sonné, et, au bout de quelques semaines, elle avait dû se rendre à l'évidence : le mystérieux châtelain n'avait pas l'intention d'acquérir son appartement, et, même si ça n'avait aucun sens puisqu'il rachetait à tout va depuis des mois, elle n'avait pas les cartes en main pour le forcer à quoi que ce soit. Elle avait donc mis son appartement en vente – à un prix qui lui semblait dérisoire – à l'agence immobilière du village voisin, la seule du coin, mais depuis plus de trois mois qu'il était en vitrine, personne ne s'était montré le moins du monde intéressé.

Son projet de déménagement lui glissait entre les doigts et elle se sentait particulièrement impuissante. Autour d'elle, pas une semaine ne passait sans qu'elle entende parler de quelqu'un qui avait vendu sa maison à ce de Clercq ou qui, au contraire, avait refusé une proposition alléchante de Barbara Lombardi. Elle était peut-être bien la seule, au village, à rêver que cet étranger lui achète son appartement : elle avait bien vu l'ambiance morose et pleine d'amertume lors de la réunion publique, le mois dernier…

À quelques rues de là, Adélaïde Prévost se fait rapidement réchauffer une soupe sur sa gazinière. Quand Marie-Louise Plantier était venue lui demander la carte de Barbara Lombardi cet hiver, elle la lui avait donnée en s'exclamant qu'elle n'avait pas besoin de ce bout de carton, puisque jamais elle ne vendrait sa petite maison, héritée de ses parents, à un étranger, peu importe le prix ! Mais depuis, l'Italienne aux cheveux bouclés était revenue trois fois à la charge, augmentant chaque fois sa proposition au point qu'Adélaïde Prévost n'était même plus sûre du nombre de zéros. Et le doute s'était immiscé quand elle avait commencé à songer à tout ce qu'elle pourrait s'offrir avec une telle somme. Elle pourrait s'installer à Roverny, pourquoi pas, après tout ? Elle pourrait s'acheter le fauteuil motorisé dont elle rêvait depuis des années, gâter ses petits-enfants à Noël, partir en voyage organisé dans les Cyclades ; après tout, il n'était pas trop tard et il lui restait encore quelques belles années…

Le mois dernier, elle avait fini par en toucher un mot à son fils, qui avait écarquillé les yeux en entendant la proposition de rachat de ce de Clercq. « Mais tu attends quoi pour vendre, maman ? » s'était-il exclamé en levant les yeux au ciel, et Adélaïde Prévost avait choisi de l'écouter et de faire taire cette désagréable petite voix qui lui soufflait que vendre sa maison était quelque chose de mal et qu'en acceptant cette offre elle contribuait à la mort de son village. Le rendez-vous chez le notaire était déjà fixé, et pourtant, au village, Adélaïde Prévost n'avait parlé à personne de son départ prochain. Elle n'arrivait pas à se résoudre à se confier à qui que ce soit, pas même à la coiffeuse qui écoutait religieusement tout ce qu'elle avait à dire depuis des années. Au pire, elle partirait en catimini et enverrait un camion de déménagement récupérer ses affaires ; ce serait bien plus confortable que de devoir affronter les regards méprisants et agressifs de tous ceux qui s'estimeraient trahis…

Doucement, la nuit commence à tomber sur Sabran-sur-la-Lys, et, une à une, les fenêtres des habitations s'éclairent. À l'intérieur des foyers, nombreux sont ceux qui, à un moment ou un autre de la soirée, pensent au propriétaire du château, là-haut.

Ces gens qui, toute leur vie, avaient cru leur destin tracé d'avance voient leurs convictions vaciller peu à peu et l'incertitude quant à l'avenir imprégner leur esprit et leur cœur.

Chapitre 13

Au moment où il rebrousse chemin vers chez lui, Félix Wattencourt est bien ennuyé. Ce matin, il est sorti pour faire quelques emplettes. D'abord, un passage chez le boucher pour choisir une entrecôte généreuse, son péché mignon. Puis un arrêt à la boulangerie pour acheter deux faluches pour ses prochains petits déjeuners ; il n'a encore jamais rien trouvé de meilleur qu'une faluche grillée, beurrée, puis abondamment saupoudrée de vergeoise brune. Peu importe ce que peut bien en penser le médecin : il n'emportera pas son cholestérol dans la tombe, de toute manière ! Et, pour terminer, un passage chez le primeur pour acheter des fruits. Malheureusement, au moment de payer ses achats, il s'est rendu compte qu'il manquait de monnaie. Catherine, la jeune fille à la caisse, a eu beau lui dire que ce n'était pas important et qu'elle acceptait de bon cœur de lui faire crédit, Félix Wattencourt a senti le rouge lui monter aux oreilles. Il a secoué la tête, a reposé les pommes et les poires pour ne prendre que les bananes. Ce n'est pas parce qu'il vient là deux fois par semaine qu'il accepterait d'avoir une ardoise. Impossible !

Tout au long du chemin, il maugrée sur sa négligence, se promettant d'être plus vigilant à l'avenir…

— Z-auriez une p'tite pièce, monsieur, peut-être ?

La voix qui le hèle fait sursauter Félix Wattencourt, tout à ses pensées. Il tourne la tête pour croiser le regard d'un mendiant à la barbe mal rasée, un homme qui a pris l'habitude de s'installer sous une porte cochère. Félix ne sort plus assez de chez lui pour savoir si le malheureux dort à cet endroit ou s'il a, quelque part, un toit qui l'attend. Une famille, peut-être. On ne sait jamais rien des autres, de toute manière.

Le vieil homme prend un air désolé, un air sincèrement désolé. Si son porte-monnaie avait été rempli, nul doute qu'il aurait accepté de déposer quelques francs dans le bonnet gris retourné qui sert de sébile… Le clochard a compris, son regard s'est déjà détourné au loin, comme s'il était trop fier pour s'abaisser à montrer sa déception.

Félix s'en veut. Alors il ouvre la poussette de marché qu'il traîne derrière lui, en sort les quelques bananes qu'il a pu acheter et les offre à l'homme assis en tailleur. Celui-ci paraît surpris du geste, mais murmure malgré tout un vague « Merci », ce qui permet à Félix Wattencourt de reprendre sa route de meilleure humeur.

Quelques instants après, il croise Henri et Marthe Vernay, qui trottinent ensemble sur le trottoir, lui appuyé sur sa canne, et elle cramponnée à son bras. Les trois se saluent sans s'arrêter ; ils n'ont de toute façon jamais eu de sujets de discussion communs.

Quand le couple arrive à la hauteur du mendiant, Henri se met à grommeler quelque chose d'inintelligible. Même si l'humeur maussade de son époux ne l'intéresse pas plus que cela, Marthe s'apprête à ouvrir la bouche pour lui demander ce qui se passe. Mais elle est soudain distraite. Le clochard sifflote un air qu'elle reconnaît aussitôt. Une mélodie entraînante qu'elle n'a pas entendue depuis bien longtemps et qui lui serre le cœur.

— À vot' bon cœur, m'sieur-dame..., laisse échapper d'une voix traînante le mendiant, cessant un instant de siffler.

Marthe lâche le bras de son mari, ouvre son sac à main pour en sortir son porte-monnaie. Avec brusquerie, Henri l'attrape par le poignet et, sans un mot, lui intime l'ordre d'avancer. Surprise, Marthe obéit sans broncher. De l'extérieur, personne ne pourrait percevoir le ballet qui vient de se jouer : ils ont à peine ralenti. Même le clochard n'a pas dû avoir le temps d'espérer empocher quelques pièces.

— Ce n'est pourtant pas compliqué de comprendre qu'en lui faisant l'aumône tu l'inciterais à continuer et, surtout, à *rester* ! commente Henri en regardant droit devant lui. Notre village est déjà en piteux état, alors il serait bon d'éviter que tous les sans-abri de la région viennent s'installer sur nos trottoirs...

— Oui, tu as raison, murmure Marthe quand elle se rend compte que son mari attend une réponse.

Elle n'en pense pas un mot, mais, au fil des années, elle a appris à dire ce que son mari attend, sans que cela la chiffonne outre mesure.

Une fois arrivés à leur appartement, elle se tape sur le front et s'exclame d'un air faussement ennuyé qu'elle a oublié d'acheter du lait. Comme elle s'y attendait, Henri lui rétorque qu'il n'a aucune intention de refaire tout le trajet et Marthe riposte :

— Bien sûr, je comprends... C'est ma faute, que je suis étourdie... Je vais y retourner, je n'en aurai pas pour très longtemps.

Elle fait demi-tour alors qu'Henri a déjà ouvert la porte.

Quelques minutes plus tard, elle se trouve devant le mendiant. Dans la paume de la main, elle a préparé quelques pièces qu'elle dépose dans son bonnet élimé.

Elle lui adresse un petit sourire contrit, il hoche la tête pour la remercier en retour.

Lorsqu'elle rentre à l'appartement, Henri, occupé à fumer sa pipe dans son fauteuil, ne s'étonne même pas qu'elle ne rapporte aucune bouteille de lait.

Chapitre 14

Dans la salle d'attente du cabinet du docteur Romuald Louchard, les magazines laissés à la disposition de la patientèle datent au mieux de la fin des années 1970. Léa feuillette sans le lire un vieux *Paris Match* dépourvu du moindre intérêt, en se demandant pourquoi le médecin ne se contente pas de jeter à la poubelle ces antiquités aux pages déchiquetées.

Elle sera la prochaine que Romuald Louchard – le fils d'André Louchard, qui a pris sa retraite il y a déjà une dizaine d'années – va appeler. Elle sent une boule d'appréhension monter au creux de son estomac jusqu'à lui envahir l'œsophage, et elle donnerait n'importe quoi pour parvenir à se concentrer sur le reportage consacré à Tino Rossi, n'importe quoi plutôt que penser au rendez-vous qui s'annonce. Les images tanguent devant ses yeux, et elle finit par s'avouer vaincue en reposant le magazine jauni sur la table basse en verre qui trône au milieu de la pièce.

— J'ai déjà tous dû les lire trois ou quatre fois, sourit Marthe Vernay.

Léa esquisse un sourire elle aussi, et remarque que la vieille dame n'attend visiblement qu'une chose : entamer la discussion pour faire passer le temps. Après tout, pourquoi pas ?

— Oui, et en plus, on ne peut pas dire que ces actualités soient très fraîches, fait-elle remarquer d'un ton moqueur.

Marthe Vernay étouffe un petit rire avant de retrouver son sérieux.

— J'espère que le docteur n'aura pas trop de retard, je voudrais être rentrée avant qu'il fasse sombre. Depuis quelques mois, je ne me sens plus très à l'aise à l'idée de traverser certaines rues toute seule..., déclare-t-elle d'un air entendu.

— Votre mari ne pouvait pas vous accompagner ? Vous vous seriez sentie plus rassurée, non ? demande-t-elle avec une sollicitude non feinte.

— À vrai dire, je pense qu'il ne comprend pas trop mes craintes. Notre maison est à quelques rues d'ici, et il ne voit pas ce que je risque. Mais moi... Chaque fois que je dois passer devant une de ces maisons abandonnées et grandes ouvertes, j'avoue que je change de trottoir tellement j'ai peur de faire une mauvaise rencontre... À mon âge, je ne serais plus en mesure de me défendre si quelqu'un m'agressait pour me voler mon sac à main, vous comprenez..., murmure Marthe Vernay d'un ton presque coupable, comme si elle avait honte.

— Je comprends très bien, madame Vernay. Moi-même, je ne suis pas toujours à l'aise, surtout quand ces maisons sont squattées..., rétorque Léa avec bienveillance.

Henri et Marthe Vernay habitent juste au-dessus du café qu'ils ont tenu toute leur vie.

— Je ne sais pas si vous vous rendez compte, mademoiselle Ackerberg, mais les deux maisons mitoyennes au café ont fait partie des premières vendues... Je me rappelle encore le coup au cœur que j'ai eu, ce matin de novembre dernier, quand j'ai été réveillée par des bruits de verre brisé et de marteau... Vous n'imaginez pas le sentiment que c'est de vivre entre deux bâtisses en ruines. Chaque fois que je sors de chez moi, j'ai l'impression d'être dans un village fantôme..., se lamente Marthe Vernay en se triturant les mains.

Brusquement prise de compassion devant la détresse de cette femme qui pourrait être sa grand-mère, Léa se retient de poser ses mains sur les siennes en un geste de réconfort.

— Je ne sais pas ce qu'on a fait au Bon Dieu pour mériter un tel sort, après toute une vie à travailler et à trimer... Je ne sais pas..., bredouille Marthe Vernay d'une voix chevrotante.

Léa voudrait lui dire de ne pas s'inquiéter, qu'elle va tout faire pour résoudre cette énigme sordide, mais au moment où elle cherche des mots apaisants qui ne sonnent pas non plus comme une promesse, la porte du cabinet s'ouvre à la volée.

— Mademoiselle Ackerberg ? Entrez, je vous prie, lance Romuald Louchard, d'une jovialité à toute épreuve.

Elle ne connaît le médecin que depuis son retour au village, mais elle ne l'a jamais vu se départir de son enthousiasme revigorant. Après avoir adressé un petit signe de tête chaleureux à Marthe Vernay, Léa entre dans le cabinet et va s'asseoir sur une des deux chaises en face de son bureau. Celle de gauche. Elle s'est toujours assise sur celle de gauche, l'autre étant celle réservée à Ludmilla, sa mère, ou à Rose.

Romuald Louchard ressemble à son père au même âge, le même nez épaté, la même épaisse moustache noire, les mêmes sourcils broussailleux... La même façon de remonter ses lunettes d'une grimace de la bouche et du nez. André Louchard l'a suivie depuis bébé jusqu'à son départ de Sabran-sur-la-Lys quand elle avait vingt-quatre ans, alors Léa a eu le temps de connaître son visage et ses mimiques par cœur.

— Qu'est-ce qui vous amène ? interroge Romuald Louchard en posant sur son bureau le stéthoscope qu'il avait autour du cou.

— Rose…, murmure Léa, le cœur déjà serré.

Le médecin hoche la tête, la mine soudain grave. La jeune femme sait qu'il n'y a sans doute aucune chance qu'il lui annonce de bonnes nouvelles, mais, malgré tout, elle ne peut s'empêcher d'espérer de toutes ses forces.

— Vous savez, Léa, Rose a quatre-vingt-quinze ans… Ce que je vais vous dire ne vous apportera sans doute aucun réconfort, mais on aimerait tous arriver à cet âge-là en ayant profité de la vie comme elle en a profité…, déclare le médecin avec tact.

Les yeux de Léa s'embuent aussitôt, et elle s'en veut de se montrer si fragile. Mais parce que Rose a quatre-vingt-quinze ans, sa vie n'a plus la moindre importance ?

— Ce qu'il faut aujourd'hui, c'est qu'elle parte en souffrant le moins possible, vous comprenez ? Et je suis là pour l'accompagner… jusqu'au bout. Pour tenter de maîtriser au mieux sa douleur, pour faire en sorte que la sérénité soit plus forte que le reste.

Déjà un an et demi que Rose lutte contre un cancer qui grignote son corps petit à petit. Un an et demi à la voir progressivement dépérir malgré sa combativité…

— Combien de temps… ? souffle Léa, incapable de prononcer plus de mots sous peine d'éclater en sanglots.

Le médecin pousse un profond soupir en secouant la tête.

— Personne ne peut le savoir, c'est au-delà de mes compétences. Quelques semaines, quelques mois tout au plus. C'est impossible à prédire, annonce-t-il en lissant sa moustache comme le faisait son père avant lui.

Quelques semaines ? Léa déglutit avec difficulté, serre les dents pour rester digne.

— Vous n'êtes pas toute seule pour affronter ça, sachez-le, ajoute le médecin, visiblement ému lui aussi.

Léa acquiesce, prend une profonde inspiration pour tenter de faire refluer le chagrin au fond de son cœur, à l'abri pour plus tard.

— Et Baptiste ? Comment va-t-il, ces derniers temps ? demande Romuald Louchard, qui refuse qu'une patiente quitte son cabinet en pleurant.

— Bien. Très bien, même. Ça fait plusieurs mois qu'il n'a pas eu la moindre crise d'asthme… Si j'avais su qu'une vie à la campagne résoudrait tous ses problèmes de santé, j'aurais quitté Lille bien avant…, répond-elle en essuyant une larme qui est parvenue à s'échapper de sa paupière.

— Surtout ne culpabilisez pas de ce que vous auriez pu faire, ça n'a aucun intérêt, d'autant que certains asthmes ont des causes allergiques… Réjouissez-vous plutôt pour votre fils ! sourit le médecin, heureux de parler de quelque chose de positif.

Léa le remercie avant de prendre congé, et dans son esprit se mélangent des pensées liées à son fils et à Rose en même temps. Baptiste, qui respire enfin, pour la première fois de sa vie, depuis qu'ils se sont installés au village, loin de la pollution urbaine. Elle n'est pas près de quitter la campagne, à présent ! Et Rose… Rose, qui part, doucement mais sûrement.

Léa est consciente que le temps est compté. Qu'il faut profiter d'elle le plus possible.

Profiter des vivants.

Chapitre 15

Mai 1985

Le ciel est empli de nuages cotonneux derrière lesquels le soleil se fraye tant bien que mal un chemin. En ce début de mois de mai, le printemps tente de pointer le bout de son nez, encore timidement. La clochette que tous les Sabranois connaissent tinte joyeusement et Léa murmure un « Merci » à l'intention de Jean de La Broise qui a l'élégance de lui tenir la porte vitrée du café grande ouverte. Il pousse la galanterie jusqu'à lui faire signe de passer devant lui, mais elle refuse en souriant et il s'incline. À Violette Vernay, il demande une grille de Loto tout en attrapant un exemplaire du *Figaro magazine* dans un présentoir au mur.

— Y a un stylo derrière vous, marmonne la gérante du café en glissant la grille sur le comptoir.

Jean de La Broise s'écarte légèrement pour laisser passer Léa tout en sortant un stylo-plume argenté de la poche intérieure de sa veste noire. Il se voûte encore plus qu'il ne l'est déjà pour chercher les chiffres qu'il veut cocher, toujours les mêmes depuis des années. À l'époque, c'était Yvonne qui lui avait soufflé l'idée de tenter leur chance de temps en temps, dans l'espoir de remporter une jolie somme qui permettrait de restaurer le château familial. Et à présent, même s'ils ont dû en venir à se séparer de leur majestueuse demeure – et quel crève-cœur ça a été de devoir prendre une telle décision ! –, Jean de La Broise continue, par habitude, à jouer au Loto.

Persuadé qu'il vaut mieux toujours sélectionner les mêmes numéros, il coche les jours de naissance de leurs trois enfants, celui d'Yvonne, et celui de leur rencontre. Pendant ce temps, Léa choisit un magazine de mots croisés pour sa mère, Ludmilla.

— Hé, mais c'est l'châtelain qu'est descendu de son nuage pour nous t'nir compagnie ! s'exclame soudain une voix rendue pâteuse par le vin rouge.

Jean de La Broise fait mine de ne pas entendre. Il tend sa grille à Violette Vernay ainsi qu'un billet de vingt francs ; elle fait la moue en constatant qu'elle doit rendre de la monnaie.

— Châtelain, châtelain, il est pas plus châtelain que toi et moi, je te signale ! rétorque une seconde voix d'un ton mauvais.

Léa tourne la tête et découvre Pierre Vallon et Henri Vernay installés à l'une des petites tables rondes, contre la baie vitrée. Visiblement, ils n'en sont pas à leur premier ballon de l'après-midi, et si ces deux-là ont près de trente ans d'écart, ça ne les empêche pas de s'entendre à merveille depuis toujours.

— Alors, La Broise, ça fait quoi d'être un collabo ? lance avec hargne Pierre Vallon.

— Ou plutôt, ça fait quoi d'être *encore* un collabo ? renchérit Henri Vernay en s'esclaffant, ravi de sa repartie.

Jean de La Broise récupère son magazine et sa monnaie, ne daigne même pas signifier aux deux hommes avinés qu'il a perçu leur présence.

— Collabo un jour, collabo toujours ! se met à scander Pierre Vallon, faussement solennel.

— Ouais, tu vaux pas mieux que Guillemant qu'a vendu sa baraque sans même nous en parler, tous à la botte de l'ennemi ! marmonne Henri Vernay en reniflant de toutes ses forces.

— Vendre son château à un *étranger* pour ensuite essayer de se refaire en jouant au Loto, y a pas plus pathétique…, siffle Pierre Vallon.

— Ouais, si tu es à ce point aux abois, n'hésite pas, regarde : par terre, il y a une belle pièce qui n'attend qu'une chose : que tu la ramasses ! s'esclaffe alors Henri Vernay, fier d'une plaisanterie vieille d'un demi-siècle.

Violette les fusille du regard, mais ils n'en ont cure. Elle regrette de n'avoir jamais osé décoller cette fichue pièce de monnaie du carrelage du café, mais chaque fois qu'elle a suggéré de le faire, son grand-père a tapé du poing en crachant que cette pièce n'avait jamais bougé, même quand les Boches l'avaient menacé, et que tant qu'il serait en vie, elle resterait collée là, point à la ligne.

L'ancien propriétaire du château souhaite à Violette une agréable journée, refusant de se départir de sa politesse habituelle, et salue Léa d'un signe de la tête avant de s'éclipser sous les huées des deux autres. Elle aussi file sans demander son reste, en songeant que, la prochaine fois, elle ferait mieux de passer au café-presse situé à quelques pas de la boutique de fleurs où elle travaille, à Béthune. Au moins, ça lui évitera d'être témoin de ce genre de scènes pitoyables.

Comme chaque fois qu'elles se retrouvent, Ludmilla la serre longtemps dans ses bras. Longtemps, en humant ses cheveux et l'odeur de sa nuque. Sa mère agit toujours comme si leurs retrouvailles étaient une fête, comme si, dès qu'elles se quittaient, il n'y avait pas la moindre garantie qu'elles se revoient et qu'il faille savourer ce cadeau de la vie.

— Où est Baptiste ? demande-t-elle en posant le magazine de mots croisés.

— Je l'ai laissé passer l'après-midi chez Rose, je pense qu'ils font un Scrabble. Je préférais le savoir là-bas, je n'aime pas trop qu'elle soit seule en ce moment…

Ludmilla plisse les lèvres, soucieuse elle aussi.

— Je vais en profiter pour monter au château, déclare Léa, déjà prête à repartir.

— Comment ça ? s'étonne sa mère, déçue.

— Je te l'ai expliqué, maman… Je veux réussir à parler à ce de Clercq, je veux comprendre ce qu'est son projet pour le village…

Léa omet soigneusement de mentionner que, depuis plusieurs semaines, elle compose tous les jours, matin et soir, le numéro de téléphone du château, dans l'idée d'enfin parvenir à parler au châtelain. Elle refuse de lâcher prise ; sa persévérance finira par payer. Avant de partir travailler et juste avant d'aller se coucher, elle appelle et tombe soit sur son majordome, soit sur sa secrétaire. Chaque fois, le bref dialogue est le même :

— Bonjour, je suis Léa Ackerberg et j'aimerais parler à M. de Clercq, s'il vous plaît.

— Il n'est pas disponible pour le moment, mais je peux lui transmettre un message, si vous le souhaitez ?

— Dites-lui simplement que je rappellerai, c'est gentil.

Léa raccroche, et Baptiste secoue la tête, à la fois admiratif et atterré par l'obstination de sa mère.

— Tu sais que c'est du harcèlement, ce que tu fais ? souligne-t-il régulièrement.

— Faux. Ce n'est pas du tout du harcèlement, puisque je ne lui ai encore jamais parlé ! riposte systématiquement Léa, un sourire malicieux au coin des lèvres.

Ludmilla s'est assise dans le canapé. Elle propose à sa fille de rester un moment avec elle, mais Léa fait non de la tête.

— Mais qu'est-ce que tu crois ? Que tu vas sonner à la grille du château et que le nouveau châtelain va venir t'accueillir, un plateau de petits fours à la main ? marmonne Ludmilla, vexée.

— Et pourquoi pas ? Il paraît que la chance sourit aux audacieux, non ? réplique Léa en déposant un baiser sur la joue de sa mère pour la dérider.

Cette dernière hausse les épaules, époussette une poussière invisible sur son gilet parme pour se donner une contenance.

— Ce n'est jamais une bonne idée de se mêler des affaires des autres… Tu ne sais rien de cet homme, il pourrait être malintentionné ou même dangereux, et je ne suis pas d'accord avec ce que tu fais…

Léa se retient de lui dire qu'elle n'a plus l'âge de demander l'autorisation de sa mère pour prendre ses décisions. Ludmilla continue à bougonner :

— Tu ne devrais pas mettre ton nez là-dedans, ce n'est pas à toi de faire ça…

Léa pousse un long soupir avant de déclarer avec le plus de douceur possible :

— Au contraire, maman, je crois qu'on a toujours intérêt à se soucier de ce qui arrive plutôt que se contenter de regarder de l'autre côté et se persuader qu'on n'est responsable de rien… Tu ne crois pas ?

Ludmilla lève les yeux au ciel, sachant très bien à quoi sa fille fait allusion. C'est trop facile de faire cette comparaison !

— Je ne veux pas qu'il t'arrive quelque chose, c'est tout…

— Ce village, c'est toute notre vie, maman. C'est toute *ma* vie, alors je lui dois bien de sortir un peu de ma zone de confort pour tenter de comprendre ce qui se passe depuis plusieurs mois…, explique Léa avec patience.

Sa mère lève les mains, comme pour signifier que Léa peut bien faire ce qui lui plaira.

— À demain ? demande-t-elle avant de prendre congé.

Ludmilla grommelle quelque chose d'inintelligible et Léa sourit malgré elle.

Une demi-heure plus tard, elle est devant l'immense grille du château, le regard rivé à la grande tour centrale. Qui sait, peut-être que, derrière la fenêtre ronde tout en haut, Clément de Clercq est en train de l'observer, d'hésiter à venir lui ouvrir ?

Avant de gravir à pied la route sinueuse qui serpente jusqu'au château, elle est passée à l'église déposer un cierge pour Rose. Si sa mère l'avait vue, les bras lui en seraient tombés. Mais même si Léa ne croit pas en Dieu, elle sait que Rose a toujours été très pieuse, et allumer une bougie en pensant à elle ne peut de toute façon pas faire de mal… Hector Michelet, le seul curé qu'elle a connu au village, est venu à sa rencontre, sans doute heureux de croiser une de ses paroissiennes.

Après des banalités d'usage, il l'a laissée se recueillir devant les quelques cierges aux flammes vacillantes, et Léa n'a pu s'empêcher de songer que, la prochaine fois qu'elle le verrait, ce serait peut-être bien pour les funérailles de Rose… Pensée terrible qu'elle a aussitôt chassée de son esprit, craignant d'attirer la malchance.

Après avoir scruté à travers les barreaux du portail les différentes fenêtres dans l'espoir de détecter un signe de vie, Léa appuie de nouveau sur le bouton qui sert de sonnette. Est-il même relié à une pièce du château ? Têtue, elle laisse son index enfoncé sur le bouton, en espérant casser les oreilles de quelqu'un, quelque part dans la forteresse en pierre de taille.

Tout à coup, la porte située le plus à droite du château s'ouvre et deux personnes sortent du bâtiment. De là où elle est, Léa a du mal à distinguer les deux silhouettes, mais elle voit les deux hommes rejoindre une Jaguar blanche garée dans la cour.

Le premier monte par la porte avant gauche, après avoir ouvert la porte arrière gauche au second. Le cœur de Léa se met à tambouriner dans sa poitrine : c'est forcément

Clément de Clercq qui s'est installé derrière ! Elle tient sa chance, il ne faut pas qu'elle la laisse passer !

Les grilles du portail s'ouvrent automatiquement, et Léa fait un bond en arrière, surprise. Dès que la Jaguar arrive à sa hauteur, elle s'approche du véhicule aux vitres teintées. Sans hésiter, elle tambourine au carreau et s'écrie : « Monsieur de Clercq, je suis Léa Ackerberg, s'il vous plaît, je voudrais juste vous parler quelques minutes ! » En même temps qu'elle prononce ces paroles, elle déteste le ton suppliant de sa voix.

La Jaguar ne fait pas mine de ralentir. Léa se met à courir pour rester à sa hauteur ; elle est tellement offusquée que le châtelain ne daigne même pas s'arrêter quelques instants qu'elle va jusqu'à tenter d'actionner la poignée de la portière pour l'ouvrir.

Soudain, le majordome appuie sur l'accélérateur et Léa se fait aussitôt distancer. Refusant de lâcher prise, elle essaye de piquer un sprint pour rattraper la voiture dans le virage qui descend au village, mais elle glisse et s'étale de tout son long, tombant honteusement sur les fesses. Humiliée, elle observe la Jaguar qui disparaît au loin. Se demande si les deux hommes sont en train de s'esclaffer en la voyant dans cette position peu avantageuse.

Ses poings se referment sur des graviers qu'elle serre si fort qu'ils lui mordent la peau. Elle ne va pas en rester là.

Elle ne va pas en rester là.

Chapitre 16

Baptiste est occupé à repasser à l'encre noire une petite bande dessinée qu'il a imaginée, une sombre histoire de pirates sanguinaires qui s'échouent sur une île déserte, tandis qu'assise en face de lui à la table du salon Léa l'observe avec tendresse. Quel bonheur de voir son fils respirer comme tous les autres enfants de son âge, quel bonheur de ne plus craindre qu'il fasse une violente crise d'asthme au collège sans qu'elle soit là pour le protéger… Pour rien au monde elle ne quitterait Sabran-sur-la-Lys, à présent. Tous deux y ont trouvé leur équilibre, et Ludmilla est elle aussi ravie de les avoir proches d'elle. Sans parler de Rose, bien sûr… Rose… Pour le temps qu'il reste.

Léa se force à se replonger dans la chronologie qu'elle s'est astreinte à rédiger dans un cahier à spirale tout neuf. En haut de la première feuille, elle a écrit en majuscules le nom, le prénom, la date et le lieu de naissance de l'étranger fauteur de troubles. Les seules maigres informations connues le concernant. Elle a repris les moments clés de toute cette histoire de rachats intempestifs, espérant y voir plus clair une fois que tout serait inscrit noir sur blanc quelque part. La première date est septembre 1982, lorsque le château a été racheté aux La Broise par Clément de Clercq. Après avoir fouillé dans sa mémoire pour retrouver le jour exact, Léa a également noté la date où les premiers ouvriers ont débarqué à Sabran pour retirer toutes les portes et fenêtres des habitations rachetées, à un moment où personne ne se souciait plus que ça de ces acquisitions à la chaîne. Le 23 novembre 1984, le vendredi juste avant l'anniversaire de sa mère, donc. La jeune femme est aussi parvenue à récupérer auprès de la mairie la date de chaque rachat de maison dans le village.

Les chiffres dansent devant ses yeux, mais elle a beau tenter d'y trouver un sens, aucune ampoule ne s'éclaire au-dessus de sa tête. Pourtant, elle mettrait sa main au feu qu'elle passe à côté d'un élément clé.

Lasse, elle repousse la feuille loin d'elle, jette un coup d'œil à l'horloge accrochée au mur sur sa gauche : 11 h 07.

— Je vais au marché faire quelques courses pour le week-end, tu veux venir avec moi ? propose-t-elle à son fils en même temps qu'elle se lève.

Baptiste secoue la tête, marmonne qu'il préfère finir sa bande dessinée. Léa ouvre la bouche pour lui dire que s'aérer un peu ne lui ferait pas de mal, mais se ravise. Après tout, s'il a envie de rester enfermé à crayonner, libre à lui…

Un quart d'heure plus tard, elle choisit deux belles barquettes de fraises à l'étal du primeur. Rose adore les fraises et, quand elle était petite, Léa pouvait passer des heures dans les allées de terre recouvertes de petites serres, à l'affût du moindre éclair rouge vif. Elle remplissait de fruits un ancien petit seau de crème fraîche vide et les rapportait avec fierté à Rose, à l'autre bout de la ferme.

Les souvenirs de moments heureux passés dans cette ferme sont inépuisables, même s'ils se colorent aujourd'hui d'une aura douloureuse, entre l'absence de Jacques et la maladie de Rose.

— Vous avez terminé ? l'apostrophe soudain une voix rocailleuse.

Surprise, Léa se retourne pour découvrir Henri Vernay qui l'observe. Elle hoche la tête en récupérant sa monnaie, fait quelques pas en direction de la boucherie pour aller choisir un poulet rôti pour le déjeuner.

— Ça avance, au fait ? lance de nouveau le nonagénaire d'un ton légèrement sarcastique.

Léa hausse les sourcils, en se demandant de quoi peut bien parler le patriarche de la famille Vernay. Celui-ci lève les yeux au ciel, déjà agacé de l'inertie de son interlocutrice.

— Il paraît que vous faites une enquête, non ? C'est vous le Sherlock Holmes du village, à ce qu'on raconte..., s'esclaffe-t-il.

Vexée par le comportement d'Henri Vernay, Léa fait mine de partir, mais il la retient par la manche de son gilet.

— Attendez. Je suis sérieux. On veut tous que cet étranger arrête de privatiser notre village, alors si vous avez une piste, dites-le-moi. Ou si je peux vous aider, faites-moi signe, d'accord ?

Léa le dévisage avec circonspection, décontenancée de l'air brusquement solennel du vieux monsieur. Il a beau avoir une carrure impressionnante, à ce moment précis, elle le sent aussi démuni qu'elle. Sans doute n'a-t-il jamais été confronté à quelque chose qui lui résiste, lui qui a toujours mené à la baguette son épouse et son fils...

L'envie de partager avec quelqu'un l'avancement de ses élucubrations – ou plutôt leur non-avancement – est cependant plus forte que celle de rabattre son caquet à Henri Vernay, aussi Léa se rapproche-t-elle de lui pour discuter quelques minutes. Elle lui raconte les tentatives manquées pour entrer en contact avec Clément de Clercq, le peu d'informations glané quant aux acquisitions effectuées...

— J'avoue que je ne sais pas comment faire mieux que M. Molinet... Comment progresser avec seulement un nom, un prénom, et une date de naissance ? Clément de Clercq, né le 23 novembre 1944. C'est mince, tout de même..., murmure-t-elle avec un dépit difficile à masquer.

Lorsqu'elle lève la tête vers Henri Vernay, celui-ci est aussi pâle que s'il venait de croiser un fantôme.

— Vous allez bien ? J'ai dit quelque chose qu'il ne fallait pas ? interroge Léa, perplexe.

Il fronce les sourcils et secoue la tête comme s'il était pressé de passer à autre chose. Sans un mot d'explication, sans une seule formule de politesse pour mettre fin à la conversation, il tourne les talons et s'éloigne de Léa, la laissant les bras ballants. Une seconde plus tard, le primeur s'écrie :

— Monsieur ! Monsieur ? Vous avez oublié de me payer ces courgettes !

Henri Vernay, tel un automate, s'immobilise, puis revient à l'étal. Perplexe, Léa le regarde ensuite s'en aller d'un pas rapide.

Lorsqu'elle rentre chez elle, la jeune femme rumine toujours la scène, tentant d'en comprendre la signification, si tant est qu'il y en ait une. Relevant la tête de sa planche de bandes dessinées, Baptiste l'écoute réfléchir à voix haute.

— Qu'est-ce que j'ai bien pu dire à Henri Vernay pour qu'il change d'attitude du tout au tout, au point de littéralement s'enfuir ? Je n'ai fait que mentionner le nom du nouveau châtelain et sa date de naissance, c'est incompréhensible…, marmonne-t-elle en allumant le four pour réchauffer un peu le poulet rôti.

Baptiste examine les notes que Léa a griffonnées sur son cahier.

— C'est drôle que le jour où les premiers ouvriers sont venus pour enlever les portes des maisons soit le même que la date de naissance de ce type, quand même. Tu es sûre de ne pas t'être trompée, m'man ? commente-t-il d'un ton étonné.

Léa reste quelques secondes interdite avant d'attraper son cahier pour vérifier les deux dates. Clément de

Clercq, né le 23 novembre 1944. Ouverture des maisons le 23 novembre 1984. Se pourrait-il qu'il s'agisse d'une coïncidence ? Henri Vernay a sans doute réagi à la mention de cette date, tout compte fait. Il connaissait déjà le nom et le prénom du châtelain, comme tout le monde ici, ce qui signifie que la seule information que Léa lui a apprise, c'est sa date de naissance. Que pourrait-elle bien évoquer pour lui ? Quelle importance pourrait-elle avoir, au point de le rendre blanc comme un linge et de lui faire prendre la poudre d'escampette ?

Léa s'assoit pour tenter de mettre ses pensées en ordre. Elle a la conviction que cette date du 23 novembre est essentielle pour comprendre ce qui se passe au village, même si, pour l'instant, elle enrage de ne pas avoir trouvé plus de réponses.

Pas encore, du moins.

Chapitre 17

Son premier réflexe a été de se tourner vers Ludmilla, pour lui demander si la date du 23 novembre 1944 lui évoquait quelque chose de particulier. Mais sa mère lui a aussitôt répondu qu'elle n'était arrivée à Sabran-sur-la-Lys qu'à la fin du mois d'octobre 1944, et qu'elle n'avait aucun souvenir de cette date-là. Quand elle avait retrouvé Léa, Rose et Jacques l'avaient accueillie à bras ouverts, la laissant loger à la ferme jusqu'à ce qu'elle prenne la décision de s'installer au village. Combien de temps était-elle restée, prostrée dans l'ancienne chambre de leur fille, à se terrer à longueur de journée sans oser mettre le nez dehors ? Combien de temps lui avait-il fallu pour oser parcourir les rues de Sabran sans craindre qu'il lui arrive quelque chose, combien de temps pour cesser de se sentir constamment sur le qui-vive, prête à détaler comme un moineau effarouché ? Des semaines, des mois même. Alors non, ce qui avait bien pu se passer au village à peine un mois après qu'elle avait pour la première fois frappé à la porte de la ferme, Ludmilla n'en avait pas la moindre idée…

— Pendant si longtemps, je n'ai eu en tête que deux choses : te protéger et tenter de retrouver ton père…, a soufflé Ludmilla, déjà engluée dans les terribles souvenirs de son passé, ceux qu'elle n'a jamais partagés avec personne, pas même avec sa fille.

Léa n'a pas insisté, a même regretté d'avoir ravivé la douleur d'une plaie qui ne s'était jamais vraiment refermée.

Plus tard dans la journée, la jeune femme a rendu visite à Rose. Sa voiture cahotait sur le chemin caillouteux qui mène jusqu'à la ferme des Flament, et, en observant les ronces sur les bords de la drève, Léa a songé que la nature avait bien vite repris ses droits depuis que Jacques n'était plus là pour s'occuper de l'entretien de la voie.

Comme chaque fois qu'elle voit Rose, assise dans son vieux *rocking-chair* recouvert d'un velours vert sapin, le cœur de Léa se serre. Elle a encore maigri, ses joues se sont encore creusées, son teint est de plus en plus cireux, ses épaules se sont un peu plus affaissées… Chaque fois, elle paraît plus faible, plus frêle, comme si la maladie avait le pouvoir atroce d'accélérer de façon démentielle le temps. Et pourtant, le sourire qui éclaire son visage dès que Léa entre dans son champ de vision est toujours le même : heureux et bienveillant.

Léa s'installe à côté d'elle après avoir déposé un baiser sur sa tempe ridée. Elle donne quelques nouvelles de Baptiste et de la boutique, puis, impatiente, s'empresse d'orienter la discussion sur le sujet qui lui brûle les lèvres. Elle demande à Rose si elle se souvient du mois de novembre 1944, s'il s'est passé quelque chose de particulier dans le village à cette période. Rose plisse les yeux, comme pour se replonger dans sa mémoire. Léa continue de parler, lui détaille la façon étrange dont Henri Vernay a réagi quand elle a mentionné la date du 23 novembre 1944.

— Je suis désolée, ma chérie, je ne vois pas… Tu me demandes de faire un saut de quarante ans dans le passé, et ma mémoire n'est plus ce qu'elle était, tu t'en doutes… Cette date ne me dit rien, j'en suis désolée…, déclare la vieille femme aux cheveux blancs réunis en une éternelle tresse, la seule et unique coiffure qu'elle ait jamais portée.

Malgré la déception qui pointe, Léa ne veut pas s'avouer déjà vaincue.

— Peut-être que cette date précise ne te parle pas, mais tu as passé toute ta vie ici, tout comme les Vernay : tu dois bien savoir des choses sur eux, non ? Peut-être ont-ils des secrets ? tente-t-elle dans l'espoir qu'une étincelle s'allume dans le regard de Rose.

Un instant, le *rocking-chair* cesse d'aller et venir, puis il reprend son balancement comme si de rien n'était. Rose regarde longtemps par la fenêtre, les yeux plongés dans le champ qui s'étend à perte de vue. Le cœur de Léa se met à battre un peu plus vite. Puis la vieille femme pousse un profond soupir, avant de répondre :

— Toutes les familles ont des secrets, ma petite Léa… Qu'est-ce que tu crois… Toutes les familles ont des secrets, répète-t-elle, le regard toujours embrumé.

Léa est suspendue à ses lèvres, elle attend que Rose poursuive, mais visiblement, elle a dit tout ce qu'elle avait à dire. Frustrée, la jeune femme tente un « Et… ? » impatient, pour l'inciter à continuer. Rose semble revenir à la réalité. Elle dévisage longuement Léa, lui prend les mains pour les envelopper dans les siennes.

— Et il y en a qu'il vaut mieux éviter de déterrer, fais-moi confiance. On ne sait jamais sur quoi on va tomber quand on se met à farfouiller dans le passé d'une famille…

— Je t'en prie, dis-moi ce que tu sais, supplie aussitôt Léa. C'est peut-être important pour le village, pour comprendre ce qui s'y passe depuis des mois…

Mais Rose relâche les mains de la jeune femme, se renfonce dans son *rocking-chair* pour se balancer de nouveau, pelotonnée dans un plaid en polaire.

— Non, chuchote-t-elle sans plus accorder un regard à celle qu'elle chérit depuis tout bébé. Non…

1943-1944

Chapitre 18

Été 1943

— Allez, un peu de nerf, Charlotte ! Je ne sais pas ce que tu as ce matin, mais on dirait que tu dors debout... Va donc servir ces cafés à la table du fond ! maugrée Henri Vernay en faisant signe à sa fille de prendre le plateau qui attend sur le comptoir en zinc.

Charlotte retient à peine un soupir d'exaspération, mais obéit sans tarder. À dix-neuf ans, ce n'est pas du tout comme ça qu'elle voyait son avenir. Il y a encore quatre ans, elle avait des projets et des rêves plein la tête, le premier étant de quitter Sabran-sur-la-Lys pour monter à Lille faire des études de sténodactylo. Elle avait déjà tout prévu depuis belle lurette : intégrer l'école Pratte dès qu'elle aurait fêté son seizième anniversaire, trouver en ville un poste de serveuse ou tout autre emploi qui lui permettrait de financer ses études. Quitter ce petit village perdu du nord de la France, où la plupart des gens qui y naissaient finissaient par y mourir sans jamais avoir mis les pieds ailleurs de toute leur vie. Hors de question de dépérir ici ! Et son père avait beau lui seriner : « Tu crois quoi, au juste ? Que tu es trop bien pour Sabran ? Apprends donc à préparer un café buvable, au lieu de passer ton temps à rêvasser ! » Charlotte n'en avait cure. Aucune des remarques d'Henri ne parvenait à semer le doute dans son esprit.

Elle *partirait*. Point à la ligne.

Mais voilà. Il avait fallu qu'un petit homme moustachu, qui, visiblement, avait lui aussi des rêves de grandeur, décide d'envahir la Pologne, en septembre 1939. Il avait fallu que Winston Churchill s'en mêle et s'empresse de déclarer la guerre à l'Allemagne. Il avait fallu qu'Albert Lebrun fasse de même, pour que la France entière se retrouve au cœur d'une guerre qui, aujourd'hui, semblait ne plus devoir avoir de fin et que Charlotte soit contrainte de faire une croix – provisoirement, elle l'espérait très fort – sur ses ambitions. Adieu l'école Pratte, bonjour le café de ses parents, où, depuis près de quatre ans, elle faisait le service et nettoyait les tables à longueur de journée.

Malgré son amertume, elle ne se risquait pas à se plaindre trop souvent de son sort à voix haute, sous peine que sa mère, Marthe, ne lui rappelle qu'elle avait au contraire beaucoup de chance de continuer sa petite vie tranquillement, pense donc un peu à ton frère, le pauvre, et à ce qu'il endure au quotidien ! À vingt-huit ans, Julien, l'aîné de la fratrie de trois enfants, avait été fait prisonnier dès juin 1940, quand la guerre avait commencé « pour de vrai ». Ils avaient eu des nouvelles lapidaires deux mois plus tard ; un simple papier envoyé à Suzanne, son épouse, sous enveloppe de la Croix-Rouge, avec ces deux mots dactylographiés : « En vie ». Il avait fallu s'accrocher à ces cinq lettres, y placer tous leurs espoirs sans en savoir davantage. Suzanne, qui avait accouché de la petite Violette au printemps 1940, était effondrée, bien évidemment. Elle contemplait sa fille pendant des heures, en se lamentant qu'elle ne connaîtrait peut-être jamais son père. Chaque fois, Charlotte secouait la tête, atterrée que sa belle-sœur fasse montre de si peu d'optimisme. Puis les mois avaient passé, sourds à la détresse de la famille, à la détresse de toutes les familles du village, qui pleuraient leurs morts ou vivaient dans une attente pétrie de désespoir et d'angoisse. La première lettre de Julien n'était pas arrivée avant décembre 1940 : il leur racontait qu'après avoir transité par un camp en France – un *frontstalag* – il avait été transféré en Allemagne, d'abord dans un *stalag* en Basse-Saxe, puis dans un *kommando* de travail dans une ferme. Dès qu'elles le pouvaient, Marthe et Suzanne lui envoyaient un colis avec du tabac, des photos de la petite et quelques rares douceurs. Ainsi la vie avait-elle continué, depuis. Ça faisait si longtemps que son frère était prisonnier en Allemagne – bientôt trois ans ! – que Charlotte ne se rappelait même plus vraiment les détails de son visage ou le son de sa voix, alors même qu'ils avaient toujours tous les deux été si complices... Violette avait fêté ses trois ans au printemps dernier, et tout ce qu'elle connaissait de son père, c'étaient quelques clichés d'avant la guerre, des portraits en noir et blanc figés sur papier glacé qui ne disaient pas grand-chose de qui il était dans la vraie vie.

Voilà ce que marmonnait sa mère, quand Charlotte avait des sautes d'humeur et pestait contre cette vie monotone au village : « Pense à ce qu'endure Julien, *là-bas*. » Jamais Marthe ne prononçait le mot « Allemagne » à voix haute, à croire que ça lui aurait déchiré la langue de s'abaisser à ça. « Pense à Suzanne, qui s'occupe toute seule de Violette depuis sa naissance. » « Pense aux Lantier, qui ont perdu leurs deux fils en même temps. » « Pense à M. Morel, qui n'a plus qu'un seul bras. » Ah, ça, il y en avait beaucoup, des moins bien lotis que Charlotte, mais ça ne consolait en rien la jeune fille, qui mourait d'ennui. Quand donc se terminerait cette maudite guerre, qu'elle puisse enfin vivre sa vie ? Quand ?

Oscar, lui, semblait ne pas pâtir de toute cette situation. Son aîné d'un an à peine avait au contraire trouvé le sens de sa vie avec cette guerre. À vingt ans, il consacrait toute son énergie à lutter contre l'envahisseur en vert-de-gris, et le pire, c'est que leurs parents étaient fiers de lui et allaient même jusqu'à l'encourager ! Henri lui donnait des bourrades affectueuses sur l'épaule, ah c'est grâce à des gars comme toi qu'on va finir par gagner et par bouter l'ennemi hors de France ! Marthe le serrait dans ses bras à la moindre occasion, comme si elle craignait, chaque fois qu'elle le voyait, que ce fût la dernière, oh mon chéri, c'est bien ce que tu fais, mais, surtout, fais attention à toi, d'accord ? Pourtant, Charlotte ne voyait pas en quoi la pseudo-bravoure d'Oscar était digne d'intérêt ou de félicitations : s'amuser à aller écrire « Mort aux Boches » sur les murs du village, le plus haut possible pour que les soldats ne puissent pas effacer les inscriptions facilement, ce n'était pas ça qui allait libérer le pays, non mais franchement… Dans l'esprit de la jeune fille, c'était à peu près aussi inutile que lorsque son père crachait dans les cafés avant de les servir aux soldats allemands qui s'arrêtaient parfois chez eux.

— Charlotte, qu'est-ce que tu fabriques ? Encore dans la lune ? Va donc faire la queue à la boulangerie, avec un peu de chance, tu réussiras à avoir du pain…, lui lance sa mère en lui tendant sa carte et ses tickets de rationnement.

La jeune fille fait la moue mais ne conteste pas l'ordre maternel. Elle n'a aucune envie d'aller attendre des heures sous un soleil de plomb en face de la devanture crasseuse des Groux, mais après tout, ce sera toujours plus palpitant que de servir à boire aux éternels habitués…

Chapitre 19

Il n'est même pas encore huit heures que les files d'attente devant les boutiques de la place du village sont toutes d'une longueur à pleurer. Deux vieilles dames discutent ensemble, assises sur des petits sièges pliants qu'elles ont pris soin d'apporter. Juste devant Charlotte, Solange, la fille des Tondelier, fait la queue, plusieurs cartes de rationnement à la main. Devant sa mine surprise, elle explique que cinq familles la rémunèrent un peu pour qu'elle patiente à leur place dans les différentes files ; celle de la boulangerie, celle de l'épicerie, celle de la crèmerie. Charlotte prend place, prête à attendre plusieurs heures pour n'obtenir qu'un morceau de pain noir, sans doute à moitié rassis. Elle sent que sa voisine apprécierait de converser un peu, mais fait mine de ne pas s'en apercevoir : tout ce dont elle a envie, c'est se plonger dans son livre, *Une page d'amour* d'Émile Zola, et d'oublier le monde absurde qui l'entoure. Les histoires d'amour et de passion ont le don de subjuguer Charlotte au point qu'elle a parfois l'impression que les personnages de papier sont aussi réels que les personnes qu'elle côtoie au quotidien… Au bout d'un moment, Solange hausse les épaules et se détourne, déçue par cette pimbêche qui, visiblement, croit mieux valoir qu'elle, avec ses grands airs d'intellectuelle.

Le soleil est déjà haut dans le ciel quand Charlotte arrive enfin au comptoir du boulanger. Derrière lui, dans ses larges paniers en osier, il ne reste plus que quelques miches de pain qui n'ont pas fière allure. Rien qu'à les voir, Charlotte en sent déjà dans sa bouche le goût cartonneux, mais elle tend quand même ses tickets de rationnement. Elle devrait déjà s'estimer heureuse de ne pas avoir attendu des heures pour rien...

Quand elle sort de la boutique, une voix masculine la hèle depuis la fontaine de la place. Elle met sa main en visière au-dessus de ses yeux pour distinguer de qui il s'agit, hésite quand elle s'aperçoit que c'est Antoine, le facteur, qui lui fait de grands signes enthousiastes. Il n'a que quelques années de plus qu'elle, mais sa peau glabre et ses petites lunettes cerclées de fer lui donnent encore l'apparence d'un adolescent. Il a beau faire une cour assidue à Charlotte depuis un moment déjà, elle n'a aucune intention d'y prêter attention. Surtout, ne pas l'encourager. Se montrer polie mais distante. Cordiale mais froide.

Elle se contente donc d'agiter la main en retour, avec un petit sourire forcé. Antoine a l'air d'attendre qu'elle le rejoigne, mais Charlotte s'éloigne à grands pas après l'avoir aimablement salué. S'il affiche sa déception, la jeune fille ne s'en rend pas compte ; il est trop loin et, de toute façon, il faut bien qu'elle lui fasse comprendre que l'attirance qu'il paraît éprouver pour elle n'est pas réciproque...

Tout en reprenant sa lecture, elle remonte la rue des Potiers pour rejoindre le café de ses parents. Les sourcils froncés, elle compte les pages : elle n'aura jamais fini avant d'arriver au café, et son père ne lui accordera aucun répit : dès qu'il entendra la clochette retentir, il aura mille ordres à lui donner : « Va faire la vaisselle, elle s'accumule dans l'évier depuis ce matin ! » « Va prendre la commande du couple qui vient de s'installer ! » « Va débarrasser la table près de la fenêtre, ça fait déjà une demi-heure que les clients sont partis ! » Et il faudra qu'elle attende le soir, après le couvre-feu, pour poursuivre sa lecture à la lueur d'une bougie… Qu'à cela ne tienne : Charlotte décide de faire une courte halte pour terminer son chapitre : hors de question de laisser Hélène Mouret et le docteur Deberle sans savoir ce qu'il va advenir d'eux ! Elle s'adosse à la façade d'une maison sans même lever le nez des pages qu'elle tourne avec avidité. Devant elle, un vieil homme passe en s'aidant d'une canne pour marcher. Arrivé à la hauteur de Charlotte, il émet un soupir narquois et marmonne quelques syllabes inintelligibles, visiblement agacé. La jeune fille lève les yeux, pensant qu'il s'adresse à elle. Ce n'est apparemment pas le cas, car il choisit de traverser la rue pour rejoindre le trottoir d'en face et poursuivre son chemin dans la même direction. Étrange comportement ! songe-t-elle en le suivant des yeux, étonnée. Pourtant, quand elle tourne la tête vers la droite, elle comprend ce qui vient de se jouer. À une vingtaine de mètres d'elle, le fils Jadorski remonte la rue dans l'autre sens, et, de toute évidence, le vieillard n'a pas voulu croiser un petit Juif. Quel monde absurde que celui dans lequel ils vivent tous depuis quatre longues années, quel monde écœurant que celui où un vieil homme préfère changer de trottoir plutôt que de croiser un enfant de six ou sept ans qui n'a commis d'autre crime que celui de naître juif…

Soudain, elle entend un pas de bottes lourdes sur sa gauche. Quelques instants plus tard, deux soldats allemands, vêtus de leurs uniformes et calots vert-de-gris, tournent au coin de la rue et remontent dans sa direction. Quand ils passent devant elle, ils lui adressent un petit signe de tête poli, auquel, par principe, elle ne répond pas. À Sabran-sur-la-Lys, tous les villageois agissent de même, sans jamais s'être vraiment concertés. Tous se refusent à leur attribuer la moindre humanité, et même si le geste peut paraître futile, il n'en reste pas moins symbolique.

Dire que ces deux-là ont des barres de chocolat à la main, et qu'ils n'ont même pas honte de déambuler devant des gens qui entendent leur ventre crier famine à longueur de journée… L'un des soldats est très grand, il dépasse son acolyte d'au moins une tête et demie, et tous deux progressent dans une cadence toute militaire, comme s'ils étaient incapables de marcher normalement. Le cœur de Charlotte se serre quand elle aperçoit le visage brusquement effrayé du petit Joseph Jadorski : on dirait une souris en panique devant un chat affamé. Deux chats affamés aux griffes acérées. Elle referme son roman, le serre contre son cœur, prête à secourir l'enfant si jamais il fallait prendre sa défense, prête à le réconforter une fois que les soldats auront disparu. L'étoile jaune brodée sur sa veste élimée est aussi visible qu'une verrue sur le nez, impossible de ne pas la remarquer. Même le vieillard à la vue sans doute défaillante l'a aperçue du bout de la rue, c'est dire.

Contre toute attente, le petit garçon s'immobilise. Se fige. On dirait qu'il est paralysé, incapable de décider quoi faire. Instinctivement, alors que les deux Allemands approchent, il porte ses deux mains à la poitrine. Pour dissimuler tant bien que mal l'étoile qui le désigne comme un *ennemi*.

Les deux soldats ralentissent. La conversation dans cette langue si aiguisée qu'elle ressemble à du verre brisé s'arrête. Les silhouettes vert-de-gris s'immobilisent elles aussi, juste en face de l'enfant tétanisé. Le plus grand des deux s'accroupit pour être à sa hauteur, et, doucement, il saisit les mains de Joseph pour les détacher de son étoile maladroitement camouflée. Il murmure quelque chose au petit, mais de là où elle est, Charlotte ne parvient pas à distinguer ses paroles. L'enfant hoche la tête, paraît rasséréné. Il esquisse même un sourire, et le cœur de

Charlotte bondit de surprise. L'autre soldat, qui porte une petite moustache brune, regarde aux alentours, visiblement embarrassé. Il croise le regard de Charlotte et paraît mécontent. À voix basse, il prononce quelques mots, et le premier soldat se redresse en haussant les épaules. Joseph le suit des yeux, lève la tête jusqu'à avoir la nuque en arrière tellement l'homme est un géant pour lui. Agacé, le soldat moustachu reprend sa route sans attendre son comparse, et celui-ci tend sa barre de chocolat au petit garçon avant de le rejoindre en toute hâte. Joseph baisse le regard, aussi éberlué que si l'homme venait de lui offrir un lingot d'or. Il a bien raison, songe Charlotte, car, aujourd'hui, un morceau de chocolat est aussi rare et précieux que de l'or… L'enfant croque avec un bonheur lumineux dans la barre chocolatée, et quand il passe devant Charlotte, il paraît aussi heureux que s'il venait de faire le festin de sa vie. La jeune fille ne peut s'empêcher de l'arrêter pour lui demander ce que lui a dit le soldat allemand en retirant ses mains de son étoile.

— De ne pas avoir honte. Que quand il était petit, lui aussi, il avait une étoile comme ça, et qu'il fallait être fier, parce que ce n'est pas donné à tout le monde de devenir shérif ! sourit Joseph en bombant son petit torse.

Charlotte lui sourit en retour, avant de tourner la tête vers les deux Allemands qui arrivent à la place du village.

Songeuse, elle les regarde disparaître au loin.

Chapitre 20

— Comment tu as pu faire une chose pareille ? Je... Je ne sais même pas quoi dire tellement c'est révoltant ! tonne Henri Vernay en abattant si violemment son poing sur la table de la cuisine que son verre de vin tangue jusqu'à se renverser.

Son épouse, Marthe, baisse les yeux tout en essuyant la vaisselle du maigre dîner qu'ils viennent de terminer. Une purée de rutabagas ; rien que d'y repenser, Charlotte en aurait presque la nausée. Si ça continue ainsi, bientôt ils auront des rutabagas au petit déjeuner, au déjeuner, et au souper... C'est mieux que rien, il paraît. En ville, les gens crèvent de faim et ils donneraient cher pour de la purée de rutabagas, il paraît. Mais ce n'est pas parce qu'il y a pire ailleurs qu'on doit se satisfaire du médiocre, si ?

— Je suis sûr que ça va se savoir dans tout le village, non mais franchement, à quoi tu pensais, au juste ? vocifère encore son père sans faire un geste pour éponger le liquide rouge sombre qui commence à goutter par terre.

— Je n'ai pas réfléchi... Il était là, à tendre les bras en criant, l'air désespéré... Tu voulais que je regarde de l'autre côté ? que je passe mon chemin comme si de rien n'était ? riposte sa mère tout en allant docilement chercher une serpillière.

— Oui, voilà qui aurait été une bien meilleure idée ! Sauver un Boche de la noyade, c'est... c'est comme être collabo ! C'est comme tuer un soldat français sur le champ de bataille, tiens ! fulmine Henri Vernay en tamponnant son front luisant avec un mouchoir aux rayures délavées.

Charlotte observe son père qui ne décolère pas depuis qu'il a appris que, le matin même, son épouse a osé tendre un grand bâton trouvé sur la berge à un Allemand en train de se noyer dans le canal. Elle se promenait par là quand elle a entendu des cris. Paniquée à la vue de cet homme qui s'agitait dans l'eau noire et qui coulait à vue d'œil faute de trouver une prise pour se hisser, elle n'a pas réfléchi une seconde. Elle a regardé autour d'elle, a trouvé ce bout de bois et s'en est servie comme d'une perche, risquant même de plonger à son tour dans la Lys tant le soldat était lourd. Dès qu'il s'est retrouvé à cracher ses poumons sur la terre ferme, agenouillé dans son uniforme devenu vert foncé, Marthe s'est sentie mal à l'aise. À qui venait-elle de sauver la vie ? Avait-elle bien fait ? N'avait-elle pas trahi les siens, en agissant de la sorte ? Évidemment, quand elle était rentrée à la maison et avait avoué son geste à son mari, celui-ci s'était aussitôt métamorphosé en une boule de lave brûlante prête à tout dévaster sur son passage.

— C'était un gamin, Henri... Un gamin de l'âge d'Oscar... Je n'aurais plus jamais pu me regarder dans une glace, si je l'avais abandonné à son sort..., murmure Marthe.

Henri la fusille du regard, entend parfaitement le ton d'excuse qu'elle emploie, qui est bien la preuve qu'elle n'est pas très fière de ce qu'elle a fait. Sans états d'âme, il décide d'appuyer sur la corde sensible, celle de la culpabilité maternelle :

— Ah oui ? Et tu pourras te regarder dans une glace, le jour où ce Fritz que tu as sorti de l'eau fusillera ton propre fils ? Parce que c'est ça qui finira par arriver, et tu n'auras plus que tes yeux pour pleurer, à ce moment-là !

Marthe lève un regard larmoyant vers son mari ; comme chaque fois qu'il veut la blesser ou imposer son autorité de chef de famille, il vise en plein dans le mille.

— Je… Je suis désolée… Je n'ai pas pensé à tout ça… J'ai juste attrapé le bâton pour l'aider, c'est tout…, chuchote-t-elle en laissant deux grosses larmes dévaler ses joues.

— Oh, je me doute bien que tu n'as pas réfléchi, ça n'a jamais été ton fort, de toute façon. Mais ça n'excuse en rien ton geste. On va passer pour quoi, à ton avis, auprès des autres ? Pour des traîtres, oui ! Rien que d'y penser, j'ai honte… ! s'exclame Henri Vernay en se levant pour aller chercher la bouteille de vin rouge à côté de l'évier.

Lorsque sa silhouette massive passe devant Marthe et Charlotte, les deux femmes se ratatinent comme deux tortues pressées de rentrer dans leur carapace. Le patriarche n'a peut-être jamais levé la main sur elles, mais la violence qu'elles sentent prête à déferler au moindre prétexte les effraye malgré tout.

— Maman a voulu bien faire, ce n'est pas la peine de l'incendier comme ça. Je ne vois pas en quoi laisser mourir quelqu'un ferait de nous de meilleures personnes, ce n'est pas parce que c'est la guerre que tous les coups sont permis…, déclare soudain Charlotte d'un ton neutre.

Elle sait pertinemment qu'elle ferait mieux de se taire, mais elle n'y parvient pas. Depuis toute petite, malgré sa peur, elle a toujours bravé son père, peut-être parce qu'elle est la petite dernière de la fratrie, celle qu'on n'attendait pas mais qui s'est imposée par hasard. Peut-être parce qu'elle est l'unique fille d'Henri Vernay et que cette situation lui a donné des privilèges que sa mère et ses frères n'ont jamais eus. Ou peut-être simplement parce qu'elle a la rébellion dans le sang et une langue bien pendue qu'elle ne compte pas domestiquer.

Aussitôt, ça ne loupe pas, les doigts de son père se crispent sur la bouteille de rouge, si fort que ses articulations deviennent aussi blanches que l'évier. Il se tourne vers sa fille, qui a osé se ranger dans le camp de sa traîtresse d'épouse, plisse les yeux pour la dévisager d'un air mauvais. Charlotte réprime un frisson mais ne cille pas. Au contraire même, elle ouvre de nouveau la bouche :

— Et puis… Tous les Allemands ne sont pas des nazis. Tous les Allemands ne sont pas des ennemis. Ils ont été appelés sous les drapeaux et certains ne font qu'obéir sous peine d'être des déserteurs, j'en suis sûre.

— « Tous les Allemands ne sont pas des ennemis » ? Non mais tu as vu jouer ça où, exactement ? Dans tes romans à l'eau de rose ? C'est ton Zola qui écrit de telles inepties ? siffle Henri avant de regarder sa femme pour la prendre à partie. Je t'avais dit que ça ne donnerait rien de bon de la laisser lire ses maudits bouquins ! Ça ne fait que lui mettre en tête des idées aussi stupides que dangereuses ! « Tous les Allemands ne sont pas des ennemis », singe-t-il avec mépris. Décidément, j'aurai tout entendu…

Charlotte croise les bras sous la poitrine, serre les dents, agacée de ne jamais être prise au sérieux. Elle n'a pourtant plus dix ans !

— L'autre jour, dans la rue, j'ai vu un soldat allemand qui donnait du chocolat au fils Jadorski, affirme-t-elle avec un aplomb mâtiné d'insolence.

Henri Vernay émet un rire narquois.

— Et c'est censé prouver quoi ? À tous les coups, ton Chleuh a mis du cyanure dedans, va. Ou alors il n'aime pas le chocolat et a voulu s'en débarrasser…

Charlotte secoue la tête, vexée de tant de mauvaise foi. Son père boit son verre de vin en une seule longue lampée, puis il le repose dans l'évier.

— J'espère pour vous qu'au village, tout le monde ne va pas commencer à jaser sur le fait qu'on a secouru un Boche. La dernière chose dont on ait besoin en ce moment, c'est que le café soit déserté.

C'est à ce moment-là que trois coups résonnent à la porte d'entrée de l'appartement situé au-dessus du café. Henri, Marthe et Charlotte échangent un regard étonné : personne ne vient jamais frapper chez eux…

Le père va ouvrir la porte, méfiant, et quand il découvre deux officiers allemands devant lui, il pâlit.

Il a beau jouer le rustre pas impressionnable pour deux sous, il se souvient encore de sa première altercation avec un officier boche, quelques semaines après que les Allemands s'étaient installés au village. Le soldat était entré au café, aussi nonchalant que s'il était *chez lui*, avait commandé un verre de vin rouge au comptoir avant d'aviser la pièce de cinq francs par terre. Aussitôt, il s'était penché pour la ramasser, avait mis quelques secondes pour comprendre qu'elle était collée au sol. Tout en déposant le verre sur le zinc, Henri avait étouffé un petit rire sarcastique et l'officier s'était relevé, soudain conscient qu'il s'agissait d'un mauvais tour. Henri avait collé la pièce de monnaie des années auparavant, pour le simple plaisir de s'esclaffer lorsqu'un étranger tentait de la ramasser. « Vous trouvez ça drôle ? » avait murmuré le soldat en transformant les *v* en *f*. Visiblement, il n'avait pas le sens de l'humour. Henri n'avait rien répondu, trop fier, et le Boche avait ajouté, menaçant : « Il y en a qui sont torturés pour moins que ça, vous savez ? » Les deux hommes s'étaient jaugés du regard, longuement, jusqu'à ce que Marthe intervienne et se confonde en excuses à la place de son mari, promettant à l'officier de mettre un tapis pour que cette plaisanterie douteuse ne se reproduise pas.

Cette fois-là, Henri ne s'était pas démonté, mais la vérité, c'est qu'il n'en avait pas mené large. Alors découvrir aujourd'hui deux soldats sur le pas de sa porte, ça ne lui dit évidemment rien qui vaille.

— Nous venons voir Marthe Vernay, c'est bien ici qu'elle habite ? demande l'un des deux hommes dans un français aussi traînant qu'hésitant.

Charlotte a beau ne pas y connaître grand-chose, elle sait que la casquette rigide et les galons sur son uniforme sont le signe qu'il s'agit d'un gradé.

Sa mère s'approche, les mains déjà tremblantes. L'officier sort de sa poche une feuille pliée en quatre et se met à lire les quelques lignes dactylographiées dans une langue qu'il ne maîtrise pas tout à fait.

— Le lieutenant général de la *Kreiskommandantur* a été informé de votre acte de courage et il souhaiterait vous remercier d'avoir sauvé la vie d'un de nos soldats.

Marthe et Charlotte ont les yeux ronds comme des soucoupes. Elles attendent la suite, mais visiblement l'Allemand a achevé sa courte lecture et il paraît attendre quelque chose. Constatant que rien ne vient, son acolyte hausse les sourcils et demande :

— Eh bien, que voulez-vous ?

Marthe entrouvre la bouche, mais aucun son ne sort. Son cerveau réfléchit à toute vitesse ; elle est prise au dépourvu. Que répondrait Henri, à sa place ? Démunie, elle lui jette un coup d'œil, mais il regarde ailleurs à dessein, outré d'une connivence avec l'ennemi qu'il juge déplacée.

Alors Marthe prend une profonde inspiration et déclare d'une voix blanche :

— Mon fils Julien Vernay est prisonnier en Allemagne depuis décembre 1940. Je voudrais qu'il soit libéré et qu'il revienne à la maison.

Les deux soldats acquiescent sans répondre quoi que ce soit, puis tournent les talons.

Chapitre 21

Charlotte a rendez-vous avec Clara en début d'après-midi ; les deux amies d'enfance ont prévu d'aller se promener à vélo et pique-niquer le long du canal. La jeune fille doit passer prendre Clara devant la grande maison bourgeoise de ses parents et elle pédale à vive allure, pressée de rejoindre sa confidente de toujours. La silhouette du grand pont en pierre de taille qui enjambe la Lys apparaît à l'horizon, quand soudain quelqu'un se met en travers de sa route. Surprise, elle fait une embardée et manque de tomber, se rattrapant *in extremis* en freinant de toutes ses forces.

— Bon sang, qu'est-ce qui t'a pris ? Tu n'avais pas vu que je descendais la rue à toute vitesse ? s'exclame-t-elle en se retrouvant nez à nez avec Antoine, le facteur, qui vient d'achever sa tournée.

Celui-ci se gratte la tête, visiblement penaud.

— Si, mais j'avais envie que tu t'arrêtes, ça fait longtemps qu'on n'a pas discuté un peu, alors je me disais que…

Sa phrase reste en suspens, et Charlotte est exaspérée de comprendre qu'Antoine s'est volontairement mis en travers de son chemin. Et puis, que raconte-t-il, au juste ? Ils n'ont jamais eu la moindre discussion de plus de quelques mots, tous les deux ! Elle déteste qu'on lui force la main. Le visage fermé, elle replace derrière son oreille une longue mèche de cheveux.

— Tu as failli me faire tomber. Bon, j'ai rendez-vous, là, donc je vais y aller. Bon après-midi à toi, maugrée-t-elle en ne faisant aucun effort pour paraître un tant soit peu cordiale.

Antoine se place délibérément devant le guidon de Charlotte, une jambe de chaque côté de la roue avant de son vélo. Il s'appuie fermement sur le panier fixé à l'avant, un sourire aux lèvres.

— Allons, allons, tu ne peux pas être si pressée que ça, quand même… C'est un rendez-vous galant, que tu as ? demande-t-il tout en arrachant un petit bout d'osier qui dépasse du panier.

Charlotte pourrait lui expliquer qu'elle a prévu une balade avec Clara, qu'il connaît bien puisqu'elle est mariée à l'un de ses meilleurs amis, Pierre. Pierre Vallon, Antoine Dupleyssis, Oscar Vernay : trois larrons qui s'épanouissent comme des poissons dans l'eau en multipliant les taquineries vis-à-vis des Allemands. La dernière en date : profiter du couvre-feu pour dessiner au feutre noir des cœurs et des V de Victoire sur les affiches placardées en ville. La libération est encore loin, avec des résistants de cette envergure…

Antoine se met à mâchonner le fil d'osier d'un air qu'il croit nonchalant, mais qui, pour Charlotte, est simplement ridicule. Il attend une réponse, et son regard soudain sérieux glisse sur la jeune fille. Sur ses lèvres, son cou, ses seins serrés dans son chemisier crème. Quand il parvient à ses genoux découverts par la jupe qu'elle porte, la jeune fille déglutit avec difficulté.

Malgré son écœurement d'être scrutée comme une pâtisserie alléchante, elle refuse de répondre à la question d'Antoine. Ce qu'elle fait, où elle va, et qui elle rencontre, ça ne le regarde en rien. Pour qui se prend-il, au juste, avec ses airs de séducteur de pacotille ?

— Laisse-moi passer, murmure-t-elle, les dents serrées.

Antoine ne bouge pas d'un pouce. Il secoue la tête, faussement peiné des paroles de la jeune fille. Ce n'est pas la réponse qu'il attendait. Toujours un sourire malin au coin des lèvres, il approche son visage de celui de Charlotte, au point qu'elle sent son haleine chargée de tabac.

— On est bien là, non ? Tu n'es pas aux pièces, quand même..., murmure-t-il en attrapant le menton de la jeune fille pour qu'elle lève les yeux vers lui.

Charlotte serre les mains sur son guidon, recule son visage instinctivement. Avec *dégoût*. Le sourire qu'Antoine affichait depuis le début s'évanouit d'un seul coup.

— Ce n'est pas une petite garce comme toi qui va me résister, tu sais... Qu'est-ce qui t'effraye à ce point, ma jolie ? Tu n'as pas encore d'expérience, c'est ça ? Il ne faut pas t'inquiéter pour ça, je saurai être gentil, *très* gentil..., souffle-t-il à son oreille tout en lui agrippant la nuque pour qu'elle ne puisse plus s'écarter.

— Est-ce que tout va bien, mademoiselle ?

Antoine et Charlotte sursautent tous les deux. Le facteur se retourne pour découvrir un soldat allemand juste derrière lui. Ni l'un ni l'autre ne l'ont entendu approcher, et Charlotte se fait la réflexion que c'est bien la première fois qu'elle est heureuse de croiser le chemin d'un Boche...

Elle recule son vélo, juste assez pour se dégager de l'emprise d'Antoine, et sourit malgré elle à celui qu'elle reconnaît soudain : c'est le soldat qui a donné un morceau de chocolat à Joseph, l'autre jour !

— Merci, c'est gentil, mais j'étais justement en train d'expliquer à ce monsieur que j'avais rendez-vous avec une amie, déclare-t-elle en appuyant à dessein sur le

« monsieur », dans l'idée de bien faire comprendre à Antoine qu'il n'est rien d'autre qu'un étranger à ses yeux.

Et qu'il le restera.

Même si ses yeux lancent des éclairs, le facteur ne se risque pas à affronter l'officier et prend rapidement la tangente. Charlotte se retourne pour l'observer qui remonte la rue en pédalant de toutes ses forces. Quand son regard revient au soldat, quelque chose d'inédit la fait vaciller de l'intérieur.

L'air sincèrement soucieux, il répète sa question, dans un accent qui soudain lui paraît *adorable*.

— Est-ce que tout va bien, mademoiselle ?

Elle observe avec attention son visage. Ses cheveux blonds comme le sable, coiffés sur le côté. Ses sourcils presque blancs, qui contrastent avec une peau naturellement hâlée. Sa mâchoire carrée. Ses yeux d'un bleu-gris translucide, aux pupilles cerclées de paillettes dorées. La petite cicatrice horizontale qu'il a sur la pommette gauche, qui fait comme une marque de couteau.

Il la dépasse d'au moins trente centimètres, et Charlotte comprend ce qu'a dû ressentir le petit Joseph lorsqu'il s'est retrouvé à lever la tête vers lui. Le sentiment d'être chétif et minuscule, et, en même temps, d'être en *sécurité*.

— Je m'appelle Charlotte, s'entend-elle dire en tendant la main vers le soldat dans un geste étonnamment solennel. Charlotte Vernay.

Il paraît surpris. À son tour, il dévisage la jeune femme qui lui fait face, à califourchon sur son vieux vélo bleu pétrole.

Et, à son tour, quelque chose d'inédit le fait vaciller de l'intérieur.

Sa peau laiteuse, si pâle qu'on y distingue quelques petites veines sur les tempes. Les fossettes qui apparaissent quand elle sourit après lui avoir confié son prénom. Son nez légèrement retroussé, la nuée de taches de rousseur couleur miel disséminée sur son arête. Ses cheveux châtains qui doivent être très longs, puisqu'elle est parvenue à les nouer en une tresse autour de son crâne. Ses yeux noisette, ses cils démesurés qui lui font penser à ceux d'une poupée de porcelaine. Sa silhouette menue, sa taille fine qui donne l'impression qu'on pourrait la briser en deux d'une pichenette.

— Je m'appelle Tobias, répond-il d'une voix plus rauque que d'habitude. Tobias Winterstein.

Il aurait envie de détacher ses cheveux, de défaire cette tresse, juste pour savoir jusqu'où arrivent ces mèches châtain doré. À la taille, aux hanches ?

Elle aurait envie de poser le pouce sur sa cicatrice, de caresser avec une douceur infinie le trait de peau légèrement plus blanc que le reste de son visage.

Tobias serre la main que Charlotte lui tend, et tous les deux sont graves sans savoir vraiment pourquoi. Peut-être parce que, tout au fond d'eux, ils *savent*.

Ils savent que la rencontre qu'ils viennent de faire va bouleverser leurs vies.

Chapitre 22

Septembre 1943

En glissant sur le chemin de terre en pente, Charlotte laisse échapper un cri de surprise et de douleur : non seulement elle se retrouve sur les fesses, dans une position peu élégante, mais en plus elle s'est blessée au coude en tombant sur une pierre aiguisée. Son vélo a chuté sur le côté, lui aussi, et la roue arrière continue de tourner quelques instants, inutile, avant d'abdiquer. Charlotte lève le bras à hauteur des yeux pour vérifier l'étendue des dégâts : elle est tout étonnée de découvrir que son coude est en sang, au point que le liquide rouge sombre coule le long de sa peau jusqu'à abreuver la terre au compte-gouttes.

— Ça va ? Tu as mal ? s'enquiert Tobias, soucieux.

Comme souvent, il était à la traîne derrière elle, sans doute à observer encore les fleurs et les arbres du bois, tandis qu'elle était surtout pressée de trouver un bosquet où s'arrêter. Ils viennent chaque week-end en forêt de Clairmarais, trouvent toujours un moyen de se donner rendez-vous à la sortie du village : Charlotte part à vélo en éclaireur, se contentant d'adresser à Tobias un petit signe de tête neutre quand elle passe à sa hauteur, puis lui la suit à bonne distance pendant les quarante-cinq minutes de trajet. Jamais il ne la perd de vue, mais jamais il ne s'approche suffisamment pour que quiconque puisse penser qu'ils pédalent ensemble.

La première fois que Charlotte avait tendu son visage vers lui pour qu'enfin il ose l'embrasser, le temps était resté suspendu, mais pas longtemps, puisque tout de suite après, la jeune fille avait plongé ses yeux noisette dans son regard clair et avait murmuré : « Personne ne doit savoir. » Tobias avait hoché la tête, aussi solennel que Charlotte. Il avait penché la tête sur le côté, interloqué, quand elle avait récité avec sérieux : « Croix de bois, croix de fer, si je mens, je vais en enfer », mais il avait fait l'effort de répéter chaque portion de phrase après elle pour lui faire plaisir, sans préciser qu'il n'en comprenait pas tout à fait le sens.

Souvent, elle songeait qu'elle aurait aimé être aussi intelligente et cultivée que lui. Même si elle était loin de se déprécier, elle était parfaitement consciente d'être différente de Tobias, quand bien même ils partageaient la passion des livres. Lui parlait couramment l'anglais et le français, alors qu'elle ne connaissait que sa langue maternelle. Lui avait voyagé, alors qu'elle n'avait pour ainsi dire jamais mis les pieds en dehors de Sabran-sur-la-Lys. Il avait vécu près de dix ans en Amérique, à Seattle, une ville dont elle n'avait jamais entendu parler. Son père, ingénieur en aéronautique, avait travaillé pour une entreprise au nom étrangement rebondissant de Boeing, et avait entraîné sa femme enceinte et son fils dans cette aventure, avant de revenir en Allemagne en 1930. Tobias avait donc appris à parler anglais comme un vrai petit Yankee, tandis que sa mère, professeur de français, passionnée de littérature du XVIIe siècle, lui avait enseigné le français pour lui transmettre son amour des Lumières. Quel décalage culturel avec la petite provinciale qu'était Charlotte !

Et pourtant, l'amour ne connaissant pas de frontières, ces deux-là s'étaient instinctivement trouvés et *reconnus*.

Charlotte a dû prendre l'habitude de mentir, depuis ce premier baiser dont l'onde de choc a été si intense qu'elle a eu l'impression, plusieurs jours durant, de flotter à quelques centimètres du sol. Quand sa mère lui demande avec curiosité pourquoi elle chantonne si souvent, pourquoi elle paraît si joyeuse, Charlotte lui répond que, désormais, elle s'est fait la promesse d'être optimiste, et que plus elle pensera que la fin de la guerre est proche, plus il y aura de chances que cela arrive. Quand son père l'interroge sur le sourire aussi béat que niais qu'elle affiche en permanence, Charlotte lui explique qu'elle se force à paraître accueillante pour les clients du café, tout simplement. Quand Clara, sa meilleure amie, l'observe d'un air inquisiteur et lui souffle que quelque chose a *changé*, Charlotte se contente de hausser les épaules. Pour être sincère, autant elle n'a aucun scrupule à mentir à ses parents, autant elle est moins à l'aise face à sa complice de toujours, qui, elle, continue de se confier à Charlotte sans la moindre retenue. Mais elle ne peut pas se permettre d'embringuer Clara dans ses histoires, de la mettre en danger, de mettre Tobias en danger. Impossible.

Alors, depuis plus d'un mois maintenant, il y a deux Charlotte. La jeune fille à la vie monotone et au caractère bien trempé que tout le monde a toujours connue, celle qui sert les tasses d'*ersatz* de café et les verres de mauvais vin tout en rêvant à une tout autre vie, qui commencerait dans une école de sténodactylo. Et la jeune femme amoureuse, prête à tout risquer pour retrouver son amant ; la jeune femme passionnée qui, pour la première fois de sa vie, a l'étrange sentiment d'être *complète* en ayant rencontré la personne qui lui manquait pour devenir véritablement elle-même. Sentiment vertigineux que celui du manque perpétuel : Tobias lui manque dès qu'elle n'est pas avec lui, et, parfois, il lui manque même lorsqu'ils sont tous les deux, parce qu'elle anticipe déjà la séparation inéluctable. Elle voudrait être lui, qu'ils ne forment plus qu'un être, ensemble. L'amour qu'elle ressent pour lui, qu'elle a ressenti si fort, presque immédiatement, est aussi violent et inattendu qu'un immense tremblement de terre. Et le fait que son soldat, de toute évidence, ressente exactement la même chose de son côté ne fait que renforcer leurs sentiments réciproques.

Si Charlotte se risquait à se confier à Clara, celle-ci dirait sans doute qu'il ne s'agit que d'une amourette, qu'elle en connaîtra d'autres, que Tobias ne vaut pas la peine de se mettre tellement en danger, que si elle est si amoureuse, c'est simplement parce que c'est la première fois… Elle entend déjà la leçon de morale de son amie : Clara n'a que trois ans de plus que Charlotte, mais ces années suffisent à faire d'elle la voix de la sagesse. Alors qu'en réalité qu'y connaît-elle, à l'amour ? Elle s'est liée avec Pierre Vallon, petit employé à l'état civil de la mairie qui s'improvise résistant à ses heures perdues pour donner un peu de panache à son existence. Elle a cédé à ses avances pour la simple raison que ses parents trouvaient cette alliance *intéressante*. Quand Charlotte lui a demandé pourquoi elle s'était si vite mariée avec lui, Clara n'avait su que bafouiller ces quelques tristes mots : « Il est gentil avec moi. »

Aujourd'hui, Charlotte est bien placée pour savoir que la gentillesse ne suffit pas. Ce n'est pas la gentillesse d'un homme qui transforme le bas-ventre d'une femme en un brasier. Ce n'est pas la gentillesse d'un homme qui donne envie à une femme de bouleverser toute sa vie, au mépris du danger, de la bienséance, du qu'en-dira-t-on. Ce n'est pas la gentillesse qui rend folle d'amour, au point de ne même plus savoir ce qu'était la vie, *avant lui*.

Oh que non.

— Tu as mal ? demande Tobias en examinant, accroupi, sa blessure au coude.

Chaque fois qu'il ouvre la bouche, son accent traînant et sa voix rocailleuse procurent à Charlotte des fourmillements inédits au plus profond de ses entrailles. Elle voudrait qu'il ne cesse jamais de parler. Parfois, elle s'allonge à côté de lui, de telle façon qu'ils soient épaule contre épaule, bras contre bras, jambe contre jambe, les mains enlacées, et elle ferme les yeux en lui demandant de parler en allemand. Alors il récite des poèmes appris il y a longtemps à l'école, il fredonne des chansons dont elle ne comprend pas un mot, il se remémore des recettes de cuisine que sa mère lui a apprises, tandis qu'elle, enchantée, savoure l'agréable sensation au creux de son ventre.

Grimaçant d'une douleur qu'elle exagère un peu pour se faire dorloter, elle hoche la tête. Tobias réfléchit quelques instants, puis il se lève d'un bond, ne bouge pas, je reviens.

Quelques minutes plus tard, il s'agenouille de nouveau devant elle.

— Laisse-moi faire, commande-t-il avec une autorité chaleureuse.

Il sort sa gourde métallique, verse de l'eau sur le coude de Charlotte. Elle l'observe ensuite qui retire avec délicatesse un mince feuillet d'un morceau d'écorce qu'il est allé ramasser. Il le met de côté, puis broie entre ses doigts l'écorce restante, avant d'étaler consciencieusement la poudre grisâtre sur sa plaie. Elle pousse un petit gémissement, et il se contente de faire « Chut », un sourire au coin des lèvres. L'air concentré, il dépose ensuite deux feuilles en forme d'as de pique sur la blessure, sort un mouchoir en tissu de sa poche pour le nouer autour des feuilles et du coude de la jeune femme.

— Là, j'ai fini, déclare-t-il en s'asseyant à côté d'elle.

— Tu es druide ? l'interroge-t-elle, amusée de toute cette scène.

— « Druide » ? répète-t-il sans comprendre.

Charlotte montre son coude de l'index. Tobias sourit, explique comme il le peut ce qu'il vient de faire. *Betula pendula*, prononce-t-il. L'écorce et les feuilles soignent les plaies, les aident à cicatriser.

— Comment sais-tu tout ça ? lui demande Charlotte, admirative.

Alors Tobias lui raconte, dans un français parfois un peu hésitant, car il ne connaît pas les mots les moins usités. Il sort son dictionnaire de poche à la couverture noire élimée, cherche de temps à autre un terme qu'il ignore, et le cœur de Charlotte se liquéfie un peu plus.

Il lui explique le métier qu'il exerçait, dans son pays, avant la guerre. Jardinier d'une grande propriété en Bavière, le bras droit du jardinier en chef. Embauché à même pas vingt ans pour œuvrer dans un magnifique domaine de plus de quatre-vingt-dix hectares, ce n'est pas donné à tout le monde, déclare-t-il avec fierté. Il lui raconte les plans et les croquis, les arbres et les massifs de fleurs à agencer avec harmonie, les graines à récolter et à conserver précieusement. Il lui dit sa passion pour la flore, pour la botanique, pour les vertus médicinales des plantes… Et dans ses yeux brille un enthousiasme qui rendrait presque Charlotte jalouse. Elle l'écoute longtemps en silence, avant de demander :

— Et après la guerre, tu feras quoi ?

— Je rentrerai chez moi, bien sûr ! s'exclame aussitôt Tobias, l'esprit encore empli du jardin immense qu'il a dû abandonner en Allemagne quand il a été appelé sous les drapeaux.

Le visage de Charlotte s'assombrit, et même si elle tente d'avoir l'air dégagé, le jeune homme n'est pas dupe. Il caresse la joue rebondie de la blessée, puis murmure :

— Tu viendrais avec moi ?

La lumière revient immédiatement dans les yeux de Charlotte ; bravache, elle secoue la tête, on verra si j'en ai envie le moment venu, on verra bien !

Une heure plus tard, l'agréable parenthèse s'achève ; il est temps de retourner à Sabran-sur-la-Lys et au quotidien en noir et blanc. Jusqu'à la prochaine escapade, jusqu'aux prochaines retrouvailles…

De nouveau, Charlotte part en premier, Tobias roulant loin derrière. Quand, une petite heure plus tard, elle bifurque pour rejoindre le café tandis que lui monte jusqu'au château où les soldats sont installés, elle ne court pas le risque de tourner la tête vers lui, d'autant qu'elle aperçoit l'institutrice, Marie-Louise Plantier, en train de cheminer sur le trottoir. Charlotte se contente donc de lever la main en guise d'adieu, en espérant que Tobias la regarde à ce moment précis. Quel supplice de devoir plus souvent être séparés qu'ensemble…

Elle dépose son vélo contre le mur de la petite cour située à l'arrière du café. Le cochon est tellement occupé à dévorer des petites pommes à moitié pourries qu'il ne lève même pas la tête pour voir qui vient d'arriver. Avant la guerre, il s'appelait Mange-tout ; c'est Charlotte qui l'avait baptisé ainsi après qu'il avait englouti une de ses chaussures. Mais Henri Vernay l'a rebaptisé et, depuis, le cochon répond au doux prénom d'Adolphe. Enfin, répondre est un bien grand mot, car personne au village ne l'a jamais vu lever la tête en entendant quelqu'un prononcer « Adolphe ».

Au premier étage, une fenêtre s'ouvre, et Marthe se penche sur la balustrade en fer forgé et s'écrie :

— Mais qu'est-ce que tu fabriquais ? Ton père t'a cherchée partout ! Dépêche-toi de monter, dépêche-toi !

En percevant l'urgence dans la voix de sa mère, elle craint aussitôt la mauvaise nouvelle. Son père a-t-il compris qu'elle n'avait pas passé l'après-midi avec Clara, comme elle l'avait affirmé ? Quelqu'un, au village, aurait-il pu la surprendre avec Tobias et la dénoncer ?

En montant l'escalier, la jeune femme se sent de plus en plus fébrile. Comment va-t-elle pouvoir justifier son idylle ? En moins d'une seconde, la peur se retrouve pourtant mêlée d'un sentiment puissant d'injustice. En vérité, pourquoi devrait-elle justifier quoi que ce soit ? Pourquoi n'aurait-elle pas le droit d'aimer Tobias ?

La porte s'ouvre en grand, la silhouette carrée de son père apparaît dans l'embrasure jusqu'à masquer la lumière à l'intérieur.

— Dépêche-toi…, souffle-t-il avec froideur.

Charlotte monte les dernières marches en baissant la tête, craint presque de recevoir une taloche au moment où son père s'écarte pour la laisser entrer.

— Tu n'étais même pas là pour l'accueillir…, murmure-t-il avec mépris.

Assis à la table de la cuisine, un homme au visage émacié et aux cernes anthracite qui lui dévorent les joues.

Il faut quelques secondes à Charlotte pour le reconnaître.

Julien, son frère.

Chapitre 23

Interdite, sonnée presque, Charlotte dévisage son frère aîné sans rien dire. Il a les joues creusées, le teint fatigué, c'est vrai, mais Julien n'a pas tant changé que ça, en vérité. C'est le même homme, en version *usée*, peut-être. Il a toujours ses cheveux châtain doré qui bouclent avec élégance ; plus jeune, Charlotte aurait donné n'importe quoi pour que ses mèches désespérément raides aient le joli volume naturel de celles de son frère. Il a toujours sa barbe épaisse, qui atténue son côté enfantin, et sa mâchoire carrée, la même que celle de leur père. Toujours la même détermination dans le regard, celle qui faisait qu'au village aucun enfant ne s'était jamais risqué à lui chercher des noises.

Et pourtant, pourtant, quelque chose est différent. Charlotte observe son frère pour tenter de percer l'énigme qui s'offre à elle. C'est comme si Julien était en face d'elle, mais qu'un détail manque pour que ce soit *vraiment* lui…

— Eh bien, tu ne salues pas ton frère ? commente Marthe en poussant Charlotte vers lui.

La jeune fille sourit, étrangement gauche, comme si elle se trouvait devant un étranger. Julien se lève, recule sa chaise, ouvre grand les bras pour l'accueillir, mais les embrassades restent fugitives.

— Comment tu es rentré ? demande la jeune femme, tentant de briser une glace qui la déstabilise profondément.

Quatre ans d'absence. Quelques gouttes d'eau à l'échelle d'une vie, une éternité pour l'adolescente qu'elle était encore en 1939…

— En train, répond Julien.

— Tu as été voir Suzanne ? l'interroge à nouveau Charlotte, même si elle a l'impression que chaque mot qui sort de leurs bouches exige un effort inouï.

Son frère jette un coup d'œil lourd de sens à sa mère, qui baisse aussitôt la tête. Que se passe-t-il, au juste ?

— Je suis passé chez moi dès mon arrivée, oui. Suzanne est… bouleversée.

— Ça se comprend, après tant de temps à t'attendre, à espérer que tu reviennes, à craindre de recevoir un jour une lettre nous annonçant ta mort…, murmure Charlotte, démunie devant tant de froideur.

Tout comme Suzanne, tout comme sa mère, elle s'est imaginé des dizaines de fois les retrouvailles avec son frère. Il reviendrait un beau matin, son balluchon sur le dos. Il dirait : « C'est moi ! », Charlotte sursauterait en reconnaissant sa voix, se retournerait pour vérifier que ses oreilles ne lui jouent pas des tours. Elle hurlerait de joie en découvrant Julien, ils tomberaient dans les bras l'un de l'autre, il la serrerait fort contre lui, la ferait tournoyer comme quand elle était petite. Il éclaterait de rire tandis qu'elle pleurerait de joie et de soulagement.

Ça ne se passe pas du tout comme ça, mais à force de rêver les choses, peut-être que la réalité ne peut s'avérer que décevante ? Le principal, c'est sans aucun doute que Julien soit revenu chez lui, sain et sauf. En vie.

En vie, à l'époque actuelle, c'est déjà un miracle, non ?

— Je suppose que ce que vous avez enduré, depuis le début de cette guerre, a dû être… *éprouvant*, en effet, déclare Julien en sortant un paquet de cigarettes à moitié écrasé de la poche intérieure de sa veste.

La façon dont il a prononcé le mot « éprouvant » sonne presque comme une insulte. Qu'est-il arrivé à son frère pour qu'il paraisse si méconnaissable ?

Il craque une allumette, aspire une longue bouffée de sa cigarette avant de jeter le petit bâton de bois noirci sur la table de la cuisine.

— Violette a eu tellement peur de moi qu'elle s'est cachée sous l'armoire de notre chambre. Elle s'est mise à sangloter dès qu'elle m'a vu, elle a hurlé dès que j'ai fait mine de m'approcher d'elle, s'est enfuie en courant quand je me suis agenouillé pour lui expliquer que j'étais son père. Voilà comment s'est passée la première rencontre avec *ma* fille. Mais je ne doute pas un instant que tout cela soit bien plus éprouvant pour les autres, déclare Julien avec amertume, sans regarder personne.

Il s'absorbe dans les ronds de fumée qu'il s'amuse à recracher tandis que Charlotte et Marthe échangent un regard gêné. Le père attrape sa pipe, se contente de jouer avec avant de lancer à son fils :

— Eh quoi, qu'est-ce que tu croyais ? Qu'une môme qui ne t'a jamais vu de sa vie allait te sauter au cou en criant « papa » ? Arrête un peu, gamin. Arrête, assène-t-il d'une voix blanche. Elle a trois ans, elle ne se souviendra même pas de tout ça, plus tard. Elle ne se rappellera même pas qu'elle a grandi sans toi les premières années de sa vie, alors qu'est-ce que ça peut faire ?

— Qu'est-ce que ça peut faire ? répète Julien, d'un ton acerbe que Charlotte ne l'a jamais entendu employer.

Jamais, avant, il n'aurait osé parler à leur père de cette façon. Il n'y a toujours eu que Charlotte pour avoir le culot de lui tenir tête…

Henri Vernay se redresse en bombant le torse, croise les bras d'un air arrogant. Le regard qu'il jette à l'aîné de ses enfants en dit long : il n'a pas l'intention d'accepter que qui que ce soit vienne le défier sous son propre toit.

— Oui, tu as bien compris, gamin : qu'est-ce que ça peut faire ? répète-t-il lentement, pour que chaque mot s'imprime dans l'esprit de son fils. Un môme, c'est comme un animal : ça s'apprivoise, ou ça se dresse. Un point c'est tout. Tu vas rentrer chez toi, tirer Violette par le bras pour la faire sortir de sous l'armoire, et tu vas lui expliquer qu'elle doit le respect à son père.

En entendant cet ordre déguisé en conseil, Charlotte ne peut s'empêcher de secouer la tête, abasourdie devant ce qui, pour elle, n'est qu'ineptie. Marthe, comme à son habitude, ne bronche pas, et personne ne saurait même dire si elle approuve ou non les paroles de son mari.

Julien ne répond rien. La mâchoire crispée, le regard noir, il écrase avec une hargne contenue sa cigarette dans le gros cendrier en terre cuite. Puis il se dirige vers la porte sans un regard pour ses parents ou Charlotte.

La jeune femme voudrait le retenir, trouver des mots suffisants pour le réconforter un tant soit peu, mais dans son cerveau, il n'y a qu'un immense vide cotonneux. Que pourrait-elle bien dire à son frère, hormis des platitudes que tout le monde va lui seriner en permanence : qu'il est en vie et que c'est déjà pas mal, que les choses vont s'arranger, qu'il faut laisser le temps au temps…

Avant de refermer la porte derrière lui, Julien se tourne vers sa mère. Marthe paraît le supplier du regard, ne pars pas comme ça, mon fils, si tu savais comme j'ai prié pour que tu reviennes parmi nous…

— Alors tu as sauvé la vie d'un Boche pour me ramener ici ? J'aurais préféré crever au *stalag* plutôt que d'apprendre que ma propre mère a aidé une de ces raclures, assène-t-il d'un ton glacial.

Marthe ouvre la bouche sans qu'aucun son sorte, on dirait un poisson échoué au bord de l'eau. Ses yeux se brouillent instantanément, et elle porte la main à son cœur comme si elle venait d'y recevoir une flèche empoisonnée.

La porte de l'appartement claque. Il ne reste plus qu'un silence de plomb, brisé moins d'une minute plus tard par Henri Vernay, qui lance à sa femme d'un ton satisfait :

— Eh bien voilà ! Julien et moi, on est au moins d'accord sur une chose !

Chapitre 24

Octobre 1943

Oscar vient de partir livrer ses journaux dans le village. La porte vitrée du café n'est pas encore refermée que Charlotte l'entend déjà souffler dans sa petite corne pour annoncer son passage aux maisons situées dans la rue des Potiers.

À son tour, elle finit de boutonner son manteau, sous l'œil circonspect de sa mère, occupée à astiquer le comptoir. Son père retire les chaises des tables ; les premiers clients, les habitués du petit noir au réveil, ne vont pas tarder.

— Tu es sûre que tu ne veux pas continuer à faire le service ici, Charlotte ? murmure Marthe pour que son mari ne vienne pas se mêler de leur conversation.

La jeune femme secoue la tête, pressée de s'en aller.

— On en a déjà parlé, maman…

— Oui, mais… Peut-être que je pourrais convaincre ton père de te payer un peu…, tente sa mère en se triturant les mains.

Elle réagit comme si Charlotte partait pour la guerre et qu'elle risque de ne plus jamais la revoir, mais elle n'a bien sûr aucune chance de s'imposer face à son mari ou même sa fille, têtue comme une bourrique depuis toujours. Henri s'approche d'elles et, aussitôt, Marthe fait mine de frotter une tache invisible sur le comptoir. Le patriarche ne parvient pas du tout à digérer que Charlotte ait envie d'aller travailler au château, de se mettre au service de ces Allemands qui se croient tout permis et agissent comme s'ils étaient chez eux. Il n'a jamais vraiment porté les bourgeois La Broise dans son cœur, mais les savoir contraints, dans leur propre demeure, de cohabiter avec l'ennemi, ça lui donne la nausée.

Alors quand Charlotte, sa propre fille, leur a annoncé d'un air dégagé, il y a quelques jours, qu'elle avait réussi à se faire embaucher au château comme bonne à tout faire, il a failli s'étouffer. À croire que toute sa famille se ligue contre lui, bon sang ! Entre Marthe qui sauve un Fritz de la noyade cet été, Julien qui est mutique depuis son retour de *stalag* le mois dernier, et Charlotte qui décide sur un coup de tête d'aller faire le ménage chez les Boches, Henri ne sait plus à quel saint se vouer… Ça se voit que ces bonnes femmes n'ont rien connu des tranchées, qu'elles n'ont aucune idée de ce dont sont capables ces raclures à la tignasse pâle… Heureusement qu'Oscar est un peu mieux emmanché que les autres ! Lui, au moins, a compris qu'il fallait lutter contre l'ennemi, et même si pour l'instant ses actions ne sont pas très probantes, au moins il essaye de faire bouger les lignes, avec ses amis Antoine et Pierre… La semaine dernière, il a découpé un V gros comme la paume de la main dans une vieille taie d'oreiller jaune poussin et a demandé à Marthe de la lui coudre sur son gilet en maille, au niveau du cœur. « Ça sera mon étoile à moi », a-t-il déclaré avec ferveur. Puis il a osé sortir comme ça en pleine rue. Toute la journée, sa mère s'est inquiétée pour lui. Et, en effet, le soir, un soldat rouquin l'a ramené au café en le tirant par le col de son gilet. Mécontent, il a expliqué qu'il passait l'éponge pour cette fois, mais qu'il valait mieux éviter qu'un tel affront se reproduise. Marthe a poussé un petit cri horrifié quand le soldat a ajouté : « Il y en a qui sont fusillés pour moins que ça. » Henri, lui, a attendu que l'Allemand déguerpisse pour applaudir son garçon.

Ah, ça, ce n'est pas Charlotte qui se mouillerait ainsi… Mademoiselle préfère jouer les fées du logis chez ces bons à rien !

D'un œil torve, Henri Vernay observe sa fille qui se recoiffe dans la glace derrière le comptoir et ajuste son béret rouge.

— Tu as besoin de te faire belle ? demande-t-il avec mépris.

— J'ai besoin d'être *présentable*, répond Charlotte sans se démonter.

C'est Tobias, évidemment, qui l'a recommandée au commandant responsable de l'intendance au château. L'objectif des deux tourtereaux est d'être le plus possible ensemble, et, en allant travailler là-bas, Charlotte se rapproche de l'homme qu'elle aime, sans que tout le monde au village se mette à jaser. Elle va être au service de l'ennemi, et alors ? Tout le monde a besoin d'argent, en ce moment, et personne ne pourra affirmer le contraire sans être d'une mauvaise foi flagrante. Si ça peut lui permettre de voir davantage Tobias sans trop se cacher, Charlotte n'a aucun problème à l'idée de faire les chambres des soldats tous les matins et d'aider à préparer puis servir leur déjeuner. Sans compter que son père n'a pas trouvé grand-chose à rétorquer quand elle lui a expliqué qu'elle allait pouvoir économiser pour financer ses futures études de sténodactylo. Oh, il a haussé les épaules d'un air dédaigneux, a maugréé qu'il lui offrait le gîte et le couvert depuis sa naissance et qu'elle n'était même pas suffisamment reconnaissante pour trouver normal d'aider un peu au café, mais ce n'est pas allé plus loin.

Contre toute attente, Oscar l'a félicitée d'être parvenue à se faire embaucher, mais il n'a fallu que quelques minutes à Charlotte pour comprendre son enthousiasme : il espérait ardemment qu'elle pourrait espionner les Allemands pour lui et ses amis. « Tu es fou, je ne vais pas me mettre en danger pour des résistants de pacotille ! » avait-elle répliqué. Oscar l'avait traitée de lâche et de collabo, mais Charlotte n'en avait pas pris ombrage : depuis plus de deux mois, il lui suffisait de penser à son Tobias pour être de bonne humeur…

— Je ne veux pas que tu ailles travailler pour eux, lance Henri Vernay d'une voix sourde.

Charlotte fouille quelques instants dans son sac à main, en sort un tube de rouge à lèvres. Elle applique consciencieusement le rouge en entrouvrant la bouche et en s'observant dans la glace. Ce faisant, elle prend bien soin de ne pas croiser le regard de son père.

Une fois qu'elle a terminé, elle tourne les talons et, au moment où elle passe devant lui, déclare :

— Je ne t'ai pas demandé ton autorisation, papa. Je m'en vais, je ne voudrais pas être en retard. Comme tu le dis toi-même, être ponctuel, c'est essentiel…

La gifle claque violemment sur sa joue, si fort que sa tête tourne à angle droit. Charlotte ignore si son père est plus en colère parce qu'elle agit sans sa bénédiction ou parce qu'elle a osé se moquer de sa devise de toujours. Sans un mot, sans une larme, elle frotte sa peau rougie, plus vexée qu'amochée. La clochette de la porte du café tinte joyeusement, signe que le premier client vient d'entrer.

La jeune femme en profite pour décamper sans demander son reste.

Chapitre 25

Décembre 1943

Ça a commencé par des regards un peu plus appuyés dans les files d'attente. Des regards condescendants, des chuchotements, des conversations qui brusquement s'interrompent à son passage, des haussements d'épaules rageurs à son approche.

L'autre dimanche, à la messe, Marie-Louise Plantier, l'institutrice de l'école du village, a changé de banc quand la famille Vernay est venue s'installer à côté d'elle. Elle a pris son petit air pincé que Charlotte connaît bien, le même que lorsqu'elle accueille les enfants à l'entrée de l'école, et, sans un mot, sans un bonjour, elle est allée s'asseoir de l'autre côté de l'église. Comme s'ils étaient des pestiférés. Comme si *elle* était une pestiférée. Sa mère a fait mine de ne rien remarquer, pour garder la tête haute, mais Henri a fusillé sa fille du regard.

Au café, dès que son père a le dos tourné, certains habitués dévisagent Charlotte avec une drôle de concupiscence, comme s'ils imaginaient toutes sortes de choses peu ragoûtantes sur son compte. Celle qui couche avec un Boche, c'est qu'elle doit coucher avec n'importe qui, non ? Un sourire lubrique au coin des lèvres, ils imaginent la fille facile qu'elle doit être.

Il y a quelques jours, quand elle s'est retrouvée dans la grande cave que leurs voisins, les Raval, mettent à la disposition des habitants de leur rue pendant les raids aériens, Charlotte a baissé la tête pendant près de deux heures, en essayant tant bien que mal de se concentrer sur son roman à la lueur de sa torche. Il n'y avait guère que leur petite fille d'une dizaine d'années, Nicole, pour se comporter avec gentillesse, en s'appliquant à dessiner son portrait pour le lui offrir ensuite. Quant aux autres… Comme si Charlotte pouvait ignorer qu'elle était au cœur de toutes les messes basses, comme si elle pouvait s'en moquer… Elle a entendu l'humiliante expression « collaboration horizontale » revenir plusieurs fois et elle a eu envie de vomir. Elle aurait voulu leur expliquer que tout ce qu'elle faisait, c'était aimer un homme. Qu'elle ne lui donnait aucune information, qu'il n'en cherchait d'ailleurs même pas, qu'elle n'était pas une espionne, et lui encore moins un nazi. Mais se justifier à voix haute alors qu'ils prenaient un malin plaisir à murmurer tout bas, pour eux, ç'aurait été comme un aveu de culpabilité. Radieuse, la mère Raval se serait exclamée : « Dites donc, Marthe, votre fille ne serait-elle pas un peu… hystérique ? » Scandalisé, le père Raval aurait lancé à Henri : « Oui, c'est vrai, il faudrait veiller à la dresser ! Ma fille ne se permettrait pas le dixième de ça, ah ça non… »

Mieux valait se taire. Avec le temps, les ragots se tasseraient. Bientôt, il y aurait un autre sujet de conversation bien plus croustillant à se mettre sous la dent, et tout le monde oublierait Charlotte et son beau soldat. Tout comme ils avaient oublié les Jadorski, qui, à l'automne, s'étaient volatilisés une nuit, laissant leur appartement tel quel, comme s'ils comptaient revenir d'ici peu. Cette « disparition » inattendue avait alimenté les conversations pendant une semaine ou deux. Et puis l'intérêt des commères s'était amenuisé, aussi vite que la neige fond au soleil.

Il suffisait donc de courber l'échine et d'être patient. Bientôt, ils se lasseraient. En attendant, Charlotte devait ronger son frein en silence, même si ce n'était pas son fort de modérer son tempérament explosif.

Hier midi, quand elle a croisé Pierre Vallon alors qu'il sortait de la mairie, il a *craché* à ses pieds. Comme si de rien n'était. Charlotte ne l'a même pas affronté du regard, a refusé de lui donner ce plaisir. Ronger son frein, s'est-elle rappelé, pour éviter de lui sauter à la gorge et de lui cracher à son tour au visage. Ce garçon a beau suivre Oscar comme une ombre, cette amitié ne suffit pas pour qu'il estime devoir épargner la sœur de son comparse. Peut-être joue-t-il aussi sur la certitude qu'il a que Charlotte est bien trop fière pour en toucher un mot à son frère. Ce sur quoi il ne se trompe pas, évidemment. Jamais elle ne se plaindra à Oscar, jamais.

Elle n'a pas osé non plus en parler à son amie Clara ; qu'aurait-elle pu lui dire, de toute façon ? « L'imbécile qui te sert de mari a craché au sol au moment où je l'ai croisé sur le trottoir » ? Qu'aurait bien pu répondre Clara ? Elle aurait été très embarrassée, ne voulant pas prendre parti pour lui ou pour Charlotte. Ou peut-être que si, après tout, peut-être qu'elle aurait choisi son camp, et ça aurait obligatoirement été celui de son époux : « Que veux-tu que je te dise, Charlotte, tu dois comprendre qu'aux yeux de tout le monde tu passes pour… Enfin, tu vois ce que je veux dire… »

Clara, avec ses boucles anglaises brunes parfaites, son teint de porcelaine, et ses grands yeux bleus de poupée, n'aurait jamais réussi à finir sa phrase, et Charlotte, juste pour la mettre encore plus mal à l'aise, aurait tenté à dessein toutes les propositions les plus grossières. « Non, je ne vois pas bien, justement. Je passe pour quoi, au village ? Une traînée ? Une prostituée ? Une collabo ? Une pute à Boche ? » À chaque mot de plus en plus vil, Clara aurait rougi, tandis que Charlotte aurait senti la colère monter.

Alors, non, elle n'avait rien dit à sa meilleure amie sur cette impression lancinante d'être constamment montrée du doigt, d'être le sujet de conversation de toutes les commères de Sabran. C'était déjà beau que Clara ne se soit pas détournée d'elle quand elle a pris son courage à deux mains pour lui avouer la relation qu'elle entretient avec Tobias. Oh, son amie a bien sûr tenté de la raisonner, de la faire revenir sur Terre, de lui dire que rien de bon ne sortirait de cette histoire, mais elle a vite compris que c'était peine perdue, quand, à chaque avertissement bienveillant, Charlotte, les yeux rêveurs et un sourire béat, n'avait qu'une seule réponse à la bouche : « Mais je l'aime, Clara, je l'aime à la folie ! » Alors son amie d'enfance a fini par se contenter d'un : « Sois discrète, fais attention à toi, d'accord ? »

Conseil que, de toute évidence, Charlotte n'a pas réussi à suivre, malgré ses efforts pour que l'amour qu'elle porte à Tobias reste un secret bien gardé. Qui l'a appris, et comment ? Qui a pu les apercevoir, les surprendre, les épier ? Qui a pu faire circuler la rumeur, l'amplifier, l'entretenir au point que tout le village la dévisage désormais avec mépris et parfois même dégoût ? Qui ?

Charlotte ne connaît pas la réponse à cette question, et peu importe, de toute façon, puisque le résultat est là.

Quand les rumeurs ont commencé à se répandre et que ses parents lui ont demandé des comptes, la jeune fille a nié en bloc, bien sûr. « Les gens sont jaloux que j'aie un emploi au château, voilà tout ! » s'est-elle défendue avec aplomb, prête à tout pour ne pas être démasquée. Ses parents ont fait semblant de la croire, même si elle n'était pas la seule à travailler pour les Allemands et que pourtant les on-dit ne concernaient que leur fille. Puis, un soir, après avoir fermé le café, son père lui a sauté dessus en hurlant que tout le monde racontait qu'elle était à la colle avec un Boche, un soldat très grand avec des cheveux bouclés.

— Si c'est faux, pourquoi tout le monde parle de cet homme et parvient à le décrire précisément, tu peux me le dire ? a-t-il apostrophé Charlotte dès qu'elle est rentrée à l'appartement.

— Je ne fais rien de mal, s'est défendue la jeune fille, les larmes aux yeux devant tant d'injustice.

Instinctivement, elle a protégé ses joues, craignant une volée de gifles cinglantes. Mais, contre toute attente, en entendant sa fille avouer enfin, les épaules d'Henri Vernay se sont affaissées, comme s'il s'avouait vaincu. Il n'a pas hurlé, n'a frappé ni sa fille ni les meubles. Au contraire, il est resté silencieux, à contempler la rue déserte en contrebas.

— J'ai tellement *honte*..., a-t-il chuchoté en serrant les dents.

Et ça, pour Charlotte, c'était pire que la colère. Bien pire.

Alors elle a tenté d'amadouer sa mère, pensant que celle-ci pourrait comprendre que l'amour ne se commandait pas, que c'était arrivé sans qu'elle le cherche, et que, pour qu'un amour si puissant naisse ainsi, c'était que sa rencontre avec ce garçon était un *signe du destin.*

— Peut-être même que c'est Dieu qui me l'a envoyé, maman..., a-t-elle ajouté, convaincue qu'elle et Tobias étaient faits l'un pour l'autre.

— Ne mêle pas Dieu à tes histoires, je t'interdis de blasphémer sous ce toit, Charlotte, a déclaré froidement Marthe.

— Si tu connaissais Tobias, tu saurais que c'est quelqu'un de bien..., a déclaré la jeune fille avec amertume.

Comment pouvait-on condamner quelqu'un uniquement parce qu'il était né dans un autre pays, uniquement parce qu'il avait été appelé sous un autre drapeau que le leur ?

— Tais-toi, tais-toi, je ne veux même pas connaître son prénom. Je ne veux rien savoir de lui, il n'existe pas ; pour nous, il n'est rien d'autre qu'un ennemi, et le fréquenter, ce n'est rien d'autre que nous trahir et nous mettre en danger…, a murmuré Marthe en secouant la tête, pendant que son mari restait posté devant la fenêtre, les bras croisés.

— Tu as pensé à Oscar, au moins ? Ton soldat, il sait que ton frère est dans la Résistance ? a demandé Henri sans se retourner.

Charlotte a juré qu'il n'était au courant de rien, et que, de toute façon, même s'il devait un jour l'apprendre, elle était certaine que Tobias ferait tout pour les protéger, parce que lui aussi n'avait qu'une hâte : que cette fichue guerre se termine et qu'ils puissent vivre en paix. Son père a ri avec dédain.

— Je ne te croyais pas si naïve, ma fille. Toi qui es la première à te moquer d'Oscar, il semble qu'il soit désormais bien plus mûr que toi…

Charlotte a baissé la tête, vexée. Depuis plusieurs semaines, son frère avait rejoint un mouvement de résistance plus organisé et multipliait les actions contre l'ennemi. Déverser du sang de porc devant la *Kreiskommandantur*. Faire sauter des pylônes électriques. Diffuser des journaux clandestins et des tracts dénonçant le Maréchal. Son action prenait une tout autre ampleur, elle était obligée de le reconnaître. Il était de plus en plus rarement à l'appartement, et quand il s'y trouvait, il s'enfermait dans sa chambre pour y comploter on ne savait quoi. « Mieux vaut que vous ne soyez au courant de rien », répétait-il à sa mère quand elle s'inquiétait pour lui.

Henri Vernay a eu une longue quinte de toux, et son épouse s'est dépêchée d'aller voir s'il restait encore un peu de miel dans le buffet du salon. Quand il a eu repris son souffle, il a murmuré à l'intention de Charlotte :

— Ton Chleuh finira par te trahir. À un moment ou à un autre, ce sera sa peau ou la tienne, et ce n'est pas toi qu'il choisira.

Une nouvelle quinte de toux l'a empêché quelques instants de poursuivre, et Charlotte n'a pas cillé, même si les mots de son père étaient aussi douloureux que des aiguilles qu'il aurait lentement enfoncées sous ses ongles.

— Si tu crois le contraire, c'est que tu es sacrément stupide…, a-t-il encore ajouté, dans un calme olympien qui ne présageait rien de bon.

Chapitre 26

Charlotte secoue vigoureusement les draps par la fenêtre d'une des pièces du château. Puis elle tape les oreillers contre les blocs de pierre de taille, avec une violence inédite, celle du chagrin. Elle frappe, frappe si fort que le tissu du coussin qu'elle tient entre ses mains finit par se déchirer, déversant toutes ses petites plumes blanches dans les airs. Un bref instant, c'est comme s'il neigeait dans la cour du château. Charlotte observe les flocons de plume qui volettent et tournoient dans le froid de décembre. Elle aurait envie de hurler le plus fort qu'elle peut, jusqu'à se briser la voix, jusqu'à avoir les poumons en feu, tellement tout, absolument tout, lui semble injuste et dégueulasse.

Dégueulasse, le mot est juste, quand bien même c'est Julien qui l'a utilisé le premier, et contre elle qui plus est. En octobre dernier, quand son frère avait appris qu'elle travaillait pour les soldats allemands stationnés au village, il était venu l'attendre en bas du chemin qui serpente jusqu'à l'église. Henri lui avait dit qu'elle terminait vers quinze heures, après que les Boches avaient déjeuné et que Charlotte avait tout rangé, nettoyé, astiqué. Alors il avait patienté, assis sur le muret du cimetière, le regard rivé sur la route. Dès qu'il avait aperçu au loin son vélo bleu, il s'était levé d'un bond pour lui faire un signe de la main. La jeune fille avait souri, heureuse et surprise que son frère vienne la chercher : la semaine suivante, il devait retrouver son emploi à la biscuiterie de Flonghem, le village à trois kilomètres de Sabran-sur-la-Lys, et il n'aurait plus beaucoup de temps libre à lui accorder.

Sa joie n'avait pourtant été que de courte durée, car, aussitôt, Julien l'avait attaquée :

— Comment peux-tu te mettre à leur service ?

En comprenant les intentions de son frère, elle avait immédiatement voulu mettre fin à la conversation.

— J'ai déjà eu la même discussion avec papa une dizaine de fois, pas besoin que tu t'y mettes.

Elle avait fait mine de remonter en selle, le visage fermé, mais Julien lui avait attrapé l'avant-bras, dans un geste plus désespéré qu'agressif. Depuis qu'il était revenu en septembre, Charlotte ne reconnaissait plus le frère qu'elle avait tant adoré et admiré, enfant : il était devenu taciturne, colérique, taiseux. Elle ne l'avait pas vu sourire une seule fois depuis sa libération. Pas une seule fois. Suzanne, sa femme, ne se confiait pas beaucoup, mais il suffisait de voir ses yeux tristes, lors du déjeuner dominical, pour comprendre que leur couple battait de l'aile. La petite Violette commençait à se laisser apprivoiser, mais c'était toujours vers sa mère qu'elle se tournait en premier, quand elle avait fait une bêtise ou se blessait.

Charlotte avait défié son frère du regard.

— Que crois-tu que tu pourras m'empêcher de faire, au juste ?

Il s'était laissé retomber sur le muret dans un soupir.

— Comment ma propre sœur peut-elle me trahir ? avait-il murmuré, plus pour lui-même.

— Je ne t'ai jamais tourné le dos, avait-elle répliqué, piquée au vif par cette accusation absurde.

Ce n'était pas parce qu'elle aimait Tobias qu'elle était acquise à Hitler, bon sang !

— Tu n'as aucune idée de ce que j'ai vécu, *là-bas*... Tu n'as aucune idée de ce qu'ils sont, de ce qu'ils font à ceux qu'ils considèrent comme leurs ennemis..., avait-il soufflé en serrant les poings d'impuissance.

— C'est vrai, je n'en ai aucune idée, et tu veux savoir comment ça se fait ? Eh bien, figure-toi que mon frère est rentré de *stalag* et que, depuis, il n'a rien raconté à personne, ou, en tout cas, pas à moi ! s'était écriée Charlotte.

Julien s'était caché le visage entre les mains et, un instant, la jeune fille avait craint qu'il n'éclate en sanglots, ce qui aurait été aussi inédit qu'embarrassant pour tout le monde. Puis il avait relevé la tête, le regard de nouveau glacial. Il s'était redressé et était parti sans prononcer un mot. Charlotte l'avait rattrapé à vélo, mais il avait poussé son guidon jusqu'à ce qu'elle manque de tomber, en criant :

— Laisse-moi, je ne veux pas te parler. Je ne veux pas parler à qui que ce soit !

Tout aurait pu en rester là. La jeune femme avait le plus possible évité son frère depuis, et le dimanche, ils se contentaient de se tolérer l'un l'autre sans s'adresser la parole lors du déjeuner. Comme il lui semblait loin le temps où, à l'école, quand un autre enfant osait tenter de lui chercher querelle, elle levait le menton d'un air bravache en déclarant : « Si tu t'en prends à moi, j'appellerai mon grand frère Julien, et tu verras... » Comme il lui semblait loin, le temps où elle s'asseyait sur la balançoire de la voisine tandis que Julien y grimpait debout, impulsant un élan si vif que Charlotte en criait de joie...

Tout aurait pu en rester là, peut-être. Mais, malheureusement, les rumeurs sur Charlotte et le soldat dont elle se serait « amourachée », comme disaient les gens les plus polis, s'étaient propagées peu après, et avaient enflé au point que Julien ne pouvait plus les ignorer. Non seulement sa sœur était au service des Allemands qui occupaient leur village et s'y croyaient comme chez eux, mais, en plus, elle allait jusqu'à frayer avec l'ennemi, jusqu'à offrir à l'un d'entre eux sa vertu, sa dignité, son *cœur* ? Comment une telle ignominie pouvait-elle être possible ?

Désormais, Julien la traitait comme si elle n'était guère plus qu'une épluchure de rutabaga collée sous la semelle de sa chaussure. Une épluchure un peu collante, un peu gênante, mais qu'on pouvait pourtant se contenter d'ignorer tout en la piétinant à chaque pas.

Il n'avait pas fallu longtemps pour qu'un cataclysme invisible vienne tout ravager. Une scène anodine, mais une étape de plus dans l'éloignement. Le *délitement.*

Hier, dimanche, Marthe n'a mis que quatre assiettes à table.

Lorsque Charlotte, surprise, l'a questionnée, sa mère s'est contentée de répondre que son frère, Suzanne et Violette ne viendraient pas.

— Comment ça, ils ne viendront pas ?

Leur mère n'avait jamais autorisé Oscar à ne pas être présent au déjeuner dominical, alors même que personne ne savait jamais dire où il se trouvait !

— Ils ne viendront *plus*, a corrigé Marthe, posant sans délicatesse sur la table une carafe remplie d'eau du robinet.

Interdite, Charlotte a attendu que sa mère s'explique, mais rien n'est venu.

— C'est… à cause de moi, c'est ça ? a-t-elle fini par lancer, déjà furieuse, mais Marthe a continué à aller et venir en cuisine sans répondre.

Alors Charlotte s'est ruée à l'extérieur, courant jusqu'à la petite maison de son frère, à quelques rues de là. Elle a tambouriné sur la porte en bois de toutes ses forces, pressée de se confronter à lui, pressée qu'il lui explique en la regardant droit dans les yeux pourquoi il ne souhaitait plus la voir.

Suzanne a ouvert et s'est dépêchée de sortir en tirant la porte derrière elle.

— Ce n'est pas une bonne idée de venir ici, ton frère est très..., a-t-elle commencé avant que Julien ouvre la porte à la volée.

Aussitôt, Suzanne a disparu à l'intérieur, laissant Charlotte seule face à son frère.

— Qu'est-ce que tu fais là ? a-t-il demandé, les yeux lançant des éclairs.

— Qu'est-ce que *tu* fais là ? a répété Charlotte, les yeux lançant autant d'éclairs.

— Écoute-moi bien, parce que c'est la dernière fois que je t'adresse la parole. Tu déshonores toute notre famille, et je ne veux plus rien avoir à faire avec toi. Je ne suis pas resté prisonnier en Allemagne pendant près de trois ans pour rentrer et découvrir que ma sœur couche avec un de ces pignoufs ! Je ne veux plus que tu mettes les pieds chez moi, et je ne veux plus que tu approches ma femme ou ma fille, c'est compris ?

Le ton de Julien était si haineux que Charlotte a frissonné. Elle s'attendait à de la colère, mais pas à lire tant de dégoût dans le regard de celui avec qui elle a grandi, celui qui l'a toujours protégée des éclats de son père ou des moqueries des autres enfants. Bouche bée, elle n'a pas su quoi répondre face à tant d'animosité. Alors c'est à ça que tenaient les liens du sang ? À... rien ?

— Tu as compris ? a répété Julien, presque menaçant.

Il a fait un pas en avant juste pour que Charlotte recule à son tour. Sonnée, elle a hoché la tête avant de battre en retraite.

A accepté d'avoir perdu son frère, comme ça, en un clin d'œil.

Mais ce matin, quand l'oreiller éclate et disperse toutes ses plumes dans les airs, la jeune fille voit encore et encore la scène de la veille, entend les terribles paroles de son frère, et la sidération laisse place à une rage sourde. Le monde entier va-t-il finir par lui tourner le dos, en refusant de comprendre qu'elle est seulement *tombée* amoureuse ?

Soudain, ce sont les larmes qui la prennent par surprise. De gros et lourds sanglots qui enflent dans sa gorge sans qu'elle les y ait autorisés. Elle se laisse glisser contre le mur de la pièce, oublie la fenêtre grande ouverte, insensible à l'air glacé qui vient mordre ses joues rougies, son cou découvert et ses doigts fins.

Combien de temps reste-t-elle ainsi, à pleurer tout son soûl ? Elle n'en a aucune idée, elle est comme hors du monde, et même la possibilité de se faire surprendre par le commandant Wenzel ou des officiers ne lui fait ni chaud ni froid.

Heureusement pour elle, c'est Tobias qui la découvre là, et qui s'empresse de refermer la porte derrière lui. Il écoute les phrases hachées et embrouillées de la jeune femme, la prend dans ses bras pour la réconforter, lui caresse les cheveux avec douceur pour l'apaiser, lui chuchote des « chhh » à l'oreille pour qu'elle se calme petit à petit. Démuni devant sa tristesse, il finit par lui demander si elle préférerait qu'ils cessent de se fréquenter ; il ne veut pas que toute sa famille se détourne d'elle, il ne veut pas que quiconque puisse lui faire du mal, il ne veut pas que leur amour devienne pour elle un fardeau au quotidien, d'autant qu'il n'a pas le pouvoir de faire taire les ragots et les mauvaises langues.

Charlotte cesse d'un seul coup de pleurer, lève les yeux vers le seul encore capable de lui apporter du bonheur et de l'aimer sans la juger.

— C'est ce que tu voudrais, toi ? Qu'on ne se voie plus ? demande-t-elle, hagarde.

— Bien sûr que non. Tu es plus précieuse que l'air que je respire, tu le sais, non ? Je ne suis sans doute pas le plus doué pour dire de belles choses, je ne suis pas poète, mais ce que je sais, c'est que, depuis que je t'ai rencontrée, la guerre a enfin un sens pour moi…

Charlotte fronce les sourcils, ne comprenant pas ce que Tobias essaye de lui dire.

— J'ai enfilé cet uniforme parce qu'on m'y a obligé. Je suis venu en France parce qu'on m'y a obligé. J'ai combattu d'autres soldats, j'ai tué des hommes parce que c'est ce qu'on attendait de moi. J'ai fusillé des otages dont j'ignorais tout uniquement parce que, si je ne le faisais pas, c'est moi qu'on aurait fusillé ensuite. Toute cette guerre n'a jamais eu le moindre sens pour moi. Mais depuis que je t'ai aperçue sur ton vélo, cet après-midi d'août, elle en a enfin un, parce que, sans elle, jamais je ne t'aurais trouvée. Tu comprends ça ? explique-t-il avec une émotion contenue.

Charlotte acquiesce, esquisse un sourire. Elle attrape sa besace en cuir qui est restée au sol, fouille à l'intérieur pour en ressortir un petit paquet rectangulaire emballé de papier journal.

— C'est un cadeau, précise-t-elle timidement en le tendant à Tobias.

— Mais... ce n'est pas encore Noël !

— Je n'ai pas envie d'attendre. Personne ne peut dire s'il sera encore en vie demain, philosophe-t-elle en l'observant qui arrache le papier. Et puis... je me suis dit que ça t'aiderait, comme tu parais souvent regretter de ne pas être poète !

Tobias découvre un livre aux coins cornés et à la couverture défraîchie. *Les Pleurs*, Marceline Desbordes-Valmore.

— Il n'est pas neuf, mais c'est le recueil que je préfère. Je l'ai lu des centaines de fois, je l'ai gardé sur ma table de chevet jusqu'à aujourd'hui, raconte-t-elle dans l'espoir qu'il comprenne à quel point ce livre est précieux à ses yeux.

— Tu es sûre que tu veux me l'offrir ? demande Tobias en chiffonnant le papier journal.

— Oui, de toute façon, je connais presque tous les poèmes par cœur, déclare Charlotte avec une fierté non dissimulée.

— Ah, vraiment ? sourit Tobias, prêt à vérifier les dires de la jeune femme.

Celle-ci pose sa main sur le recueil avant qu'il ne l'ouvre au hasard.

— Attends. Tu sais à quel point je crois aux signes... Le poème sur lequel tu vas tomber, ce sera le nôtre pour toujours, ensuite..., déclare-t-elle, la voix empreinte d'une solennité rare chez elle.

Tobias l'embrasse sur la tempe, laisse longtemps ses lèvres posées sur la peau laiteuse, en profite pour humer l'odeur des cheveux de Charlotte. Cette odeur qu'il a appris à connaître et à reconnaître, à aimer et à désirer, et aussi à imaginer, le soir quand il cherche le sommeil et évite à tout prix de se demander ce que l'avenir lui réserve.

Puis il ouvre le livre avec son index, le lève pour que Charlotte ne puisse voir le poème qui s'offre à lui. Il baisse les yeux pour en lire le titre à voix haute : *Solitude*.

Charlotte hoche la tête, comme si elle approuvait le hasard. Elle se love contre lui et récite :

La vois-tu comme moi cette étoile brillante ?
Ressens-tu ma tristesse en regardant les cieux ?
Non, la nuit pour moi seule est rêveuse et brûlante,
Et seule j'y revois la douceur de tes yeux.

Chapitre 27

Janvier 1944

Assise sur la paille entre les jambes de Tobias, Charlotte enroule les bras du jeune homme autour d'elle et se pelotonne contre lui. Il était nettement plus plaisant de venir se retrouver dans cette grange à l'abandon l'été dernier : à présent que la température avoisine les 2 °C, Charlotte est frigorifiée, et elle donnerait cher pour ne pas avoir à se cacher des autres dans ce genre d'endroit…

À la lumière des journées ternes de janvier, la vieille bâtisse est devenue lugubre. Les yeux fermés pendant que Tobias lui masse avec douceur les tempes, la jeune fille repense quelques instants à Amédée Huguenin, l'ancien boucher du village au tablier blanc perpétuellement maculé de traînées de sang, arrêté au printemps dernier parce que fervent communiste. Personne n'a jamais su qui l'avait dénoncé aux Allemands, ou plutôt, personne n'a cherché à le savoir : jamais bon de trop se mêler des affaires des autres en temps de guerre, comme dirait son père. Quel dommage que tout le village se soit tellement passionné pour sa relation avec Tobias, au lieu d'appliquer ce principe-là, songe Charlotte, amère.

Si elle avait choisi d'ouvrir son cœur à ce malotru d'Antoine Dupleyssis, ah ça, tout le monde aurait approuvé et applaudi l'idylle des deux mains, sans se soucier des manières viles du facteur et de sa façon de traiter les femmes comme des moins-que-rien. Le monde est drôlement mal fait ; aussi, Charlotte n'a plus qu'une hâte : que la guerre se termine, et peu importe que ce soit l'Allemagne ou la France qui la remporte, d'ailleurs ! Dès que tout ça sera fini, elle fera sa valise et quittera le village au bras de Tobias. Elle le suivra en Bavière, il paraît que c'est une très jolie région, le jeune homme lui a affirmé qu'elle ne serait pas dépaysée. Elle a déjà commencé à apprendre quelques mots d'allemand. Tout moyen sera bon pour quitter ce village aux rues et aux mentalités étriquées ! Et puis, il doit bien y avoir des cours de sténodactylo à Rosenheim, la ville natale de Tobias, non ? L'avenir, c'est celui qu'on s'invente, qu'on rêve, qu'on se crée ; pas celui qu'on nous impose et qui paraît tout tracé avant même notre naissance.

— Je ne suis pas sûr qu'on devrait prendre ces menaces à la légère..., réfléchit Tobias à voix haute.

Depuis que Charlotte lui a raconté que, juste après les fêtes de Noël, son père lui a juré d'aller le dénoncer à ses supérieurs s'ils ne rompaient pas une bonne fois pour toutes, le jeune soldat est sur le qui-vive. Il n'a jamais rencontré Henri Vernay, et ne le connaît que par les dires de Charlotte, mais le bonhomme n'a pas l'air commode. Et surtout, il hait l'idée que sa fille fréquente un Allemand... Serait-il pour autant capable d'aller parler au commandant Wenzel ?

— Il pourrait très bien envoyer un courrier au château ou à la *Kreiskommandantur* : des lettres de dénonciation, on en reçoit tous les jours..., fait remarquer Tobias, soucieux. On vit une drôle d'époque, qui fait ressortir le pire de l'homme... Vous considérez les Allemands comme des monstres, mais vous, les Français, vous n'êtes pas mieux que nous, en vérité : vous dénoncez votre voisin sous n'importe quel prétexte ; parce qu'il est juif, parce qu'il est communiste, parce qu'il fait du marché noir, parce qu'il est résistant, parce qu'il n'a pas respecté le couvre-feu et que vous l'avez vu sortir, de derrière vos persiennes…

Charlotte hausse les épaules, ne se sent pas concernée par cette diatribe. Elle, elle ne dénonce personne. Elle, elle se fiche de tout hormis de Tobias. Toute sa tête, tout son corps, tout son cœur est empli de lui. Son monde se résume à lui, et c'est déjà un territoire bien vaste pour une jeune femme de dix-neuf ans. Quant à son père… Il parle, il tonne, il vitupère, certes. Mais de là à agir…

— Il ne se fatiguera pas à rédiger une lettre, rassure-toi : je ne l'ai quasiment jamais vu tenir une plume de sa vie ! plaisante-t-elle tout en se recroquevillant un peu plus contre son homme.

L'air qui passe à travers la grange est glacial. À l'extérieur, des bourrasques font grincer les planches et voleter le foin. La jeune femme souffle sur ses doigts rougis pour tenter de les réchauffer un peu.

— Pourquoi sembles-tu si certaine qu'il n'ira pas voir le commandant ou même les lieutenants ? Tu te rends compte que, s'il faisait ça, je pourrais très bien être envoyé du jour au lendemain sur le front de l'Est ?

— C'est vrai qu'il doit faire encore plus froid qu'ici, en Russie…, commente Charlotte avec une malice qui agace Tobias.

— Sois un peu sérieuse, s'il te plaît. Tous nos soldats crèvent là-bas, c'est la débâcle, tu ne comprends pas ?

Devant son ton soudain grave, la jeune femme se redresse et tourne la tête vers Tobias.

— Je le sais très bien, qu'est-ce que tu crois ? J'essaye juste de ne pas voir tout en noir, c'est tout. J'ai dit à mon père qu'on ne se voyait plus, et nous faisons extrêmement attention chaque fois qu'on se retrouve, que veux-tu de plus ? S'il avait dû mettre sa menace à exécution, il l'aurait déjà fait !

Depuis un mois, tous les deux ont élaboré un système de communication pour se donner rendez-vous dans cette grange abandonnée à l'écart du village, le long de la rivière, sur le chemin des Saules qui n'accueille aucune habitation. C'est Charlotte qui a eu l'idée du stratagème : déposer des messages au cimetière, sous une pierre descellée, juste à côté de la tombe d'Alphonse Grenier, un inconnu mort en 1874, soit une éternité pour les jeunes amoureux. Ce n'est évidemment pas lui qui les dénoncera, et Tobias et Charlotte font très attention à ne laisser ou récupérer un message qu'après s'être assurés que le cimetière est bien désert.

— Qu'est-ce que je veux de plus ? répète Tobias sans se départir de sa mine grave. Je ne sais pas, plus les mois passent, et plus je me dis que cette guerre n'aura jamais de fin, ou alors pas une qui nous permettra de rester ensemble. L'Allemagne va perdre, c'est désormais une certitude vu ce qui se passe à l'est… Et qu'est-ce qu'on deviendra, à ce moment-là ? Qu'est-ce que *je* deviendrai ?

Charlotte essaye de l'embrasser pour le faire taire et chasser ces idées maussades, mais Tobias lui demande soudain :

— Et si on partait ?

— Comment ça ? rebondit la jeune femme, interloquée.

— On pourrait tout quitter, ensemble, maintenant ! s'écrie Tobias en serrant ses paumes entre les siennes dans un geste presque implorant.

— Tu es fou… ! On irait où, on ferait quoi ?

— On pourrait essayer d'aller en Suisse, ou alors trouver un moyen de rejoindre l'Angleterre !

Charlotte, éberluée de l'idée saugrenue de son soldat, tente de le raisonner : s'ils fuyaient, ils seraient bien vite arrêtés, que ce soit par la Gestapo ou par des résistants ! Avec ses cheveux blonds comme les blés et ses yeux bleus, Tobias n'a pas besoin d'un uniforme pour que tout le monde se doute qu'il est allemand ! Les déserteurs, on les fusille, et les nazis aussi ; peu importe qui tient l'arme, le résultat sera le même…

Mais Tobias refuse de s'avouer vaincu, il rêve déjà d'une tout autre vie avec celle qu'il aime, une vie où il pourrait retrouver un jardin à cultiver et à faire fleurir, une vie loin de ce bourbier sordide dans lequel il patauge depuis déjà près de cinq longues années…

— Il n'y a pas que les Allemands qui soient blonds aux yeux bleus… Et ton amie Clara, tu ne m'as pas dit que son mari travaillait à l'état civil ? Il ne pourrait pas nous faire de faux papiers ? insiste-t-il.

Charlotte se retient de rire. Elle n'a pas révélé à Tobias que Pierre, tout comme son frère Oscar et Antoine, le facteur, était impliqué dans un réseau de résistants, mais elle n'a pas besoin d'en dire beaucoup pour qu'il comprenne que, si l'époux de Clara en avait l'occasion, il serait le premier à lui passer la corde au cou pour le pendre sur la place du village. « Un bon Boche est un Boche mort », comme chantonne Oscar dès qu'il croise sa sœur.

— Et de toute façon, des faux papiers n'enlèveraient pas ton accent. Tu as beau très bien parler français, dès que tu ouvres la bouche, on sait que tu n'es pas de chez nous…, assène Charlotte dans l'espoir que Tobias se résigne enfin.

— « Pas de *chez vous* », murmure-t-il, blessé.

— Tu sais très bien ce que je veux dire, le taquine la jeune femme en couvrant son visage de baisers qui papillonnent. Essaye d'être confiant, s'il te plaît. Bientôt, tout ça sera du passé. On pourra aller où on voudra sans plus jamais se cacher, on pourra se marier sans que quiconque ait quoi que ce soit à y redire, et on sera les plus heureux du monde !

Tobias acquiesce sans grand enthousiasme ; aussi, Charlotte entreprend de fouiller les poches intérieures de son uniforme vert-de-gris. Ravie, elle en sort un petit paquet enveloppé d'une feuille d'aluminium, qu'elle lui agite sous le nez.

— Arrête un peu de faire la tête : c'est pour toi que la guerre est le plus facile, je te signale. Quand on a le luxe de pouvoir se goinfrer de chocolat par les temps qui courent, on n'a pas le droit de se plaindre ! sourit-elle.

Le soldat finit par se dérider. Il en profite pour attraper Charlotte par les épaules et la faire basculer dans la paille, non sans mettre sa main sur la bouche de la jeune femme qui rit à gorge déployée, chut, tu vas nous faire repérer !

Chapitre 28

Mars 1944

C'est Clara qui a convaincu Charlotte de venir ici, ce soir. Pourtant, la jeune femme n'avait aucune envie de braver le couvre-feu ; elle aurait préféré rester dans son lit, emmitouflée sous plusieurs couvertures de laine pour tenter de se réchauffer, à lire un roman ou à rêvasser en pensant à son Tobias. Mais Clara en a décidé autrement :

— Je viendrai te chercher à vingt-deux heures précises, alors mets une belle robe et tiens-toi prête ; tu verras, on va s'amuser et ça te changera les idées ! a-t-elle insisté cet après-midi, alors qu'elles faisaient la queue à la mairie pour retirer des bons pour le chauffage.

Charlotte a eu beau protester, son amie n'en a pas démordu. Elle lui trouvait triste mine, depuis sa rupture avec son soldat allemand, et elle s'était mis en tête de la faire penser à autre chose. Devant tant d'attentions, Charlotte se sentait parfois mal à l'aise de mentir à sa meilleure amie, mais elle essayait de se persuader qu'elle n'avait pas eu d'autre choix. Pour faire taire les rumeurs au village, elle ne pouvait plus se permettre que quiconque soit dans la confidence. Aux yeux de tout le monde, l'idylle entre la fille Vernay et le Boche avait duré moins de temps qu'un orage, et les habitants étaient passés, comme Charlotte l'escomptait, à autre chose, à savoir le couple Desmaroux qui, semblait-il, s'enrichissait outrageusement grâce au marché noir. Des savonnettes à huit francs, des paquets de cigarettes à cinquante francs ! Heureusement que les Flament avaient un peu de moralité et ne pratiquaient pas des prix si outranciers en revendant les récoltes de leur ferme, sinon tout le village finirait par crier famine…

Des petits cailloux tintent contre la fenêtre de la chambre de Charlotte. Un coup d'œil à sa montre lui confirme que Clara est ponctuelle, comme toujours : il est exactement vingt-deux heures. La jeune femme repose son livre, soupire en comprenant qu'elle n'a plus le choix. Sans entrain, elle enfile sa robe de velours vert sombre, ne prend même pas la peine de se regarder dans le miroir de sa coiffeuse ou de passer un coup de brosse dans ses cheveux détachés. Elle entrouvre la porte de sa chambre, s'assure que toutes les lumières sont bien éteintes, écoute quelques instants le lourd ronflement de son père, de l'autre côté de la cloison. Elle ne sait même pas si Oscar est là ou non ; toute la famille a pris l'habitude d'ignorer ce qu'il fait et où il se trouve…

Quand elle retrouve Clara dans la rue, celle-ci est dissimulée dans un renfoncement du mur. Les deux amies s'empressent de filer à travers les rues du village, à la fois inquiètes et fébriles à l'idée de croiser une patrouille de soldats ou de gendarmes. Enfin, elles arrivent à la grange abandonnée, celle-là même où Charlotte a coutume de retrouver Tobias. Elles entrent, éblouies par la lumière inhabituelle et surprises par le volume de la musique, qu'on n'entendait quasiment pas de l'extérieur. Sur une scène imaginaire, deux accordéonistes coiffés d'un béret s'en donnent à cœur joie, alternant des airs de java et de tango, pendant qu'une petite cinquantaine de jeunes gens dansent et virevoltent avec enthousiasme.

Un bal clandestin.

Charlotte a déjà participé à plusieurs de ces soirées improvisées, mais c'était avant Tobias. Au printemps dernier, elle était comme toutes ces filles, à rêver de la liberté de danser, à être émoustillée à l'idée de rencontrer un « gars bien » lors d'un de ces *dancings* prohibés, à avoir l'impression de lutter contre Hitler et Pétain rien qu'en se déhanchant outrageusement. Le Maréchal affirmait que la danse était immorale dans un pays en guerre, dans un pays en deuil, dans un pays où des milliers d'hommes étaient prisonniers en territoire ennemi, et eux dansaient encore plus pour oublier le quotidien, les privations, les restrictions, les interdictions ; tous ces mots en « -tion » qu'ils ne pouvaient plus supporter.

Mais ça, c'était avant Tobias. Depuis, Charlotte ne voit plus l'intérêt d'aller à des bals alors que lui n'est pas là pour la faire tourner, pour la prendre par les hanches, pour la serrer contre lui. Elle veut être avec lui, ou bien seule. Pas de demi-mesure pour un cœur amoureux pour la première fois.

Clara est déjà au milieu de la piste, collée contre Pierre, son mari. Tout sourires, elle swingue au rythme de l'accordéon, et fait signe à Charlotte de la rejoindre. Assise sur un ballot de paille, celle-ci fait non de la tête et ne bouge pas d'un pouce. Clara attend que le morceau s'achève pour venir s'asseoir à côté d'elle, tout essoufflée.

— Regarde-toi, ma belle ! Tu ne fais aucun effort… Attends voir, s'écrie-t-elle en fouillant dans son petit sac à main pour en ressortir un tube de rouge à lèvres.

Sans attendre l'accord de Charlotte, elle approche le rouge pour en maquiller ses lèvres. La jeune femme se laisse faire pour éviter une dispute avec son amie.

— Voilà, c'est nettement mieux comme ça ! Et maintenant, je veux que tu t'amuses un peu ! Crois-moi, il n'y a pas qu'un homme sur Terre…, lance-t-elle avant de retourner au milieu des danseurs.

Charlotte esquisse une moue, mais se lève malgré tout pour tenter de se mêler à la petite foule. Après tout, elle ne va pas rester toute la soirée assise dans un coin, autant essayer de se divertir un tant soit peu... Elle commence à se trémousser au son d'une reprise de *Je suis swing*, une chanson au rythme entraînant qu'elle adore et fredonne régulièrement. D'humeur plus légère, elle ferme les yeux pour prendre la mesure. Quand elle les rouvre, elle se retrouve nez à nez avec Antoine, qui a troqué son uniforme de facteur contre un pantalon noir et une chemise blanche aux bras retroussés. Il l'observe d'un regard torve en se dandinant devant elle.

— Je n'ai aucune envie de danser avec toi, assène-t-elle suffisamment fort pour qu'autour d'eux plusieurs personnes tournent la tête avec curiosité.

Un instant, Antoine paraît décontenancé, mais dès qu'il s'aperçoit qu'il est au centre de l'attention il fait le choix de s'esclaffer grossièrement.

— Parce que tu crois que moi je pourrais avoir envie de m'afficher avec une traînée comme toi ? Tu prends tes rêves pour la réalité, ma pauvre : aucun homme ne voudrait toucher une fille aussi souillée que toi ! s'exclame-t-il bien haut, pour que tout le monde entende.

Loin de se sentir humiliée par les paroles d'Antoine, Charlotte le dévisage sans cesser de danser devant lui. Son nez luisant de gras et de sueur, ses petites lunettes qui glissent et qu'il fait remonter d'une grimace digne d'un gamin de cinq ans... Elle prend un regard faussement blessé et s'approche de son oreille pour lui murmurer :

— Tu ne lui arriverais pas à la cheville, de toute façon.

Aussitôt, elle s'écarte et tourne les talons pour se mêler aux autres jeunes gens qui ne font plus attention à elle. Tout en fredonnant les dernières paroles de la chanson – « Je suis swing, oh je suis swing, c'est fou, c'est fou c'que ça peut m'griser... » –, elle sort de la grange dans la nuit noire, bien décidée à ne plus céder aux demandes de Clara et à ne plus aller au moindre bal sans Tobias à son bras.

En remontant le chemin le long du canal pour retourner au village, elle aperçoit au loin l'estafette des gendarmes, signe que la fête est sur le point de s'achever. Elle pense à Tobias, très fort, comme s'il pouvait suffire d'une pensée pour le faire apparaître, là, devant elle.

Le cœur lourd, elle songe que, si le jeune homme avait été à ses côtés ce soir, il aurait envoyé valser Antoine d'un bon coup de poing dans le visage. Et comme son soldat est un *gentleman*, il lui aurait même retiré sa paire de lunettes avant de lui écrabouiller le nez.

Chapitre 29

Mai 1944

— C'est juste un aller-retour, Charlotte. Ça va aller, je te le promets..., assure Tobias en jetant un coup d'œil à la porte de la cuisine du château pour vérifier qu'aucun autre soldat n'arrive.

— Ne fais pas de promesse que tu n'es pas sûr de pouvoir tenir, déclare la jeune femme, la voix déjà tremblante d'émotion. Aujourd'hui, quand quelqu'un part, il ne peut jamais être certain de revenir. Quand quelqu'un part, il ne peut jamais non plus être certain de retrouver les siens à son retour.

Tobias frotte sa barbe de quelques jours pensivement, ne trouve que répondre à Charlotte pour que son cœur s'allège. La jeune femme laisse libre cours à ses inquiétudes :

— Qui te dit que ton train ne va pas dérailler à cause de résistants bien organisés ? Qui te dit qu'en ton absence je ne vais pas mourir dans un bombardement des Anglais ?

— D'habitude, c'est toi qui me reproches de ne pas être optimiste ! Qu'est-ce qui t'arrive ?

Charlotte soutient quelques instants le regard étonné de Tobias, avant de se détourner pour tenter de dissimuler un chagrin qui n'est peut-être tout simplement pas réciproque. Le soldat l'attrape par la taille pour la faire revenir contre lui.

— Je t'aime plus que tout au monde. Moi non plus, je n'ai pas envie de partir, si tu savais… Mais je n'ai pas le choix, alors j'essaye de me dire que nous ne serons pas séparés longtemps… Tu auras à peine le temps de te rendre compte de mon absence que je serai déjà revenu, d'accord ?

Charlotte se laisse aller contre le torse de Tobias, y puise encore un peu de chaleur et d'amour avant son départ, prévu le soir même. C'est l'*Oberstleutnant* Hirsch lui-même qui lui a donné l'ordre de se rendre à Düsseldorf, pour une mission prétendument de la plus haute importance. Comme si apporter un album de timbres à je ne sais quel haut gradé nazi pouvait justifier qu'on risque la vie d'un soldat !

La jeune femme repense à l'histoire sans queue ni tête dont Tobias lui a fait part : l'appartement d'une famille juive non loin de Saint-Omer vient d'être pillé par les Allemands, à la suite d'une dénonciation du concierge de l'immeuble. Le père de famille possédait une importante collection de timbres anciens, des éditions rares et originales de livres de Balzac et Flaubert, des atlas anciens… L'*Oberstleutnant* n'y connaît pas grand-chose, mais il se trouve que son beau-père, un haut dirigeant SS basé à Düsseldorf, collectionne les timbres depuis toujours, et il a envie de se faire bien voir du père de son épouse. Il décide donc qu'un soldat fera l'aller-retour jusqu'en Allemagne pour lui apporter les albums de timbres. Et le sort désigne Tobias, *son* Tobias, sans raison aucune puisque Hirsch ne connaît pas particulièrement le jeune homme, qui n'est qu'un sous-officier parmi des dizaines d'autres.

— Pourquoi toi ? s'interroge Charlotte, désespérée. On se cache depuis des mois, on ne fait pas de vagues, je ne peux pas croire que quelqu'un nous aurait dénoncés maintenant, si ?

— Ça ne sert à rien de chercher une explication..., rétorque Tobias. Le commandant Wenzel n'est pas aveugle, et je n'ai pas que des amis dans mon régiment, voilà tout. Il a donné mon nom à l'*Oberstleutnant* pour m'éloigner un temps de toi, pour que je « réfléchisse à mes priorités », comme il l'a dit... J'ai eu beau jurer qu'il n'y avait plus rien entre nous et que j'avais fait une erreur, il n'a rien voulu entendre ; il faut croire que je suis un piètre menteur. Nous n'avons pas d'autre choix que d'en prendre notre parti...

Charlotte serre les dents en comprenant que Tobias a été désigné pour cette mission stupide à dessein et qu'il ne s'agit pas d'un hasard malheureux. Vont-ils donc tous se liguer contre leur amour ? De plus en plus, la rumeur circule au village que la fin de la guerre approche. Que les Alliés ne vont pas tarder à arriver en France pour massacrer les Allemands. Soudain, elle n'a plus qu'une envie : que tous ces SS se fassent damer le pion, que la paix soit proclamée et qu'elle et Tobias soient enfin libres. Avec un peu de chance, les Anglais ou les Américains vont débarquer très bientôt, au moment même où Tobias sera à l'abri à Düsseldorf, et elle n'aura plus qu'à le rejoindre en Allemagne !

— Et puis, essayons de voir le verre à moitié plein : il aurait pu se contenter de m'envoyer en Russie, vers une mort assurée... En comparaison, me demander d'aller livrer des timbres de l'autre côté de la frontière, c'est une promenade de santé ! plaisante le soldat en forçant le trait pour dédramatiser la situation.

— Et s'il t'arrive quelque chose, comment le saurai-je ? Si la guerre se termine et que tu ne puisses plus revenir jusqu'à moi, comment te retrouverai-je ? se lamente Charlotte, sourde aux efforts que fait Tobias pour l'apaiser.

— J'ai quelque chose pour toi. Regarde, murmure le soldat en sortant de derrière sa sacoche un bouquet de quelques fleurs de pissenlit jaune vif attachées avec un morceau de ficelle blanche.

Charlotte observe le présent avec un effarement non dissimulé. L'homme de sa vie va partir tout à l'heure, et la seule chose qu'il trouve à lui offrir en guise d'adieu, ce sont de vulgaires pissenlits, ceux-là mêmes que son père l'oblige à arracher devant le café pour les donner au cochon Adolphe qui en raffole ?

Devant sa mine presque affligée, Tobias éclate de rire, se reprenant aussitôt pour être plus discret.

— Cette fleur, que tu as l'air de trouver si banale, est sans doute la plus résistante qui soit. Elle pousse avec ou sans soleil, elle grandit et fleurit même quand il neige ou qu'il gèle, parce que ses racines sont si profondes qu'elle parvient toujours à trouver ce dont elle a besoin pour survivre. Le pissenlit peut réussir à exister avec une poignée de terre, il peut pousser dans la fissure d'un trottoir... Peu importent les difficultés, il les contourne et ne meurt pas. Ce pissenlit, c'est nous. C'est nous, déclare-t-il, brusquement sérieux.

Charlotte prend les fleurs des mains de Tobias, comprend la symbolique au-delà des apparences. En est touchée.

— Je te promets que je serai revenu avant que ces pissenlits ne flétrissent, d'accord ?

La jeune femme hoche la tête, veut croire aux paroles de celui qu'elle adore.

— Je vais les mettre dans l'eau, dans ce cas. Dans beaucoup d'eau, riposte-t-elle avec une pointe de malice.

Tobias esquisse un sourire un peu triste, puis sort de sa poche un petit carnet duquel il détache une page. Avec application, il écrit quelques lignes de la main gauche avant de tendre la feuille à Charlotte.

— C'est l'adresse de mes parents. Au cas où..., précise-t-il en rangeant son carnet.

La jeune femme voudrait demander : « Au cas où quoi ? », mais elle se retient. Elle baisse les yeux sur l'écriture penchée de Tobias, et lit à voix haute :

— « Tobias Winterstein, Vinckestrasse 14, 83026 Rosenheim, Deutschland. »

Elle relit les mots dans sa tête, encore et encore. Ferme les yeux pour les mémoriser.

— Que fais-tu ? l'interroge Tobias.

— J'apprends par cœur ton adresse, *au cas où...*, répond Charlotte en appuyant volontairement sur le « au cas où ».

Le soldat hoche la tête d'un air grave, puis montre les pissenlits de l'index, pour signifier à Charlotte qu'elle n'aura de toute façon aucun besoin de cette adresse.

Avant de quitter le château à contrecœur, la jeune femme lève la tête vers Tobias et observe longuement chaque détail de son visage pour qu'il s'imprime de manière indélébile en elle. Enfin, elle ne peut s'empêcher de lui demander :

— J'ai bien compris que tout se passerait bien, mais si jamais il devait quand même t'arriver quelque chose, tu... (Elle s'interrompt quelques instants, craignant que le soldat se moque d'elle et de ses superstitions.) Tu m'enverras un signe ?

— Un signe ? Comment ça ?

— Eh bien, oui... J'ai déjà lu ça, dans des romans... Tu peux m'envoyer une étoile filante pile au moment où je regarderai le ciel en pensant à toi, ou un oiseau qui se pose à ma fenêtre au moment où je l'ouvre un matin, ou alors un trèfle à quatre feuilles dans le petit potager de la cour de mes parents... Il y a plein de possibilités pour me faire un signe depuis... là où tu te trouveras.

Tobias sourit, attendri de cette demande peu commune. Il déclare qu'il fera tout ce qui sera en son pouvoir et que, s'il devait lui arriver un malheur, il s'empresserait de faire tomber la lune dans la Lys au moment exact où Charlotte longerait la rivière. La jeune femme lui donne un coup de coude dans les côtes, avant de riposter :

— Voilà qui n'aurait pas le moindre intérêt, mon cher : tu oublies le couvre-feu. Je ne risque pas de me promener au bord de l'eau à la nuit tombée !

Soudain, des bruits de bottes résonnent dans le couloir qui mène aux cuisines, et Tobias embrasse une dernière fois sa bien-aimée à pleines lèvres.

— Je reviens très vite ! affirme-t-il avant de disparaître.

Charlotte acquiesce, l'observe discrètement qui s'éloigne d'elle tout en retirant son tablier. Il est temps pour elle de rentrer au café.

Elle n'a pas parlé à Tobias des nausées qui, depuis quelques jours, l'assaillent dès le réveil pour ne plus la quitter jusqu'au coucher. À quoi bon ? Il y a quelques mois à peine, il était prêt à déserter et à tout risquer pour s'enfuir avec elle n'importe où. Elle ne voudrait surtout pas lui remettre en tête une idée aussi folle que dangereuse.

Et puis, rien n'est sûr. Rien n'est sûr. Elle aura tout le loisir de lui en parler dans une petite dizaine de jours, quand il sera de retour.

Chapitre 30

Juin 1944

Depuis le débarquement en Normandie dont tout le monde parle, les bombardements sont quasi quotidiens. Pas un jour sans que l'alerte résonne dans le village, sans qu'il faille courir s'abriter dans la cave la plus proche. Chacun a une lampe torche et un sifflet, pour prévenir les secours si jamais il se retrouvait enseveli sous les décombres.

Ce matin, Charlotte ne bouge pas de son lit. Elle est seule à l'appartement, a prétexté un mal de tête atroce pour ne pas quitter les couvertures. Marthe a posé la main sur le front de sa fille pour s'assurer qu'elle n'avait pas de fièvre, avant de descendre s'occuper du café avec son mari. « Tu nous rejoindras quand ça ira mieux... », a-t-elle murmuré, et Charlotte s'est recroquevillée sur le côté, silencieuse.

Au moment où les sirènes se mettent à hurler, elle ne fait pas un mouvement. Les minutes passent, et elle laisse le son strident lui emplir les oreilles.

Tout le monde a dû rejoindre la cave la plus proche, à présent. Peut-être que sa mère vient de se rendre compte que Charlotte n'est pas là, mais il est trop tard pour sortir, désormais. Au loin, la jeune femme entend le vrombissement des avions américains ou anglais, les premières bombes larguées. Son cœur ne frémit pas, pourtant. Elle joue avec le feu, et alors ?

Que vaut sa vie, de toute façon ?

Pas grand-chose. Plus grand-chose.

Tobias est parti depuis un mois et demi. Quarante-quatre jours, pour être exact. Le manque est si asphyxiant qu'elle pourrait faire le compte en heures. Quarante-quatre jours sans la moindre nouvelle, sans le moindre signe de vie. Quarante-quatre jours à observer, matin après matin, le flétrissement puis la décomposition des pissenlits qu'elle avait pris soin de placer dans un petit vase en verre sur sa table de chevet. Quarante-quatre jours à sentir son oxygène se raréfier, sa joie et son espoir mourir.

Au château, elle a tenté d'aller à la pêche aux informations. Elle a interrogé un soldat au hasard, un petit gros qui louchait légèrement.

— Est-ce que vous sauriez où est Tobias ? Pourquoi il n'est pas encore revenu ? Est-ce qu'il va bien ? a-t-elle chuchoté d'un ton suppliant.

Le soldat l'a dévisagée, l'air interloqué. Il ne comprenait pas un mot de français. Penaud, il lui a indiqué un autre soldat, au fond de la grande salle. C'était l'homme qui accompagnait Tobias la première fois où elle l'avait vu, quand il s'était agenouillé et avait donné une barre de chocolat au fils Jadorski.

Charlotte a pris son courage à deux mains pour s'approcher de lui alors qu'il discutait avec deux autres soldats. Elle a répété sa question.

— Est-ce que vous sauriez où est Tobias ?

L'homme à la moustache blonde a observé quelques instants celle qui osait venir interrompre sa conversation. Charlotte est restée suspendue à ses lèvres, à prier intérieurement pour obtenir une réponse. Lui a jeté un coup d'œil narquois à ses deux comparses, avant de sourire, goguenard.

— Tobias ? Il ne reviendra pas.

La jeune femme a brusquement pâli, tout son sang a reflué de ses joues, la laissant livide. Hagarde. Instinctivement, elle a porté la main à son ventre, dans un geste protecteur.

— Il ne reviendra pas… ? a-t-elle répété, tout doucement, comme pour s'approprier ces mots terribles.

— Il va rester à Düsseldorf, alors tu peux l'oublier, *Süße*, a ajouté le soldat en caressant sa fine moustache. Il ne doit même plus se souvenir de ton prénom, à l'heure qu'il est !

En entendant ces paroles, Charlotte s'est immédiatement sentie revivre. Tobias n'était pas mort !

— Comment ça ? Pourquoi reste-t-il à Düsseldorf ? Il a été blessé ?

Le soldat a haussé les épaules ; visiblement la conversation commençait à l'ennuyer.

— Je ne pense pas. Il paraît que le *Stabsführer* du District IV a préféré le garder avec lui. Il ne remettra jamais les pieds dans ce village ; il est bien tranquille, maintenant, en Allemagne…

Charlotte est restée là, les bras ballants, à tenter de comprendre ce que pouvaient bien signifier ces informations, à tenter de comprendre ce qu'elle était censée *ressentir*.

— Tu sais, *Süße*, il y en a plein d'autres, des beaux soldats allemands, a encore ajouté le moustachu, un sourire au coin des lèvres.

Charlotte a baissé la tête, s'est empressée de déguerpir, les yeux emplis de larmes et le cœur en vrac.

Depuis, les jours, les semaines ont passé. Les fleurs ont fané, les pétales jaune sombre sont tombés un à un sur la table de chevet, tandis que les tiges se rabougrissaient à vue d'œil.

Tobias est en vie, mais Charlotte ne parvient plus à se rasséréner à cette pensée. Trop de questions tournent sans cesse dans sa tête, tout est embrouillé. Tobias n'est pas revenu de Düsseldorf, mais a-t-il eu le choix ? Aurait-il pu préférer rester là-bas, pour être en sécurité dans son pays plutôt qu'en France, sous les bombardements ? A-t-il l'intention de revenir la chercher dans quelque temps, à la fin de la guerre, ou aurait-il pu, tout simplement, l'oublier ? Peut-être a-t-il rencontré une femme, en Allemagne ? Une plus belle qu'elle, plus cultivée, plus intelligente, plus amusante, plus intéressante ; ce ne sont pas les superlatifs qui manquent... Après tout, elle n'est pas grand-chose, elle. Une petite villageoise mal dégrossie de dix-neuf ans, qui ne parle pas un mot d'allemand.

Elle essaye de faire taire ses doutes, mais l'absence de nouvelles ne peut qu'attiser son angoisse et son mal-être. Elle essaye de se rappeler combien Tobias était attentionné, prévenant, amoureux ; elle se remémore ses paroles : « Je t'aime à l'infini », « Je n'ai besoin que de toi », « Je viendrai te rechercher », « Toujours ». Toutes ces promesses d'éternité qui, soudain, semblent bien dérisoires. Illusoires.

La question la plus lancinante, celle qui fait vaciller le maigre espoir auquel elle se raccroche, est celle que lui murmure sa petite voix intérieure chaque fois que Charlotte essaye de reprendre courage et de rester optimiste. « S'il t'aime tellement, pourquoi ne t'écrit-il pas une lettre ? »

Il n'y a pas de réponse à cette interrogation. Son courrier s'est perdu, tente de se convaincre Charlotte. Ou Tobias a oublié son adresse. Ou il n'a pas la possibilité d'envoyer du courrier. Aucune de ces hypothèses bringuebalantes ne l'apaise, évidemment. Chaque jour, elle espère trouver dans la boîte aux lettres une missive qui ne vient jamais. Chaque soir, elle pose la main sur son ventre et se demande comment garder la foi, comment affronter l'avenir sans Tobias pour la protéger.

Le vrombissement des avions alliés se rapproche, mais elle ne tremble pas. Allongée dans son lit, Charlotte imagine les rues abandonnées de Sabran-sur-la-Lys, les commerces déserts, les salles de classe vidées d'élèves partis se réfugier dans la cave sous l'école. Un village fantôme, le temps d'un raid aérien censé les délivrer de l'ennemi, quitte à les tuer au passage. Quelle ironie.

Les bombes sifflent puis explosent. À quelle distance ? Charlotte n'en a aucune idée. Peut-être à Flonghem, peut-être plus près. Qu'importe.

Elle a décidé de remettre son sort entre les mains de Dieu, s'il existe. Ou du destin, si Dieu aussi s'est fait la malle. Si une bombe s'écrase sur l'appartement, que les murs explosent jusqu'à l'ensevelir, les jeux seront faits. Si elle s'en sort indemne, c'est qu'elle doit tenir.

Tenir.

Un quart d'heure plus tard, le silence revient. Charlotte écoute son cœur battre lentement dans sa poitrine, pose la main dessus pour se concentrer sur le rythme régulier.

Ce n'est pas aujourd'hui qu'elle mourra, apparemment.

Un étrange sentiment de déception la submerge ; tout aurait été tellement plus simple, pourtant… Il aurait été tellement plus confortable de mourir dans un bombardement que de crever d'un chagrin d'amour qu'elle ne peut même pas montrer au reste du monde…

Ce n'est pas aujourd'hui qu'elle mourra.

Ce n'est pas aujourd'hui qu'*ils* mourront.

Chapitre 31

Juillet 1944

Marthe a beau être une mère peu prolixe, elle n'en est pas moins très observatrice. Charlotte a un appétit de moineau, ces derniers temps. Elle ne mange presque rien à table, semble perpétuellement dégoûtée par le contenu de son assiette, quel qu'il soit. Elle trouve soudain que l'*ersatz* de café a une odeur immonde, alors que personne ne sent rien de particulier. Elle plisse le nez dès que sa mère met un peu de parfum, pourtant le même depuis des années, aux notes ambrées que Charlotte a toujours appréciées. Ses seins menus ont grossi, se sont alourdis. Et surtout, surtout, elle passe du rire aux larmes sans la moindre raison apparente. L'autre jour, elle s'est mise à sangloter simplement parce que Marthe a jeté à la poubelle un vieux bouquet de pissenlits desséchés qui traînait dans la chambre de Charlotte depuis des semaines : incompréhensible !

Ce matin, elle pinaille devant ses tartines, et Marthe profite de ce que son mari est déjà en bas, au café, pour affronter sa fille. Tourner autour du pot n'a jamais été son fort, aussi elle se lance de manière frontale :

— Tu es enceinte ?

Malgré ce qui paraît pour la mère une évidence, elle énonce l'affirmation sur le ton d'une question, peut-être pour laisser une chance à Charlotte de la détromper. Alors Marthe pourra à son tour descendre au café pour servir les clients, et tout ira pour le mieux dans le meilleur des mondes, ou presque.

Charlotte baisse les yeux vers son bol de chicorée, d'un air si concentré qu'on croirait qu'elle cherche à y lire son avenir. Elle songe aux lettres qu'elle a envoyées à Tobias à l'adresse de ses parents, dans l'espoir qu'ils les lui fassent suivre, où qu'il soit, à Düsseldorf ou ailleurs. Depuis le mois de juin, deux longues lettres qui sont restées sans réponse. Elle n'a même pas osé lui parler de cette grossesse inattendue.

Au bout d'un moment qui semble extrêmement long à sa mère, la jeune femme finit par hocher la tête, sans prononcer un mot, sans oser lever le regard.

C'est un cataclysme pour Marthe, qui pourtant reste impassible, tentant de réfléchir à toute vitesse au problème. Car il s'agit bien d'un problème.

Un énorme, incommensurable problème auquel il va falloir trouver une solution.

— Qui est le père ? demande-t-elle d'un ton ferme.

C'est elle la mère de famille, c'est à elle de gérer la situation. C'est son rôle. C'est son rôle d'assumer les bêtises et les erreurs de sa progéniture. C'est son rôle de résoudre les ennuis et les catastrophes imprévus.

Charlotte, toujours le nez dans son bol, hausse les épaules. Comme si la réponse était évidente et que la question soit un affront à elle seule.

— Le Boche, articule Marthe lentement, pour prendre la pleine mesure du tremblement de terre à venir.

— Il s'appelle Tobias, murmure Charlotte avec mélancolie.

— De quand datent tes dernières règles ? interroge la mère avec pragmatisme.

— Aucune idée…, déclare la jeune femme en tournant sa cuillère sans entrain dans le liquide sombre qui fume encore.

— Fais un effort pour te souvenir. Quand ?

Charlotte lève la tête, regarde par la fenêtre l'immeuble d'en face, aux volets toujours fermés. Les Latournel sont partis en 1940, dans le Périgord. On ne les a jamais revus. Peut-être sont-ils heureux, dans une grande ferme, au soleil. Ou peut-être sont-ils morts depuis des années. Personne n'en sait rien. Charlotte se rappelle le bal où l'a traînée Clara, sa culotte tachée à son retour. Elle s'était dit qu'elle avait bien fait de mettre une robe vert foncé. C'était un samedi.

— Le 18 mars, finit-elle par annoncer d'un ton morne.

Surprise de cette réponse précise, Marthe paraît se demander si sa fille a choisi une date au hasard, juste pour qu'elle la laisse tranquille.

— Tu es sûre ?

— Le 18 mars, répète Charlotte avec lassitude.

La mère fait des calculs en fronçant les sourcils et en s'aidant de ses doigts. Elle recommence plusieurs fois, avant d'aller se poster devant l'almanach des PTT. Dessus est dessinée une petite fille blonde qui s'amuse à faire des bulles de savon, comme si la vie en France pouvait être si insouciante... Henri l'a acheté à Antoine, simplement pour lui faire plaisir et parce qu'il est ami avec Oscar.

Marthe compte à voix basse les semaines en partant du samedi 18 mars, puis elle se tourne vers Charlotte pour lui dire de se lever. La jeune femme obéit, et la mère se précipite pour observer le ventre de plus près, pour tâter la robe grise en coton gaufré et chercher la protubérance.

— Plus de trois mois déjà, mon Dieu. On ne voit rien encore, tu as de la chance..., murmure-t-elle en se rasseyant.

Charlotte voudrait demander en quoi elle a de la « chance », au juste, mais elle s'abstient.

— Que va dire ton père... ? Et Julien ? Quand je pense que vous veniez à peine de vous rabibocher..., se lamente Marthe en se prenant le visage entre les mains.

Charlotte songe à son frère, qui daigne revenir déjeuner le dimanche midi depuis le printemps, simplement parce qu'elle lui a promis qu'elle ne fréquentait plus Tobias, allant même jusqu'à jurer que ça avait été une erreur monumentale et que rien ne pouvait justifier sa conduite. Elle a croisé les doigts derrière son dos en prononçant ces paroles mensongères. Tout ce qu'elle cherchait, c'était protéger Tobias, en faisant croire à tout le monde que son idylle immorale appartenait au passé, et rendre sa mère heureuse, en lui redonnant une famille complète pour le déjeuner dominical. Julien avait condescendu, dans son immense mansuétude, à lui pardonner. Mais ce qu'il n'avait pas compris, c'est que Charlotte, elle, ne lui pardonnerait jamais de l'avoir rejetée ainsi.

— On n'a peut-être pas besoin de le leur dire…, réfléchit Marthe à voix haute.

Elle se triture les mains, soucieuse.

— Ça va finir par se voir, tu sais, maman, fait remarquer Charlotte en levant les yeux au ciel.

Elle ne peut l'avouer à sa mère, mais la vérité, c'est qu'elle se contrefiche de la réaction de son père ou de son frère, ou même de n'importe qui. Certes, ça ne l'arrange pas d'être enceinte, et ce n'est pas l'avenir qu'elle s'était imaginé. Mais ce petit être qui grandit en elle, bien à l'abri, c'est tout ce qui lui reste de Tobias, à présent.

— Il y a une femme, à la sortie du village, pas loin de la ferme des Flament, qui s'occupe de… ce genre de choses, rétorque Marthe d'une voix sourde.

Horrifiée, Charlotte dévisage sa mère. Les deux échangent un regard très long, chacune défiant l'autre en silence. Enfin, Marthe détourne les yeux, se contentant d'ajouter :

— Très bien. Tu te débrouilleras avec ton père, dans ce cas. Je ne peux plus rien pour toi, ma pauvre.

Chapitre 32

C'est Clara qui lui a parlé de la veuve Prévost, juste après avoir détourné le regard en murmurant qu'elle n'était pas certaine qu'elle et Charlotte pourraient continuer à se voir, à l'avenir. « C'est compliqué, Pierre est très en colère et il craint que tu n'aies une mauvaise influence sur moi... », a-t-elle expliqué d'un ton vaguement embarrassé. Si sa meilleure amie n'avait pas paru si grave et peinée, nul doute que Charlotte aurait éclaté de rire, pensant à une mauvaise plaisanterie. Mais, de toute évidence, Clara était on ne peut plus sérieuse.

Une déception de plus. Une trahison de plus.

Au moment où, devant le 12 de l'impasse Beausoleil, elle pose sur le trottoir la valise qu'elle a préparée en toute hâte avant de s'enfuir de chez ses parents comme une pestiférée, la jeune femme songe qu'il ne lui reste plus personne, à présent. Plus personne hormis ce bébé, qui grandit jour après jour au creux de son ventre, sans avoir le moins du monde conscience des déchirements que la simple idée de sa future existence occasionne.

Alors elle espère très fort que l'impasse Beausoleil va effectivement apporter un peu de lumière dans la grisaille de sa vie.

Son père était tombé des nues en apprenant sa grossesse. Il s'était frotté les yeux comme s'il faisait un cauchemar, comme si tout ce que lui disait Marthe ne parvenait pas à prendre un sens.

— Mais, mais, je croyais que cette histoire avec le Boche était finie depuis longtemps, alors comment serait-il possible que… ? avait-il bredouillé, refusant dans un premier temps de voir les choses en face.

Puis, quand il avait compris – et admis – que sa fille lui avait tout simplement fait prendre des vessies pour des lanternes, il s'était mis à siffler comme une locomotive sous pression, jusqu'à exploser. Rien de particulièrement inhabituel pour les deux femmes de la famille, malheureusement. Pour Henri Vernay, il était évident que Charlotte ne comptait pas garder ce rejeton ; il suffisait donc de trouver une solution pour le faire disparaître. Il n'était pas expert dans ce domaine : tout ça, c'étaient des histoires de bonne femme, après tout, mais il savait parfaitement qu'avec une aiguille à tricoter certaines personnes pouvaient régler le problème en deux coups de cuillère à pot. Très calme puisqu'elle s'attendait à cette réaction, Charlotte avait déclaré d'un ton impassible que l'avortement était interdit et passible de la peine de mort, tandis que sa mère secouait la tête sans rien répondre. Elle avait eu l'audace d'ajouter que, quand bien même ce ne serait pas le cas, elle n'aurait de toute façon pas eu l'intention de se débarrasser de son enfant.

— Il faut que vous vous fassiez à l'idée que, dans quelques mois, vous allez devenir grands-parents, avait-elle conclu, étrangement ravie de pousser à bout ses parents qui se montraient si étroits d'esprit.

Henri Vernay avait recraché la fumée de sa pipe comme s'il s'étouffait. L'avait menacée de la traîner de force chez une de ces faiseuses d'anges, comme on les appelait. Charlotte n'en avait pas démordu.

— Tu ne m'emmèneras nulle part contre mon gré, papa. Ce bébé va naître, que tu le veuilles ou non.

— Mais... Qu'est-ce que tu vas faire d'un enfant ? Comment tu vas gagner ta vie, toute seule avec lui dans les pattes ? Toute seule avec un môme de Boche, non mais est-ce que tu te rends compte ? avait vociféré son père, écarlate.

— Je me débrouillerai, avait murmuré Charlotte. *On* se débrouillera.

Sa mère s'était demandé qui elle pouvait bien inclure dans ce « on ». Si Charlotte parlait d'elle et de son nourrisson, ou si elle les mettait dans le lot, elle et son mari. Auquel cas sa fille se fourrait le doigt dans l'œil : jamais Henri n'accepterait d'être le grand-père d'un Boche, jamais... Et si ce « on » signifiait Charlotte et son Tobias, c'est que sa fille était bien naïve... Jamais ce soldat ne reviendrait, voilà au moins une chose qui était claire comme de l'eau de roche...

— Et Antoine Dupleyssis ? avait soudain questionné Marthe.

Charlotte l'avait fixée avec des yeux ronds.

— Tu sais très bien qu'il est épris de toi depuis toujours... Pourquoi ne pas te rapprocher de lui ? Tu n'es enceinte que de trois mois, après tout... Il ne se rendrait peut-être compte de rien, ou alors il pourrait accepter de fermer les yeux ! avait réfléchi Marthe à voix haute, convaincue d'avoir trouvé la solution parfaite.

Henri avait tapé du poing sur la table, tout excité lui aussi.

— Ta mère a raison. Le facteur, c'est lui qui va résoudre toute cette histoire. En plus, il n'est pas plus bête qu'un autre, je suis certain que vous vous entendrez très bien !

Son père avait employé le futur, même pas le conditionnel, avait remarqué Charlotte avec écœurement.

— Vous avez perdu la raison ? Il est hors de question que je cède aux avances de ce gros porc d'Antoine, il est hors de question de le faire passer pour le père de mon enfant ! s'était-elle exclamée d'un air dégoûté.

C'est à cet instant-là que la conversation avait dégénéré. Tout avait été si rapide, si imprévisible, que Charlotte n'avait plus en mémoire l'enchaînement des phrases qui avait mené à ce résultat. Elle se rappelait seulement le regard qu'avait eu son père quand il avait lancé que, tant qu'elle persisterait dans sa folie, il ne voulait plus la voir sous son toit. Elle se rappelait seulement le regard qu'avait eu sa mère en entendant son mari prendre une telle décision ; un regard d'impuissance et de soumission totales, comme toujours.

Voilà comment elle se retrouve à présent, à même pas vingt ans, avec une valise remplie en toute hâte, devant la maison de la veuve Prévost, simplement parce que Clara, avant de refermer la porte de l'appartement où elle vit avec Pierre, lui a dit qu'elle aurait peut-être une chambre à louer.

Lorsque Adélaïde Prévost lui ouvre, la jeune femme décide de jouer franc-jeu. À quoi bon dissimuler la vérité, de toute façon ? Dans quelques semaines, sa grossesse sera une évidence pour quiconque la croisera. Et dans quelques semaines, tout le village saura qui est le père de son enfant. Charlotte n'a aucun intérêt à trouver un endroit où vivre pour s'en faire déloger avant la fin de l'été…

— J'ai entendu dire que vous auriez une chambre à louer. Je suis enceinte, mon père m'a demandé de quitter la maison. Je travaille au château, j'ai de quoi payer un loyer, débite Charlotte avec une sorte de colère contenue.

Adélaïde Prévost, la petite quarantaine, croise les bras sur le pas de la porte. Elle regarde la jeune femme de haut en bas, s'arrête un peu plus longtemps sur son ventre encore plat.

— M'est avis que les Boches ne vont pas tarder à déguerpir du château, ma petite. Tu feras comment, pour payer, à ce moment-là ?

— Je me débrouillerai. Je trouverai un autre emploi, ne vous inquiétez pas pour ça, affirme Charlotte avec aplomb, quand bien même elle n'a aucune idée de comment elle s'en sortira.

Adélaïde Prévost hoche la tête, s'écarte pour la laisser entrer.

— Je ne veux aucun garçon ici, c'est bien compris ?

Charlotte acquiesce, sourit avec soulagement en remerciant celle qui accepte de devenir sa logeuse.

— Oh, pas la peine de me regarder comme ça. Ne va pas croire que je suis meilleure que les autres ; j'ai un fils à élever et j'ai besoin d'argent, assène Adélaïde Prévost, les lèvres pincées.

Charlotte baisse la tête, se dirige sans rien dire vers la petite chambre qu'elle lui désigne de l'index.

Elle pose sa valise en cuir râpé sur le lit recouvert d'une couverture de laine orange. L'ouvre, en sort un bouquet de pissenlits encore frais, qu'elle est allée cueillir au réveil pour le pilote britannique qui a été abattu par les Allemands, il y a quelques jours. Étonnamment, la *Kommandantur* a fait inhumer l'Anglais au cimetière, peut-être pour faire croire que toute cette guerre a quelque chose d'*humain*. Une affiche placardée partout dans le village a cependant informé les habitants qu'il leur était interdit de se rendre à l'enterrement, mais, dès le lendemain, il y avait dans toutes les boîtes aux lettres des petits tracts rectangulaires, imprimés sur du papier grisâtre. À coup sûr, une idée d'Oscar et ses acolytes. Charlotte a conservé celui qu'elle a trouvé quand elle est allée vérifier que Tobias ne lui avait toujours pas écrit.

Ce pilote est mort pour libérer notre pays, ne le laissez pas être enterré dans l'indifférence. Venez demain matin déposer des fleurs sur sa tombe.

Vive la France, vive le Général !

Elle a pensé à la ténacité du pissenlit. Malgré son envie de rendre hommage à un énième soldat mort pour pas grand-chose, à une énième vie brisée en plein vol au nom d'une guerre stupide, elle n'a pas osé se rendre au cimetière en même temps que les autres villageois, hier. Aucune envie d'affronter les regards emplis de dédain ou les commérages.

Assise sur ce lit qui est appelé à devenir le sien, dans cette chambre inconnue qui va devenir son foyer, Charlotte attrape le bouquet de fleurs jaunes. Se demande si elle va trouver le courage de traverser le village pour aller le déposer sur la tombe du pilote.

Soudain, un bruit sec et mat la fait sursauter puis se retourner vers la fenêtre de la pièce. Elle l'ouvre en fronçant les sourcils, cherchant à déterminer l'origine du choc. En baissant les yeux, elle aperçoit un moineau sur le trottoir.

Mort sur le coup après avoir foncé sur la vitre.

Charlotte supplie intérieurement le ciel pour que le volatile se redresse et prenne son envol à nouveau, juste un peu sonné. Mais rien ne se passe.

Soudain submergée de chagrin, elle jette le bouquet au sol ; les pissenlits tombent à côté de l'oiseau immobile, sans un bruit.

Le cœur au bord des lèvres, elle repense au signe qu'elle avait demandé à Tobias de lui envoyer, au cas où il lui arriverait quelque chose.

Une étoile filante, un oiseau, ou un trèfle à quatre feuilles.

Au même instant, à quelques rues de là, son père serre les poings en observant Antoine Dupleyssis qui s'éloigne en sifflotant. Quel dommage que ce bougre-là ne soit pas son gendre : lui au moins a la tête sur les épaules, on peut compter sur lui… Henri Vernay sait que le facteur sera muet comme une tombe.

La mâchoire crispée, il jette un coup d'œil à l'enveloppe que vient de lui déposer Antoine. Aucun nom d'expéditeur au dos, mais le timbre allemand ne laisse aucun doute quant à l'identité de celui qui peut bien écrire à Charlotte. Depuis plus de deux mois que ce Boche a fichu le camp sans donner le moindre signe de vie, Henri avait commencé à penser qu'il avait été fusillé quelque part et qu'on n'entendrait plus parler de lui. Mais il faut croire qu'il appartient à une race de parasites tenaces. Ceux dont on ne se débarrasse pas si facilement. Ceux qui *reviennent* si on n'est pas vigilant.

Le père de Charlotte ouvre l'enveloppe en la déchirant d'un geste sec. Avec une grimace de dégoût, il parcourt en diagonale les quelques lignes dégoulinantes d'une mièvrerie indigne d'un homme. Quand il arrive à l'écœurant « Pour toujours à toi, attends-moi », et à la signature de ce monstre, il est pris d'une telle rage que la missive se retrouve chiffonnée dans sa paume.

Puis il va chercher une allumette sous le comptoir.

L'enveloppe et la lettre se consument très vite. Henri ne bouge pas d'un pouce jusqu'à ce qu'il ne reste plus qu'un petit tas de cendres. Ne laisser aucune trace. Aucune *chance*.

Et si ce Chleuh devait persévérer, chacune de ses lettres pathétiques connaîtrait le même sort, voilà tout. Tant qu'Henri sera en vie, jamais plus cet étranger ne s'approchera de sa fille.

Jamais.

1982

Chapitre 33

Janvier 1982

Antoine est mort depuis près de six mois déjà, mais chaque fois qu'Ève va chercher le courrier du jour à la boîte aux lettres, elle fond immanquablement en larmes en voyant les lettres adressées à celui qui aura partagé sa vie durant plus de trente-deux ans. Rien que les trois mots « Monsieur Antoine Dupleyssis » la font vaciller de chagrin et de vertige face à la vie solitaire qui s'étend désormais devant elle, aussi large et monotone qu'une autoroute.

Trente-deux années de mariage. Pour leurs noces de cuivre, Antoine avait eu le mauvais goût de lui offrir une série de casseroles en cuivre. Ève avait pesté, regrettant à voix haute que son mari ne puisse jamais se montrer un tant soit peu romantique. Pour leurs trente ans de mariage, elle avait secrètement espéré un collier de perles, mais elle n'avait eu droit qu'à une douzaine d'huîtres. Antoine s'était esclaffé en lui répétant qu'elle trouverait peut-être une perle dans l'une d'entre elles, ravi de son petit canular.

Son facteur de mari n'était peut-être pas romantique, mais elle ne l'en aimait pas moins pour autant. Elle l'avait accompagné, patiente et déterminée, pendant les quelques mois où la maladie l'avait grignoté, ne laissant à la fin qu'une ombre allongée sur un lit devenu trop grand et toujours trop froid. Et quand il était mort dans son sommeil, à ses côtés, elle avait laissé couler ses larmes en silence en songeant que jamais ils ne fêteraient leurs noces d'ambre. Soixante-trois ans, d'autres s'empresseraient de dire que c'était trop jeune, ou au contraire que c'était déjà un bel âge. Ève, elle, se disait seulement qu'elle n'avait aucune envie de continuer à affronter la vie sans lui.

Ce week-end, leur fille Annie a décidé de prendre le taureau par les cornes, lassée et inquiète de savoir qu'Ève ne fait que broyer du noir depuis l'été dernier.

— Il est temps de te secouer, maman ! a-t-elle déclaré au téléphone avant de quitter sa Lozère d'adoption pour débarquer dans son village natal, Sabran-sur-la-Lys.

Ève a fait la sourde oreille. Mais dès que sa fille a passé le pas de la porte vendredi soir, la veuve a compris ce qu'elle avait en tête.

— J'ai lu dans un livre que le meilleur moyen de faire son deuil, c'était de faire place nette, annonce Annie en sortant le rouleau de sacs poubelles rangés sous l'évier de la cuisine. Le pire, c'est de continuer de vivre comme si rien n'était *arrivé*.

— Tu veux jeter toutes les affaires de ton père ? Tu plaisantes, j'espère ? s'écrie Ève Dupleyssis d'un ton scandalisé.

Elle tourne sur elle-même dans le salon, fait mentalement la liste de tout ce qui appartenait à Antoine. Son grand cendrier sur pied chromé, toujours à côté de son fauteuil club en cuir marron aux accoudoirs griffés par le chat. Sa casquette de facteur, restée accrochée à l'une des patères depuis son départ à la retraite. Sa collection de chopes de bière, alignées sur l'étagère en bois. Ève prend soin de les dépoussiérer toutes les deux semaines ; la mort d'Antoine n'a en rien changé son rituel de ménage. Son chausse-pied en corne de bœuf posé sur le buffet, qu'il tenait de son père et qu'il n'a jamais utilisé.

— Maman, tu m'écoutes ? Tu m'entends, au moins ? Je ne te dis pas qu'il faut se débarrasser de tout, mais seulement qu'un peu de tri ne peut pas faire de mal…, lance Annie en s'approchant de sa mère d'un air compatissant.

Ève dévisage sa fille, longuement. Se retient de lui faire remarquer à quel point elle ressemble à son père.

— Papa est beaucoup trop présent ici ; tu as besoin de pouvoir respirer, et là, tu suffoques, parce qu'il est partout : il suffit de poser le regard n'importe où pour tomber sur un objet à lui…, explique sa fille dans un sourire triste.

Ève hoche la tête lentement, comme si les paroles d'Annie s'y frayaient un chemin.

— Voilà ce que je te propose : on laisse le salon tel qu'il est, mais on s'attaque à votre chambre. Franchement, ses vêtements ne te serviront à rien, non ? On peut faire des sacs que j'irai déposer aux bonnes œuvres, si tu es d'accord…, suggère Annie.

Une heure plus tard, la jeune femme a persuadé sa mère de se débarrasser de presque tous les habits d'Antoine. Au rebut, les chemises à carreaux qu'il affectionnait tant. Au rebut, les pantalons en velours marron, la seule couleur qu'il tolérait après avoir travaillé durant plus de quarante ans en uniforme bleu marine. Au rebut, les pulls au col en V qu'Annie lui offrait invariablement à chaque Noël.

Ève est assise sur le lit, le cœur aussi lourd que l'encyclopédie en vingt volumes qu'Antoine a achetée il y a des années à un représentant de commerce, simplement parce qu'il ne parvenait plus à se dépêtrer du jeune homme aussi bavard qu'envahissant. Annie sort de l'armoire les ouvrages un par un, les pose sans délicatesse à côté de sa mère, occupée à sentir le peu d'odeur qu'il reste au creux d'une écharpe en laine bordeaux.

— Chaque volume pèse une tonne, c'est n'importe quoi ! On se demande pourquoi papa a acheté ça pour ne jamais les lire…, maugrée-t-elle.

Ève ouvre le premier livre d'un air pensif, le feuillette au hasard. Elle se rappelle comme elle avait taquiné son mari après qu'il avait refermé la porte d'entrée, étonnée qu'il n'ait pas réussi à dire non et qu'il se soit fait délester de plusieurs centaines de francs sans broncher. « Eh quoi, j'ai bien le droit de me cultiver, non ? » avait-il marmonné, bougon. Longtemps, les vingt tomes avaient trôné dans la bibliothèque en verre du salon, puis Antoine avait fini par les remiser dans l'armoire de leur chambre, tout en haut.

Annie jette le dernier volume sur le lit en poussant un soupir de soulagement. Celui-ci dégringole par terre, tombe grand ouvert sur le parquet de la pièce.

— Fais attention, Annie…, murmure Ève en ramassant le livre à la couverture de cuir marron.

Elle le referme, l'époussette avec une sorte de tendresse étrange.

— Qu'est-ce que c'est ? demande soudain sa fille.

Toujours juchée sur un tabouret, elle montre de l'index une enveloppe jaunie qui a dû tomber de l'encyclopédie. Ève l'attrape avec curiosité, déchiffre l'adresse du destinataire à voix haute : « Tobias Winterstein, Vinckestrasse 14, 83026 Rosenheim, Allemagne. » Dans le coin supérieur droit de l'enveloppe, un timbre rouge non oblitéré, à l'effigie du maréchal Pétain. Ève retourne la missive pour voir si l'expéditeur a pris soin de noter des coordonnées, puis elle lit de nouveau tout haut : « C. Vernay, 12, impasse Beausoleil, Sabran-sur-la-Lys, Pas-de-Calais, France. »

— D'où sort cette lettre ? interroge Annie en s'agenouillant devant sa mère.

Ève hausse les épaules, perplexe. L'enveloppe est encore cachetée ; la lettre n'a jamais été envoyée ni lue. Annie s'empare de l'encyclopédie, soudain excitée comme une enfant devant un sapin de Noël. Elle l'ouvre au hasard, tourne quelques pages, pousse un cri quand elle tombe sur une seconde enveloppe.

La même couleur jaunie que la première. Le même destinataire, le même expéditeur. De nouveau, un timbre non oblitéré. De nouveau, l'enveloppe est fermée. Ève caresse les courbes d'encre noire un peu délavées, décontenancée. Annie, elle, attrape soudain le volume par les deux pans de la couverture et le secoue au-dessus du lit. Ève est choquée de la brutalité du geste mais ne dit rien, se contentant d'être soulagée qu'Antoine ne soit pas là pour voir la façon dont sa fille traite des ouvrages qui ont coûté beaucoup d'argent.

Plusieurs lettres tombent sur le dessus-de-lit fuchsia. Annie inspecte un à un les autres volumes, pendant que sa mère ramasse les lettres pour en faire une petite pile qu'elle pose sur ses genoux, incertaine de ce qu'elle est censée faire. Il y en a huit en tout, toutes adressées à ce Tobias Winterstein et envoyées par un mystérieux « C. Vernay », qui ne peut correspondre ni à Henri, ni à Marthe, ni à Julien, les seuls Vernay qu'elle connaît au village.

— Il n'y en a pas d'autres, conclut Annie quelques minutes plus tard. Mais, regarde : cette lettre-ci est décachetée !

Ève prend entre ses mains l'enveloppe qui a été décollée. Le rabat est resté légèrement gondolé.

— Qu'est-ce que tu attends pour l'ouvrir ? demande Annie, fébrile.

— Je ne sais pas si on devrait lire cette lettre… Après tout, elle ne nous est pas adressée…, murmure Ève, qui n'a soudain plus aucune envie d'en savoir plus.

Impatiente, Annie lui arrache l'enveloppe des mains, en sort deux feuillets pliés en deux et recouverts d'une fine écriture penchée vers la gauche. Elle commence à les lire, et sa mère observe la façon dont sa bouche se met en mouvement, quand bien même aucune syllabe n'en sort. Quelques minutes plus tard, Annie prononce un mot, un seul.

— Charlotte.

Ève la regarde sans comprendre, et sa fille précise d'un ton songeur :

— La lettre est signée Charlotte. Charlotte Vernay, donc. Elle a été écrite en juin 1944, il y a près de quarante ans, tu te rends compte ?

Annie tend la main pour attraper les autres lettres, mais sa mère les porte à son cœur d'un air déterminé.

— Elles n'ont jamais été ouvertes, et elles ne nous sont pas destinées ! s'exclame-t-elle avec fermeté.

Annie renonce à contrecœur, lit une seconde fois la lettre qu'elle vient de déchiffrer.

— C'est une lettre d'amour, maman. Cette femme a écrit à son fiancé ; je suppose qu'il s'agissait d'un soldat allemand… Comme c'est romanesque ! ajoute-t-elle, les yeux dans le vague et un sourire radieux aux lèvres.

Ève, elle, ne se sent absolument pas d'humeur joyeuse. La seule question qui la turlupine, c'est de savoir pourquoi et comment Antoine est entré en possession de ces huit lettres qui ne lui sont absolument pas destinées.

Elle a rencontré Antoine quelques années après la guerre, est tombée immédiatement amoureuse de son air d'éternel adolescent et de son côté un peu bravache. Elle avait été séduite, bien sûr, par son passé dans la Résistance ; ça lui avait donné l'impression d'être en sécurité, à ses côtés. Et elle l'avait été, d'ailleurs. Très vite, elle s'était installée à Sabran-sur-la-Lys avec lui, même si s'enterrer à la campagne n'avait pas particulièrement fait partie de ses rêves d'avenir. Mais voilà ; par amour, on était prêt à bien des choses ! Antoine était un peu le Don Juan du village, d'après ce qu'on lui avait raconté : nombreuses étaient ses conquêtes, mais aucune d'elles n'avait réussi à ravir son cœur, apparemment. Aucune jusqu'à elle, donc.

Et pourtant, aujourd'hui, alors qu'elle tient toujours le paquet de lettres contre elle, il lui revient en mémoire une parole que sa belle-mère avait eue le jour de leur mariage, juste après la sortie de l'église. « Je suis soulagée qu'il ait enfin oublié cette Charlotte ! » avait-elle déclaré d'un ton satisfait.

Quand, étonnée, elle avait interrogé Antoine, il s'était contenté de secouer la tête en levant les yeux au ciel : « Ma mère dit beaucoup d'idioties, tu sais. Je ne me souviens même pas d'une Charlotte, c'est dire ! » Ève avait choisi de lui faire confiance, et, de ce qu'elle en savait, Antoine ne l'avait jamais trahie. Il avait été un mari fidèle et respectueux.

Malgré tout, avant de la rencontrer, il avait aussi eu un passé. Un passé dont elle ignorait presque tout, en réalité. Il avait donc bien connu une Charlotte, une femme qui, à en croire la lettre qu'Annie avait lue, était amoureuse d'un autre. Antoine était facteur, et il n'aurait sans doute eu aucun mal à intercepter le courrier que la jeune femme envoyait à son soldat allemand.

Ève déteste imaginer que son mari ait pu mal agir, mais elle ne voit aucune autre explication, d'autant qu'Antoine lui a déjà raconté, il y a bien longtemps, que, pendant la guerre, il lui était arrivé de subtiliser d'odieuses lettres de dénonciation adressées à la *Kommandantur*… Il était donc tout à fait en mesure de récupérer d'autres envois.

— Qu'est-ce qu'on fait de ces lettres, maman ? On les jette ? interroge Annie en passant la main devant les yeux distraits de sa mère.

Ève revient à la réalité, baisse la tête vers les enveloppes.

— Je pense… Je pense que la meilleure chose à faire serait tout simplement de les envoyer à l'adresse indiquée. On ne peut rien faire de plus, alors… Advienne que pourra…, murmure-t-elle en se mordant la lèvre.

Au moins, elles seront débarrassées de ces missives. Si elle songe un instant à les jeter à la poubelle, elle écarte aussitôt cette idée. Il lui semble plus louable de les faire voyager jusqu'en Allemagne. Elle n'a aucune idée de ce qu'Antoine a fait et des conséquences que ses choix ont pu avoir, mais entre détruire et réparer, elle ne peut se résoudre à la première option.

Quand bien même elle a le sentiment dérangeant de trahir son époux.

Chapitre 34

Février 1982

À Rosenheim, quand Erna Winterstein entend le claquement sec en provenance de l'entrée de la grande maison familiale dans laquelle elle vit depuis plus d'un demi-siècle, elle cherche des yeux sa canne. Ces derniers temps, sa hanche la fait souffrir et le médecin lui a recommandé de ne pas forcer, quand bien même elle déteste ce corps qui commence à la trahir un peu trop à son goût. Ses os ont peut-être quatre-vingt-quatre ans, mais pas son esprit !

Elle se dirige vers la porte d'entrée, se penche en serrant les dents pour ramasser le courrier du jour. Un prospectus pour le supermarché à la périphérie de la ville, un autre pour le magasin de bricolage du centre. Un magazine de mots croisés auquel l'a abonnée sa fille, ignorant visiblement qu'Erna déteste ce genre de jeux pour vieillards qui s'ennuient à l'hospice. Un relevé de compte de la banque, qu'elle n'ouvrira même pas et se contentera de poser sur la pile de courrier administratif sans intérêt. Tout en dessous de la pile, une grande enveloppe de papier kraft avec une écriture manuscrite, signe qu'il s'agit d'une *vraie* lettre.

Un peu d'humanité, enfin.

La première chose qu'Erna remarque, ce sont les cinq timbres rouges collés sur l'enveloppe. Cinq portraits de femme coiffée d'un bonnet phrygien. Cinq Marianne.

Qui pourrait donc bien lui écrire de France ? Elle n'y connaît personne ! Perplexe, elle plisse les yeux pour tenter de déchiffrer les caractères à l'encre bleue tracés sur l'enveloppe. En vain. Erna pousse un grognement mécontent, mais s'empresse malgré tout d'aller attraper ses lunettes, qu'elle a laissées posées sur l'accoudoir du divan. Hans, son époux, a beau avoir quitté cette Terre depuis près de cinq ans maintenant, Erna entend tout à fait le ton mi-agacé mi-amusé qu'il prendrait en lui serinant qu'abandonner ses lunettes n'importe où, c'est le meilleur moyen pour les retrouver cassées.

Elle s'installe au *bow-window* du salon, celui qui donne sur le jardin. Tapote rapidement les coussins pour être mieux à son aise. Une fois qu'elle a posé ses lunettes sur son nez, elle approche la mystérieuse enveloppe de ses yeux.

Soudain, son cœur se serre.

La lettre est adressée à Tobias.

Erna regarde par la baie vitrée les silhouettes tortueuses des deux grands chênes tout nus, au fond du jardin. Hans les avait plantés dès leur emménagement, quand ils étaient rentrés des États-Unis. Un pour Tobias et un pour Ilse. Aujourd'hui, les deux arbres sont immenses, paraissent invincibles.

Le regard toujours dans le vague, Erna ouvre d'un geste d'automate la grande enveloppe marron. Sa main en sort une pile de lettres défraîchies entourées d'un élastique, ainsi qu'un feuillet à carreaux plié en deux.

Elle jette un coup d'œil aux huit missives qui composent cet envoi pour le moins étrange ; toutes sont adressées, dans une écriture différente de celle sur la grande enveloppe en papier kraft, à son fils. Après avoir posé le paquet sur ses genoux, elle entreprend de lire – et de traduire – le court message écrit sur le feuillet blanc.

1982

Monsieur,

Voici des lettres que j'ai retrouvées dans les effets personnels de mon mari, décédé il y a quelques mois. Une seule a été ouverte, et ce n'est pas de mon fait. J'ignore la raison pour laquelle mon époux les avait en sa possession, et j'ignore également si elles vous parviendront, près de quarante ans après avoir été écrites. Malgré tout, je l'espère.

Ève Dupleyssis

Erna se lève, manque de trébucher en allant jusqu'à la cuisine pour se préparer un thé. Elle sait parfaitement qu'elle va lire ces lettres adressées à son fils ; c'est son rôle, après tout. Ce qu'elle ne sait pas, en revanche, c'est si elle va regretter de l'avoir fait, après coup. Ne devrait-elle pas téléphoner à Ilse, pour lui demander ce qu'elle pense de toute cette affaire ? Après tout, elle a souvent pensé que sa fille était bien plus proche et complice de Tobias qu'elle, alors son avis devrait compter, non ? Peut-être qu'Ilse s'exclamerait que Tobias détesterait qu'on fouille ainsi dans son intimité, qu'Erna ne peut décemment pas lire ces lettres sans y avoir été autorisée. Son garçon a toujours été si sensible…

La bouilloire se met à chanter, et Erna éteint le gaz. La vérité, c'est qu'elle n'a aucune envie de passer un coup de fil à Ilse. Au contraire, elle a plutôt envie de garder tout ça pour elle. Juste pour elle.

Pour le moment, du moins.

Elle dévore les huit longues lettres écrites par cette Charlotte Vernay à son fils, sans relever une seule fois les yeux. Sur le guéridon à côté d'elle, son thé est froid depuis longtemps. Intact.

Elle regarde les dates une par une. Cette jeune femme a écrit durant de longs mois, pendant l'occupation de son village. Erna a toujours senti, au plus profond d'elle-même, qu'elle ne savait pas tout de Tobias ; tout petit déjà, il se montrait si mystérieux, construisant dans sa chambre des cabanes avec des draps et y passant des heures entières à s'occuper tout seul sans que personne puisse dire ce qu'il y fabriquait...

Ainsi donc, il est tombé amoureux d'une petite Française pendant la guerre... Puis, une fois qu'il a été en poste à Düsseldorf, celle-ci s'est languie de lui au point de lui écrire encore et encore, désespérant d'un jour recevoir une réponse de sa part.

Quelle tristesse !

Erna ne peut s'empêcher de se demander si tout aurait pu être différent si Tobias avait, à l'époque, lu ces lettres. Jamais il n'a mentionné cette histoire d'amour à ses parents, jamais. Pourtant, à lire les souvenirs que la jeune femme évoque, Erna est certaine qu'il ne s'agissait pas pour lui d'une vulgaire amourette.

Elle lit la dernière lettre une seconde fois, réfléchit sans bouger d'un pouce.

Le chemin de vie de Tobias aurait certainement été tout autre s'il les avait reçues en 1944, ou même après la guerre. Mais ce qui est tout aussi certain, c'est que son chemin de vie à elle, Erna Winterstein, risque de bifurquer brusquement, à partir d'aujourd'hui.

Car cette Charlotte Vernay est tombée enceinte de Tobias au printemps 1944. Ce qui signifie qu'elle a eu un bébé, sans doute en décembre de cette année-là.

Un bébé dont Tobias n'a jamais entendu parler.

Un bébé qui aurait trente-huit ans aujourd'hui, calcule Erna, estomaquée.

Quelque part, en France, il est probable qu'elle ait donc un petit-fils ou une petite-fille. Et peut-être aussi des arrière-petits-enfants...

La question est donc : comment retrouver cette belle-fille inattendue ? Depuis 1944, elle a dû déménager, peut-être même plusieurs fois ; elle a pu se marier et changer de nom… Ève Dupleyssis, la femme qui a retrouvé les lettres, vit toujours dans ce village au nom chantant, Sabran-sur-la-Lys, alors si Charlotte Vernay y était toujours installée, elle se serait sans aucun doute contentée de lui rapporter ses lettres, plutôt que de les expédier en Allemagne…

Erna goûte son thé, grimace en s'apercevant qu'il est glacé. De toute façon, il n'y a pas une minute à perdre : elle va d'abord écrire à Ève Dupleyssis pour tenter d'en savoir plus et d'être aiguillée dans ses recherches.

Un mois plus tard, Erna a eu beau guetter le passage du facteur tous les matins, son vœu de recevoir une réponse en provenance de France n'a pas été exaucé. Visiblement, Ève Dupleyssis ne souhaite pas engager une correspondance…

Qu'à cela ne tienne : Erna n'a aucune intention de s'avouer vaincue, loin de là ! D'autant qu'elle piaffe d'impatience ; c'est comme si elle se trouvait sur la ligne de départ d'une course, agenouillée dans les *starting-blocks*, les muscles bandés en attendant le coup de pistolet fatidique… Alors même si tous les autres participants ont près de quarante ans d'avance sur elle, il est inenvisageable pour elle de déclarer forfait.

Sans compter qu'elle ne s'est pas roulé les pouces en attendant en vain une lettre ; au contraire, elle a pris les devants en contactant un détective privé installé à Munich. Wilhelm Döderlein. Après tout, elle a de l'argent, alors autant qu'il serve… Hans travaillait tellement qu'ils n'ont jamais pris le temps de voyager, hormis lorsqu'ils se sont expatriés à Seattle. Erna rêvait de croisières en Norvège et en Égypte, de safari au Kenya, d'aller au Japon au moment des cerisiers en fleur, de visiter les temples mayas, et ils n'ont rien fait. Beaucoup d'argent, mais pas de temps. Et, une fois que Hans avait pris sa retraite, il avait déclaré qu'il avait trop peur de l'avion pour se lancer dans de grands voyages ! Quelle vie stupide, avait-elle regretté quand son mari était mort et qu'elle était devenue trop vieille pour espérer explorer le monde.

Mais aujourd'hui, tout cet argent gagné et économisé va enfin servir, en espérant que l'homme aux larges épaules qui vient de sonner à sa porte ne soit pas un escroc. Erna le dévisage avant de l'inviter à entrer. Un front haut, des yeux un peu trop rapprochés, un sourire poli, un peu trop sûr de lui, peut-être.

Tout en lui servant une tasse de café, elle lui expose la raison pour laquelle elle l'a fait venir jusque chez elle. Elle lui montre les lettres, se donne une contenance en faisant un peu de vaisselle pendant qu'il les lit en buvant son breuvage à petites gorgées.

— Je vois, finit-il par déclarer une fois sa lecture achevée.

— Qu'est-ce que vous voyez ? interroge Erna en se retenant de se ronger les ongles tant elle se sent fébrile.

— Que ça va être coton, répond le détective privé en croisant les bras et en se reculant contre le dossier de sa chaise.

— Mais encore ? insiste Erna, déjà prête à ranger ce Wilhelm Döderlein dans la catégorie des imposteurs patentés au langage un peu trop familier.

Elle s'essuie rapidement les mains dans le torchon à vaisselle, vient prendre place en face de son interlocuteur. Si elle pouvait elle-même retrouver la trace de Charlotte Vernay sans la moindre difficulté, elle ne se serait pas amusée à contacter un professionnel, songe-t-elle, exaspérée devant le flegme du détective.

— Si je résume correctement, tout ce que vous avez, c'est le nom d'une personne et son adresse en 1944. Vous comprenez que ça revient à chercher une aiguille dans une botte de foin, n'est-ce pas ? Je vais devoir aller enquêter en France, mes frais vont être très importants…

Erna esquisse un sourire moqueur : voilà donc où l'homme voulait en venir !

— Peu importe ce que ça coûtera. Retrouvez-la, d'accord ?

Le détective hoche la tête, pensif. Il note quelques mots sur son carnet à spirale.

— Je vais voir ce que je peux faire, annonce-t-il enfin en reposant sa tasse sur la table.

1944

Chapitre 35

Août 1944

Il aura fallu moins d'un mois pour que tout Sabran-sur-la-Lys soit au courant de la palpitante nouvelle.

La fille Vernay s'est fait engrosser par son Boche juste avant qu'il prenne le large. Les différentes versions vont bon train, mais toutes se résument à ce résultat et peu importe, finalement, le degré de grossièreté de la formulation.

En moins d'un mois, il s'est pourtant passé d'autres choses bien plus essentielles, mais les concierges ne retiennent que le scandaleux. La radio qui grésille dans le salon d'Adélaïde Prévost parle de l'avance des Alliés, du recul inéluctable des Allemands avant qu'ils soient enfin boutés hors de France. Charlotte se demande pourquoi il a fallu qu'ils débarquent en Normandie plutôt que dans le Pas-de-Calais, comme ça semblait être prévu. Est-ce qu'ils auraient pu, simplement, se tromper de plages ? Est-ce qu'un second débarquement va avoir lieu ?

Le hasard, ou le destin, a voulu que le jour où son père l'a mise à la porte soit aussi le jour où son frère Oscar a été arrêté. La nuit d'avant, un train avait déraillé en gare de Saint-Omer et plusieurs lignes téléphoniques avaient été coupées. Aucune victime à déplorer, mais ce n'est pas ce qui atténue la fureur des Allemands, bien plus violents ces dernières semaines. On racontait qu'ils se comportaient comme des animaux blessés, avec une agressivité inouïe, celle de ceux qui savent qu'ils vont bientôt succomber et qu'il n'y a plus rien à espérer. Il y avait eu des otages fusillés juste pour l'exemple, à Flonghem et à Briskerque, apparemment pour une vulgaire histoire de croix gammées barbouillées de bouse de vache...

Charlotte n'avait pas vu de changements, au château, mais, de toute façon, elle ne risquait plus d'être le témoin de quoi que ce soit, puisque le commandant Wenzel l'avait informée le matin même qu'il n'aurait désormais plus besoin de ses services. De longues explications n'avaient pas été nécessaires : Charlotte avait senti l'effervescence du départ à la hâte, de la fuite des soldats pressés de quitter les lieux.

Vendredi dernier, aux aurores, la jeune femme avait attendu devant le café de ses parents que sa mère sorte pour aller faire la queue chez l'épicier. Dès qu'elle l'avait aperçue dans la rue, elle l'avait suivie sur quelques dizaines de mètres, juste le temps d'être suffisamment loin pour qu'il n'y ait pas de danger que son père les aperçoive ensemble. Quand elle avait attrapé sa mère par l'avant-bras, celle-ci avait poussé un petit cri de surprise.

— Qu'est-ce que tu fais là ? Si ton père nous voit..., avait commencé Marthe, l'air si apeurée que Charlotte en aurait presque eu pitié.

— Je veux seulement savoir ce qui est arrivé à Oscar. J'entends tout et n'importe quoi, j'ai besoin de savoir ce qui est vrai. Est-ce qu'il va bien ? avait interrogé la jeune femme.

Après avoir poussé un long soupir et regardé de part et d'autre pour s'assurer que la rue était déserte, Marthe avait expliqué à sa fille que les *Feldgendarmes* étaient venus arrêter son frère. Même s'il n'avait pas été pris sur le fait d'une action de sabotage, il était fortement soupçonné, et surveillé, depuis un moment déjà.

— Tu te rends compte, pour une fois que ton frère était à l'appartement, il a fallu que ce soit le jour où la police débarque..., s'était lamentée Marthe, les yeux brillants.

Les *Feldgendarmes* avaient trouvé toute une caisse d'armes et de munitions sous son lit, et ça avait bien sûr suffi pour qu'ils l'emmènent *manu militari*, sourds aux supplications de sa mère.

— Où est-il, à présent ? Que va-t-il devenir ? avait demandé Charlotte.

Marthe avait haussé les épaules, désespérée.

— Il est passé devant un tribunal militaire la semaine dernière.

La jeune femme avait attendu la suite, mais sa mère s'était effondrée en larmes, incapable de retenir ses gémissements.

— Il va être fusillé, c'est ça ? Dis-moi, maman, je t'en prie, avait murmuré Charlotte, la voix brisée par l'émotion.

— Il a été condamné à cinq ans de prison en Allemagne pour détention d'armes. Il est à Béthune pour le moment, personne ne sait quand il va être transféré... *là-bas*, avait soufflé Marthe en s'appuyant au mur pour ne pas vaciller.

Charlotte aurait voulu réconforter sa mère. Lui assurer que la guerre était sur le point de s'achever et qu'Oscar ne partirait jamais pour l'Allemagne. Lui promettre que son frère était le garçon le plus débrouillard et malin au monde, et qu'il trouverait forcément un moyen de s'évader, avant ou après le départ du convoi. Mais sa gorge était restée sèche, vide de mots. Au bout de quelques minutes, Marthe avait repris son souffle, avait essuyé ses larmes pour se redonner contenance.

— Je dois y aller. Après, il y aura trop de monde chez l'épicier, et ton père sera en colère que je l'aie laissé tout seul au café. Tu sais, ce n'est pas facile pour nous..., avait-elle déclaré, soudain amère.

Charlotte avait hoché la tête avant de s'écarter pour la laisser passer.

— Excuse-moi, maman. Je ne voudrais pas te retarder, avait-elle riposté d'un ton tout aussi acerbe.

Marthe l'avait dévisagée longuement, espérant peut-être lui faire baisser les yeux. En vain. Alors elle avait ajouté, en fixant le ventre de Charlotte qui commençait, tout doucement, à se voir :

— J'aurais aimé que mes fils soient moins courageux. Et j'aurais aussi aimé que ma fille soit moins bornée.

— Moi, j'aurais aimé que mes parents soient plus aimants, avait aussitôt assené la jeune femme. Mais il faut croire que, dans la vie, on a rarement ce qu'on souhaite, n'est-ce pas ?

Elle avait tourné les talons, incapable de comprendre comment une mère qui avait failli perdre son fils aîné dans un *stalag* et qui venait de voir son second fils arrêté pouvait encore rejeter un de ses enfants.

Il aurait été facile pour Charlotte de se laisser dépérir petit à petit. Aucune des quatre lettres qu'elle avait écrites à Tobias depuis son départ pour Düsseldorf n'avait reçu la moindre réponse. Elle refusait de croire qu'il l'avait oubliée, mais elle craignait de plus en plus qu'il soit mort ou prisonnier quelque part. Ou peut-être que ses parents avaient ouvert les missives et les avaient aussitôt jetées, honteux que leur fils ait pu s'amouracher d'une Française ? Ou alors ses parents les avaient bien reçues, mais eux non plus n'avaient aucune idée d'où se trouvait leur fils ?

Elle avait changé d'adresse, avait pris soin de le lui indiquer dans ses envois, mais, malgré tout, elle ne manquait pas de surveiller la boîte aux lettres de ses parents. De toute façon, elle avait toujours été la seule, depuis toute petite, à aller relever le courrier en fin de matinée. Le jour où elle était partie, elle avait conservé la petite clé ronde de la boîte, l'unique qui existait, et il n'était même pas venu à l'idée de son père de la lui réclamer…

Elle avait fini par annoncer sa grossesse à Tobias dans la dernière lettre qu'elle avait postée, dans l'espoir secret que cette nouvelle inattendue le ferait réagir. Il allait être père, après tout !

Encore une fois, en vain.

Elle essayait de ne plus penser au moineau qui était venu s'écraser contre la fenêtre de sa chambre. Elle essayait de ne plus croire aux signes mais seulement aux coïncidences.

Il aurait été facile pour Charlotte de se laisser dépérir petit à petit. Comme son ventre s'était arrondi, chaque sortie dans le village lui attirait des regards réprobateurs ou des volées d'insultes. À présent que tout le monde savait que ses parents l'avaient mise dehors, personne n'avait plus la moindre retenue. Elle n'était plus qu'une traînée à la botte des Boches, une traîtresse à sa patrie, et on lui promettait régulièrement que, quand l'heure de la Libération sonnerait, la vengeance serait terrible. Elle ne recevait pas de lettres de Tobias, mais les petits mots orduriers et menaçants glissés à son intention dans la fente de la porte d'Adélaïde Prévost fleurissaient jour après jour. Charlotte avait peur que sa logeuse en vienne à la mettre dehors, d'autant que, souvent, cette dernière n'hésitait pas à ouvrir de son propre chef les petits papiers pliés pour déchiffrer elle-même les noms d'oiseaux. Mais, chaque fois, la veuve Prévost se contentait de chiffonner la feuille et de la jeter dans la cheminée éteinte. Charlotte la scrutait d'un air interrogateur et craintif. Quand la logeuse s'en rendait compte, elle se contentait de répéter la même phrase, suffisante d'après elle :

— J'ai besoin d'argent, alors tant que tu payeras, tu resteras.

Aux quatre vents

Il aurait été facile pour Charlotte de se laisser dépérir petit à petit. Depuis aujourd'hui, elle n'avait plus de travail. Plus de travail, et plus de revenus. Ses rêves de devenir sténodactylo s'étaient envolés depuis belle lurette, mais son besoin d'un toit au-dessus de ses épaules, pour elle et son bébé à venir, se faisait de plus en plus essentiel. Elle n'avait donc pas le loisir de se laisser aller à s'apitoyer sur son sort : il lui fallait retrouver un emploi, et vite.

Chapitre 36

Son chagrin n'a d'égal que son obstination. Elle frappera à toutes les portes s'il le faut, mais elle trouvera du travail.

Elle a commencé à proposer ses services à l'école, pour nettoyer les classes ou servir les repas à la cantine. Mais c'était compter sans Marie-Louise Plantier, qui avait aussitôt fait barrage. Elle avait été promue directrice quelques mois auparavant, et, à vingt-quatre ans à peine, elle se comportait comme si elle avait toujours régné sur l'école du village.

— Je peux faire toutes les corvées que vous me demanderez, je ne rechigne pas à la tâche, vous savez..., a tenté de plaider Charlotte.

— Faut-il vraiment que je vous explique en quoi votre présence au sein de cet établissement serait tout simplement indécente ? a riposté Marie-Louise Plantier en détachant avec exagération les trois syllabes d'« indécente ».

Les poings serrés, Charlotte a soutenu son regard, mais a tourné les talons, vaincue. Elles n'avaient beau avoir que cinq années de différence, le gouffre était immense.

Toujours déterminée, Charlotte est montée jusqu'au château, pour demander aux châtelains s'ils pensaient avoir besoin d'une gouvernante, à présent que les Allemands avaient plié bagage et leur avaient rendu leur demeure. Yvonne de La Broise a souri tristement avant de s'approcher de Charlotte pour lui murmurer à l'oreille que, malheureusement, ils n'avaient pour le moment plus les moyens de s'offrir les services de qui que ce soit. La jeune femme a observé les bijoux et la toilette apprêtée de son interlocutrice, a fait mine de croire à ce mensonge éhonté. En quoi faire un esclandre aurait-il eu la moindre utilité, de toute manière ?

Ensuite, elle est allée jusqu'à la ferme des Flament, à l'autre bout de Sabran-sur-la-Lys. Eux auraient sans doute besoin d'une aide quelconque, pour traire les vaches, nourrir les animaux, ou récolter les légumes ? Elle ne connaît pas grand-chose au travail d'une ferme, mais elle est volontaire ! Pourtant, à peine a-t-elle eu franchi le petit portail que Jacques Flament lui a sauté dessus pour savoir ce qu'elle faisait là. Après l'avoir écoutée d'un air impatient, il a froncé les sourcils :

— Je suis désolé, on n'a besoin de personne, on s'en sort très bien tout seuls…

Charlotte n'a pas insisté. Elle a fait demi-tour, sans comprendre pourquoi le fermier restait devant son portail, à vérifier d'un air méfiant qu'elle s'en allait pour de bon.

Elle a ensuite fait le tour des différents commerces du village, essuyant refus sur refus. Il n'y a guère que Félix Wattencourt, l'épicier, qui s'est montré agréable, profitant de ce que son épouse avait le dos tourné dans l'arrière-boutique pour lui offrir une bouteille de lait. Du lait à la teinte bleutée, signe qu'il était coupé à l'eau, mais du lait quand même. Charlotte l'a remercié, le cœur lourd.

Quand elle s'est assise devant la fontaine pour réfléchir à sa situation, Raymond Molinet, le maire du village, est passé d'un pas pressé devant elle. C'est une chance ! a-t-elle aussitôt songé avec excitation. Elle lui a couru après, le hélant avec un enthousiasme forcené.

— Je cherche du travail, monsieur le Maire. Je suis certaine qu'à la mairie vous devez être débordé ? a-t-elle demandé, voulant à tout prix croire en sa bonne étoile.

— Pas particulièrement, a répondu Raymond Molinet sans ralentir sa course.

— Je vous en prie, je vous jure que, si vous m'accordez une chance, je ne vous décevrai pas..., a supplié Charlotte, tout en se détestant d'en venir à quémander à ce point.

Le maire lui a jeté un coup d'œil. Son regard est tombé sur sa poitrine, de plus en plus généreuse au fil de sa grossesse, puis sur son ventre sans équivoque.

— Tu me déçois déjà, ma mignonne, tu me déçois déjà..., a-t-il commenté d'un ton chagrin.

— S'il vous plaît..., a encore tenté Charlotte malgré l'embarras qu'elle ressentait à être ainsi déshabillée du regard par un homme qui avait l'âge d'être son père.

— Je suis désolé, mais je n'ai rien à te proposer. Ton père m'a fait promettre de ne pas t'aider, et je n'ai aucune envie d'entrer en conflit avec lui. Personne n'a envie de s'attirer le courroux d'Henri Vernay, tu es bien placée pour le savoir...

Bouche bée, Charlotte s'est arrêtée de marcher, laissant Raymond Molinet disparaître à l'intérieur de la mairie. Non seulement son père l'avait mise à la porte sans le moindre égard, mais en plus il prenait un malin plaisir à lui savonner la planche... Comment continuer à lutter ?

En désespoir de cause, elle s'est résignée à pousser plus loin ses recherches. À la biscuiterie de Flonghem, elle n'a même pas eu le temps de dire qu'elle cherchait un emploi qu'on lui avait déjà claqué la porte au nez. De toute évidence, grâce à son frère Julien qui y travaillait, elle était déjà connue comme le loup blanc, là-bas aussi.

Sans plus y croire, elle est allée à bicyclette jusqu'à Lamprais, même si le trajet de près d'une demi-heure était en côte. Elle s'est présentée à la filature en récitant le petit discours qu'elle avait déjà seriné une vingtaine de fois dans la journée. Dans le grand entrepôt où les machines vrombissaient si bruyamment qu'il fallait hausser la voix pour se faire entendre, la contredame lui a répondu sans lever le regard de son rouleau de tissu beige que, en effet, elle aurait bien besoin d'une piqûrière.

— C'est vrai ? n'a pu s'empêcher de s'exclamer Charlotte, déjà aux anges.

Elle n'a aucune idée de ce que peut bien être une piqûrière, mais peu importe : elle apprendra !

La femme aux cheveux roux sombre a relevé la tête pour la dévisager.

— Une piqûrière, c'est celle qui doit corriger les défauts des tissus après qu'on les a lavés. On marque les accrocs à la craie, et sa tâche, c'est de les raccommoder avec finesse, a-t-elle expliqué.

Tout en parlant, son regard perçant s'est arrêté sur le ventre de Charlotte, avant de monter jusqu'à ses joues encore rouges d'avoir pédalé.

— Si je t'embauche, comment tu vas faire ? Sabran, ce n'est pas la porte à côté..., a signalé la couturière en désignant son ventre d'un signe du menton.

— Je viendrai à vélo, ce ne sera pas un problème, a assuré Charlotte.

La contredame a fait la moue, et la future maman a senti toute sa joie s'évanouir encore une fois.

— Ce ne sera pas un problème, a-t-elle répété avec fermeté.

— Dans quelques semaines, ou quelques mois, fais-moi confiance : ce sera un problème, parce que tu seras incapable d'enfourcher ta bicyclette. Je te propose un marché : tu viens apprendre le métier ici jusqu'à ce que tu te sois transformée en montgolfière. Oh, pas la peine de prendre cet air outré : c'est pareil pour toutes les femmes. Un matin, tu te réveilleras et tu seras devenue une montgolfière. Quand ce sera le cas, tu travailleras de chez toi. Siméon t'apportera le tissu et viendra le récupérer la semaine suivante.

Charlotte est restée comme deux ronds de flan, sans savoir quoi répondre. Au bout de quelques minutes, la couturière s'est redressée pour lui lancer :

— Eh bien ? Qu'est-ce que tu fais encore là ? Je t'attends demain à huit heures précises.

Charlotte a hoché la tête, tout heureuse.

— Merci beaucoup, madame.

— Madame ? s'est écriée la couturière en chef. Évite de m'insulter si tu ne veux pas être renvoyée avant d'avoir commencé ! Je m'appelle Madeleine.

Sur le trajet du retour, Charlotte est si soulagée que les pédales volent sous ses pieds. Moins de vingt minutes plus tard, elle arrive à l'entrée de Sabran-sur-la-Lys, essoufflée mais surtout heureuse d'entrevoir une issue, un avenir plus serein peut-être. Madeleine Duc lui a fait bonne impression ; son regard était franc, sa façon de parler directe. Charlotte a confiance, les choses vont s'arranger, enfin. Dans la descente qui mène au village, elle lâche les pédales, laisse courir sa bicyclette, savoure le vent qui fouette ses joues.

Soudain, elle aperçoit une camionnette noire qui arrive en face d'elle. Aussitôt, elle serre sur la droite pour la laisser passer, mais le véhicule fait un écart de son côté.

Paniquée, Charlotte donne un violent coup de guidon et dégringole dans le fossé.

Quand elle se relève, les genoux égratignés, elle constate que le véhicule n'a même pas pris la peine de s'arrêter. Elle a envie de hurler de rage. Faut-il donc toujours payer le plus petit moment de joie ou de soulagement au centuple ?

Elle remonte sa bicyclette hors du fossé avec difficulté, sourde aux crampes qui lui tordent le bas-ventre. À pas lents, elle traîne son vélo bleu en direction de l'impasse Beausoleil, mais, quand elle se rend compte avec horreur qu'une traînée de sang dégouline le long de sa jambe, elle décide de se rendre rue des Archers, au cabinet du médecin de famille.

Quand André Louchard la fait entrer, Charlotte n'en mène pas large. Elle explique la grossesse, même si elle se doute que le docteur est parfaitement au courant de sa situation. Elle parle de la chute, des saignements, de son angoisse d'avoir fait du mal à son bébé, de l'avoir peut-être même tué.

Le médecin l'écoute en prenant des notes, remonte à intervalles réguliers ses petites lunettes rondes en fronçant le nez dans une grimace peu seyante. Sans même prendre la peine de l'examiner, il finit par la fixer de ses petits yeux inquisiteurs en caressant sa moustache noire. Puis, après quelques longues secondes de silence, si pesantes que Charlotte en vient à se tortiller sur sa chaise, il lui lance :

— Il est difficile de vous dire si vous êtes en train de faire une fausse couche ou non. Vous le saurez très vite et il n'y a rien à faire pour l'empêcher. Mais… si je puis me permettre, ce serait de toute façon une excellente nouvelle, non ?

Chapitre 37

Septembre 1944

Oscar avait quitté la prison de Béthune à la fin du mois d'août, pour être déporté en Allemagne via un train qui l'avait d'abord amené jusqu'à la gare de Tourcoing, avant de partir pour Cologne le 1er septembre. Voilà les seules informations que les époux Vernay étaient parvenus à récolter. Il n'y avait pas eu d'adieux déchirants, encore moins d'au revoir plein d'espoir. Ils s'étaient seulement levés un matin pour apprendre qu'Oscar avait quitté sa cellule et qu'à l'heure qu'il était il ne se trouvait même plus en France. Henri Vernay était retourné essuyer les verres du café sans un mot, tandis que Marthe s'était cramponnée au comptoir, luttant pour ne pas se laisser glisser au sol.

À peine quatre jours après, les chars polonais, victorieux, sont entrés dans Sabran-sur-la-Lys pour libérer le village. Quand les habitants se sont agglutinés pour regarder les blindés passer à travers des rues déjà désertées par les Allemands, ils ont presque tous pleuré de soulagement. Marthe Vernay, elle, a pleuré de chagrin et de rage en voyant ces soldats triomphants arriver trop tard pour celui qui restait, malgré les années, son petit garçon. Elle a pleuré parce qu'elle croyait encore qu'Oscar reviendrait d'ici quelques semaines ou quelques mois, une fois que la paix serait officielle et que ces raclures de Boches seraient exterminées et mises définitivement hors d'état de nuire.

Mais si elle avait su que c'était dans un wagon à bestiaux qu'on avait entassé Oscar à la va-vite, sans eau, sans air, dans l'urgence de la défaite qu'on refuse d'accepter ; si elle avait su qu'une fois arrivé à Cologne son garçon de vingt et un ans avait quasiment aussitôt été déporté au camp de Sachsenhausen, si elle avait su qu'il allait y mourir moins d'un mois plus tard, si elle avait su tout ça ce jour de septembre où les Alliés ont paradé comme des héros dans le village, nul doute qu'elle aurait été capable de grimper sur un char d'assaut pour frapper de toutes ses forces ces soldats aux sourires aussi larges qu'indécents.

Charlotte, elle, observe les tanks et écoute les hurlements de joie sans savoir vraiment quoi penser ou quoi ressentir. C'est donc ainsi qu'une guerre s'achève ? Avec quelques tablettes de chocolat distribuées par des mains tout aussi inconnues et étrangères que celles de ceux qui avaient décidé de s'installer en France quatre ans auparavant ? Que va donc signifier la paix retrouvée, pour elle, pour son enfant qui s'amuse à lui donner des coups de pied dans le ventre, comme s'il craignait qu'elle puisse, ne serait-ce qu'un instant, l'oublier ? Aura-t-elle enfin des nouvelles de Tobias ? Et surtout, viendra-t-il la chercher, ainsi qu'il l'avait promis avant son départ précipité ?

Autour d'elle, c'est la liesse générale, et elle se force à applaudir pour ne pas avoir l'air trop différente des autres. Elle ne se sent ni heureuse ni malheureuse à l'idée que la France soit libérée ; dans son cœur, il n'y a qu'un immense vide. Elle perçoit confusément que le monde exigu qu'elle connaît depuis 1940 est sur le point de changer du tout au tout, mais elle n'a pas la moindre idée de ce que sera le monde d'*après*…

Juste à côté d'elle, Adélaïde Prévost, sa logeuse, pleure de joie. Ou peut-être pleure-t-elle pour son mari, qui ne verra jamais la fin de cette maudite guerre. À une centaine de mètres d'elle, Charlotte aperçoit Clara et son mari, Pierre. Son amie applaudit à tout rompre, tandis que Pierre siffle avec ses doigts pour acclamer les Polonais. Un instant, les regards des deux jeunes femmes se croisent, et Clara esquisse un sourire gêné, un petit signe discret de la main. Charlotte se mord l'intérieur de la joue pour ne pas laisser les sanglots enfler dans sa gorge.

L'euphorie est toujours de courte durée, aussi fugace qu'un fou rire.

Une semaine plus tard à peine, au village, l'heure n'est plus au soulagement mais à la vengeance. Vengeance contre les traîtres, contre les collabos qui ont choisi le mauvais camp et qui doivent à présent payer. Cher, très cher, pour que leur souffrance soit à la mesure de celle que les autres ont endurée pendant plusieurs années, la tête baissée devant les Allemands.

Ce jour-là, un lundi, Charlotte est réveillée aux aurores par un pavé jeté dans la fenêtre de sa chambre. Le verre éclate en mille morceaux, s'éparpille sur les rouleaux de tissu dont elle a fini de raccommoder les défauts la veille au soir et que Siméon doit passer récupérer dans la matinée. Apeurée mais curieuse, la jeune femme ouvre la fenêtre en prenant garde à ne pas marcher sur un morceau de verre. Dehors, sur le trottoir, trois hommes l'observent, le visage sombre. Pierre Vallon, Antoine Dupleyssis, et le fils Raboutet.

— Tu as deux choix, ma cocotte : soit tu files t'habiller et tu nous rejoins sans faire d'histoires, soit on vient t'attraper par la peau du cou dans ta chemise de nuit et tu nous suis dans cette tenue, déclare froidement Antoine, visiblement ravi de donner des ordres.

Perplexe, Charlotte fronce les sourcils, paraît réfléchir aux deux propositions du facteur, mais avant même d'avoir pesé le pour et le contre, elle s'entend répondre :

— Pour qui tu te prends, à me parler sur ce ton ? Va donc voir ailleurs si j'y suis !

Le fils Raboutet écarquille les yeux, estomaqué par la réaction spontanée de Charlotte. Cette dernière ferme la fenêtre, quand bien même il ne reste guère que des morceaux de vitre qui achèvent de se détacher quand le battant cogne contre l'autre. Pierre et Antoine se regardent. Le premier hoche imperceptiblement la tête, et le second, qui n'attendait que ça, s'approche de la fenêtre. Avant même que Charlotte ait pu reculer, il saute d'un bond dans la chambre. Sans ménagement, il l'attrape par ses cheveux attachés en une longue tresse châtaine qui lui arrive dans le bas du dos. Il la tire vers la fenêtre pour la forcer à l'enjamber et à sortir dans la rue. Charlotte se débat comme un diable, sidérée par la violence d'Antoine. Elle donne coups de poing et coups de coude, mais rien ne paraît l'atteindre ; c'est comme si elle le caressait.

— Arrête ton cirque, tu n'as aucune chance ! grogne-t-il en tirant d'un coup sec la tresse de Charlotte, si violemment qu'elle pousse un cri de douleur.

Elle aperçoit un bris de vitre aiguisé, s'en saisit sans réfléchir, dans un mouvement de défense instinctif, et le plante dans la cuisse d'Antoine. Celui-ci laisse échapper un hurlement, plus parce qu'il est surpris du geste que parce qu'il aurait mal, et lui arrache le morceau de verre pour le coller contre son ventre bien arrondi.

— Tu résistes encore et je n'hésiterai pas à t'enfoncer ça dans le bide, en plein dans ton marmot, c'est compris ? murmure-t-il à son oreille, les dents serrées.

Aussitôt, Charlotte relâche tous ses muscles. La lionne sauvage se transforme en chat domestiqué. Pas son enfant.

Tout, mais pas son enfant.

À ce moment-là, la porte de la chambre s'ouvre à la volée et Adélaïde Prévost, les cheveux encore emmêlés après une nuit de sommeil, fait irruption dans la pièce. Estomaquée par la scène qu'elle découvre, elle reste un instant bouche bée, sous le choc, avant d'ordonner à Antoine de déguerpir immédiatement. Celui-ci esquisse un petit sourire en tirant un peu plus fort en arrière la tresse de Charlotte. La jeune femme grimace en silence.

— Si j'étais toi, j'irais me recoucher sans faire d'histoires. Pense à ton gamin : il a déjà perdu son père ; ce serait dommage que sa vie devienne un enfer…, menace Antoine.

Il n'a pas besoin de donner de détails pour qu'Adélaïde Prévost imagine le pire. Elle hésite, jette un coup d'œil désespéré à Charlotte avant de reculer d'un pas malgré elle.

— C'est bien…, murmure Antoine avec satisfaction.

Il tire brusquement Charlotte vers la fenêtre.

— Je peux enfiler une robe ? chuchote-t-elle, les larmes aux yeux.

Il ne prend même pas la peine de répondre, et la jeune femme comprend qu'elle n'a plus qu'une chose à faire : enjamber le rebord de la fenêtre et suivre les trois hommes. Elle n'a aucune idée de ce qu'ils comptent lui faire, ou plutôt, elle préfère ne pas imaginer les sévices qu'ils s'apprêtent à lui infliger. Malgré tout, elle ne parvient pas à croire qu'ils puissent agir en toute impunité : ils vont forcément croiser quelqu'un dans les rues du village, quelqu'un qui sera moins impressionnable que sa logeuse, et, si ce n'est pas le cas, elle ne se gênera pas pour appeler à l'aide jusqu'à ce qu'un habitant vienne lui porter secours…

À cette heure matinale, les rues sont encore désertes. Les trois larrons traînent Charlotte jusqu'à la rue Blanche, où habite Antoine. Sur le trajet, elle hurle à l'aide, mais personne n'ouvre sa fenêtre, personne ne sort sur le pas de sa porte. Pierre pose avec force sa main sur la bouche de la jeune femme, et, rapidement, ce ne sont plus que des gémissements étouffés qui s'échappent encore. Arrivés rue des Cinq-Chemins, Charlotte reprend espoir en apercevant deux silhouettes qui approchent dans leur direction : c'est Edmone et Marcel Raval, les voisins de la famille Vernay depuis toujours ! Elle se débat de toutes ses forces pour tenter de se libérer, mais Antoine resserre son emprise. Quand ils passent à la hauteur du couple, Marcel sourit en voyant la jeune femme en robe de nuit, tandis que son épouse détourne ostensiblement le regard. Pas vu, pas coupable. Si elle le pouvait, Charlotte les mordrait de colère.

Enfin, elle est poussée à l'intérieur de la petite maison d'Antoine, celle qu'il a héritée à la mort de ses parents. Dire qu'enfant il est arrivé à Charlotte de venir jouer ici, avec Oscar ! C'était il y a une dizaine d'années, autant dire une éternité…

Le fils Raboutet la fait asseoir de force sur une chaise de la cuisine, tandis qu'Antoine la ligote avec une corde qui attendait sagement à côté de l'évier. Ils avaient donc tout prévu, songe Charlotte, les yeux brillants d'impuissance.

— Et maintenant, tu vas payer, annonce Pierre Vallon en s'asseyant à moitié sur la table, juste en face d'elle, en hauteur pour bien lui faire comprendre qu'elle est désormais soumise.

À ce moment-là, en croisant le regard méprisant du mari de sa meilleure amie, Charlotte se fait une promesse, une seule : quoi qu'il arrive, elle ne pleurera pas. Elle ne versera pas une larme, elle ne leur accordera pas cette victoire. Elle serrera les dents, courbera l'échine puisqu'ils sont plus forts qu'elle physiquement, mais elle ne pleurera pas.

S'ensuit une mascarade d'interrogatoire, où les trois hommes prennent plaisir à jouer aux justiciers qu'ils ne sont pourtant pas. Si Oscar n'avait pas été arrêté le mois dernier, serait-il là, à leurs côtés, à torturer sa sœur, ou aurait-il empêché ce simulacre de justice ?

Pierre Vallon lui explique qu'elle est accusée de collaboration avec l'ennemi, que de nombreux témoignages indiquent qu'elle aurait entretenu une relation immorale avec un soldat allemand, au point d'aujourd'hui porter son enfant. La jeune femme l'écoute, se demande où il veut en venir.

— Contestez-vous cette accusation ? demande alors Pierre Vallon d'un ton grandiloquent, en la vouvoyant à dessein, comme s'il se prenait pour un juge.

— Je ne comprends pas ce que tu veux..., bredouille-t-elle.

Antoine lui assène une gifle si violente que la chaise sur laquelle elle est assise manque de valdinguer.

— As-tu oui ou non fréquenté un Allemand ? Es-tu oui ou non enceinte de lui ? tonne Pierre sans ciller à la vue des doigts d'Antoine qui s'impriment en rouge sur la joue de Charlotte.

— Oui, et oui, se contente de répondre la jeune femme dans une colère contenue.

Les trois échangent un sourire, satisfaits.

Ensuite, c'est Antoine Dupleyssis et Maurice Raboutet qui font le sale travail, en s'en donnant à cœur joie, d'ailleurs, pendant que Pierre Vallon ne la quitte pas des yeux, les bras croisés. Il donne les ordres, les deux autres exécutent. Il ne manque pas d'esprit créatif, malheureusement, mais Charlotte, pour tenir, se répète inlassablement la même phrase : « Tant qu'ils ne touchent pas à mon bébé, alors tout va bien. »

Ils commencent par déchirer sa longue robe de nuit en liberty vieux rose, pour que ses jambes soient découvertes jusqu'en haut des cuisses. Un instant, elle se crispe, craignant qu'ils aillent jusqu'à la violer, mais Pierre Vallon sourit d'un air mauvais :

— On ne te touchera pas, espèce de pute. Mais, crois-moi, quand on en aura fini avec toi, tu regretteras que ça n'ait pas été le cas. Tu te remettrais plus vite d'un viol...

Antoine et Maurice s'attaquent chacun à une des jambes de la jeune femme, y dessinant au feutre noir de grandes croix gammées. Sur son bras gauche, le facteur écrit en grandes lettres rouges majuscules : « JE COUCHE », tandis que le fils Raboutet termine la phrase sur le bras droit : « QU'AVEC DES BOCHES ».

Antoine arrache un peu plus la robe de nuit, allant jusqu'à découvrir le ventre rond de Charlotte. Dessus, il s'applique pour écrire : « UN CHLEUH DANS LE TIROIR ». Le fils Raboutet s'esclaffe grassement.

— Il est temps d'y aller, déclare soudain Pierre en allumant une cigarette.

Charlotte écarquille les yeux, aller où ?

Une nouvelle fois, elle traverse le village qui a eu le temps de s'éveiller. Cette fois, les trois acolytes ne se font plus discrets. Maurice frappe une louche contre une casserole avec vigueur, Antoine vocifère à travers les rues pour rameuter les habitants sur la place du village. « L'heure de la vengeance a sonné ! » beugle-t-il sans prendre la peine de respirer entre deux cris.

Charlotte avance, tête baissée. Tente de couvrir ses cuisses, son ventre, avec les pans de sa robe de nuit déchirée. En vain.

Ils arrivent sur la place du village, la font avancer jusqu'à la fontaine. Antoine et Maurice se postent debout sur le rebord en marbre, pour prendre de la hauteur et haranguer les habitants qui, curieux, s'approchent. Ils se mettent à fredonner le *Chant des partisans* avec ferveur, en attendant qu'une petite foule s'amasse sur la place.

Un instant, Charlotte pense qu'elle va être tirée d'affaire. Tout Sabran est là, ils vont la libérer, sans doute même devoir s'excuser de l'avoir malmenée ! Mais il ne lui faut qu'une poignée de secondes pour se rendre à l'évidence : en face d'elle, aucun visage bienveillant. Tous n'attendent qu'une chose : qu'elle paye pour avoir osé frayer avec l'ennemi. La vengeance d'un peuple mis à terre pendant plusieurs années promet d'être terrible. Soudain, c'est comme si elle était une proie entourée d'une horde de hyènes prêtes à la dévorer. Un animal traqué, acculé. Des bêtes fauves en face d'elle, qui n'espèrent qu'une chose : du sang.

Du sang et des larmes.

Une fois qu'il estime qu'il y a suffisamment de monde sur la place, Pierre Vallon sort de sa sacoche son attirail. Une grande paire de ciseaux de cuisine et un rasoir à lame pliante.

Charlotte est assise sur le rebord de la fontaine. Antoine, qui sent la rébellion poindre, lui attache les deux mains dans le dos. Puis il approche les ciseaux et entreprend de couper d'un geste sec la longue tresse de la jeune femme. Elle serre les poings de colère, si fort que ses ongles lui rentrent dans les paumes.

Pierre Vallon attrape la longue tresse châtaine, la lève vers le ciel comme un trophée. Les cris de joie et les sifflets fusent. Les insultes montent, toutes plus ordurières les unes que les autres. « Débauchée ! » « Marie-couche-toi-là ! » « Paillasse à Boche ! » « Poufiasse ! »…

Galvanisé par les encouragements, Antoine coupe grossièrement les mèches de Charlotte. Quand il ne reste plus que quelques centimètres autour de son crâne qu'il l'oblige à lever, il attrape le rasoir et le déplie. Puis, souriant, il attend que les villageois l'acclament.

Alors, il entreprend de raser Charlotte.

De la tondre jusqu'à ce qu'il n'y ait plus le moindre cheveu sur sa tête.

Quand il a fini sa besogne, le fils Raboutet prend le relais, traçant en rouge vif une nouvelle croix gammée sur la peau de son crâne.

— Et maintenant, la parade ! hurle Pierre Vallon en sautant d'un bond du rebord de la fontaine.

Charlotte lève les yeux pour défier, ou supplier, elle ne sait plus bien, la foule du regard. Ils sont tous là. Des gens qu'elle connaît à peine mais qui, visiblement, la haïssent à un point inimaginable. Des gens qu'elle côtoie depuis toujours et qui n'hésitent pas à scander toutes les injures qui leur passent par la tête. Des gens respectables qui soudain n'ont plus la moindre retenue, qui se sentent invincibles et intouchables. Des gens qui ont l'impression de s'être comportés en héros pendant cette guerre, ou qui font comme si, simplement pour ne pas se retrouver à la place de Charlotte. Des gens honnêtes, qui sont venus assister à ce sordide spectacle avec leurs enfants, pour leur montrer ce qui arrive aux traîtres et aux monstres.

André Louchard, le médecin, qui crache à ses pieds d'un air hautain. Yvonne et Jean de La Broise, les châtelains, qui la dévisagent froidement. Raymond Molinet, le maire, qui se triture les mains avec nervosité, comme s'il n'était pas tout à fait à l'aise avec ce qui est en train de se dérouler sous ses yeux. Les Desmaroux, qui sont tout sourires en proférant des insultes, et qui oublient à quel point la présence des Allemands leur a permis de s'enrichir durant des années. Clara, qui pleure toutes les larmes de son corps en regardant ce que subit son amie, mais qui n'ose pas intervenir sous peine de, peut-être, connaître le même sort. Hector Michelet, le curé, qui a croisé les bras et contemple la scène, le visage sévère. Alors comme ça, Dieu aussi cautionne cette humiliation en public ? Félix Wattencourt, qui semble avoir pitié et retient son épouse par le bras pour l'empêcher d'être trop virulente. Edmone et Marcel Raval, évidemment aux premières loges, qui applaudissent sans bouder leur plaisir ; depuis le temps qu'elle nous narguait, la fille Vernay ! Marie-Louise Plantier, la directrice de l'école, qui s'approche de Charlotte, la mine ravie, pour lui passer autour du cou une pancarte attachée avec une cordelette. « Poule à Boches », a-t-elle inscrit dessus. Le *s* de Boches est repassé plusieurs fois, comme si elle s'était acharnée dessus, juste pour prouver que Charlotte n'est rien d'autre qu'une prostituée sur laquelle tous les Allemands stationnés au village sont passés, les uns après les autres.

Ils *salissent* tout.

Un peu à l'écart de la foule ivre de joie et de rage, Charlotte aperçoit son frère Julien et son père, debout côte à côte. Ils ont beau être à plusieurs mètres de là, elle est capable de lire la honte dans leurs regards. Sa mère, au moins, n'est pas venue. Elle n'a pas eu la force de voir sa fille humiliée ainsi. Ou alors, elle a simplement eu peur d'être montrée du doigt, d'être accusée de ne pas avoir su tenir sa progéniture. Ou alors elle s'en moque, préférant passer ses journées à prier pour son Oscar adoré dont elle n'a pas de nouvelles.

Antoine et Maurice forcent Charlotte à se lever et à commencer à marcher.

À *défiler*.

Elle passe devant la petite Nicole, la fille des Raval, et celle-ci l'observe d'un air désolé, presque paniqué. Charlotte voudrait lui sourire pour faire disparaître l'effroi de son visage, mais elle ne parvient qu'à esquisser une grimace pitoyable. Soudain, il paraît loin, le temps où la fillette dessinait sagement, lovée contre elle, dans la cave obscure et humide de ses parents, en attendant que les bombardements cessent…

Combien de temps la font-ils parader à travers les rues de Sabran-sur-la-Lys ? Charlotte serait bien incapable de le dire.

À la fin, elle est exsangue. Malgré la chaleur de cette journée de septembre, elle tremble de froid, et il lui semble que rien ne pourra jamais plus la réchauffer. Ses jambes la portent à peine quand les villageois l'abandonnent devant l'impasse Beausoleil. Pierre et Antoine la poussent avec brusquerie sur le trottoir, et elle s'effondre comme une poupée de chiffon.

Les cris et les rires s'éloignent jusqu'à ce qu'il ne reste plus que le silence.

Elle n'a pas pleuré.

Chapitre 38

Sabran-sur-la-Lys
Le 25 octobre 1944

Tobias, mon amour,

Je t'ai tellement écrit qu'à présent je le fais sans même oser espérer une réponse. Plus les mois passent, plus je crains que tu ne sois même plus de ce monde. Et pourtant, pourtant, je ne parviens pas à perdre complètement foi en toi, en nous.

Quand la nuit tombe, souvent, je me prends à contempler les étoiles et la lune, dans le ciel noir d'encre, et je me dis que le monde est peut-être vaste, que tu es sans doute à mille lieues de moi, mais que le ciel qui nous sert de couvercle est pourtant le même. Et qu'au moment où j'observe ce croissant laiteux, au moment où je cherche dans le ciel la Grande Ourse et sa forme de casserole, il se peut que toi aussi tu aies la tête levée vers les astres, exactement comme moi. Bien souvent, cette idée parvient à apaiser, ne serait-ce qu'un court instant, ma peine et mes peurs...

Avec le temps, certains souvenirs s'affadissent jusqu'à disparaître, tandis que d'autres, étonnamment vivaces, resurgissent dans ma mémoire tels des claquements de fouet. Tu te rappelles, ce jour, où, au moment où le soleil commençait à peine à décliner, tu m'avais emmenée juste avant le couvre-feu dans cette grange à l'abandon non loin du canal pour que nous y passions la nuit ? Je revois encore, comme un éclair fugace, le sourire que tu avais en me montrant, à l'ouest, l'étoile du Berger, que je n'avais encore jamais remarquée, et encore moins pris la peine d'observer. Ce soir-là, j'ai eu le sentiment d'avoir vécu toute ma vie sous un ciel magique dont je n'avais même jamais eu conscience, et je me suis soudain sentie infiniment petite, à observer les différentes constellations, lovée au creux de tes bras. « On l'appelle l'étoile du Berger, mais, en réalité, c'est une planète, Vénus, qu'on aperçoit. C'est facile de la reconnaître, car elle brille plus que toutes les autres... », avais-tu murmuré à mon oreille en levant l'index pour me montrer ce qui, jusqu'à présent, n'était pour moi qu'un minuscule point un peu plus lumineux que les autres. J'avais eu envie de répondre qu'il me semblait normal que la planète de l'amour soit la plus étincelante de toutes, mais je m'étais abstenue, simplement parce que j'avais peur que tu me trouves un peu trop mièvre... Tu m'as appris à reconnaître la Grande Ourse, l'étoile Polaire et la Petite Ourse, le W de Cassiopée, Orion et sa forme de sablier, avec cette petite étoile orangée dont j'ai aujourd'hui oublié le nom... Tu me le rediras à ton retour ?

Depuis, malgré le chaos qui m'entoure, l'infini du ciel, que tu as rendu un peu plus familier, me donne moins le vertige.

Le bébé s'accroche à la vie comme un forcené ; je pense qu'il ne pourra être qu'un battant et c'est tant mieux. Ce monde ne laisse aucune chance aux faibles, de toute manière. Si les comptes qu'avait faits ma mère sont justes, il devrait arriver d'ici à deux mois, même si j'ai du mal à croire que mon ventre déjà aussi énorme qu'un tonneau puisse encore s'élargir pour le laisser grandir... Plus aucune position n'est tenable au-delà de vingt minutes d'affilée, c'est terrible ! Raccommoder les mètres de tissu pour réussir à être dans les temps à chaque venue de Siméon exige de moi une obstination de chaque instant. Je ne dis pas cela pour me plaindre, mais je suis persuadée que d'autres femmes auraient abdiqué depuis longtemps déjà...

J'ai beau continuer à gagner de l'argent pour payer mon loyer à Mme Prévost et acheter de quoi manger, je crains que cela ne suffise malheureusement pas. Elle m'a annoncé la semaine dernière que je devrais trouver une autre chambre après la naissance. Oh, j'ai bien vu à son regard combien elle était chagrine de prendre une telle décision, mais je sais que l'aide providentielle qu'elle m'a apportée depuis des mois lui occasionne beaucoup de soucis. Des menaces, du chantage de la part de certains commerçants, des clientes qui refusent de venir encore dans son salon de coiffure... Au village, personne ne pardonne à ceux qui refusent de hurler avec la meute, ou de bêler avec le troupeau. Alors quand elle m'a dit, dans un filet de voix, que, lorsque le bébé serait là, il faudrait que je parte, je n'ai pas insisté, je n'ai pas supplié, parce que je sais très bien qu'il est difficile pour elle d'en venir à courber l'échine par crainte de devoir payer, elle aussi.

De toute manière, après y avoir réfléchi, je pense que le mieux pour le bébé et moi serait que je trouve un moyen de m'installer à Lamprais, non loin de l'usine de tissage. Là-bas, les gens me haïront sans doute moins, ou alors ils seront moins nombreux. Je voulais à tout prix rester au village qui m'a vue naître, par fierté, par hargne. Je me disais que m'enfuir tête baissée serait la pire des humiliations, parce que ce serait celle que je m'imposerais à moi-même, par lâcheté. On ne fuit pas devant l'ennemi, on le combat ; n'est-ce pas ce que la guerre est censée nous avoir appris, si tant est qu'elle nous ait appris quoi que ce soit ?

Mais, aujourd'hui, quand je pense à notre enfant qui va bientôt voir le jour, je ne sais plus... Quel avenir aurait-il, dans ce village aux mentalités étriquées et aux mémoires sans doute tenaces ?

Désormais, rien ne me paraîtrait plus souhaitable que de parvenir à être une étrangère, une inconnue insignifiante aux yeux de tous... Je pourrais demander à Siméon de m'emmener avec lui lors de son prochain passage en camionnette ; ainsi je pourrais en toucher un mot à Madeleine. Peut-être aura-t-elle une idée ?

Je veux croire que quelque chose nous attend, ailleurs.

Le monde ne se limite pas à Sabran-sur-la-Lys, c'est ce que je me suis toujours dit, de toute manière. Le monde ne se limite pas à cet endroit.

Mes cheveux ont un peu repoussé, tu sais. Oh, deux centimètres à peine, je pense, mais c'est déjà beaucoup. Quand je me laisse aller à observer mon reflet dans le miroir, j'ai davantage l'impression de ressembler à un être humain, dirons-nous.

Au début du mois d'octobre, j'ai eu la surprise de recevoir deux lettres, que Mme Prévost m'a remises. Moi qui ne reçois jamais rien, tu n'imagines pas comme mon cœur a tambouriné plus fort ! Bien sûr, mon premier instinct a été de croire que l'une des deux enveloppes venait de toi, mais ce n'était pas le cas. Pourtant, je n'ai pas boudé ce petit moment de joie et de gratitude.

La première lettre était de Nicole, tu sais, la fille des voisins de mes parents ? Elle m'a offert un dessin fait aux crayons de couleur ; je crois ne l'avoir jamais vue s'occuper autrement qu'en dessinant les portraits de ceux qui l'entourent, et les bombardements incessants lui ont donné beaucoup de temps pour se perfectionner, ces dernières années... Nicole a dessiné mon visage, en gros plan. Et surtout, elle a pris soin de dessiner mes cheveux noués en une longue tresse attachée en couronne autour de ma tête. Comme avant. Ce n'était peut-être pas grand-chose, mais je me suis sentie très émue de cette attention. Il faut croire que les enfants sont finalement bien moins cruels que les adultes...

La deuxième lettre était dans une grande enveloppe de papier kraft, sur laquelle il n'y avait aucun timbre, seulement mon adresse inscrite en majuscules. J'ai tâté le contenu, c'était mou. Un instant, j'ai hésité à l'ouvrir, craignant une plaisanterie douteuse. Qui donc pouvait m'avoir déposé ce paquet ? Quelqu'un du village, certainement, qui ne s'était donc pas embêté à le déposer au bureau de poste. À l'intérieur, tu ne devineras jamais ce que j'ai trouvé...

Une perruque !

Une perruque de la même couleur que mes cheveux, enfin, ceux que j'avais. Avec une très belle mise en pli, qui ne nécessite aucun entretien, pas comme celle de Marie-Louise Plantier, qui doit bien souvent dormir avec des bigoudis plein la tête ! Je l'ai enfilée, et quand je me suis regardée dans la glace, j'en ai eu les larmes aux yeux. Je n'étais plus seulement un début d'être humain, mais une vraie femme...

Il n'y avait aucun mot, aucun message dans l'enveloppe. La personne qui m'a fait ce cadeau sans doute onéreux a voulu rester anonyme, apparemment. Je n'ai donc même pas la possibilité de la remercier comme il se doit. Tant pis ! Mais ce geste inattendu et généreux me fait dire que je ne suis pas complètement entourée d'animaux. Et même si je sors le moins souvent possible depuis le mois dernier, j'ai plaisir à mettre ma perruque dans ma chambre, quand je travaille ou que je lis.

Elle me donne l'impression étrange d'être comme invincible.

Je vais te laisser, mon amour.

Reviens-moi, je t'en prie. Parfois, je suis prise d'une peine inconsolable quand je me rends compte que, peu à peu, malgré moi, j'oublie le son de ta voix, j'oublie l'odeur de ta peau, les détails de ton visage et de tes mains que j'aime tant. À croire que tout passe, tout ternit, même si on essaye de se battre pour conserver nos plus précieux souvenirs.

Je n'ai même pas de photo de toi, et parfois, je me dis que, s'il n'y avait pas ce bébé qui pousse de toutes ses forces mes côtes pour trouver encore un peu de place dans mon ventre, j'en viendrais peut-être à croire que je t'ai simplement rêvé, ou inventé...

Reviens-nous.
Reviens-nous.

Charlotte

Chapitre 39

23 novembre 1944

Une crampe dans le bas-ventre tire Charlotte du sommeil en pleine nuit. Le cerveau embrumé, elle allume la lumière juste le temps de voir l'heure à la petite pendule accrochée au mur de sa chambre. Deux heures trente du matin. Elle soupire, pose la main en dessous de son nombril comme pour dire au bébé qu'à cette heure-là il devrait encore dormir.

Les yeux grands ouverts dans l'obscurité, la jeune femme a soudain tous les sens en alerte. Cette peur presque animale de l'inconnu ne la quitte plus depuis que, une semaine auparavant, elle a été prise de violentes crampes dans le bas-ventre, exactement comme celle qui vient de la réveiller. Adélaïde Prévost était restée à ses côtés toute la soirée pour la rassurer, lui avait fait prendre un bain tiède pour que ses muscles se relâchent enfin. « Pas d'inquiétude, avait-elle dit. Il ne s'agit que d'un faux travail. Les contractions ne se rapprochent pas, c'est la preuve que le bébé ne compte pas encore arriver... » Et, effectivement, sa logeuse savait ce qu'elle disait, puisque, après le bain, Charlotte était parvenue à se coucher et à s'endormir en n'ayant plus aucune douleur.

La situation n'est pas la même aujourd'hui, cependant. D'abord, parce que Charlotte a déjà pris un bain au moment de se coucher, pour calmer ces fichues contractions qui revenaient, lancinantes mais impossibles à ignorer, depuis la fin de l'après-midi. Ensuite, parce que Adélaïde Prévost n'est pas chez elle : elle a dû s'absenter quelques jours pour aller au chevet de sa mère souffrante, à Villeteux. Charlotte est donc toute seule et, si elle s'est accrochée comme à une bouée de sauvetage à l'idée qu'il n'était pas encore temps pour le bébé de pointer le bout de son nez, qu'il devait encore rester un bon mois à l'abri, cette nuit, elle ne parvient plus à se sentir sereine. Dans son ventre, c'est comme une vague qui monte, au début pas désagréable, mais qui, à l'apogée, se transforme en un coup de poignard qui lui broie l'utérus. Elle essaye de rester calme, pour réfléchir. D'expirer lentement, comme si elle soufflait sur la flamme d'une bougie sans vouloir l'éteindre. C'est Adélaïde Prévost qui lui a conseillé cet exercice pour maîtriser la douleur.

Au bout d'un certain temps, les yeux de Charlotte s'habituent à l'obscurité au point qu'elle parvient à distinguer les aiguilles de la pendule accrochée en face d'elle. Bientôt trois heures. À chaque contraction, elle compte les secondes, les minutes, s'apercevant avec angoisse qu'au lieu d'aller en diminuant, celles-ci se rapprochent. Soudain, elle est prise de panique : comment va-t-elle s'en sortir, toute seule dans cette maison vide ? Elle n'a aucune idée de la manière dont se passe un accouchement, de ce qu'il faut faire ou ne pas faire !

Elle a besoin d'aide.

La phrase surgit comme un phare au milieu d'un océan déchaîné : elle a besoin d'aide. Elle se lève d'un bond entre deux crampes, enfile la robe grise avec une jupe plissée qu'elle portait la veille puis passe rapidement son manteau bleu marine en drap de laine. Elle laisse sa perruque sur la petite table de sa chambre, préfère enfoncer sur sa tête un bonnet de fourrure appartenant à Mme Prévost. Quand elle claque la porte d'entrée derrière elle et qu'elle se retrouve dehors, elle réprime un frisson : non seulement il fait froid, mais en plus il pleut à verse. Un instant, elle hésite. Dans la nuit noire, l'idée de sortir chercher du soutien ne lui paraît plus si lumineuse…

Puis son utérus se serre de nouveau, comme si quelqu'un l'essorait de toutes ses forces de l'intérieur ; son ventre est une serpillière pressée par une poigne de fer. Charlotte ferme les yeux, s'accroche au chambranle de la porte le temps que la douleur disparaisse. Quand elle les rouvre, elle ne pense qu'à une chose : aller trouver sa mère.

Elle l'aidera, c'est sûr. À quel autre moment de sa vie Charlotte pourrait avoir plus besoin de sa mère qu'aujourd'hui ?

Elle serre son manteau contre elle, relève le col pour se protéger un tant soit peu de la pluie cinglante, et progresse en direction de la rue des Cinq-Chemins. Elle s'arrête à intervalles réguliers, quand elle sent qu'une contraction monte et que son bas-ventre devient aussi dur que de la pierre. Elle s'efforce d'expirer en douceur, se demande si ces muscles qui se raidissent de manière si rigide ne blessent pas le bébé, ne le font pas souffrir, lui aussi.

Quand elle arrive devant la porte du café, elle sonne avec soulagement. Plusieurs minutes s'égrènent sans que des pas se fassent entendre dans l'escalier de l'autre côté, sans qu'aucune lumière s'allume à l'étage de l'appartement. Charlotte sonne de nouveau, deux ou trois fois de suite pour s'assurer de réveiller ses parents qui ont toujours eu le sommeil lourd. Si ça se trouve, les ronflements de son père couvrent le bruit de la sonnette…

Elle recule de quelques pas sur le trottoir, jusqu'à se retrouver au milieu de la rue déserte. Elle hésite à crier « Maman ! », n'ose le faire de peur de déranger tout le voisinage. Une contraction arrive, si forte qu'elle se retrouve pliée en deux, à s'accrocher à un réverbère dont la lumière clignote. Une fois qu'elle est en mesure de se redresser, elle retourne à la porte pour tambouriner avec l'énergie du désespoir. Pourquoi ne se réveillent-ils pas, bon sang ?

Enfin, au premier étage, juste au-dessus d'elle, la fenêtre du salon s'entrouvre. Charlotte lève la tête, le cœur soudain plus léger, découvre son père qui se gratte les cheveux d'un air mécontent.

— Qu'est-ce que tu fabriques ici au beau milieu de la nuit ? grogne-t-il en prenant soin de tirer le plus possible le battant de la fenêtre sur lui.

Derrière sa silhouette, l'obscurité. Il n'a même pas pris la peine d'allumer le plafonnier. Démunie face à la froideur de son père, Charlotte bredouille :

— Je crois que... le bébé arrive. J'ai besoin de maman..., chuchote-t-elle d'un ton suppliant.

Henri Vernay jette un rapide coup d'œil derrière lui, mais la jeune femme est incapable de dire pourquoi. Peut-être veut-il s'assurer que sa mère n'est pas réveillée, ou peut-être, au contraire, est-elle à quelques pas de là, invisible, et qu'il lui intime du regard de ne surtout pas approcher.

— Laisse-moi monter, je t'en prie, murmure-t-elle un peu plus fort, dans l'espoir que, si sa mère se trouve à proximité, elle se laissera attendrir.

Son père secoue la tête. Il se penche sur la balustrade en fer forgé qui commence à être dévorée par la rouille et lui lance :

— Tu n'as rien à faire ici. Ta mère et moi, on t'avait dit de te débarrasser de ce marmot, mais, comme d'habitude, tu n'en as fait qu'à ta tête. Elle n'a aucune envie de t'aider. Débrouille-toi et ne viens plus sonner ici ! menace-t-il, les dents serrées.

Charlotte veut répondre quelque chose, n'importe quoi pour le faire changer d'avis, mais une nouvelle contraction vient la submerger et, de nouveau, elle se retrouve pliée en deux, les mains sur son ventre devenu rigide. Elle pousse un gémissement, songe qu'elle est prête à toutes les promesses pour que son père lui ouvre la porte et que sa mère l'aide à accoucher. Elle dira qu'elle accepte d'abandonner l'enfant même si elle n'en pense pas un mot, elle jurera à son père qu'il avait raison et qu'elle est désolée de s'être égarée ; elle prononcera tous les mots qu'il veut entendre…

Lorsqu'elle relève le visage vers la fenêtre, celle-ci est fermée. Son père a disparu. La rage au cœur, elle se redresse, prête à sonner encore et encore. Mais, au même instant, la maison qui jouxte le café de ses parents s'éclaire. Un rideau bouge très légèrement, comme si quelqu'un l'épiait. Edmone Raval, sans aucun doute, qui doit se délecter de la scène et avoir déjà hâte d'en parler à toutes ses amies. Charlotte voudrait n'en avoir cure, mais elle ne parvient pas à faire taire le sentiment de honte qui s'immisce en elle.

Son père ne la laissera pas entrer, c'est certain. Et si elle s'évertue à sonner encore, il serait bien capable de descendre pour la chasser à coups de balai…

Que faire ? Ses joues dégoulinent de pluie, et elle tremble de froid. Devrait-elle rentrer chez Mme Prévost, et prier pour que tout se passe bien ? Après tout, elle ne serait pas la première femme à accoucher seule…

Mais cette simple perspective provoque en elle des sueurs froides. Quelque chose d'instinctif lui souffle qu'elle doit *à tout prix* trouver quelqu'un.

Que la vie de son enfant en dépend.

Clara n'habite qu'à quelques rues de là. Le cœur de Charlotte s'affole quand elle pense à sa meilleure amie : voilà bien une personne qui n'aura pas la cruauté de l'abandonner à son sort ! Une nouvelle fois, elle ferme les yeux et expire profondément, le temps de laisser passer une contraction, puis elle se remet en route, d'un pas peu assuré tellement elle a l'impression d'avoir les jambes coupées.

Lorsque la rue des Archers apparaît enfin, la jeune femme se sent à bout de forces. La pluie s'amenuise peu à peu, et elle se passe le bras sur le visage pour l'essuyer sur son manteau de laine. D'une main, elle s'appuie contre le mur en briques. De l'autre, elle frappe à la porte d'entrée. D'abord tout doucement, puis un peu plus fort. Un visage apparaît à la fenêtre du rez-de-chaussée ; c'est Pierre. Aussitôt, une étrange nausée lui grimpe le long de l'œsophage. Elle avait espéré, naïvement sans doute, que le mari de son amie serait absent, ou qu'il ne se réveillerait pas. Clara lui a plusieurs fois raconté que, le soir, Pierre aimait un peu trop s'abrutir au whisky pour parvenir à tomber dans les bras de Morphée. Mais, apparemment, cette habitude lui est passée, ou alors ses provisions d'alcool sont à zéro…

De l'autre côté de la porte, elle entend des bruits de pas, des cliquetis, et elle reprend espoir, jusqu'à ce que des coups étouffés lui parviennent, comme si quelque chose se cognait de l'autre côté de la cloison. Un brouhaha de dispute, mais, même en tendant l'oreille, Charlotte n'est pas certaine de distinguer la voix de son amie.

Brusquement, son bas-ventre, encore, se raidit. Cette fois, la douleur qui lui écharpe les tripes est arrivée sans crier gare, atteignant un pic à une vitesse incroyable. Charlotte s'agenouille au sol, incapable de ne pas flancher.

La porte de la maison de Clara ne s'ouvre pas et plus aucun bruit ne se fait entendre. Charlotte reste à genoux un moment, ses mains resserrées sur deux touffes d'herbe rabougries, à étouffer un gémissement, à étouffer les sanglots qui montent. Quand la douleur à présent aussi terrifiante que familière s'évanouit enfin, elle se relève péniblement, aussi voûtée qu'une vieille femme.

Le cabinet du docteur Louchard, qu'il a installé dans sa maison bourgeoise, n'est qu'à une centaine de mètres. Si elle ne peut pas compter sur ses proches, Charlotte pourra peut-être au moins être épaulée par un médecin. L'idée ne l'enchante guère, étant donné les derniers contacts qu'elle a eus avec lui, mais elle veut croire à sa conscience professionnelle…

Pas à pas, elle rejoint le cabinet, sonne à la porte d'entrée, percluse de douleurs. Une lueur éclaire une fenêtre située au deuxième étage, mais disparaît aussi vite qu'elle est venue.

— Je vous en supplie, s'écrie-t-elle en faisant fi de sa dignité. Je vous en supplie, mon bébé arrive et je ne sais pas quoi faire…

Seul le silence de la nuit lui répond. Un vent glacé, qui a remplacé la pluie, lui donne la chair de poule.

Elle n'a plus d'autre choix que de rebrousser chemin. Retourner à l'impasse Beausoleil, à l'abri de sa chambre. Elle trouvera bien la force de remplir une bassine d'eau chaude, de préparer des serviettes propres. Elle trouvera la force d'accomplir ce qu'elle doit accomplir, toute seule.

Entre deux contractions, elle s'efforce de marcher le plus vite possible, pour ne pas perdre de temps. L'air déterminé, elle repasse devant la maison de Clara et Pierre sans y accorder le moindre regard. Arrivée à la rue des Cinq-Chemins, elle hésite. À gauche, elle rejoint la rue du café, puis l'impasse Beausoleil. À droite, l'école, puis non loin de là, la rue du Calvaire, où habite son frère Julien.

Oh, elle n'est pas stupide au point d'espérer une quelconque aide de sa part, mais elle pense à Suzanne, son épouse, qui a accouché seule il y a quelques années, une nuit de printemps. Violette est née dans un cri, si facilement que Suzanne en a rebattu les oreilles à tout le monde après coup. Quand elle était venue lui rendre visite le lendemain, Marthe lui avait demandé : « Tu n'as pas eu peur ? », et Charlotte se rappelle encore la réponse de sa belle-sœur : « Si, j'étais effrayée, mais quand le moment est arrivé, j'ai su exactement quoi faire. »

La jeune femme lève les yeux au ciel, espérant peut-être y trouver une réponse, ou un signe qui lui dirait comment agir.

« J'étais effrayée, mais quand le moment est arrivé, j'ai su exactement quoi faire. »

D'un seul coup, Charlotte se décide et tourne à droite. Elle va réveiller Suzanne. Sa belle-sœur saura l'aider et, ayant déjà dû affronter ça toute seule, elle ne pourra pas se résoudre à la rejeter.

Mais quand elle frappe à la porte de l'étroite maisonnette, c'est Julien qui apparaît dans l'entrebâillement, les sourcils froncés et les yeux encore à moitié fermés.

— Le bébé arrive, est-ce que Suzanne… ? commence Charlotte, le visage déformé par une crampe insoutenable.

Son frère, qui se réveille parfaitement une fois qu'il comprend ce que veut Charlotte, ne la laisse pas terminer sa phrase. D'un geste si brusque que la jeune femme en a le souffle coupé, il la pousse pour qu'elle recule.

— Va-t'en. Je ne sais même pas comment tu trouves le culot de débarquer chez moi en pleine nuit. Va-t'en, je vais prier pour que ton môme s'étrangle avec le cordon, c'est la seule bonne chose qui pourrait encore arriver.

Si elle n'est pas surprise de la réaction de son frère, Charlotte est sous le choc des mots qu'il vient de prononcer. Comment peut-il souhaiter à voix haute la mort d'un bébé innocent ?

Julien referme la porte, et sa dernière phrase résonne comme une malédiction. La jeune femme a toujours été un brin superstitieuse, et le fait qu'elle soit terrorisée ne l'aide pas à faire la part des choses. Pour elle, c'est comme si son frère venait de condamner son enfant.

Déboussolée, elle remonte la rue du Calvaire, puis la rue des Cinq-Chemins. Sans réfléchir, elle se met à sonner et à frapper aux portes au hasard, suppliant intérieurement pour que quelqu'un, n'importe qui, ait enfin pitié d'elle.

Une once d'empathie, un soupçon de compassion, un zeste d'humanité.

Personne ne lui ouvre. Toutes les portes restent désespérément closes.

Ses pas la mènent rue du Clairmarais, puis elle remonte l'allée des Colibris jusqu'à enfin déboucher sur la rue des Potiers.

Personne ne lui ouvre. Toutes les portes restent désespérément closes.

Une contraction d'une violence inouïe lui arrache les entrailles, et Charlotte laisse échapper un cri rauque. Les crampes sont à présent si rapprochées qu'elles ne lui laissent presque plus de répit, presque plus de forces. Tout à coup, c'est une certitude : elle n'arrivera jamais jusque chez Mme Prévost ; ses jambes ne la porteront pas.

Exsangue, épouvantée, elle se laisse glisser dans le renfoncement d'une porte cochère.

Elle n'a plus la force de pleurer. Ses yeux débordent comme une rivière en crue, l'eau salée dévale ses joues sans un bruit, sans une grimace. Puis, quand son ventre se durcit encore, c'est comme si elle était déchirée en deux, broyée dans un étau, et elle se met à hurler. Un hurlement bestial qui monte depuis ses tripes jusqu'à être violemment expulsé dans sa gorge. Elle hurle malgré elle, ne pouvant s'empêcher d'avoir honte de se donner en spectacle quand bien même la rue est déserte ; elle hurle, à demi assise contre le mur en pierre grise, les genoux relevés à hauteur de sa poitrine. Elle hurle et, ce faisant, elle se sent irrésistiblement obligée de pousser, de pousser, de pousser même si la douleur menace de lui faire perdre connaissance.

Elle sent un liquide chaud et poisseux lui couler le long des cuisses ; elle a l'impression de mourir, là, seule sur les pavés glacés.

Enfin, l'enfant est là.

Une petite forme lourde, gluante, tiède, que Charlotte fait sortir d'elle et amène jusqu'à sa poitrine. Livide, elle vérifie que le cordon ombilical n'est pas emmêlé autour de son petit cou replet, sent ses épaules s'affaisser de soulagement. Julien n'aura pas été exaucé, merci, mon Dieu. D'un geste tremblant, elle dégrafe son corsage pour que le nourrisson soit dans la chaleur de sa peau, puis elle referme les pans de son manteau pour le protéger.

Elle sent le minuscule corps blotti tout contre elle. En posant sa paume contre son dos, elle sait qu'il respire.

Il n'a pas crié, pourtant. Il n'a pas crié, peut-être parce qu'il a déjà compris qu'il n'y a d'aide à attendre de personne, en ce monde.

Personne ne leur a ouvert. Toutes les portes sont restées désespérément closes.

Autour de Charlotte, la rue est silencieuse. Tout Sabran dort à poings fermés.

D'ici à une heure ou deux à peine, le jour va se lever. Le jour va se lever et ce village comptera un enfant de plus. La jeune mère lève les yeux vers le ciel, observe les étoiles sans rien dire, laissant les spasmes de son bas-ventre s'apaiser.

Puis Charlotte sourit doucement lorsqu'elle se rend compte qu'elle se trouve à l'endroit exact où, en juillet de l'année précédente, elle a pour la première fois aperçu Tobias. Elle tourne la tête sur la droite, et c'est comme s'il était là de nouveau, agenouillé devant le petit Joseph, à lui tendre une barre de chocolat.

Elle est au bon endroit, il ne peut pas y avoir de signe plus réconfortant que celui-là.

Elle se penche vers son enfant, lui chuchote à l'oreille que tout ira bien, à présent.

— Papa va venir nous chercher, bientôt, tout bientôt…, promet-elle dans un souffle.

Elle a à peine vingt ans, mais, à présent, elle sait qu'elle affrontera tous les obstacles, tous les chagrins, toutes les déceptions, toutes les trahisons, pour le défendre comme une louve.

Elle est à bout de forces, mais elle a réussi. Son enfant, l'enfant de Tobias est là, contre son sein.

À l'abri.

Ses lèvres s'entrouvrent pour fredonner les paroles d'une chanson, la seule qu'elle connaît par cœur à force de l'avoir entendue. « Tout ça n'vaut pas l'amour… La vraie amour, la belle amour… » Charlotte entend encore la façon dont sa mère roulait les *r* quand elle lui fredonnait cet air pour l'aider à trouver le sommeil, enfant. Elle imitait la voix aiguë d'Esther Lekain, sa façon de chanter, c'est vrai, mais lorsque Charlotte posait la tête contre la poitrine de sa mère, les notes dans sa cage thoracique faisaient comme un écho lointain et apaisant. Il n'y avait pas de moment plus doux.

Dans la rue sombre et déserte, le refrain que Charlotte fredonne à présent pour son enfant à elle sort dans un filet de voix. Très vite, elle finit par chuchoter la chanson, se contenter des paroles à défaut d'avoir l'énergie pour la mélodie. « Tout ça n'vaut pas l'amour… La vraie amour, la belle amour… »

Elle aura tout le temps de se rattraper, de toute manière.

Brusquement, Charlotte se sent si faible qu'elle se recroqueville contre le mur pour s'assurer de ne pas faire tomber son bébé. Elle ferme les yeux, apaisée d'avoir réussi à donner la vie sans flancher, et, au moment où tout s'obscurcit, elle songe qu'elle ne sait même pas encore si son enfant est un petit garçon ou une petite fille.

Charlotte sombre dans un sommeil sans rêves, tandis que le bébé s'endort contre son cœur qui bat, tout bas, de plus en plus bas.

Personne ne leur aura ouvert. Toutes les portes seront désespérément restées closes.

1985

Chapitre 40

Mai 1985

Dans le salon de Rose Flament, durant plusieurs longues minutes, le silence se fait pesant ; il s'allonge, s'étire, aussi élastique qu'un chewing-gum, ponctué uniquement des légers grincements du *rocking-chair* qui va et vient, imperturbable.

La vieille dame regarde ses mains posées sur ses cuisses, s'absorbe dans la contemplation de son alliance qu'elle n'a jamais retirée en soixante-douze ans, depuis ce jour de printemps où Jacques la lui a passée à l'annulaire, à l'église du village. Parfois, son mari lui manque tellement qu'elle voudrait fermer les yeux dans ce fauteuil qui auparavant était le sien – il s'y asseyait toujours après le déjeuner pour y faire sa sieste, quand bien même il niait s'assoupir, je me repose, ma chérie, je me repose, rien de plus ! Elle voudrait fermer les yeux, revoir le visage de celui qui a partagé sa vie et son quotidien pendant si longtemps qu'elle ne se rappelle même plus avoir eu une quelconque existence avant lui, fermer les yeux pour ne plus les rouvrir. Et le rejoindre, où qu'il soit à présent. Dire adieu à la douleur qui la cisaille de partout, dire adieu à ce corps trop vieux devenu ennemi, dire adieu à la peur si contradictoire de ne plus exister.

Léa ne parle jamais de tout ça, jamais. Sujet tabou. La gamine comprend-elle qu'il ne lui reste que peu de temps, que, bientôt, ce sera à elle de s'asseoir dans ce *rocking-chair* pour s'y balancer doucement ? Peut-être aurait-elle dû dire au notaire, la dernière fois qu'elle l'a rencontré pour vérifier que tout était bien en ordre, qu'elle voulait que le fauteuil revienne à Léa ? Rose secoue imperceptiblement la tête en caressant le velours vert sombre qui recouvre les accoudoirs ; non, maître Faelens aurait trouvé ça risible, c'est certain. « Enfin, madame Flament, je ne m'occupe pas d'attribuer les chaises et les tables aux héritiers, vous imaginez un peu ? » aurait-il pesté en caressant sa moustache blanche. Rose lui aurait rétorqué que ce *rocking-chair* était bien loin de n'être qu'un vulgaire meuble, qu'au contraire il était peut-être même l'objet le plus précieux dans toute sa ferme. C'était le grand-père de Jacques qui l'avait fabriqué, sculpté, poncé, verni. C'était son père qui, des années plus tard, l'avait recouvert de velours, pour l'offrir à son épouse, alors enceinte de Jacques. Encore des années plus tard, c'était Jacques qui l'avait restauré avec patience et soin et l'avait installé dans la petite chambre de Marie-Anne, leur fille. Et le jour où Léa avait débarqué à la ferme, quand elle avait à peine quatre mois, Rose l'avait prise dans ses bras et avait fait tout son possible pour calmer ce bébé inconsolable. Elle avait changé ses langes, lui avait donné du lait trait encore tiède, lui avait massé les gencives avec un morceau de sucre, cherchant désespérément à comprendre pourquoi cette petiote ne faisait que hurler à la mort. Elle lui avait fredonné toutes les comptines dont elle se souvenait, les mêmes qu'elle avait chantées à sa fille unique près de trente ans auparavant, elle l'avait baignée dans le grand baquet en zinc. Rien n'y avait fait. La nuit était tombée sur Sabran, et les pleurs de Léa avaient continué à déchirer le silence. Lasse, Rose s'était laissée tomber dans le *rocking-chair* et avait commencé à se balancer en chuchotant à la petite trois mots répétés comme une litanie : « Ça va aller. Ça va aller. Ça va aller. »

Et le miracle s'était produit : Léa avait soudain cessé de s'agiter et de sangloter, ses petits poings de guerrière s'étaient ouverts au fur et à mesure que le sommeil s'emparait d'elle, ses paupières s'étaient faites lourdes, sa petite bouche en cœur s'était entrouverte, et Rose n'avait plus osé bouger jusqu'au matin. Combien de nuits avaient-elles passées, par la suite, lovées dans le *rocking-chair* ? C'était le seul endroit où la petite semblait se sentir en sécurité, en *paix*.

Alors, non, ce fauteuil n'était pas qu'un meuble insignifiant, même si maître Faelens aurait été incapable de le comprendre. Il fallait que, *après*, il revienne à Léa.

— Tu garderas le *rocking-chair*, d'accord ? demande-t-elle à haute voix.

Léa, qui s'est levée pour faire les cent pas dans le salon, s'arrête devant la grande fenêtre qui donne sur la cour de la ferme. Figée, elle observe les champs à perte de vue et la nuée d'étourneaux qui tournoie dans le ciel.

— Je ne... De quoi tu parles ? murmure-t-elle sans parvenir à regarder celle qui l'a élevée comme sa propre fille.

— De rien, chuchote alors Rose.

Léa n'est pas prête, et ce n'est pas grave, songe-t-elle, la gorge pourtant nouée. Elle appellera Marie-Anne pour lui dire que le *rocking-chair* est pour Léa, voilà tout. Peut-être bien qu'elle scotchera une petite étiquette en dessous du fauteuil, où elle écrira le prénom de la gamine, comme elle l'a toujours fait pour son cadeau de Noël. Nul besoin de plus de palabres, après tout.

Léa se tourne enfin vers Rose, tente de dissimuler ses yeux brusquement embués. La vieille femme fait mine, elle aussi, de ne rien remarquer. Après avoir poussé un profond soupir, Léa fait quelques pas, s'arrête devant le *rocking-chair* et croise les bras.

Au marché, Henri Vernay a réagi de la plus étrange des façons au moment où Léa a mentionné la date de naissance de Clément de Clercq. Le 23 novembre 1944. Qu'a-t-il bien pu se produire ce jour-là ?

— S'il te plaît, Rose. C'est important. Dis-moi ce que tu sais des Vernay, je t'en prie…

Butée, Rose fait de nouveau non de la tête. Elle a appris, il y a bien longtemps, à ne pas parler. À taire les secrets, même sans en comprendre vraiment la raison. À être discrète, à ne pas se mêler des affaires qui ne la regardaient pas. C'est comme ça qu'on survit, c'est comme ça et pas autrement.

Léa fronce les sourcils, agacée d'avoir l'impression d'être si près d'une piste sérieuse et de ne pas parvenir à faire parler Rose.

— Écoute, tu me connais, non ? Tu sais que je ne vais pas lâcher prise comme ça, que si tu ne me dis pas ce que tu sais, je suis capable d'aller questionner tous les anciens du village jusqu'à obtenir une réponse digne d'intérêt…, déclare-t-elle avec le même aplomb qu'elle avait lorsque, petite, elle affirmait ne pas tricher au jeu de dames.

Rose hausse les épaules, en colère contre elle-même de ne pas avoir prétendu, dès le début de cette fichue conversation, ne rien savoir du tout. Elle aurait pu feindre de fouiller dans sa mémoire puis affirmer ne pas se souvenir de quoi que ce soit, et ce quand bien même aucun de ceux qui vivaient à Sabran-sur-la-Lys en novembre 1944 ne pouvait avoir oublié ce qui s'y était passé. Au lieu de cela, il a fallu qu'elle lâche que toutes les familles avaient leurs secrets, se rendant compte trop tard que cette affirmation n'avait rien d'anodin…

À présent, Léa a flairé l'os et, en effet, elle n'abandonnera pas avant de l'avoir déterré.

— Il vaut mieux éviter de remuer le passé, surtout ce passé-là. La guerre, personne n'a envie d'en parler, tu le sais parfaitement. On veut tous *oublier*, ou au moins faire semblant d'y arriver…, murmure l'ancienne fermière, les yeux baissés.

— Mais il s'est passé quoi, pour les Vernay ? insiste Léa en sentant que Rose est prête à céder.

— Tout ce que je peux te dire, c'est qu'ils avaient une fille, finit-elle par jeter de mauvaise grâce.

Les mots sont à peine sortis de sa bouche que, déjà, elle les regrette.

— « Avaient » ?

Dans son *rocking-chair*, Rose serre les bras contre elle, comme si elle avait froid. Léa attrape une couverture en tricot sur le canapé, la pose sur les genoux de la vieille dame. Celle-ci ferme ostensiblement les yeux, pour faire comprendre à la jeune femme que la conversation est terminée.

Léa embrasse la joue pâle et emplie de sillons, murmure un merci ému, mais Rose hausse les épaules.

— Il ne sortira rien de bon de tout ça…, souffle-t-elle d'une voix atone.

Chapitre 41

Marthe et Henri Vernay avaient une fille, donc. En quittant la ferme, Léa est songeuse. Pour elle, le couple de cafetiers n'avait eu que deux fils, Julien et Oscar. Julien, l'aîné, habitait toujours au village avec son épouse Suzanne. Leur unique fille, Violette, avait repris le café-tabac de ses grands-parents. Oscar, lui, s'était engagé très jeune dans la Résistance, avait été arrêté et avait fait partie du dernier convoi de prisonniers vers l'Allemagne, le tristement célèbre train de Loos. Convoi d'où il n'était jamais revenu.

Au village, personne ne parlait jamais de toutes ces histoires, et si Léa connaissait le sort du cadet des Vernay, c'est parce qu'une plaque de marbre à sa mémoire avait été vissée sur la fontaine de la place. « Oscar Vernay, mort à vingt et un ans pour la Patrie », était-il inscrit en lettres dorées. Il n'était probablement pas le seul à avoir péri pendant la guerre, mais le fait qu'il soit entré dans la Résistance et qu'il ait été déporté quelques jours à peine avant la libération de Sabran-sur-la-Lys par les Polonais l'avait érigé en héros martyr.

En revanche, Léa n'avait jamais entendu parler d'un troisième enfant. D'une fille.

Au fur et à mesure que sa voiture remonte la drève pour rejoindre la route départementale qui mène au village, elle est de plus en plus abasourdie par la révélation de Rose. Comment est-il possible que jamais personne n'ait mentionné la fille des Vernay ? Comment a-t-elle pu être rayée des mémoires de tout le monde ? Peut-être est-elle morte bébé, ou enfant ? Mais dans ce cas, à quoi correspondrait la date du 23 novembre 1944, en dehors d'être le jour de naissance de Clément de Clercq ? Quel rapport avec les Vernay ?

Léa pensait y voir plus clair, mais tout paraît encore plus emmêlé qu'avant… Les yeux fixés sur les questions qui tournent dans sa tête, elle roule en direction du seul endroit susceptible d'apporter, peut-être, une réponse à ses interrogations.

Quelques minutes plus tard, elle se gare devant l'église de Sabran-sur-la-Lys, pressée de pénétrer dans le petit cimetière qui la jouxte. Elle jette un coup d'œil au grand clocher pointu recouvert d'ardoise noire, remarque le ciel gris sombre à l'horizon, signe qu'un orage se prépare. Un instant, Léa hésite à attraper son parapluie dans la boîte à gants, mais elle se ravise. Elle ne compte pas rester longtemps, de toute façon.

D'un pas vif, elle remonte l'allée de gravier bordée de marronniers et se fait la réflexion, en voyant les rangées de tombes, qu'elle n'a aucune idée d'où se trouve le caveau de la famille Vernay. Qu'à cela ne tienne ; elle examinera chaque plaque de marbre une à une jusqu'à tomber dessus. Le cimetière n'est pas immense, elle ne devrait pas en avoir pour des heures.

Il lui faut pourtant un petit moment avant de trouver l'endroit où sont enterrés les membres de la famille Vernay. Leurs noms sont gravés en noir dans le marbre blanc. Les parents d'Henri Vernay : Roland Vernay et Sidonie Lansard épouse Vernay. Son frère : Michel Vernay. Son fils : « En mémoire d'Oscar Vernay, 1923-1944 », puisque son corps ne repose pas ici.

Et à la dernière ligne : Charlotte Vernay, 21.09.1924 - 23.11.1944. Les dates sont presque entièrement recouvertes par une fine couche de mousse verte, mais on distingue sans peine les chiffres malgré tout.

Le cœur de Léa fait un bond dans sa poitrine au moment où elle lit la date de décès de la fille de Marthe et Henri. Elle s'agenouille devant la tombe, manque de vaciller, pose la main sur le marbre pour retrouver un équilibre.

Elle avait tout juste vingt ans. Son frère est mort presque au même âge qu'elle et il est devenu un héros qu'au village personne n'a jamais oublié. Alors comment se fait-il que personne ne se rappelle Charlotte ?

Les questions se bousculent sous le crâne de Léa. Qui était-elle ? Comment est-elle morte ? Était-elle, elle aussi, dans la Résistance ? Pourquoi Henri et Marthe ne parlent-ils jamais d'elle ? Ce deuil a-t-il pu être encore plus douloureux que celui d'Oscar ?

Léa revient à la date du décès de Charlotte.

La même que le jour où Clément de Clercq est né.

La même date.

Le cerveau de Léa mouline à toute vitesse pour analyser ces informations.

Clément de Clercq est né le jour où Charlotte Vernay a péri.

Il ne peut pas s'agir d'une coïncidence, impossible… Si cet inconnu s'acharne sur le village en le dépeçant, il ne peut pas avoir choisi sa cible par hasard. Sans compter que les premières maisons du village ont été éventrées le 23 novembre de l'année dernière, impossible que cette date n'ait pas un sens très particulier, qu'elle ne soit pas symbolique…

Clément de Clercq est né à Castanges le jour où Charlotte Vernay est morte. À plus de deux cents kilomètres de Sabran-sur-la-Lys. Est-ce qu'à vingt ans à peine elle aurait pu déjà être mariée et loin du foyer de son enfance ? À cette époque-là, sans doute, oui.

Mais ces deux dates, que pourraient-elles signifier en dehors de cette triste hypothèse qui jaillit de l'esprit de Léa, aussi éblouissante qu'un néon mal réglé ?

Charlotte Vernay est décédée le jour où Clément de Clercq est né. Elle pourrait sans doute être morte en accouchant de son fils…

Le regard de Léa reste fixé sur la pierre tombale, comme si elle cherchait à déchiffrer un message codé. À voix haute, elle tente une nouvelle fois de résumer tout ce qu'elle sait, pour y trouver un sens. Un inconnu que personne n'a jamais croisé s'acharne à dépecer les maisons du village depuis le 23 novembre dernier. Il se nomme Clément de Clercq, est né le 23 novembre 1944 à Castanges. Le même jour, une jeune femme du nom de Charlotte Vernay est morte. Tout cela pourrait n'avoir aucun lien, mais quand Léa a mentionné cette date à Henri Vernay, il a eu une réaction inexplicable et s'est empressé de prendre la tangente. La jeune femme revoit la scène qui s'est déroulée au marché et elle est intimement convaincue que l'attitude de l'ancien cafetier n'était pas celle d'un père bouleversé à qui on aurait remis à l'esprit la mort de son enfant alors qu'il s'acharnerait à ne jamais y penser pour éviter de souffrir. Dans le regard fuyant d'Henri Vernay, nulle trace de chagrin ou de douleur, mais autre chose… De la colère, de la surprise, c'est certain. Mais aussi, peut-être, de la peur ; il a détalé si vite que Léa ne sait pas. Tout ce qu'elle peut affirmer à coup sûr, c'est qu'il a *fui*.

Et que la clé de tous ces mystères réside probablement dans ce besoin irrépressible qu'il a eu de déguerpir.

Léa ferme les yeux, se frotte les paupières de toutes ses forces pour tenter de réfléchir posément, pour chercher d'autres possibilités, d'autres portes à ouvrir. Mais elle a beau se concentrer, elle ne voit aucune autre explication à cette concordance de dates.

Charlotte Vernay aurait été enceinte. Elle n'aurait pas survécu à son accouchement, le 23 novembre 1944, mais son fils, oui. Ou alors elle serait morte dans la journée, pour une raison encore inconnue.

Le nom de famille de Clément de Clercq serait celui de son père, de toute évidence. Mais pourquoi diable les Vernay semblent-ils ignorer que le mystérieux châtelain est en réalité leur petit-fils ? Pourquoi ne l'auraient-ils pas connu, pas vu grandir, malgré la mort de leur fille ? Pourraient-ils avoir été brouillés avec leur gendre au point qu'ils n'aient pas été mis au courant de la naissance de leur petit-fils, à l'époque ? Et surtout, pour en revenir au point de départ de cette énigme, pourquoi Clément de Clercq viendrait-il s'installer au village maintenant, pourquoi voudrait-il acheter toutes ces maisons, dans quel dessein ?

Léa a l'impression d'être face à une énorme pelote de laine. Au moment où elle vient enfin de trouver l'extrémité du fil, c'est comme si elle se rendait compte de dizaines de nœuds cachés, qui l'empêchent de simplement tirer pour dérouler toute la pelote.

Toujours agenouillée devant la tombe, elle remarque un bouquet de quelques pissenlits posé sur l'épaisse stèle en forme de vague. À l'évidence, ils ont été fraîchement cueillis. Un ruban de satin noir les entoure. Qui a pu venir déposer un si étrange bouquet ? Qui d'autre qu'un enfant pourrait cueillir des pissenlits ?

Soudain, une goutte d'eau s'écrase sur la joue de Léa. Puis, aussitôt après, une deuxième, sur son nez. En moins de temps qu'il n'en faut pour le dire, c'est une violente averse qui s'abat sur elle. Pourtant, elle ne cherche pas à fuir en courant pour retourner à sa voiture. Les yeux toujours rivés sur le nom de Charlotte Vernay, elle se relève avec lenteur, indifférente à l'eau qui trempe ses cheveux et s'infiltre déjà à travers son trench rouge et son pantalon noir. Elle remonte la grande allée, ne tente même pas de s'abriter sous les marronniers.

En sortant du cimetière, elle jette un coup d'œil au château qui surplombe le village. D'ici, il se montre majestueux, presque menaçant avec son immense tour centrale qui paraît inébranlable. Léa repousse une mèche de cheveux imbibée d'eau, observe quelques instants la grande fenêtre sous l'horloge.

Qui êtes-vous, Clément de Clercq ? Et, surtout, que voulez-vous ?

Quand, enfin, elle s'installe derrière le volant de sa CX, elle n'a aucun doute sur ce qu'il lui reste à faire. Henri Vernay savait exactement ce que signifiait la date du 23 novembre 1944, mais il a préféré se murer dans le silence et déguerpir au lieu de se confier à Léa, qu'il connaît pourtant depuis toujours. Au marché, le vieil homme a affirmé qu'il voulait comprendre ce qui se passait à Sabran et empêcher le mystérieux châtelain de dépecer le village, mais, de toute évidence, son envie s'est heurtée à quelque chose de bien plus grand. Un obstacle immense, un ennemi auquel il n'imagine pas se frotter, un secret à sauvegarder à tout prix.

Quoi qu'il en soit, Léa ne tirera rien de lui, elle en est certaine.

Par contre, elle espère très fort que Marthe, son épouse, se montrera plus prolixe et que ses confidences lui permettront de comprendre les intentions du châtelain.

Chapitre 42

La première fois que Clément de Clercq est entré dans cette grande pièce carrée au sol recouvert de parquet ancien en larges lames de chêne, il a su qu'elle deviendrait son territoire. Son antre. Son refuge. Il avait parcouru sans entrain les immenses couloirs du château, ouvert les dizaines de portes une à une sans le moindre enthousiasme ; de toute façon, il n'était pas là pour se sentir *bien*. Barbara et Gustave – l'assistante et le majordome qu'il venait d'embaucher – marchaient sur ses talons sans broncher. Au début de la visite, Barbara avait bien tenté de lui vanter les mérites de la demeure, en s'extasiant sur la hauteur sous plafond ou la décoration ancienne, mais elle avait vite compris que son patron n'en avait que faire et qu'il valait mieux qu'elle demeure silencieuse.

Clément avait terminé son tour du propriétaire par la tour centrale, celle qui faisait toute l'originalité – et la beauté, sans doute – du château de Sabran-sur-la-Lys. Au premier étage comme au rez-de-chaussée, deux larges couloirs partaient à droite et à gauche pour desservir les deux ailes de la forteresse. Au centre de la tour se trouvait un grand escalier en spirale soutenu par des colonnes de pierre de taille sculptée. Clément avait levé la tête pour observer la majestueuse et parfaite forme d'escargot.

— Où mène cet escalier ? avait-il demandé à ses deux employés qui le suivaient comme des ombres.

— À une sorte de… débarras, je crois, avait répondu Barbara Lombardi, soulagée d'avoir pris le temps de vider la pièce au-dessus de leurs têtes pour qu'elle ne ressemble plus à un grenier abandonné par les anciens propriétaires.

Clément avait gravi les quarante-quatre marches, sa main caressant la rampe de pierre tout au long de son ascension. Arrivé en haut, dans cette grande pièce vide située juste en dessous de l'horloge accrochée depuis toujours sur la façade de la tour, il avait ouvert la bouche, muet d'admiration. Il n'aurait pas su expliquer pourquoi, mais *quelque chose* s'était passé. Il s'était approché de la grande fenêtre cintrée, avait contemplé la vue du village en contrebas, puis il s'était tourné vers Barbara et Gustave :

— Vous installerez mon bureau ici.

Gustave s'était légèrement courbé en avant, pour signaler qu'il avait enregistré l'ordre, et Clément s'était de nouveau plongé dans l'observation du paysage.

Depuis son emménagement au château il y a près d'un an et demi, le nouveau propriétaire des lieux passe donc le plus clair de son temps dans le bureau de la tour. Il en apprécie la lumière, douce et réconfortante. Il aime aussi, sans doute, cette impression de dominer les alentours, cette impression d'être en parfaite sécurité.

Protégé des autres, protégé du monde.

Souvent, il se poste devant l'unique fenêtre de la pièce et laisse son esprit divaguer en regardant les maisons du village, toutes petites vues d'ici. Au premier plan, il voit le clocher de l'église – ridicule par rapport à la grande flèche en ardoise entourée de quatre tourelles rondes qui surmonte la tour de son château.

Son château.

Là-bas, à l'entrée du cimetière, il aperçoit une silhouette vêtue de rouge, à quelques pas des marronniers, qui lui fait automatiquement penser au petit chaperon rouge. Il faut ne pas avoir froid aux yeux, pour se risquer à sortir sous une averse pareille…

Le ciel déjà plombé s'assombrit encore plus, au point que Clément songe à aller allumer la lumière. Mais, étrangement, il ne parvient pas à détacher les yeux de la silhouette écarlate. Si le petit chaperon rouge chemine dans le cimetière, ça fait de lui… le grand méchant loup ?

Non, bien sûr que non.

Clément recule d'un pas, songeur. La vitre de la fenêtre lui renvoie son reflet, et il scrute son propre regard couleur d'eau. Une ride profonde s'est creusée entre ses deux sourcils sans qu'il s'en soit aperçu. Elle s'ajoute aux nombreuses petites ridules qui forment comme deux demi-soleils autour de ses yeux. On les voit surtout lorsqu'il sourit, ce qui est de toute façon plutôt rare. Il a eu quarante ans l'automne dernier, et pourtant, il a l'impression d'avoir déjà vécu mille vies, d'avoir traversé tant de portes qui l'éloignent désormais du reste du commun des mortels. Non qu'il soit exceptionnel, mais il a toujours eu le sentiment d'être en décalage avec les autres.

En *décalage*.

C'est encore plus vrai aujourd'hui.

Ce matin, aux aurores, il est allé cueillir quelques pissenlits à l'arrière du château, avant de descendre jusqu'au cimetière pour déposer, comme toutes les semaines depuis son arrivée au village, son bouquet sur la tombe de Charlotte. Il aimerait dire « la tombe de sa mère », mais il n'y parvient pas ; ça semble trop fou, trop absurde.

Comme toujours, le chien l'a suivi, telle une ombre sur ses talons. Le corniaud avait débarqué le lendemain de l'emménagement de Clément au château, s'était posté sur une des pelouses, celle située juste devant la grande fenêtre de la tour. Comme s'il savait exactement où se positionner pour être remarqué du nouveau propriétaire. Au début, Clément l'avait ignoré ; un chien vagabond, ça n'avait rien d'exceptionnel. Au bout de quelques jours, il avait demandé à Gustave de le chasser, après qu'il aurait vérifié que le cabot n'avait pas de médaille. Même pas de tatouage, avait déclaré le majordome avec son flegme habituel. Mais le chien était revenu, toujours au même endroit, entre deux touffes de pissenlits jaune vif, et Clément avait fini par descendre de sa tour pour faire connaissance avec l'animal. Il était plus grand qu'il ne l'avait cru, de la taille d'un labrador, avec un pelage noir éclaboussé de taches couleur sable. Les deux esseulés s'étaient jaugés, longuement, et Clément avait déclaré : « Tu veux rester, c'est ça ? » Évidemment, le chien n'avait pas répondu, ni jappé, ni même penché la tête sur le côté pour attendrir son interlocuteur. Mais Clément était parti du principe que qui ne dit mot consent, et il avait ouvert sa porte au chien : après tout, il y avait bien assez de place pour lui dans cette immense demeure. Depuis, la bête était restée, habituée à son panier dans le bureau en haut de la tour. Au grand regret de Gustave, Clément s'était refusé à lui donner un nom. « Le chien » s'était d'ailleurs révélé amplement suffisant.

Pas d'attaches, pas de lien indéfectible, tout était bien mieux ainsi.

Quand elle l'a aperçu à l'aube occupé à nouer ses fleurs avec un ruban, Barbara lui a proposé, une énième fois, de passer chez un fleuriste pour trouver des fleurs… comment a-t-elle dit déjà ? Ah oui, des fleurs plus « présentables ». Clément n'a même pas pris la peine de répondre ; il a déjà expliqué à plusieurs reprises que c'étaient des pissenlits qu'il voulait apporter à Charlotte. Des pissenlits et rien d'autre, n'en déplaise à son assistante. Elle trouve ça étrange ? Lui aussi préférerait acheter un bouquet de roses, ou même une jolie plante en pot. Mais les pissenlits ne sont pas son choix.

À cinq heures du matin, évidemment, il n'a croisé personne au cimetière ou sur le chemin qui serpente du château à l'église. Il aimerait pouvoir sortir à sa guise, à n'importe quelle heure, sans craindre de tomber sur des habitants du village. Des curieux qui se demanderaient ce qu'il fiche dans *leur* cimetière, et qui s'empresseraient de venir fouiner, c'est une évidence. Plus les semaines passent, plus ce besoin de ne plus se terrer devient impérieux.

« Bientôt... », lui murmure la petite voix qui le guide en permanence. Bientôt, mais pas tout de suite.

Depuis son installation, aucun villageois n'a mis un visage sur le nom de Clément de Clercq. Personne ne saurait dire à quoi il ressemble. Il a su rester un vrai fantôme, un courant d'air. Insaisissable. Il aurait cru qu'au bout d'un certain temps les Sabranois chercheraient à entrer en contact avec lui, pour comprendre ses agissements. Il aurait cru qu'au fil des acquisitions au village la tension serait montée au point qu'ils débarqueraient à plusieurs, peut-être même armés de pioches, de fourches et de flambeaux. Il aurait cru qu'en novembre dernier, au moment où des dizaines de maisons avaient été éventrées en une seule et même journée, ils monteraient jusqu'au portail, prêts à mettre le château à feu et à sang.

Mais il s'est trompé. Rien ne s'est produit. Rien, à part quelques coups de fil auxquels il n'a pas donné suite, à part quelques visites manquées du maire du village. Barbara et Gustave font très bien leur travail de barrage, il faut le reconnaître. Il y a eu une seule anicroche, le mois dernier, quand une jeune femme s'est présentée au château et a décidé de faire le pied de grue au moment où Clément devait se rendre à Lille pour régler quelques affaires. Il avait attendu jusqu'au dernier moment pour quitter le château, espérant qu'elle se lasserait. En vain. Malgré tout, il n'aurait jamais imaginé que cette inconnue irait jusqu'à tenter de courir après sa Jaguar dans l'espoir – idiot ! – de les rattraper. Il la revoit encore s'étaler de tout son long juste avant le premier virage. Gustave et lui avaient échangé un regard dans le rétroviseur : à l'évidence, son majordome pensait qu'il allait lui donner l'ordre de s'arrêter, voire de faire marche arrière pour s'assurer que la jeune femme un peu trop hardie se portait bien. Clément avait hésité une fraction de seconde, puis, au moment où il l'avait vue commencer à se relever au loin, il avait lancé à Gustave : « Vous pouvez appuyer sur le champignon, nous ne sommes pas en avance. »

En dehors du harcèlement gentillet du maire et de cette jeune femme qui a dû lâcher prise après s'être retrouvée à mordre la poussière au sens littéral, aucune réaction, donc. Un inconnu débarque, défigure les maisons une à une après les avoir rachetées à tour de bras, et rien ne se passe.

Clément n'a de cesse d'être étonné – et déçu – de cet attentisme, de cette apathie écœurante. Et pourtant, devrait-il vraiment en être surpris, se demande-t-il parfois.

Après tout, il a affaire à des lâches, non ?

Des lâches.

Son projet a beau se dérouler exactement comme il l'espérait, il a beau acheter maison sur maison, et ce bien plus vite qu'il ne l'aurait escompté, il se sent vide. C'est comme si, à l'intérieur de lui, il ne restait plus qu'un trou béant. Tout ce qui arrive ne lui procure aucune joie, aucun réconfort, aucun apaisement. Et les rares fois où il ne se sent pas vide de toute émotion, c'est la colère qui s'infiltre dans le moindre de ses pores. Une colère brûlante, semblable à des flammes qui lèchent ses entrailles et ne demandent qu'à sortir pour tout détruire sur leur passage. Une colère pour l'instant encore contenue, mais qui bientôt déferlera sur tout Sabran, ainsi qu'il se l'est promis.

Ainsi qu'il l'a promis à Charlotte.

Chapitre 43

Vêtue d'une robe longue et blanche toute simple qui semble presque flotter autour de ses jambes, Charlotte avance pieds nus dans l'herbe recouverte d'une fine pellicule de neige. Chaque fois, en l'apercevant le dos tourné, à quelques mètres à peine de lui, Clément ne peut s'empêcher d'avoir le cœur serré. Dans sa main gauche, il tient une paire de ballerines à rubans qui ressemblent à celles que mettent les danseuses étoiles. Il essaye d'appeler Charlotte, mais sa voix est tellement enrouée qu'il ne parvient qu'à chuchoter le prénom de sa mère dans la nuit noire. Malgré tout, il s'acharne, dans l'espoir de réussir à attirer son attention. « Attends-moi… » Ces deux mots sortent dans un filet de voix ridicule ; jamais le vent n'emportera les syllabes jusqu'à elle.

Alors Clément redresse le col de son manteau, enfonce la tête dans les épaules pour lutter contre le froid mordant qui s'insinue jusque dans ses os. Il presse le pas pour rattraper Charlotte qui s'éloigne inexorablement. Les pans de sa robe de mousseline s'agitent dans tous les sens, les bourrasques sont si violentes que Clément s'étonne que sa silhouette menue ne s'envole pas, ne dévie même pas de sa trajectoire.

S'il veut la rejoindre et lui donner les ballerines, il faut qu'il se dépêche. L'obscurité et la neige jouent contre lui ;

Charlotte a beau ne pas être loin, il en faudrait peu pour qu'il la perde de vue. Alors il presse le pas.

Mais quand elle arrive au bord du lac gelé, elle ne s'immobilise pas une fraction de seconde, non, elle continue à avancer comme si de rien n'était.

Ses pieds diaphanes sur le miroir glacé.

Clément serre les ballerines dans sa main. Il voudrait courir mais les ordres que son cerveau envoie à ses muscles n'ont aucun effet ; il est comme paralysé. Plus il veut aller vite, plus il a l'impression de faire du surplace. Il marche, il marche, il marche, et pourtant la distance qui le sépare de Charlotte reste toujours la même, c'est à en devenir fou.

Pendant ce temps, elle continue à progresser lentement sur le lac gelé, comme si elle avait l'intention de le traverser. Clément ne comprend même pas comment il est possible que ses pieds nus ne lui fassent pas mal, que la neige ne la fasse pas souffrir.

Il dérape sur la rive verglacée, se rattrape en s'éraflant les paumes des mains. Les ballerines sont projetées devant lui, sur la glace, et il s'empresse d'avancer à genoux pour les récupérer. Prudemment, il se remet debout en faisant son possible pour ne pas glisser de nouveau. Son regard sonde les ténèbres. Son cœur se met à tambouriner contre ses côtes : Charlotte n'est nulle part. Paniqué, il plisse les yeux jusqu'à enfin apercevoir la silhouette vaporeuse qui s'est immobilisée au milieu du lac.

Sa mère lui tourne toujours le dos, debout sur la glace. On dirait presque qu'elle l'attend.

Du pied, Clément tape l'eau gelée pour s'assurer de sa solidité. Il n'a aucune envie de s'aventurer plus loin, mais il n'a pas le choix : il doit à tout prix rejoindre Charlotte. Il doit lui rendre ses ballerines avant que ses pieds soient frigorifiés. Il doit lui dire quelque chose aussi, même si, soudain, il est incapable de se rappeler ce que c'était.

Aucune importance, il s'en souviendra quand il sera à ses côtés.

Il progresse lentement, avec précaution, toujours en tâtant la glace du pied avant de faire un pas de plus. Il a le temps, de toute manière : Charlotte ne bouge plus.

Il fait si froid qu'à chaque expiration des volutes de buée sortent de sa bouche.

Le bruit que fait la glace quand elle se fissure est reconnaissable entre tous.

Le bruit que fait la glace quand elle cède est reconnaissable entre tous.

Même si on ne l'a jamais entendu auparavant.

C'est un peu comme l'odeur de la mort. On la reconnaît d'instinct.

Un craquement sourd qui gronde et se déplie.

Clément voudrait hurler.

Clément voudrait courir, se ruer en avant.

Quitte à disparaître dans l'eau noire lui aussi.

Il voudrait saisir la main de Charlotte, la happer, la tirer de toutes ses forces.

Il voudrait retenir sa mère, l'empêcher de sombrer.

La *sauver*.

Quand il arrive au milieu du lac, il ne reste plus qu'un grand trou noir comme une nuit sans étoiles.

Clément se laisse glisser au sol, là où la glace est encore assez épaisse pour le soutenir.

Il reste là, exsangue.

Dans sa main gauche, les ballerines blanches.

Dans son cœur, les mots qu'il a retrouvés. Ceux qu'il devait à tout prix dire à sa mère.

Reste avec moi.

Clément se redresse d'un seul coup, sa bouche s'ouvre pour aspirer une énorme goulée d'air, comme s'il était en train de s'asphyxier.

Il lui faut plusieurs longues minutes pour retrouver son souffle, pour que son rythme cardiaque s'apaise.

Toujours le même rêve.

Toujours le même rêve qui vient hanter ses nuits depuis près de trois ans.

Il a beau s'acharner chaque fois, jamais il ne parvient à rejoindre Charlotte avant qu'elle se noie.

Jamais.

5 h 43, indiquent les aiguilles phosphorescentes de sa montre.

Quand il l'a achetée il y a quelques années, le vendeur en avait vanté les mérites avec tellement d'insistance que Clément, amusé, s'était laissé convaincre, quand bien même il ne voyait absolument pas l'utilité d'un tel détail. Qui pouvait donc bien ressentir le besoin de connaître l'heure en pleine nuit ?

Depuis des mois, chaque fois qu'il fait ce cauchemar et qu'il s'en extirpe en sueur, il est 5 h 43.

Alors il se lève, parce qu'il sait qu'il sera incapable de retrouver le sommeil et qu'il ne ferait que tourner et se retourner dans son lit jusqu'au petit jour.

Le chien, qui paraît toujours surpris de ces réveils aux aurores, se lève également et le suit en trottinant jusque dans le bureau de la tour. Clément va s'asseoir dans le grand fauteuil qu'il a installé à gauche de la fenêtre tandis que le chien s'allonge à ses pieds, déjà prêt à s'assoupir de nouveau.

Il reste là longtemps, à contempler le ciel qui s'éclaircit peu à peu et le jour qui se lève sur Sabran-sur-la-Lys.

1985

Derrière lui, dans le coin supérieur gauche de son bureau, une pile d'enveloppes jaunies. Toutes ces lettres à l'encre noire délavée que Clément, à la faveur de nuits interrompues, a lues et relues, et encore relues.

Jusqu'à attiser une rage d'où, quoi qu'il puisse arriver, il ne reviendra pas.

1982

Chapitre 44

Avril 1982

Wilhelm Döderlein, détective de son état, a toujours aimé les défis. Tout-petit déjà, il sortait en cachette de chez lui pour explorer les poubelles des voisins de la ruelle dans laquelle il habitait. Il s'amusait à reconstituer les factures ou, plus rarement, les lettres déchirées en morceaux et jetées au rebut, il menait l'enquête pour comprendre pourquoi tel objet en état de marche avait bien pu se retrouver dans la poubelle, il tenait même un petit carnet où chaque double page était consacrée à l'un de ses voisins et aux informations qu'il détenait sur chaque famille. Le point culminant de sa carrière de détective junior avait été atteint lorsque Mme Strauss lui avait demandé de retrouver son chien, un beagle qui avait mystérieusement disparu de chez elle pendant la nuit. Du haut de ses neuf ans, Wilhelm était parvenu avec brio à résoudre ce qui semblait à tout le monde une énigme insoluble. Bon, en réalité, Mme Strauss n'avait absolument rien demandé au jeune garçon ; il l'avait simplement entendue se lamenter dans son jardin en criant « Max ! » à de multiples reprises, et son radar de limier en herbe s'était aussitôt déclenché. Il avait retrouvé le pauvre chien au fond de la poubelle de M. Basinger, le voisin d'en face, qui lui avait fait promettre de ne rien dire en échange de trois tablettes de chocolat aux noisettes. Wilhelm avait accepté, l'air grave : après tout, il ne s'agissait que d'un accident, pas d'un meurtre. Et le chocolat aux noisettes était son préféré…

Ce jour-là, le garçon avait d'ailleurs appris une leçon essentielle pour son futur métier : tout avait un prix, dans ce bas monde.

Y compris le silence.

Il a bien sûr évité de raconter à Erna Winterstein que son « agence » était sur le point de faire faillite, faute de clients. D'un air dégagé et sceptique, il s'est même un peu fait prier pour accepter l'affaire qu'elle voulait lui confier – toujours se faire désirer, autre règle primordiale. Il a fait mine de partir pour la France à reculons, alors même qu'il avait toujours rêvé de sillonner ce pays.

Une fois arrivé à Sabran-sur-la-Lys, il l'a jouée fine, comme toujours. Ne pas éveiller l'intérêt, encore moins les soupçons, de ses interlocuteurs : troisième règle importante. Il s'est donc présenté à l'officier d'état civil de la petite mairie comme travaillant pour un institut franco-allemand de recherches statistiques. Il a noyé le petit homme replet assis en face de lui sous une tonne d'informations n'ayant ni queue ni tête, en le fixant d'un regard assertif.

— Je… Je ne suis pas sûr que je puisse vous autoriser à consulter les registres d'état civil, quand bien même la période qui vous intéresse remonte à des années…, a bredouillé l'employé municipal, mal à l'aise.

Wilhelm ne s'est évidemment pas du tout démonté. Il a souri poliment et a sorti de son *attaché-case* en cuir, d'un geste légèrement agacé, une feuille dactylographiée.

— Voici le document officiel de l'Institut démographique franco-allemand, qui m'emploie pour cette recherche, a-t-il déclaré, hautain.

Le document était uniquement rédigé en allemand, et l'agent d'état civil a fait semblant de le parcourir, en se frottant à plusieurs reprises l'arête du nez, signe qu'il était de plus en plus embarrassé. Comme bien souvent, Wilhelm avait bien fait de compter sur la fierté mal placée des gens : l'employé ne parlait de toute évidence pas un mot d'allemand, mais il se refuserait à l'avouer…

Une fois devant les registres qui l'intéressaient, les recherches de Wilhelm ont été rapidement menées. Il ne lui a fallu qu'une petite heure pour mettre la main sur l'acte de naissance, puis de décès, de la femme que voulait retrouver sa cliente. Charlotte Vernay, née le 21 septembre 1924 et décédée le 23 novembre 1944 à Sabran-sur-la-Lys. Nul besoin d'avoir inventé l'eau chaude pour en conclure qu'elle était soit décédée peu avant d'accoucher, soit morte en couches. Quant au bébé qu'elle portait… Aucun acte de naissance dans la commune en date du 23 ou 24 novembre 1944, mais aucun acte de décès non plus. Cependant, à cette époque, alors même que la Seconde Guerre mondiale n'était pas encore terminée, un bébé mort-né n'aurait très probablement même pas été déclaré à l'état civil…

Wilhelm pensait que son enquête était terminée, et qu'il l'avait menée de main de maître en déterminant en moins de temps qu'il n'en fallait pour le dire que cette Charlotte Vernay n'était plus de ce monde depuis un bail.

Il s'est empressé de téléphoner à Erna Winterstein pour lui annoncer, le plus diplomatiquement possible, car il était loin d'être un rustre sans cœur, qu'elle ne ferait malheureusement jamais la connaissance de sa belle-fille.

La vieille dame a écouté sans broncher ses conclusions, puis s'est contentée de déclarer :

— Très bien. Je veux que vous trouviez ce qui est arrivé au bébé.

Une nouvelle fois, il a tenté de lui expliquer que ce serait chercher une crevette dans un océan – il a toujours aimé varier les métaphores –, mais la vieille bique lui a rétorqué :

— Je croyais que vous m'aviez dit que vous étiez le meilleur détective de toute la Bavière ?

Wilhelm, légèrement froissé, a raccroché, bien décidé à aller déterrer tous les os qu'il pourrait. Métaphoriquement parlant, évidemment.

Il était hors de question, absolument hors de question, de laisser quiconque mettre en doute ses talents.

Plusieurs semaines durant, il explore donc les registres d'état civil des communes environnantes, examinant toutes les naissances entre le 19 novembre 1944, date de la dernière lettre écrite par Charlotte Vernay, et le 23 novembre 1944, date de son décès. Quand le faux document qu'il a pris soin de confectionner ne parvient pas à convaincre l'officier d'état civil en face de lui, il emploie d'autres stratagèmes. À Lamprais, il use de son charme sur la femme brune qui bat un peu trop des cils pour être complètement intouchable. À Flonghem, n'hésitant pas à verser quelques larmes de crocodile, il attendrit le jeune homme encore boutonneux en lui racontant qu'il est orphelin et qu'il vient de découvrir par pur hasard qu'il avait peut-être de la famille en France, dans le Pas-de-Calais. À Lintencourt, il finit par soudoyer l'homme à l'épaisse barbe qui l'observe d'un air méfiant – quelques billets suffisent.

Tout a un prix, toujours.

Oh, un détective moins expérimenté et doué que lui aurait tout de suite cherché à aller questionner les Vernay résidant au village ; dans les pages blanches, il a trouvé un Henri Vernay, un Julien Vernay et une Violette Vernay. Mais voilà : son flair lui indique qu'il vaut mieux attendre, et ne rendre visite à ces gens que lorsqu'il n'y aura plus aucune piste à suivre. Henri Vernay, comme indiqué dans l'acte de naissance de Charlotte, est son père, bien sûr.

Mais, à quarante-quatre ans, Wilhelm a suffisamment étudié la nature humaine au fil de ses investigations pour savoir que les membres de la famille disent rarement la vérité. Quatrième règle cruciale : tout le monde a quelque chose à cacher, c'est bien connu.

Mais malgré ses efforts et le temps passé à éplucher des dizaines de registres, Wilhelm Döderlein fait chou blanc. En désespoir de cause, il décide, avant d'aller interroger les plus vieux habitants de Sabran-sur-la-Lys, d'orienter ses recherches vers les orphelinats de la région et vers les états civils des villes où ils sont implantés.

À Castanges, à deux heures de route de Sabran, il découvre que l'orphelinat a fermé il y a une dizaine d'années déjà, mais les registres de la mairie lui donnent enfin une réponse : un enfant est né le 23 novembre 1944. Clément Vernay.

Bingo.

Dans la marge à gauche du document, une mention manuscrite : « Légitimé adopté par Lazare Alphonse de Clercq, né à Malo-les-Bains le 11 avril 1895, et par Élise Marie Mayeur, son épouse, née à Saint-Loup-du-Nord le 16 mars 1902. »

Avant de téléphoner à Erna Winterstein pour lui annoncer qu'elle a effectivement un petit-fils, le détective continue à suivre son intuition. Au guichet de la mairie, la femme aux cheveux poivre et sel coiffés en un carré trop court pour son âge accepte volontiers de prendre un café avec lui, sans doute flattée d'avoir attiré l'attention d'un homme de quinze ans son cadet. Après quelques banalités polies, Wilhelm oriente rapidement la conversation sur l'ancien orphelinat de la petite ville, et il ne lui faut que peu de temps pour que l'employée lui raconte que son mari a bien connu le frère d'une des bonnes sœurs qui œuvraient au sein de l'établissement.

— Sidonie, qu'elle s'appelait, se remémore la femme terne en se réchauffant les mains contre la tasse de café.

— « S'appelait » ? répète le détective, déjà déçu.

— Oui, enfin, elle s'appelle toujours comme ça, hein ! riposte l'employée sans même s'apercevoir qu'une drôle de lueur vient de s'allumer dans les yeux de son interlocuteur.

Chapitre 45

Mai 1982

Sidonie Parent avait beau avoir vu toutes sortes de choses terribles pendant la guerre, elle n'avait pu se retenir de verser quelques larmes lorsque sa nièce, Clara, était venue, un après-midi brumeux de novembre 1944, lui apporter à l'orphelinat un nourrisson à peine sorti du ventre de sa mère. La jeune femme, bouleversée, avait seulement réussi à bégayer que son amie Charlotte était morte en lui donnant naissance. Sidonie avait insisté pour qu'elle reste passer la nuit à Castanges, mais Clara, visiblement très inquiète, n'avait pas voulu en entendre parler, préférant rentrer chez elle au plus vite.

Sidonie avait pris soin du bébé, s'était occupée d'aller le déclarer à la mairie de Castanges. C'est elle qui avait choisi le prénom du petit. Elle revoit encore la mine apitoyée de la jeune femme au guichet quand elle lui a dit qu'il s'appelait Clément. « Parce qu'il est né le jour de la Saint-Clément, et surtout parce que j'espère de tout cœur qu'à présent qu'il est orphelin la vie saura se montrer plus *clémente* avec lui… », avait-elle murmuré en soufflant doucement sur le paisible visage du bébé.

Moins d'un mois plus tard, le petit Clément avait quitté l'orphelinat, et Sidonie Parent s'en était voulu d'éprouver tant de chagrin à l'idée de ne plus jamais revoir ce nourrisson auquel, malgré elle et malgré les recommandations des autres bonnes sœurs, elle s'était attachée. Elle avait ressenti de la joie pour lui, bien sûr, et aussi de la gratitude pour Dieu qui avait exaucé son souhait, mais le pincement au cœur qui l'avait étreinte quand elle avait pour la dernière fois embrassé les délicates paupières du petit avait mis longtemps à s'évanouir. Sœur Marie-Madeleine, qui dirigeait l'orphelinat, avait eu vent d'un couple aisé en mal d'enfants, et c'est ainsi que Lazare et Élise de Clercq avaient adopté Clément, ravis de recueillir un enfant si jeune et *sans passé*. Car si Clara avait, dans les grandes lignes, raconté à sa tante les origines de l'enfant, celle-ci avait eu l'intelligence de ne rien divulguer à sœur Marie-Madeleine.

Personne n'avait besoin de savoir que le géniteur du bébé était un soldat allemand.

La vie devait se montrer clémente, mais mieux valait lui donner un petit coup de pouce…

Après s'être longuement entretenu avec la bonne sœur, Wilhelm Döderlein, tout heureux de ce fructueux échange, a soigneusement noté les coordonnées de Clara Collomb, épouse Picquart. La nièce de Sidonie Parent s'était installée en Alsace peu après la fin de la guerre, et la chance voulait que le petit village de Mussenheim ne représente qu'un infime détour sur le trajet de retour pour Munich !

En cet après-midi ensoleillé de printemps, Clara accueille le détective dans son jardin, sous l'œil méfiant de son époux, occupé à tailler des haies de thuyas. Elle pose un grand pichet de citronnade sur la table en fer forgé, verse trois verres tout en écoutant Wilhelm lui exposer le but de sa visite.

Avant de prononcer le moindre mot, elle s'assoit, s'absorbe dans la contemplation du taille-haie qui va et vient dans un claquement sec. Le détective attend ; il sait qu'il faut respecter les silences de ceux qui fouillent dans leur mémoire et prennent le risque d'y retrouver des souvenirs douloureux qu'ils pensaient enfouis à jamais.

— Charlotte est venue frapper à ma porte, cette nuit-là. Mais Pierre m'a interdit d'aller l'aider, il a même été jusqu'à m'enfermer dans notre chambre… Pierre, c'était mon mari, à l'époque. Mon premier mari. Charlotte m'a toujours répété que je l'avais mal choisi, et elle avait raison, puisque je l'ai quitté juste après sa mort…

Clara sourit pour elle-même tristement, avant de reprendre :

— Elle a accouché toute seule, dans la rue, est-ce que vous imaginez plus atroce ? Personne ne lui a ouvert sa porte, personne n'a accepté de lui porter secours… Au petit matin, je suis partie travailler ; Pierre s'était endormi dans le salon, à moitié ivre, comme bien souvent. C'est moi qui ai trouvé Charlotte. Et son bébé, qui était tout contre elle, parfaitement réveillé, mais qui ne pleurait pas du tout. Je me rappelle très bien le regard étonné qu'il a eu, quand j'ai repoussé le manteau de Charlotte pour découvrir son petit visage. Il était tellement… minuscule. Tellement vulnérable.

Dans le jardin d'à côté, des cris joyeux d'enfants résonnent. Wilhelm jette un coup d'œil, aperçoit le sommet d'un portique et deux balançoires qui vont et viennent à vive allure. Clara, elle, s'est tue, et au bout de quelques minutes, le détective demande avec douceur :

— Que s'est-il passé, ensuite ? Pourquoi avoir amené l'enfant à l'orphelinat plutôt qu'à la famille qui lui restait ?

Clara émet un rire narquois tant la réponse lui paraît évidente.

— Est-ce que vous m'avez écoutée ? Personne n'est venu en aide à Charlotte, cette nuit-là. *Personne.* Alors oui, bien sûr, mon premier réflexe a été de prendre le bébé contre moi, de l'emmitoufler du mieux possible, pour aller sonner chez les Vernay. Vous voulez savoir comment ça s'est passé ?

Wilhelm Döderlein hoche la tête, suspendu à ses lèvres. Il n'y a pas à dire, son interlocutrice, qu'elle en soit consciente ou non, sait ménager ses effets.

— Henri Vernay est descendu, a ouvert la porte sans me laisser entrer malgré le froid. Je lui ai dit, en pleurs, sous le choc, que Charlotte était morte, que son… corps était à quelques rues de là, abandonné. J'ai entrouvert mon manteau pour lui montrer son petit-fils. Il n'a même pas baissé les yeux pour le regarder. Tout ce qu'il a grommelé, c'est qu'il ne voulait pas entendre parler de ce *bâtard*, que je n'avais qu'à aller le noyer dans le canal et qu'on n'en parle plus jamais. Je suis restée là, comme paralysée, et il m'a fait signe de déguerpir. « Je vais m'occuper de Charlotte. Toi, débarrasse-toi donc de *ça* », il a marmonné en me claquant la porte au nez.

Wilhelm Döderlein en a vu des vertes et des pas mûres, au cours de sa carrière, mais ça ne l'empêche pas d'être estomaqué de la réaction d'Henri Vernay. Intérieurement, il se félicite de ne pas avoir foncé chez lui bille en tête au début de son enquête, car il est certain non seulement que le vieux lui aurait caché la vérité, mais qu'il aurait sans doute tout fait pour lui mettre des bâtons dans les roues.

— J'ai pris le train à Villeteux, et j'ai amené le petit à l'orphelinat de Castanges, parce que ma tante y travaillait et que je n'avais aucune autre idée de quoi faire. J'étais persuadée, et je le suis encore aujourd'hui, que si le bébé tombait entre les mains du père de Charlotte, ce serait une catastrophe. Soit il l'aurait tué, soit il lui aurait fait vivre un enfer sans nom, uniquement parce que son père était allemand…

— Personne n'a jamais demandé de ses nouvelles ? s'étonne malgré tout le détective.

— Quand je suis rentrée à la fin de la journée, j'ai fait comme si de rien n'était. J'ai raconté à Pierre que Charlotte et son enfant étaient morts dans la nuit, puis, quelque temps après, quand j'ai été assurée d'avoir de quoi me retourner, je l'ai quitté. Je suis partie de ce village, définitivement. Henri Vernay ne m'a jamais rien demandé, il était trop content que le problème se soit volatilisé. Quant aux autres... Il a fait croire à tout le monde que le bébé n'avait pas survécu non plus.

— J'ai du mal à croire que personne n'ait posé plus de questions..., murmure Wilhelm.

— Ça, c'est parce que vous ne connaissez pas le père de Charlotte. Personne n'a jamais eu envie de se mêler des affaires d'Henri Vernay, croyez-moi...

Une fois rentré à Munich, le détective réfléchit longuement à ce qu'il va dire à Erna Winterstein avant de l'appeler. Il achève de recopier ses notes au propre afin de lui envoyer un dossier complet, puis il compose son numéro. Elle décroche au bout de trois sonneries, le laisse raconter de façon exhaustive ses entretiens avec Sidonie Parent, puis Clara Picquart.

— Continuez, souffle-t-elle lorsqu'il en vient à parler de l'arrivée de Clément à l'orphelinat.

— Votre petit-fils s'appelle aujourd'hui Clément de Clercq, il a grandi avec un couple qui l'a adopté peu après sa naissance. De ce que j'en sais, il n'a dû manquer de rien. Il a passé toute son enfance à Saint-Loup-du-Nord, une ville au bord de la Manche, mais il est aujourd'hui installé en banlieue parisienne.

— Est-ce que vous avez son adresse ? demande alors Erna d'une voix sourde.

Wilhelm Döderlein pousse un profond soupir.

— Bien sûr que je l'ai. Mais... Mon rôle n'est pas de vous donner des conseils, je le sais bien, mais il faut que vous compreniez que votre petit-fils ignore tout de ses origines. Lui révéler la vérité pourrait dynamiter sa vie et tout ce qui a fait son identité jusqu'à aujourd'hui... Il n'en sortira sans doute pas indemne, alors j'espère que vous pèserez le pour et le contre avant de prendre une quelconque décision.

À l'autre bout du fil, Erna Winterstein digère les mots que vient de prononcer le détective.

— Vous avez raison. Je vais me donner le temps de la réflexion. Envoyez-moi le dossier que vous avez rédigé ainsi que votre facture, d'accord ?

Puis elle raccroche. Caresse les accoudoirs de son fauteuil, lentement.

Elle a cessé de fumer il y a plus de vingt ans maintenant, mais, parfois, aux moments les plus inattendus, une furieuse envie de tirer une bouffée la saisit, comme si le temps n'était pas passé.

Et, à cet instant précis, elle donnerait n'importe quoi pour une cigarette.

Chapitre 46

Juin 1982

Assis au volant de sa voiture pour se rendre au domicile de Mme Sarriette, Clément de Clercq ne peut s'empêcher de penser au boulanger. Ce bonhomme replet, qui lui a toujours semblé avoir un sourire greffé au visage et qui, tous les matins de semaine depuis des années, lui sert deux croissants au beurre en s'exclamant : « Ils sortent tout juste du four, vous m'en direz des nouvelles ! » La joie communicative et l'enthousiasme incarné. Pourtant, depuis peu, le boulanger a l'air morose, les yeux cernés par les soucis. Même ses joues pleines comme deux pommes paraissent avoir dégonflé, c'est dire le changement...

Clément n'est pas du genre à poser des questions indiscrètes pour sortir les vers du nez de personnes qui n'ont aucune envie qu'on vienne se mêler de leurs affaires. Il a toujours été quelqu'un de réservé. Effacé, disait l'une de ses institutrices en primaire. Transparent, renchériraient sans doute ses professeurs au collège et au lycée. Et pourtant, pourtant, force est de constater que les autres ont toujours eu tendance à se confier à lui, sans qu'il leur demande rien. À croire qu'il y a quelque chose en lui, une sorte d'aura à la fois bienveillante et mystérieuse, qui pousse *irrépressiblement* les gens à se livrer, à lui raconter leur vie. C'est bien simple : au cabinet, le vétérinaire qu'il est connaît aussi bien l'état de santé de ses patients que le parcours, les réussites et les déboires de leurs maîtres... Et le soir, c'est tout cela qu'il rapporte chez lui, comme collé à la peau, collé au cœur. Les bonheurs et les malheurs d'autres que lui, qu'il a parfois l'impression de vivre par procuration tant il ressent leurs propres émotions, qu'il s'agisse de la joie ou du chagrin.

Ce matin n'a pas fait exception aux précédents. Clément a fait tinter la clochette de la boulangerie, a salué le patron qui s'est empressé de lui demander :

— Deux croissants, comme d'habitude ?

Clément a hoché la tête tout en sortant de sa poche la monnaie pour payer son petit déjeuner.

— Les animaux vont bien ? a demandé le boulanger, sans doute plus par envie d'engager la conversation que par véritable intérêt.

De nouveau, Clément a hoché la tête, en souriant cette fois. Il n'allait de toute façon pas lui raconter que, justement, il se rendait à l'autre bout de la ville pour aller piquer le chartreux de Mme Sarriette, qui était arrivé à la fin de sa vie et souffrait beaucoup trop pour qu'on le laisse mourir naturellement. Même si Clément a parfois du mal à cerner les attentes des gens, il sait très bien que cette réponse n'est pas celle qu'aurait espérée le boulanger.

Par politesse, il a donc répondu à la question posée, prononçant les mots qui convenaient :

— Ils se portent bien, oui... Et vous ?

Il a suffi de ces deux petites syllabes anodines pour déclencher un torrent de paroles. L'air soucieux, le boulanger lui a expliqué qu'en ce moment ce n'était pas la joie, oh pas de gros problèmes, non, mais il se faisait un sang d'encre pour son fils, Pierre. Il faisait semblant d'avoir la situation bien en main devant son épouse, pour éviter qu'elle se fasse encore plus de mouron, vous comprenez, elle est déjà sujette aux crises d'angoisse, alors mon rôle, ce n'est pas d'en rajouter en paniquant autant qu'elle... Depuis quelque temps, Pierre s'était mis à avoir de mauvaises fréquentations ; des garçons plus âgés que lui, déscolarisés. Des garçons qui avaient une mauvaise influence, qui fumaient, et sans doute pas seulement du tabac. Les notes de Pierre étaient en chute libre, il s'éloignait de plus en plus de ses parents, lui qui était pourtant un gentil gars, et le boulanger avait beau chercher à se rapprocher de lui, rien ne marchait. Il avait essayé les punitions, les menaces, il avait tenté de le raisonner, de lui parler de son avenir… En vain. La vérité, c'est que le gamin lui filait entre les doigts, et ça le rendait fou d'être si impuissant…

Clément n'a rien dit. Il s'est contenté d'écouter, puisque c'est toujours ce que les autres attendent de lui. Ils ne veulent pas de conseils ou d'échange ; seulement s'épancher un peu. Faire déborder le trop-plein, juste assez pour continuer de supporter le quotidien.

Avant de repartir avec ses croissants, Clément a murmuré un bien insuffisant : « Bon courage… » Et le boulanger a haussé les épaules, oh, vous savez, du courage, j'en ai plus qu'il n'en faut ; c'est plutôt de chance que j'aurais besoin…

Mais, à présent qu'il est dans sa voiture, à mâchonner distraitement son second croissant, Clément a de la peine pour le boulanger. Il repense à sa mine défaite, à sa manière de se triturer les doigts en parlant, et il sent la mélancolie l'envahir. Il est une éponge, qui absorbe les émotions des autres. Il n'a peut-être ni femme ni enfants, mais ça ne l'empêche pas de parfaitement comprendre le désarroi et la détresse de cet homme…

À la radio, Charlélie Couture se met à entonner *Comme un avion sans ailes*, et Clément tourne le bouton du volume de son autoradio pour que la voix nasillarde emplisse l'habitacle. Ses doigts se mettent à taper en rythme sur le volant. Penser à autre chose. Ne pas se laisser envahir.

Un quart d'heure plus tard, Mme Sarriette l'accueille chez elle, les yeux rougis. Quand Clément découvre le chat roulé en boule sur le paillasson installé contre la porte-fenêtre qui mène au jardin, il s'agenouille devant lui. Lui caresse la tête, tout doucement. Le chat ne bouge pas, n'ouvre pas les yeux, mais pousse un long gémissement. Douleur.

Clément sait ce qu'il lui reste à faire. Debout à côté de lui, Mme Sarriette lui adresse un regard suppliant.

— Vous ne pouvez pas le sauver ? Mon Grisou, c'est tout ce qui me reste depuis que mon mari…

Elle n'a pas le courage d'achever sa phrase, mais Clément connaît très bien la situation de la vieille dame. Il sait déjà à quel point ce nouveau deuil va être éprouvant, à quel point il risque de déclencher un sentiment de solitude écrasant.

— Il ne guérira pas, malheureusement… Et il souffre beaucoup, vous savez, murmure-t-il en continuant à caresser l'épaisse fourrure gris perle.

Mme Sarriette ne répond rien. À pas lents, elle va chercher une chaise, la pose juste à côté du chat. D'un geste de la main, elle demande à Clément de lui installer la bête sur les genoux. Aussitôt, il s'exécute.

— Vous êtes sûre que vous ne préférez pas… ? commence-t-il.

— Je veux être là pour lui. Personne ne devrait mourir seul, déclare Mme Sarriette d'une voix tremblante.

Cette phrase résonne encore dans le silence du salon quand Clément ouvre sa grande sacoche en cuir noir.

Trois quarts d'heure plus tard, Grisou est enterré sous le prunier du jardin. « C'est à cet endroit qu'il adorait se prélasser… », a expliqué sa maîtresse. Les funérailles des animaux ne font normalement pas partie des prérogatives de Clément, mais il n'a pas eu le cœur de laisser l'octogénaire en larmes enterrer seule son compagnon.

Elle n'aurait de toute façon jamais pu creuser la terre, encore moins s'agenouiller.

Il rebouche le trou, la laisse prononcer quelques mots d'adieu à son chat. Puis, au moment de se relever, Clément aperçoit dans la pelouse, juste à côté de son pied gauche, un trèfle à quatre feuilles.

Étonné de cette trouvaille, il le cueille pour le tendre à Mme Sarriette. Elle y verra peut-être un signe de Grisou, une sorte d'au revoir mystique qui la réconfortera un peu...

— Vous pouvez le garder, il y en a plein dans l'herbe... Je ne sais pas comment ça se fait, mais il y a toujours eu des tas de trèfles à quatre feuilles dans ce jardin..., murmure-t-elle en séchant ses yeux avec un mouchoir en tissu.

Clément hésite à jeter le trèfle dont il n'a que faire, mais il se dit que la vieille dame trouvera peut-être ce geste malpoli, alors il le range dans son portefeuille. Quand il quitte la maison, il referme la porte tout doucement derrière lui, en essayant de repousser le sentiment de culpabilité qui tente de s'immiscer en lui. Non, il n'abandonne pas Mme Sarriette. Il a fait ce qu'il fallait, personne ne peut prendre son chagrin pour la soulager. Personne.

Lorsqu'il remonte dans sa voiture, il s'empresse de nouveau d'allumer l'autoradio pour que le flot de ses pensées se dissipe dans la musique. Il est temps de retourner au cabinet pour ses consultations. Au vu du temps qu'il a passé chez Mme Sarriette, la salle d'attente doit être pleine à craquer.

Malgré le fait qu'il déteste faire attendre les gens, il ne peut s'empêcher de faire un léger détour sur son trajet.

Un rapide arrêt à la boulangerie.

La clochette tinte quand il pousse la porte vitrée de la boutique. Le patron sort de sa cuisine, les mains pleines de farine. Clément s'approche du comptoir, sort son portefeuille.

Puis, sans un mot, il dépose le trèfle à quatre feuilles dans le ramasse-monnaie.

Livraison de chance. Le boulanger l'attrape entre son pouce et son index et, soudain, son visage s'éclaire d'un sourire.

Chapitre 47

Erna n'aurait jamais admis que, tout compte fait, elle prenait en compte les recommandations du détective privé, mais force est de constater que, depuis un mois qu'elle possède le nom et l'adresse de son petit-fils en France, elle n'a fait qu'hésiter et tergiverser avec elle-même.

Elle a écrit de nombreux débuts de lettres à son intention, sans jamais les terminer. Elle ne sait pas par où commencer son récit, elle ignore également comment transmettre à cet homme qu'elle ne connaît pas les émotions qu'elle ressent depuis qu'elle a reçu ce paquet de lettres jaunies, il y a plus de quatre mois déjà…

Souvent est revenue cette idée lancinante qu'elle ne voulait surtout pas provoquer un cataclysme dans la vie de celui qu'elle appelle déjà par son prénom, Clément. Elle ne veut pas tout chambouler, elle ne veut pas apporter de l'insécurité ou du négatif dans sa vie, bien au contraire. Mais, très vite, Erna s'est aussi dit que son petit-fils avait dû grandir en se posant toutes sortes de questions sur son père. Ses parents adoptifs lui ont forcément expliqué que sa mère était morte en lui donnant la vie et qu'il avait été recueilli à l'orphelinat dès sa naissance. Ils ont dû lui expliquer toutes sortes de choses sur la première fois où ils l'ont rencontré, sur le jour où ils l'ont emmené chez eux, sur l'amour qu'ils ont ressenti pour lui au point de vouloir lui faire une place au sein de leur famille…

Par contre, qu'ont-ils bien pu raconter à Clément sur son père ? Que nul ne connaît son identité, qu'il ne s'agissait probablement que d'un homme de passage dans la vie de sa mère ? Qu'il n'avait pas voulu s'occuper de lui, qu'il n'en avait rien à faire d'avoir un fils ?

Rien que d'imaginer toutes ces suppositions, Erna en a la nausée. Elle a toujours détesté que qui que ce soit puisse s'en prendre à Tobias ; elle s'est toujours montrée bien plus protectrice vis-à-vis de lui que vis-à-vis d'Ilse, d'ailleurs. Hans, son mari, le lui faisait régulièrement remarquer, plus pour la taquiner que pour lui faire un véritable reproche. Sans doute a-t-elle grandi dans cette croyance que les hommes sont bien plus fragiles que les femmes, sans doute est-ce pour cette raison qu'elle a toujours eu peur qu'il arrive quelque chose à Tobias.

De toute manière, la vie avait fini par lui prouver que ses angoisses étaient fondées.

Mais Tobias a toujours été un garçon sensible, attentif aux autres et à leurs sentiments, plein d'empathie pour son prochain, y compris pour les animaux de toutes sortes. Une fois, il devait avoir cinq ou six ans, il avait rapporté à la maison un moineau inconscient qu'il avait trouvé sur le trottoir. Sa mère n'avait pas eu le cœur de lui expliquer que l'oiseau était condamné, et elle avait autorisé Tobias à le garder dans un vieux carton, dans sa chambre. Il avait mis du coton au fond pour que son nouvel ami soit bien installé, était allé déterrer un ver de terre dans le jardin, avait préparé un petit ramequin rempli d'eau… Et, contre toute attente, au bout de deux ou trois jours, le moineau avait repris des forces, jusqu'à finir par reprendre sa liberté…

Alors non, Erna ne pouvait croire que Tobias aurait volontairement tourné le dos à son propre enfant. S'il avait reçu ces lettres, à l'époque, il aurait trouvé le moyen de retourner en France, même au péril de sa vie, elle en était persuadée.

Voilà pourquoi elle n'a aucune intention de renoncer à l'idée de contacter son petit-fils. Il *doit* savoir, il n'y a pas d'autre choix. Il croit peut-être depuis toujours que son père l'a abandonné à son sort, et Erna se doit de lui expliquer qu'il n'en a rien été, quand bien même la vérité sera douloureuse à entendre.

Elle ne réussira pas à lui écrire quoi que ce soit de suffisant, et, d'ailleurs, elle n'imagine pas l'état de fébrilité dans lequel elle serait si elle devait tourner comme un lion en cage après avoir posté une lettre à Clément, à attendre un retour de sa part. Attendre des jours durant les coups de fil du détective, voilà qui lui avait amplement suffi…

Il faut qu'elle aille en France. Meudon, elle trouve que c'est un joli nom bucolique, et de là à y voir un signe qu'elle doit s'y rendre, il n'y a qu'un pas qu'elle franchit aisément tant son impatience est grande. Elle a regardé sur une carte où se trouvait cette ville et, un instant, elle a songé à appeler sa fille Ilse pour tout lui raconter et qu'elle l'accompagne en voiture jusqu'en France. Très vite, pourtant, elle s'cst ravisée. Sans savoir exactement pourquoi, Erna a encore envie de garder toute cette histoire pour elle, elle n'est pas prête à partager ses découvertes ni à écouter l'avis de sa fille qui pourrait être radicalement différent du sien…

Alors elle achète des billets de train pour aller jusqu'à Strasbourg, puis à Paris. Quatre trains en tout, mais Erna se sent invincible, ces derniers temps. Elle prendra un taxi pour aller jusqu'à la gare de Munich, puis un taxi de Paris à Meudon. Ce sera une longue, très longue journée de voyage pour elle, mais ce ne sont pas les kilomètres qui entameront sa détermination.

Tout était très clair dans sa tête avant de quitter sa maison, à Rosenheim.

Tout était aussi très clair durant les nombreuses heures de train, à regarder défiler le paysage flou et monotone. Erna a eu tout le loisir d'imaginer, encore et encore, le moment précis où son petit-fils ouvrirait sa porte et la dévisagerait d'un air étonné, attendant de comprendre la raison de cette visite. Elle s'est dit qu'il lui claquerait peut-être la porte au nez dès qu'elle ouvrirait la bouche, qu'il refuserait de la croire, ou qu'il serait absent, ou encore qu'il fondrait en larmes et qu'elle se retrouverait devant un homme bien plus grand qu'elle, les bras ballants, à ne pas savoir comment le réconforter…

Mais quand le taxi la dépose dans une rue coquette de Meudon et qu'elle se tient enfin devant le numéro 25, le cerveau d'Erna est soudain comme vide. Un grand trou noir, abyssal, comme quand elle devait réciter une poésie, à l'école, devant toute la classe, et qu'elle était brusquement incapable de se rappeler ne serait-ce que le titre.

Clément habite un appartement dans une maison étroite en meulière, aux murs clairs. Au rez-de-chaussée, la vitrine d'un petit caviste, joliment décorée. Devrait-elle apporter une bouteille de vin en guise d'offrande, ou en signe de paix ? Erna secoue la tête pour se débarrasser de cette idée saugrenue.

Devant la sonnette où une étiquette avec le nom de Clercq est collée, son index tremble. Que va-t-elle dire ? Quels sont les premiers mots qu'elle réussira à prononcer ? Finalement, elle s'en veut de ne pas avoir traîné Ilse dans son sillage ; elle, elle aurait su par où commencer, elle n'aurait pas été si chancelante…

Enfin, elle se force à sonner.

Quelques instants plus tard, elle entend des pas dévaler l'escalier.

Un homme grand, aux cheveux blonds comme le sable coiffés sur le côté et aux yeux bleu délavé, ouvre la porte et fixe Erna d'un regard étonné, le même qu'elle s'était imaginé.

La vieille dame porte la main à son cœur, instinctivement. S'appuie de l'autre sur sa canne, fermement.

Elle a eu beau anticiper cette scène des dizaines, des centaines de fois, il y a une chose qu'elle n'avait pas prévue.

Devant elle se tient Tobias.

Devant elle se tient Clément.

Elle ne sait plus.

Elle ne sait plus.

— Vous vous sentez bien, madame ?

Clément l'observe avec une inquiétude sincère, et Erna tente tant bien que mal de se reprendre.

— Je… Je m'appelle Erna Winterstein, commence-t-elle dans un français un peu rouillé, car elle n'a plus eu l'occasion de parler cette langue depuis longtemps. Je viens d'Allemagne pour vous rencontrer… Accepteriez-vous de m'accorder un peu de votre temps ?

Clément fronce les sourcils, jette un coup d'œil à sa montre sans rien répondre, et Erna sent un vent de panique s'immiscer en elle.

— C'est à quel sujet ? finit par demander l'homme en face d'elle, sans grande curiosité.

— Je voudrais vous raconter une histoire, bégaye Erna, paralysée par le trac.

— Une histoire ?

— Oui. Mon histoire. Et aussi un peu la vôtre, je crois, rétorque-t-elle d'une voix qu'elle veut plus assurée.

Clément s'écarte pour la laisser entrer, se demande si cette mystérieuse visiteuse sera capable de gravir les marches jusqu'à son appartement. Il est vite rassuré : Erna a tellement peur qu'il change d'avis qu'elle se dépêche de monter au premier étage.

Une fois à l'intérieur, tous deux s'assoient autour de la table ronde du salon.

— Je voudrais que vous me laissiez dire tout ce que j'ai à dire sans m'interrompre, s'il vous plaît, déclare Erna, les mains légèrement tremblantes.

Clément, perplexe, hoche la tête.

Chapitre 48

Le silence est retombé dans l'appartement. Dehors, le ciel est d'un bleu éclatant ; aucun nuage à l'horizon. À l'intérieur, Clément se sent comme si une tornade venait de tout dévaster, et, avec l'ironie qui le caractérise, il songe qu'il est tout à fait justifié de donner des noms de femme aux tempêtes. La décision récente des météorologues d'alterner prénoms féminins et masculins lui paraît soudain stupide.

Son ouragan à lui, celui qui vient de détruire tout ce qui semblait stable et solide dans sa vie, s'appelle donc Erna.

Sa mère, Élise de Clercq, est morte il y a quelques années déjà. Son père, Lazare de Clercq, est en phase terminale d'un cancer de la prostate ; il ne lui reste que quelques mois à vivre et Clément a passé ce début d'année 1982 à tenter de se faire à l'idée qu'il serait bientôt orphelin.

Mais voilà qu'aujourd'hui il apprend que ses parents ne sont en réalité pas ses parents. Qu'il a été adopté, mais que personne n'a jugé bon de le lui dire. Qu'on lui a caché ses origines, sans penser une minute aux dégâts que cela pourrait causer. Qu'on lui a menti depuis près de trente-huit ans, alors même que, depuis tout petit, il s'est toujours senti étrangement en décalage avec les autres, comme s'il n'appartenait pas complètement à ce monde, comme s'il était une pièce d'un autre puzzle et qu'on ait essayé tant bien que mal de le faire s'imbriquer avec d'autres.

Ce mal-être incompréhensible qu'il a toujours ressenti au fond de lui, cette impression de manque indicible, tout cela avait donc un sens.

Il a écouté Erna Winterstein sans l'interrompre, comme il s'y était engagé. Elle lui a donné le paquet de lettres que Charlotte avait envoyées à Tobias, avant sa naissance. Il les a lues une par une, pendant qu'Erna prenait l'air au balcon. Ensuite, elle lui a montré des photos de son fils, de vieux clichés dentelés en noir et blanc, et il a compris pourquoi la vieille dame avait eu un tel choc lorsqu'il avait ouvert la porte : il est le portrait craché de Tobias. Sur celui qu'Erna lui a tendu, il a une vingtaine d'années, et Clément a eu l'impression de se voir lui, quand il était encore étudiant. Il n'a même pas besoin de se demander si la vieille dame dit la vérité, d'exiger des preuves irréfutables qu'elle n'est pas une vulgaire affabulatrice. Les faits sont là. La photo est un miroir qui lui présente une autre version de lui-même, un peu démodée, un peu passée, mais, s'il devait être sincère, Clément serait obligé de reconnaître que, dans le regard de son double, il y a un panache, un charisme qui n'a jamais éclairé le sien. Étrangement, il suffit d'un coup d'œil au portrait de Tobias pour qu'instantanément Clément se sente envahi d'une inexplicable admiration sans bornes. Ce sentiment est si intense qu'il a aussitôt l'impression de trahir celui qu'il croyait être son père jusque-là.

Il pense à sa vraie mère, que tout un village a reniée, de façon implacable. Il pense à celle qui n'est en réalité que sa mère adoptive, qui l'a sauvé, mais à quel prix ? Pourquoi ne lui avoir rien dit, pourquoi l'avoir laissé grandir dans l'obscurité ?

Il se sent trahi, tellement trahi.

Et de la trahison à la colère, la frontière est mince.

— Et mon père ? finit par demander Clément, exsangue de toutes ces révélations. Pourquoi n'est-il pas revenu auprès de ma mère ? Pourquoi n'est-il pas venu me récupérer ?

Erna soupire, lève les yeux au ciel comme si elle y cherchait encore un peu de forces. Elle perçoit parfaitement l'attente, la peur, l'espoir aussi, dans le regard de son petit-fils.

— Je vais te raconter ce que je sais, mais il restera sans doute des zones d'ombre, car Tobias ne m'a jamais parlé de Charlotte. Ce dont je suis certaine, c'est qu'il n'a jamais su qu'elle était enceinte de toi, ni que tu étais né, puisque les lettres de ta mère ont été interceptées et jamais envoyées en Allemagne…

Clément se lève pour faire quelques pas, allume une cigarette sans même demander si la fumée incommode Erna. Elle l'observe qui recrache la fumée énergiquement, comme si tous ses muscles étaient crispés.

— Tobias est resté en France jusqu'en avril 1944, avant d'être envoyé à Düsseldorf par ses supérieurs. Mais ça, tu le sais déjà puisque tu as lu les lettres de Charlotte. Il a ensuite été contraint de rester quelque temps là-bas, à servir de traducteur. Apparemment, le *Stabsführer* du District avait remarqué qu'il parlait couramment français et anglais, et a estimé qu'il serait bien plus utile en Allemagne qu'en France occupée. Quelques mois plus tard, en octobre, comme il ne s'entendait pas très bien avec son supérieur, il s'est porté volontaire pour une opération secrète. Il ne nous a raconté tout cela que bien après, évidemment, puisque nous n'avions quasiment aucune nouvelle de lui, mais il a pensé qu'il s'agissait d'espionnage et qu'il servirait d'interprète, puisque des compétences linguistiques étaient exigées. Il est parti en novembre à Grafenwohr, dans un camp d'entraînement spécial. Il a passé des tests d'anglais et a été sélectionné pour ce qui a ensuite été connu sous le nom de l'opération Greif. Est-ce que tu en as déjà entendu parler ?

Clément tire une dernière bouffée sur sa cigarette avant de l'écraser dans le cendrier en céramique posé sur la table basse. Il secoue la tête ; l'histoire n'a jamais été une de ses matières préférées à l'école… Erna essaye d'expliquer comme elle le peut, sans déformer les quelques paroles que son fils est parvenu à prononcer, *après*.

— Tobias pensait que son rôle serait simplement d'interroger des prisonniers de guerre anglais ou américains ne parlant pas allemand. Il était ravi d'avoir trouvé un moyen de ne pas se retrouver au front. Tout ce qu'il voulait, c'était rester en vie jusqu'à ce que la guerre se termine. Retrouver ses jardins, et, je ne le comprends que maintenant, sans doute retrouver Charlotte, en France. Mais les choses ne se sont pas déroulées ainsi, car il a sans le savoir été recruté pour une opération particulièrement périlleuse. Hitler avait décidé d'attaquer par les Ardennes pour s'emparer du port d'Anvers, et, à l'hiver 1944, le but de l'opération Greif était de s'emparer des ponts sur la Meuse pour que les troupes puissent traverser. L'idée, c'était de mettre sur pied une brigade spéciale de soldats allemands parlant parfaitement bien l'anglais, et de les faire passer pour des GI, pour qu'ils puissent berner les Alliés dans la région et les mettre en déroute avant l'arrivée des chars SS…

Sidéré, Clément écarquille les yeux comme des soucoupes. Il n'a jamais entendu parler de cet épisode de la Seconde Guerre mondiale.

— Tobias a été entraîné pendant des semaines à imiter le parfait soldat américain. Il a appris des mots d'argot, on lui a même montré de quelle manière il devait fumer une cigarette, il a visionné des films pour étudier les gestes des vrais GI… Puis, au mois de décembre, l'offensive a été lancée, et Tobias a été envoyé en première ligne dans une Jeep, en uniforme de Yankee. Il m'a raconté qu'au moment de partir on leur avait donné à tous un briquet contenant des capsules de cyanure, et qu'il avait compris à ce moment-là à quel point cette opération était sinon suicidaire, du moins extrêmement dangereuse…

Erna pousse un long soupir, hoche la tête quand Clément lui propose un verre d'eau.

— Il a été capturé quasi immédiatement. Apparemment, les Alliés ont eu vent qu'il y avait des soldats infiltrés, et ils ont commencé à poser toutes sortes de questions saugrenues à chaque convoi qu'ils croisaient. Tobias n'a pas su répondre à une question sur un joueur de base-ball américain, et c'est ce détail stupide qui l'a trahi…

— Est-ce que les Américains l'ont fusillé ? interroge Clément, aussi captivé que s'il regardait un des films de James Bond qu'il adore.

Il a beau savoir qu'Erna lui raconte l'histoire de son père biologique, c'est pour l'instant compliqué de faire le tri dans les émotions qu'il éprouve.

— Ils auraient pu. Mais quand il a eu compris qu'ils étaient démasqués, le soldat allemand au volant de la Jeep a forcé le barrage, et les GI n'ont réussi qu'à abattre les deux hommes installés à l'arrière. Cela dit, ils n'ont eu que le temps de retirer à la hâte leurs faux uniformes américains, en dessous desquels il y avait leurs uniformes véritables…

— Quel était l'intérêt ? Je ne comprends pas…, murmure Clément.

— Apparemment, on n'avait pas le droit d'abattre de façon sommaire des soldats ennemis, contrairement aux espions. Tobias et son acolyte ont donc été arrêtés peu après, et faits prisonniers.

— Mais alors… Ça signifie que, quelques mois après, il a été libéré, non ? Pourquoi n'est-il pas retourné voir Charlotte, qu'est-ce qui l'en empêchait, à ce moment-là ?

Peut-être avait-il simplement oublié ma mère, voilà tout…, réfléchit Clément à voix haute, sans se rendre compte que ses paroles blessent Erna au plus haut point.

— Les choses ne sont pas si simples… À la fin de la guerre, les Américains ont livré Tobias aux Français, et il a été affecté à des missions de déminage dans le Nord, à Dunkerque. À l'hiver 1945, il y a eu un accident, un parmi des dizaines puisque les prisonniers allemands n'étaient rien d'autre que de la main-d'œuvre sans valeur pour les Français, qui se vengeaient après des années de souffrances… Tobias a perdu sa jambe gauche, et il a enfin été rapatrié en Allemagne. Je crois que je me rappellerai toujours le regard d'animal blessé qu'il avait quand il est revenu à la maison ; on aurait dit un enfant traumatisé… C'est comme si quelque chose s'était éteint dans ses yeux, quelque chose qui ne s'est plus jamais rallumé…

Pensif, Clément joue à tracer des spirales de cendres avec son mégot écrasé.

— Il n'est jamais retourné dans ce village pour retrouver ma mère, donc… Il n'a jamais tenté de lui écrire…

— Je pense que si, en réalité. Je n'en ai pas la certitude, mais si je devais parier, je miserais tout ce que je possède sur mon fils, sache-le. Il lui a fallu beaucoup de temps pour se remettre physiquement, pour s'habituer à ne plus avoir qu'une jambe, pour accepter de ne plus pouvoir marcher qu'avec des béquilles. Il avait l'impression d'être un poids inutile, ça a été une période très compliquée. Puis, en mai 1945, la guerre a officiellement pris fin, et sans que je comprenne pourquoi, Tobias a repris du poil de la bête. J'ai pensé qu'il était soulagé que la paix revienne enfin. À l'été, il a soudain fait son sac, nous a expliqué qu'il se rendait quelques semaines chez des amis, que son père et moi ne devions pas nous inquiéter. Bien évidemment, j'étais morte de peur à l'idée qu'il parte à l'aventure, mais Hans, mon époux, a trouvé au contraire qu'il fallait se réjouir que notre fils retrouve un peu goût à la vie...

— Vous pensez qu'il est allé en France ? demande Clément avec espoir.

— Peut-être bien. Il ne nous a jamais raconté son voyage, à vrai dire. Tout ce que je sais, c'est qu'il est rentré chez nous dix jours plus tard et qu'il n'avait plus aucun entrain. C'est comme si, pour lui, plus rien n'avait de sens...

— Et... il est encore en vie ? ose Clément, ne sachant s'il ferait mieux de se taire.

Erna sourit avec tristesse, déjà désolée de la déception qu'elle risque de causer.

— Il est mort en 1952, il avait trente-trois ans à peine. Un bus l'a écrasé alors qu'il traversait la rue, et plusieurs témoins de la scène ont affirmé qu'il avait fait exprès de descendre du trottoir au moment où le véhicule passait. Ça me fend le cœur de l'envisager, mais je pense que c'est sans doute vrai, car, pendant des années, j'ai eu l'impression qu'il ne faisait que se traîner, que survivre au lieu de vivre. Longtemps, j'ai mis ça sur le compte des horreurs qu'il avait dû voir, subir, et peut-être même commettre pendant la guerre. Mais aujourd'hui, je me dis qu'il ne s'est peut-être tout simplement jamais remis d'avoir le cœur brisé...

— Vous pensez qu'il est allé là-bas, à Sabran, et qu'il a appris que ma mère était morte, c'est ça ?

— Je ne sais pas si c'est bien le cas, mais je dois admettre que ça expliquerait beaucoup de choses quant à la dépression qui ne l'a plus jamais quitté ensuite, oui..., souffle Erna, soudain émue en repensant à son fils qu'elle a échoué à aider comme elle l'aurait dû.

Clément se lève brusquement, ouvre le paquet de Lucky Strike qu'il avait abandonné à côté de l'évier. Il ne reste plus qu'une cigarette à l'intérieur, qu'il attrape et allume avec une allumette. D'un geste sec, il éteint la flamme grandissante, se rassoit en face d'Erna après avoir jeté le bâtonnet noirci dans le cendrier.

Il tente de digérer tout ce qu'il vient d'apprendre. Pour lui, c'est comme si l'homme qu'il était jusqu'à ce matin n'avait soudain plus aucune consistance. Comme si quelqu'un venait d'enlever la bonde de la baignoire et qu'il soit aspiré par le siphon d'un seul coup.

Il pense à Charlotte, à ce qu'elle a subi simplement pour être tombée amoureuse d'un homme qu'elle aurait dû haïr pour tout ce que son uniforme représentait. Il pense comme il aurait été simple de changer le destin, avec juste un peu d'amour et de tolérance. Comme il aurait été possible d'empêcher sa mort, d'empêcher que son existence à lui l'entraîne vers son tombeau.

Il pense à Tobias, qu'il aurait pu connaître, aux côtés de qui il aurait pu grandir. Il pense comme, avec quelques « si », tout aurait pu se passer autrement. Avec juste un peu de franchise et de courage, Clément aurait pu, peut-être, grandir en se sentant pleinement à sa place.

Il pense à tous ceux qui l'ont privé de la vérité, à tous ceux qui l'ont privé de sa vraie famille, à tous ceux qui l'ont privé de son *identité*.

— Le mal est fait…, murmure la vieille dame en face de lui, le regard voilé.

Comme si ces quatre mots pouvaient suffire à l'apaiser, à éteindre l'étincelle sur le point d'embraser le creux de ses entrailles.

L'air absent, Clément écrase machinalement le paquet de cigarettes vide dans le creux de sa main, jusqu'à le broyer.

1985

Chapitre 49

Mai 1985

Le jour s'est enfin levé, sans grand enthousiasme. Les volutes du cauchemar se sont dissipées, comme toujours, et l'image de la silhouette de Charlotte sombrant brutalement sous la glace a disparu de l'esprit de Clément. Il a alors quitté son fauteuil pour s'installer à son bureau.

Songeur, il joue avec le ruban bleu nuit noué autour des lettres de Charlotte adressées à Tobias, ces lettres qui ne sont jamais arrivées à son père. Il y a bientôt trois ans qu'Erna est venue sonner à sa porte pour lui raconter qu'il n'était pas la personne qu'il croyait, à tous points de vue. Non seulement il avait vécu jusqu'à ce jour dans l'ignorance totale de ses origines, mais en plus il ne connaissait rien de lui-même, rien de ce penchant pour une rage dévorante, rien de cette propension à la vengeance impitoyable. Si on lui avait demandé de se présenter il y a trois ans, il se serait contenté de dire qu'il était vétérinaire à Meudon, qu'il aimait Elvis Presley, James Bond et Barjavel, que ses trois plus grandes qualités étaient l'honnêteté, la fiabilité et l'empathie – toutes essentielles pour exercer correctement son métier. Et que ses trois plus grands défauts étaient sans doute une tendance à aimer un peu trop la solitude, l'incapacité à se lever le matin de bonne humeur (ce qui de toute façon n'ennuyait personne puisqu'il était célibataire), et une écriture illisible. Voilà le rapide portrait qu'il aurait brossé de lui-même, en étant persuadé de se décrire à merveille.

Pourtant, si on lui posait la question aujourd'hui, depuis trois ans que brûle en lui, aussi stable que la lumière d'un phare, une colère sourde qu'il a tenté de domestiquer mais qui continue de gronder, il ne saurait plus quoi répondre.

Il connaissait parfaitement la petite vie bien rangée de Clément de Clercq.

Mais il ne sait presque rien de Clément Vernay, ou Clément Winterstein, peu importe le nom de famille qu'il aurait pu porter. Rien à part que cet homme est déterminé et dépourvu de la moindre compassion.

Parfois, il aurait presque l'impression d'être deux, à présent.

Celui qu'il a été, et celui qu'il aurait dû être, si certains avaient agi avec une once d'humanité.

D'autres que lui auraient peut-être réagi différemment au cataclysme provoqué par sa grand-mère paternelle. Clément aurait pu s'effondrer comme une poupée de chiffon, anéanti par les révélations d'Erna, déboussolé par la prise de conscience que tout son monde n'était que factice. Il aurait pu s'apitoyer sur lui-même et se recroqueviller jusqu'à ne plus être que l'ombre de lui-même. Sombrer dans une terrible dépression, plonger dans une apathie insondable et ne devoir sa survie qu'à d'innombrables plaquettes de sédatifs et d'anxiolytiques. Ou alors, au contraire, la découverte de ses origines et de son histoire familiale aurait pu lui insuffler une combativité inattendue, un besoin fou de profiter de la vie et de l'instant présent. D'autres que lui auraient pu réagir différemment.

Au début, Clément a cru que sa rage s'apaiserait. Qu'elle ne serait que passagère. Mais elle n'a fait que se propager comme un gigantesque feu de forêt impossible à juguler. Elle n'a fait que se répandre en silence dans ses veines, aussi sûrement que la mérule qui infeste le bois jusqu'à le ronger complètement.

Souvent, lors de ses nombreuses nuits d'insomnie, il pense à Charlotte, qu'ils ont tondue comme une bête à la Libération. Il imagine la scène. Sa peur, son impuissance, sa honte. Leur joie, leur conviction de rendre la justice, leur certitude de la faire payer pour ses péchés.

Bientôt, très bientôt, c'est lui qui rendra la justice, et ce sera à eux de payer.

Quel dommage qu'Antoine Dupleyssis soit déjà mort, car Clément aurait été capable de le tuer à mains nues, de l'étrangler et de sourire en fixant les yeux écarquillés du traître, de s'approcher de son oreille et de lui murmurer, sans rien relâcher de sa poigne : « C'est pour Charlotte… »

Ou, peut-être, quel soulagement qu'Antoine Dupleyssis soit déjà mort, car Clément de Clercq n'a jamais eu vocation à devenir un tueur.

Gustave, son majordome, frappe trois coups discrets à la porte de son bureau puis entre sans attendre de réponse de son patron. Dans son panier, le chien dresse une oreille avant de se pelotonner de nouveau sur le côté une fois qu'il a compris qu'il ne s'agissait que de Gustave. Ce dernier adresse un petit signe de tête empli d'une déférence teintée d'affection à Clément, dépose un plateau noir laqué sur lequel une tasse de café fumant l'attend. Puis il recule d'un pas, avise le cendrier en verre sur le bureau, rempli de mégots et de cendres. Amusé, Clément le regarde froncer les sourcils de manière presque imperceptible avant de vider le tout dans sa poubelle de bureau et de refermer le petit sac en plastique noir.

Il connaît Gustave depuis qu'il a dix ans, depuis que celui-ci est arrivé à l'immense villa des de Clercq pour devenir le majordome de la famille. Il a grandi en sa compagnie et il garde un souvenir heureux des bêtises que Gustave ne dénonçait pas, quand bien même elles lui donnaient parfois un surcroît de travail, comme ce jour où Clément avait entrepris de cueillir toutes les fleurs du jardin pour offrir un gigantesque bouquet à sa mère pour son anniversaire. Avant même que ses parents adoptifs ne découvrent le carnage, Gustave s'était chargé de faire remplacer tous les massifs, simplement pour que l'erreur de Clément paraisse moins grave, ayant déjà été réparée.

Il sait qu'il peut compter sur lui, et ce même si Gustave n'a pas la moindre idée de pourquoi Clément a soudain quitté Meudon pour s'installer dans ce château au milieu de nulle part, et pourquoi il s'amuse à racheter une par une les maisons de ce village insignifiant, comme s'il jouait une partie de Monopoly. Gustave n'a jamais posé de questions, sans doute parce que la curiosité ne fait pas partie des qualités requises d'un majordome. Élise et Lazare de Clercq ont toujours attendu de lui rigueur, discrétion et efficacité, et c'est d'ailleurs pour ces compétences avérées que Clément a décidé de le prendre à son tour à son service après le décès de son père adoptif, à Noël 1982.

Les rouages de la vengeance venaient de commencer à s'activer dans son cerveau et il savait déjà qu'il aurait besoin d'un serviteur loyal et fidèle.

Clément se rappelle comme si c'était hier la dernière fois qu'il est allé rendre visite à Lazare à l'hôpital, dans cette chambre terne tout au bout d'un long couloir aux murs peints en vert pastel, cette chambre d'où tout le monde savait qu'il ne sortirait plus jamais en vie.

Depuis la visite d'Erna et les révélations qui avaient fait exploser la petite vie tranquille de Clément, il avait trouvé la force d'aller voir son père adoptif sans lui parler de ce qu'il avait appris. Il l'observait, tentait de lire sur le visage fatigué et fripé des signes du mensonge, des relents de remords, peut-être. En réalité, Clément avait envie de lui laisser une chance, tout simplement. Lazare allait mourir, et tout le monde sait qu'avant de quitter cette Terre les gens ont tendance à révéler leurs secrets pour se délester d'un poids et partir en paix.

Mais les semaines avaient passé, l'automne était arrivé, et Lazare n'avait pas eu l'air de vouloir se lancer dans un quelconque discours. Un après-midi de décembre, le médecin avait arrêté Clément dans le couloir au moment de son arrivée, et lui avait murmuré d'un air désolé que, désormais, ce n'était plus qu'une question de jours. Clément avait dégluti tout en tentant de conserver un air impassible, avait senti le compte à rebours qui, soudain, s'accélérait. « Mon père est-il conscient qu'il lui reste peu de temps ? » avait-il demandé à l'homme en blouse blanche, et ce dernier avait hoché la tête, la mine grave.

Bouleversé, Clément était entré dans la chambre, s'était approché de son père pour l'embrasser sur la tempe, comme chaque fois. Sans un mot, il avait ouvert le plateau d'échecs en bois, l'avait posé sur la petite table à roulettes, comme chaque fois. Avait sorti les pièces du sachet en velours bordeaux, les avait installées sur l'échiquier pendant que son père s'efforçait de se redresser péniblement dans son lit, comme chaque fois. Clément avait pris les Blancs, son père les Noirs, comme chaque fois. Il avait sorti en premier son Cavalier en c3, et la partie avait progressé en silence, comme chaque fois.

C'était sans doute une des dernières parties d'échecs qu'il ferait avec son père, peut-être même la dernière, et Clément s'était demandé si Lazare en avait conscience.

— Pourquoi ne m'avez-vous jamais dit que vous m'aviez adopté ? avait-il fini par murmurer tout en déplaçant sa Tour.

Lazare n'avait pas levé la tête ; son regard était resté fixé sur l'échiquier. Après quelques longues minutes de réflexion, étonnantes, car il avait l'habitude de jouer coup sur coup, il avait reculé son Fou pour le protéger.

— Qui t'a raconté que tu avais été adopté ? avait-il demandé d'une voix traînante.

— Ce n'est pas la question ! s'était aussitôt agacé Clément, qui détestait la manie qu'avait toujours eue Lazare de répondre à une question par une autre.

Il avait déplacé sa Dame, sans s'apercevoir qu'il laissait son dernier Cavalier à la merci du second Fou noir. Impassible, son père s'en était immédiatement emparé, en pinçant les lèvres devant la bévue de son adversaire.

— Je veux connaître la vérité, avait insisté Clément, d'un ton où pointaient déjà la colère et les reproches.

— La vérité, la vérité, ce n'est qu'un mot vide de sens… La vérité n'est jamais objective, tout est toujours partial, déformé par un prisme humain…, avait maugréé Lazare de Clercq en attendant le prochain coup.

— Dans ce cas, donne-moi *ta* vérité, avait riposté Clément en couchant son Roi pour signifier qu'il abandonnait la partie.

Son père adoptif avait levé les yeux au ciel ; il détestait ne pas aller jusqu'au mat.

— C'est ta mère qui n'a pas voulu te dire que nous t'avions adopté, avait-il déclaré d'un ton las.

Clément avait écouté Lazare lui raconter sa version des choses, les bras croisés pour dissimuler ses mains tremblantes. Une partie de lui, sans doute, avait espéré que son père le détromperait, lui affirmerait qu'il était leur fils de sang, qu'est-ce que c'étaient que ces sornettes, sacrebleu ? Il avait beau savoir qu'Erna avait dit vrai, il avait beau avoir lu les lettres de Charlotte à Tobias, une partie de lui ne voulait qu'une chose, une seule : savoir que ses parents étaient bien les siens, et qu'ils ne l'avaient pas trahi…

Mais Lazare n'avait pas une seule fraction de seconde tenté de nier l'évidence. Il avait choisi de raconter son histoire à lui, celle qu'il avait vécue, celle dont il se souvenait. Il avait parlé d'Élise, qu'il avait chérie jusqu'à son dernier souffle, malgré son tempérament dépressif. En 1944, cela faisait déjà plusieurs années qu'elle n'avait plus goût à rien, qu'elle passait des heures, assise dans son fauteuil, à regarder par la fenêtre. Elle attendait que le soleil se lève, le matin ; elle attendait qu'il se couche, le soir, et entre ces deux événements son regard restait désespérément vide.

Lazare et elle avaient eu deux filles, nées en 1926 et 1928. La cadette, Denise, avait été emportée par la coqueluche, à six mois à peine, et Élise avait reporté tout son amour sur leur aînée, Octavie, espérant museler la douleur et le chagrin en se tournant du côté de la vie.

Longtemps, la famille avait maintenu l'équilibre de cette manière, et si Élise avait régulièrement des périodes d'abattement profond, elle finissait toujours par penser à Octavie et par taper du pied pour remonter à la surface. Le dicton disait que la foudre ne frappait jamais deux fois au même endroit, mais, malheureusement, le destin avait prouvé le contraire des années après : à la sortie d'un hiver pourtant doux, Octavie avait contracté une pneumonie qui avait eu raison d'elle en quelques semaines. La fillette venait de fêter ses treize ans, c'était un mois à peine avant l'entrée en guerre de la France.

Ces tragédies, Clément les connaissait déjà. Il avait grandi sous les ombres écrasantes de ces sœurs disparues. Dans l'immense escalier en marbre qui montait jusqu'à sa chambre, un grand portrait peint d'Octavie le dévisageait chaque fois qu'il passait. Clément avait beau tenter de se raisonner, il avait en permanence l'impression que l'aînée le fixait d'un regard mauvais, lui reprochant de l'avoir remplacée. Quant à Denise, elle était morte avant d'avoir son portrait, mais son berceau en osier se trouvait toujours dans ce qui avait été, durant si peu de temps, sa chambre. Et la vérité, c'était que pour rien au monde Clément n'aurait franchi le seuil de la porte : il avait une peur bleue de cette pièce lugubre où la mort semblait rôder.

Son enfance, Clément l'avait passée à craindre – sans jamais en parler à quiconque – d'être maudit et de connaître une mort prématurée comme ses deux sœurs. Il avait aussi grandi dans l'angoisse perpétuelle de ne pas être à la hauteur de ces deux premières filles qui avaient, de toute évidence, laissé un trou béant dans le cœur de leurs parents.

Élise lui avait pourtant toujours affirmé que son arrivée au sein de la famille avait illuminé à nouveau leurs vies ; elle avait si longtemps surnommé Clément son « bébé soleil »... D'ailleurs, elle n'avait cessé de le faire que lorsqu'il en avait eu honte au point de lui demander de l'appeler par son prénom.

Ce qu'on lui avait caché à dessein, en revanche, c'est qu'il n'était jamais sorti du ventre d'Élise. Qu'elle ne l'avait pas porté pendant neuf mois.

Qu'il n'était pas leur *vrai* fils.

Clément avait pris sur lui pour ne pas laisser l'amertume l'empêcher d'écouter la suite du récit de son père adoptif.

Après la mort d'Octavie, si Lazare était inconsolable, Élise, elle, n'était plus que l'ombre d'elle-même, et les années d'occupation s'étaient égrenées sans qu'elle sorte de sa dépression.

Lazare avait espéré qu'avec le temps la peine finirait par devenir tolérable, que son épouse finirait par retrouver un peu de goût à la vie grâce à sa compagnie, mais la vérité, c'est qu'Élise ne faisait que survivre. Il avait espéré qu'elle retomberait enceinte, mais ça n'était pas arrivé non plus. Alors, il avait utilisé tous les moyens à sa disposition pour faire savoir aux couvents et aux orphelinats de la région que lui et sa femme cherchaient à adopter un nourrisson. Après tout, autant que sa fortune et son peu d'influence servent à quelque chose… Lorsque la bonne sœur responsable de l'orphelinat de Castanges lui avait écrit pour l'informer de l'arrivée d'un bébé au sein de son établissement, il avait su que Dieu leur accordait enfin sa miséricorde. Ce jour-là, il avait pleuré de joie de la même manière que si son épouse avait été aveugle et qu'un pèlerinage à Lourdes lui ait miraculeusement rendu la vue. Sans rien expliquer à Élise, il l'avait emmenée jusqu'à l'orphelinat, fais-moi confiance, ma chérie, tu veux bien ? Sœur Marie-Madeleine les avait reçus et était aussitôt allée chercher le poupon. « Il s'appelle Clément. Sa mère est morte en couches et il n'a pas de père », avait-elle murmuré à Élise en lui tendant le petit qui dormait paisiblement, emmailloté dans un lange écru. Lazare avait observé la mine décontenancée de son épouse, qui n'avait pas encore compris la raison pour laquelle ils avaient fait deux heures de route pour venir jusque-là. Il avait supplié le Ciel de toutes ses forces, psalmodiant malgré lui une prière inventée à l'adresse de Marie. Et, soudain, tout avait changé. Le bébé avait ouvert les yeux, ses petits bras s'étaient levés pour s'étirer mollement, et le visage d'Élise s'était éclairé. Ses yeux en permanence voilés de souffrance s'étaient illuminés ; elle avait regardé Lazare pour s'assurer qu'elle ne rêvait pas et lui avait hoché la tête en souriant.

— Je comprends tes reproches, Clément, mais la vérité, c'est que si je devais revenir en arrière, il n'y a rien que je changerais parce que… tu l'as *sauvée.* Tu l'as sauvée alors que moi, j'étais impuissant, condamné à la regarder s'étioler et mourir à petit feu…, avait murmuré Lazare, les yeux dans le vague.

— D'accord, mais pourquoi m'avoir menti ? Pourquoi ne pas m'avoir dit que vous m'aviez adopté ? avait répété Clément, le cœur déjà un peu plus mou.

Lazare avait soupiré en contemplant l'échiquier avec la partie abandonnée. Il avait expliqué qu'ils n'en avaient pas vu l'utilité : sa mère biologique était morte, son géniteur était inconnu, alors à quoi bon ? Ce n'était pas comme s'il y avait eu qui que ce soit à retrouver un jour, avait pensé Élise. Et même si la situation avait été différente, si sa mère l'avait abandonné, par exemple, ça n'aurait sans doute rien changé à leur décision. Ou du moins à celle de Lazare : il ne voulait plus que son épouse souffre, plus jamais, et il aurait été capable de tout pour la protéger. Elle avait perdu deux filles, et il n'aurait laissé personne la priver de son fils.

Clément avait posé la main sur celle de son père, l'avait assuré qu'il comprenait. Intérieurement, il avait ajouté qu'il n'était cependant pas certain d'accepter ni même de pardonner. Mais Lazare allait mourir, alors autant qu'il parte en paix ; après tout, il n'avait rien fait d'autre toute sa vie que l'aimer.

— Comment l'as-tu appris ? avait une nouvelle fois demandé son père, en se rallongeant davantage dans son lit qui paraissait chaque semaine de plus en plus grand pour lui.

Clément avait hésité. Il avait ouvert la bouche, un court instant, avant de la refermer. Il avait regonflé l'oreiller de son père.

— Ce n'est pas important, papa, avait-il chuchoté avant de s'éclipser pour le laisser se reposer.

C'est la dernière fois qu'il a vu Lazare, se remémore Clément en allumant une cigarette et en s'amusant à faire des ronds de fumée parfaits.

Il ne lui aura jamais raconté qui était sa mère et, surtout, qui était son père.

Un Allemand.

Ce jour-là, il a eu trop peur d'être rejeté, renié par un homme qui avait combattu dans les tranchées lors de la Première Guerre mondiale et qui en avait gardé une aversion presque animale pour les « Germaniques », comme il disait. Un homme qui avait refusé de regarder les Jeux olympiques en 1972, pour l'unique raison qu'ils se déroulaient à Munich. Un homme qui secouait la tête avec mépris chaque fois qu'il croisait une Mercedes, une BMW ou une Volkswagen. Un homme qui n'avait jamais voulu offrir à Clément un jeu de Memory, simplement parce que Ravensburger était une marque allemande.

Lazare de Clercq est mort le 21 décembre 1982 et Clément s'est souvent dit qu'il était heureux qu'il n'ait donc jamais assisté à la poignée de main entre François Mitterrand et Helmut Kohl, car, de dégoût, il aurait bien été capable de jeter sa télévision par la fenêtre.

Lazare de Clercq est mort le 21 décembre 1982, et Clément a conservé dans un tiroir, emballés dans un papier cadeau rouge vif, les boutons de manchettes en argent qu'il comptait lui offrir pour Noël.

Clément s'est toujours demandé, et cette interrogation ricochera sans doute très longtemps sur les parois de son crâne, quelle aurait été la réaction de Lazare s'il lui avait avoué ses origines.

L'aurait-il dévisagé avec écœurement, avec l'impression immonde d'avoir été *floué* sur la marchandise ? Lui aurait-il dit qu'il n'était désormais plus son fils, qu'il ne faisait plus partie de sa famille, qu'il n'avait plus le droit de porter son nom ? L'aurait-il rayé de son testament ?

Clément ne le saura jamais.

La seule chose que lui a dite son père, c'est de faire bon usage de son héritage.

Il a bien l'intention de respecter cette demande.

À sa manière.

Chapitre 50

Clément n'a jamais été le genre de personne à croire au destin. Il n'a jamais non plus été de ceux qui voient des signes de tous côtés et interprètent les détails de la vie comme des messages codés. Et pourtant, tout s'est si parfaitement enchaîné depuis sa première rencontre avec Erna Winterstein, toutes les pièces du puzzle se sont si facilement imbriquées pour qu'il en arrive là où il est aujourd'hui, près de trois ans plus tard, qu'il a parfois envie de lever le regard vers l'immensité du ciel pour reconnaître que oui, la Providence existe forcément.

Et si la Providence existe, visiblement, elle est de son côté, ce qui est une excellente chose.

Sinon, comment expliquer que tout, absolument tout ce qu'il a imaginé puis planifié se déroule sans le moindre accroc ? Tout lui paraît même parfois si facile qu'il aurait tendance à se méfier, à craindre le coup de massue derrière la nuque, qui viendrait de nulle part au moment où il s'y attendrait le moins.

Son père adoptif est mort, permettant à celui qu'il avait fait entrer dans sa famille trente-huit ans plus tôt d'hériter d'une fortune colossale, le fruit de plusieurs générations de labeur et de choix avisés. Un empire familial fondé en 1872 par le grand-père de Lazare de Clercq ; à l'origine un petit atelier de joaillerie fabriquant uniquement des bijoux en or rose et en nacre, qui s'est métamorphosé en une marque dont toutes les femmes rêvent. Des succursales à New York, Londres, Milan et Barcelone, des prix à chaque Exposition universelle : en un siècle, les bijoux De Cler De Lune sont tout simplement devenus *la* référence en matière de luxe et de raffinement. Malgré la colère qui vrombissait en lui depuis l'été 1982, Clément avait pris quelques mois pour réfléchir à ce qu'il allait faire de cet héritage. Jamais il n'avait eu l'intention de reprendre les rênes de l'entreprise, et ça avait d'ailleurs été une grande déception pour Lazare de Clercq, même s'il avait compris l'envie de Clément de s'orienter sur une autre voie, vers une autre passion, soigner les animaux. Adolescent, Clément rêvait de partir à l'aventure dans la jungle amazonienne, pour vivre au milieu des singes hurleurs et les étudier, mais son père adoptif avait aussitôt mis le holà, lui expliquant que voir son fils devenir vétérinaire plutôt que joaillier était déjà pour lui une concession énorme, et qu'il ne fallait pas abuser de son ouverture d'esprit. « Tu n'es pas Mowgli ! » avait souri Élise avec attendrissement. Après avoir fait la tête quelques jours, Clément avait fini par remiser ses rêves d'idéaliste au placard, et était entré à l'école vétérinaire de Maisons-Alfort. Là-bas, il avait été la tête de Turc d'un des professeurs de biologie, sans jamais comprendre ce qui en lui pouvait déclencher une telle exécration. Il s'était contenté de courber l'échine et de tenir jusqu'à être diplômé. Toute sa vie, c'est ce qu'il avait fait : encaisser sans broncher. Peut-être étaient-ce ses parents adoptifs qui lui avaient inculqué cette manière de réagir, peut-être était-ce inné ; Clément n'en avait aucune idée. Enfant, ses camarades de classe faisaient des pieds et des mains pour être remarqués de lui et espérer devenir ses amis, et il avait fallu beaucoup de temps à Clément pour saisir que ce n'était pas lui qu'ils appréciaient tant. Ce qui les faisait rêver, c'était la DS 19 de son père, le téléviseur du salon, la gouvernante qui cuisinait les plats que Clément réclamait. C'était le fait qu'il était le seul gamin des environs à partir en vacances et à pouvoir ensuite leur parler de la Côte d'Azur et d'une mer assez chaude pour qu'on entre dedans d'un seul coup sans le moindre frisson. Quand Clément s'en était aperçu, il n'avait fait aucun scandale, n'avait jeté personne dehors, n'avait tourné le dos à aucun de ses camarades intéressés. Il avait seulement accepté de n'être *que ça* à leurs yeux. Plus tard, quand il était arrivé simple soldat au service militaire, les gradés l'avaient pris en grippe pour la seule et unique raison que son nom de famille contenait une particule. Un « de » qui suscitait un dégoût tel que Clément aurait aimé être rebaptisé sur-le-champ pour apaiser les choses. Il avait été le seul à ne jamais recevoir la bande patronymique à disposer sur son uniforme, le seul à être, durant des mois, appelé « Chasseur anonyme » par ses supérieurs. Encore une fois, il n'avait pas cillé, n'avait pas crié à l'injustice et n'avait pas fait de vagues, se contentant de rester dans le rang et de subir une hargne qu'il ne méritait pourtant pas.

Durant quarante ans, il n'avait jamais bronché, comme si la mesquinerie des autres êtres humains lui glissait dessus sans même l'atteindre.

Il n'a jamais bronché. Jusqu'à ce qu'Erna fasse irruption dans sa vie.

Son père adoptif est mort, et le cœur de Clément s'est encore un peu plus endurci à présent qu'il est, définitivement, orphelin des quatre parents qu'il aurait pu avoir.

Cependant, le ciel lui apportait, au moment le plus opportun, les moyens financiers d'envisager une vengeance totale. Quelle meilleure façon d'utiliser son héritage à bon escient ?

Clément a donc choisi de revendre l'entreprise de Lazare de Clercq au plus offrant, après s'être renseigné sur les valeurs de l'acheteur, un milliardaire vénitien qui avait fait fortune en lançant et développant une marque de cosmétiques de luxe non testés sur les animaux. Quand son banquier a vu une somme exorbitante arriver sur le compte de Clément, il s'est empressé de l'appeler pour lui conseiller toutes sortes de placements à plus ou moins long terme, mais l'héritier s'est contenté de répondre que cet argent ne bougerait pas de son compte courant, car il voulait pouvoir en disposer en permanence. À l'autre bout du fil, son conseiller a dégluti, et Clément en a profité pour raccrocher.

En attendant de toucher son héritage, il avait fait des recherches sur ce village sans prétentions, il avait trouvé les *coupables*, ceux qui étaient encore en vie, ceux qui n'avaient pas eu la bonne idée de partir au soleil pour leur retraite parce que Sabranois ils étaient nés, Sabranois ils mourraient. Clément avait proposé à Gustave, le majordome de son enfance, de le prendre à son service, et celui-ci avait accepté sans se départir de son flegme légendaire. Avec la discrétion qui le caractérisait, le majordome à la moustache aussi élégante que celle d'Arthur Conan Doyle avait mené l'enquête que Clément lui avait demandée, sans poser la moindre question.

Une fois riche, une fois son idée grandiose rendue possible, les étoiles se sont une seconde fois alignées en sa faveur. « C'est le signe que tu fais ce qui doit être fait », lui a soufflé la voix de Charlotte, une nuit, dans un de ces rêves emplis de brouillard qu'il faisait régulièrement.

En septembre 1983, le château du village était mis en vente.

Sans même se déplacer pour le visiter, Clément a chargé Gustave de l'acheter. Quand le majordome a levé les sourcils d'étonnement, Clément a souri : « Eh quoi, ce n'est pas toi qui voulais vivre dans une demeure digne de ce nom ? »

D'après la feuille de chou locale, les villageois étaient soulagés que leur château soit *sauvé*. Ses propriétaires n'avaient plus les moyens de l'entretenir, et les rentrées d'argent grâce au tourisme ne suffisaient plus face aux travaux de réfection à effectuer. Clément a hoché la tête quand il a lu ces articles emplis d'espoir et de naïveté.

Méticuleusement, en n'omettant aucun foyer, il a dessiné le plan de Sabran-sur-la-Lys.

Son village.

Il a tracé une croix bleue sur toutes les maisons à racheter, pour faire de cet endroit un village mouroir, un cimetière de rues désertes. Une croix bleue pour les innocents, qu'il laissait s'échapper, avec une somme souvent rondelette.

Tout s'achète.

Il a tracé une croix rouge sur les maisons qui devaient rester telles quelles. Les foyers qui allaient devoir survivre, assister à la lente déchéance, à la ruine inexorable de Sabran. Les foyers des traîtres, des lâches, des monstres.

Et ils étaient nombreux.

Quand son plan a été achevé, il a embauché Barbara Lombardi, l'agent immobilier qui s'était occupé de la vente de la villa de ses parents, quelques mois auparavant. Elle n'a pas hésité une seconde à démissionner de son agence pour le rejoindre à Sabran-sur-la-Lys, et Clément n'a pas su déterminer si son enthousiasme était lié au salaire qu'il lui proposait ou au fait qu'elle semblait ne pas être indifférente à son charme. Peu importait, de toute façon.

Il lui a donné la liste des habitations à croix rouge, la liste de celles à croix bleue. « Achetez dès que l'occasion se présente. Et si elle ne se présente pas, débrouillez-vous pour la créer », a-t-il exigé.

Au début de l'année 1984, il s'est installé dans la forteresse qui surplombe le village, pour être au plus près d'eux.

Il a racheté l'hôtel du village, quelques commerces, des maisons, des appartements.

Calfeutré dans sa tour, il a attendu que l'heure sonne, puis, le 23 novembre 1984, à la date anniversaire de la mort de Charlotte, pour ses quarante ans à lui, il a *éventré* toutes ses propriétés.

Son grand regret est de ne pas avoir pu assister de ses propres yeux à l'arrivée des ouvriers, de ne pas avoir pu regarder l'air effaré des villageois, de ne pas avoir pu lire l'effroi et l'incompréhension dans leurs yeux. Mais il n'était pas encore temps d'abattre toutes ses cartes, il fallait être patient.

Cette nuit-là, vous avez refusé d'ouvrir vos portes.

À présent, il n'y aura plus jamais une seule porte fermée dans cet endroit maudit.

Jamais plus vous ne vous sentirez en sécurité, jamais plus vous ne vous sentirez en paix.

Voilà ce que Clément répète à voix basse chaque fois qu'il se poste devant la grande fenêtre de sa tour, celle qui surplombe le village et lui offre une vue imprenable sur tous ces cafards.

Toutes vos portes, toutes vos fenêtres resteront à jamais ouvertes, désormais.

Jusqu'à ce que cet endroit infâme ne soit plus qu'un courant d'air.

Bientôt, bientôt, j'en aurai fini et vous saurez *qui* je suis.

Chapitre 51

Le samedi après-midi, Henri Vernay retrouve toujours Pierre Vallon et André Louchard pour jouer durant des heures au rami dans son ancien café. Pour Léa, c'est donc l'occasion rêvée de rendre visite à Marthe, restée seule chez elle, pour tenter de lui tirer les vers du nez.

Après son incursion au cimetière, où elle a découvert la tombe de Charlotte Vernay, morte le jour même où Clément de Clercq est né, elle est trempée jusqu'aux os. La pluie battante qui est tombée au moment où elle rejoignait sa voiture n'a duré qu'une dizaine de minutes, mais cela a suffi à traverser son trench rouge et son pantalon noir. Elle se gare à une dizaine de mètres de l'appartement de Marthe et Henri, situé juste au-dessus du café du village : elle n'a aucune envie de risquer que sa venue soit repérée par le patriarche…

Après avoir rapidement recoiffé comme elle le peut ses cheveux bruns humides qui frisottent dans tous les sens, Léa sort de sa CX et va sonner chez Marthe Vernay. Celle-ci, tout étonnée, ouvre grand sa porte quand elle se rend compte de l'état de la jeune femme.

Une demi-heure plus tard, Léa a achevé d'expliquer les découvertes qu'elle pense avoir faites en enquêtant sur l'inconnu qui dépèce et désosse le village depuis plus d'un an et demi déjà. Marthe a écouté en silence, visiblement très émue chaque fois que Léa a mentionné le prénom de Charlotte.

Et cette date, qui est revenue à plusieurs reprises. Cette date atroce, que Marthe n'a jamais pu oublier.

Tous les ans, le 23 novembre, c'est comme si elle mourait intérieurement, comme si quelqu'un la poignardait de l'intérieur et tournait le couteau encore et encore, pour broyer tous ses organes et les réduire en bouillie. Tous les ans, le 23 novembre, elle monte jusqu'au cimetière pour lire à voix haute un poème de Robert Desnos ou de Guillaume Apollinaire, dans un des recueils que sa fille chérissait et laissait posés sur sa table de chevet. La première fois qu'elle s'est rendue sur la tombe de Charlotte, elle a eu envie de fredonner cette chanson qu'elle a toujours adorée, celle qu'elle a chantée si souvent à ses trois enfants lorsqu'ils ne parvenaient pas à s'endormir. Petite, Charlotte avait fini par la connaître par cœur, elle aussi. Souvent, quand Henri n'était pas là, qu'il traînait au café avec les clients habituels qui faisaient le pied de grue au comptoir jusque tard, Marthe posait son index sur ses lèvres. Pour Julien, Charlotte et Oscar, c'était le *signal*, et ils attendaient, tout sourires, que leur mère ouvre le précieux gramophone-valise et qu'elle pose le disque d'Esther Lekain avec précaution. C'était le seul qu'elle possédait, de toute manière, parce que Henri avait décrété que le poste TSF était largement suffisant et qu'ils n'allaient pas dépenser inutilement de l'argent en achetant des disques alors qu'on pouvait écouter gratuitement la musique à la radio. La mélodie entraînante des trompettes envahissait le salon et, tous les quatre, ils commençaient à virevolter dans la pièce. Les garçons s'épuisaient bien vite, mais Charlotte et elle chantaient les paroles toutes les deux, jusqu'au bout, sans jamais cesser de tournoyer.

Trois minutes d'un bonheur fou, et ils ne le savaient même pas.

Au cimetière, Marthe a essayé de chanter pour Charlotte. « Tout ça n'vaut pas l'amour… », a-t-elle entonné une ou deux fois dans les allées désertes. Mais, sans qu'elle sache pourquoi, tout sonnait faux. Artificiel. *Déplacé*, presque. Voilà pourquoi elle s'est rabattue sur Desnos et Apollinaire, un peu à regret.

Chaque fois, Marthe s'arrange pour se rendre sur la tombe de Charlotte à un moment de la journée où son mari est absent ou occupé à autre chose.

Parce que, depuis plus de quarante ans, il agit comme s'il n'avait jamais eu de fille, comme si Charlotte n'avait jamais existé. Et il attend de son épouse qu'elle se comporte de la même manière que lui, bannissant jusqu'à son prénom, qu'il avait pourtant choisi lorsque la petite fille était née. Alors Marthe a gardé enfoui son chagrin au plus profond de son cœur, et elle ne s'autorise à l'en sortir qu'une fois par an, lorsqu'elle se retrouve seule avec Charlotte dans ce cimetière aux allées désertes.

Léa a beau être quasiment née à Sabran-sur-la-Lys et y avoir passé ses vingt premières années, elle ignore bien des choses sur l'histoire de ses habitants.

— Qu'est-il arrivé à votre fille ? demande-t-elle avec douceur, d'une voix si posée qu'on croirait qu'elle craint que Marthe, apeurée, ne détale brusquement.

La vieille femme se lève soudain, s'affaire à essuyer les deux assiettes et les couverts posés sur l'égouttoir à côté de l'évier. Trouver quoi faire de ses mains pour ne pas montrer qu'elles tremblent.

Quand elle commence à parler, elle paraît lointaine, comme si elle racontait une histoire du temps jadis, un vieux conte oublié qui ne finit pas bien mais qui ne la concerne pas *pour de vrai*. Elle tourne le dos à Léa, ne veut pas croiser son regard par peur de flancher en y lisant la compassion ou, pire, la pitié.

Ces souvenirs resteront gravés dans sa mémoire jusqu'à sa mort, quand bien même elle n'est parfois plus tout à fait sûre des détails, ou des paroles prononcées. Dans la journée, il avait fait si beau que, malgré le froid, Marthe avait accroché le linge lavé sur le séchoir de la petite cour, en prenant soin de le laisser en plein soleil. Henri lui avait fait remarquer que ça n'avait pas de sens de laisser les vêtements trempés dehors vu la saison, mais, quand elle l'avait retiré en fin d'après-midi, ils n'étaient presque plus humides. Pendant la nuit, quelqu'un était venu sonner à la porte, en bas, et Henri lui avait ordonné de rester dans la chambre tandis qu'il allait voir ce qui se passait. Marthe avait attendu, à moitié endormie, que son mari revienne quelques minutes plus tard. Il s'était recouché sans rien dire, et elle avait fini par demander d'une voix pâteuse qui avait bien eu l'idée de sonner chez eux au milieu de la nuit.

— Personne, avait maugréé Henri en rabattant son oreiller autour de sa tête pour ne plus être dérangé.

Il détestait être réveillé en sursaut et, tous les matins, Marthe prenait bien soin de ne faire aucun bruit quand elle quittait la chambre, sous peine de devoir affronter son humeur massacrante toute la journée au café.

— Comment ça, personne ? avait-elle malgré tout insisté.

La sonnette avait retenti trois ou quatre fois, et ce ne pouvait être le vent qui avait appuyé dessus, tout de même !

— Personne, je te dis ! Des gamins qui s'amusent à sonner à toutes les portes en pleine nuit pour emmerder le monde, voilà tout… Ils ont eu de la chance d'être déjà au coin de la rue, sinon je serais descendu pour les cravacher…, avait bougonné Henri en lui tournant le dos.

Marthe s'était rendormie peu après, et ce n'est que le lendemain matin qu'elle avait *compris*.

De nouveau, quelqu'un était venu sonner et Henri était sorti en lançant à Marthe qu'il avait « un petit problème à régler ».

Aujourd'hui, plus de quarante années ont beau s'être écoulées, la vieille femme se rappelle encore ces termes exacts. « Un *petit* problème à régler ». Rien que de prononcer ces mots à haute voix lui donne la nausée.

Son époux était revenu en fin de matinée, pour lui annoncer la mort de Charlotte et du bébé. Marthe, qui était occupée à plier et ranger le linge lavé de la veille, s'était effondrée ; dans son souvenir, elle avait été comme happée dans un trou noir d'où elle n'avait émergé que deux jours plus tard. Elle se rappelle vaguement que le docteur Louchard était venu en urgence ; au dire d'Henri, elle était devenue hystérique, presque incontrôlable. Le médecin lui avait fait une piqûre et Marthe était restée figée sur son lit jusqu'au samedi soir, dans un état proche de la catatonie.

Quand elle avait enfin réussi à se relever, les membres meurtris comme si un char d'assaut lui était passé sur le corps, la première chose qu'elle avait demandée à Henri, c'était de voir Charlotte. Aussitôt, il s'était rembruni, avait secoué la tête vigoureusement en affirmant que c'était impossible.

Le cercueil était déjà scellé, et ça n'avait pas été une mince affaire de convaincre Hector Michelet, le curé, d'organiser les funérailles et d'inhumer Charlotte au cimetière.

— Il ne voulait même pas en entendre parler, quand je suis allé le voir ! Tu n'imagines pas comme j'ai dû faire des pieds et des mains pour qu'il change d'avis…

Marthe avait senti ses poings se crisper de colère ; même morte, ils ne laisseraient donc jamais sa fille en paix ? N'avait-elle pas suffisamment payé, à présent qu'elle n'était plus de ce monde, à présent que son petit était mort avant même de voir le jour ? Ils l'avaient chassée, humiliée, tondue, reniée… Que leur fallait-il de plus, à tous ces bien-pensants ?

Et elle, Marthe Vernay, avait courbé l'échine, comme toujours, par crainte du courroux de son mari tout-puissant.

Elle s'était tue, avait fermé les yeux, et avait obéi, comme toujours.

Complice par lâcheté.

À présent que sa fille était morte, elle comprenait l'étendue de son erreur, prenait la mesure de sa responsabilité dans cette tragédie. Elle n'était pas moins coupable que les autres.

Malgré tout, elle n'avait pas eu la force de se rebeller. Elle s'était résignée à ne pas pouvoir embrasser sa fille une dernière fois sur le front, ainsi qu'elle le faisait quand elle était encore enfant.

Le jour de l'enterrement, le curé n'avait même pas daigné prononcer le moindre mot pour rendre hommage à Charlotte, et le cercueil avait été descendu en terre dans un silence de plomb. N'étaient présentes que quelques personnes, même si tout Sabran était parfaitement au courant de la mort de la jeune femme. Marthe était aux côtés d'Henri, et, de l'autre côté, sa belle-fille Suzanne la tenait par le bras. Julien était resté à la maison, prétextant qu'un cimetière n'était pas un lieu pour une petite fille, que Violette était trop jeune pour assister à des obsèques.

Adélaïde Prévost, tout de noir vêtue depuis la mort de son mari au *stalag*, était venue. Marthe s'était demandé si elle s'était tenue loin d'eux à dessein, et s'il s'agissait d'une marque de défiance – parce qu'elle savait qu'ils avaient rejeté leur fille –, ou d'une preuve de respect – parce qu'elle ne faisait pas partie de la famille.

L'amie d'enfance de Charlotte, Clara, se tenait à quelques mètres des Vernay, les yeux si rouges et si gonflés qu'ils lui dévoraient le visage.

À la fin de la cérémonie qui n'en avait en réalité que le nom, Henri avait voulu entraîner Marthe avec lui, pressé de quitter le petit cimetière venteux, mais elle s'était dirigée vers Clara. Soudain submergée par l'émotion, elle n'avait pu se retenir de prendre la jeune femme dans ses bras, incapable d'imaginer le choc que ça avait dû représenter pour elle de découvrir Charlotte, morte, dans la rue. Henri ne lui avait pas raconté les détails sordides, mais Marthe savait à quel point cette découverte macabre hanterait sans doute longtemps Clara.

Lorsque les bras s'étaient refermés sur la jeune femme, celle-ci avait tressailli.

— Je n'arrive pas à croire que ma Charlotte ne soit plus là..., avait sangloté la mère, horrifiée de la réalité.

Clara n'avait rien répondu, était restée immobile, visiblement mal à l'aise, et Marthe avait mis cette attitude passive sur le compte de la tristesse. Elle avait fini par s'écarter de la jeune femme en s'excusant de se laisser aller ainsi.

— Allez, on y va, avait murmuré Henri, qui l'avait suivie.

Marthe avait été emportée par une seconde vague de chagrin, et elle n'avait pu s'empêcher de regarder Clara et de chuchoter :

— Quand je pense à ce pauvre bébé, je me dis que c'est mieux qu'il n'ait pas survécu, et, en même temps, ça me fait tellement, tellement de peine qu'il n'ait pas eu la moindre chance sur cette Terre...

Clara n'avait pas sourcillé. Un bref instant, elle avait levé la tête vers Henri, et il avait soutenu son regard, comme s'il la défiait de s'épancher elle aussi.

Puis ils étaient tous repartis.

Charlotte et son bébé étaient restés là, à l'abri dans leur cercueil.

Ce n'est qu'aujourd'hui que Marthe parvient à mettre du sens sur ces petits détails qu'à l'époque elle n'avait pas relevés. Ce n'est qu'aujourd'hui qu'elle comprend que, si elle s'était méfiée, si elle avait posé plus de questions, si elle avait insisté pour voir une dernière fois sa fille, elle aurait découvert que le petit était sain et sauf, en réalité.

Dans le cercueil en sapin, il n'y avait qu'un corps, alors. Celui de Charlotte.

Le bébé était né.

C'était un garçon.

Que lui est-il arrivé à la mort de Charlotte ?

Qu'a fait son mari ?

Léa sait que Clément de Clercq est né le 23 novembre 1944, mais pas à Sabran-sur-la-Lys, à Castanges. Là où il y avait un orphelinat géré par des bonnes sœurs, à l'époque, souligne Marthe, pensive. Henri aurait-il pu emmener le nourrisson là-bas, pendant qu'elle gisait, amorphe, dans leur chambre, paralysée par le décès de sa fille ? Ou Clara, peut-être ?

En dialoguant, toutes deux commencent à échafauder diverses hypothèses. Celle qui paraît la plus probable, au vu de la réaction d'Henri au marché quand Léa a mentionné la date du 23 novembre 1944, c'est qu'il a tout fait pour se débarrasser de ce qui, pour lui, n'était rien d'autre qu'un *problème*. Peu importe, au fond, qui avait déposé l'enfant à Castanges juste après sa naissance.

Marthe réfléchit et en vient à songer qu'en agissant ainsi Henri a sans doute malgré lui fait au mieux pour le fils de Charlotte. Car quel aurait été son avenir au sein d'une famille où tout le monde l'aurait rejeté, hormis Marthe ? De plus, si elle voulait être honnête avec elle-même, rien ne disait qu'elle aurait eu le courage de se révolter contre son mari pour élever l'enfant avec amour… Elle n'avait déjà pas eu suffisamment de caractère pour s'opposer à lui lorsqu'il avait jeté Charlotte à la rue. Elle n'avait même pas réussi à aller voir sa fille après qu'*ils* l'avaient tondue, pour la réconforter, la prendre dans ses bras, la *protéger*. La seule chose qu'elle avait faite, c'était de récupérer tous les pourboires qu'elle avait accumulés depuis des années et cachés dans un pot en terre cuite ; l'argent qu'elle mettait en secret de côté pour le jour où Charlotte partirait faire ses études de sténographie. Avec cette somme et l'aide discrète de Félix, l'épicier, elle avait commandé par correspondance une perruque pour Charlotte. Voilà tout ce qu'elle avait été en mesure d'accomplir pour celle qui était la chair de sa chair…

Alors s'il fallait regarder les choses en face, la vérité, c'est que, si son petit-fils avait grandi auprès d'eux, Marthe aurait peut-être continué à regarder sciemment de l'autre côté, le laissant être maltraité ou raillé au quotidien… Et, au village, comment aurait-il été considéré ? L'enfant d'une collabo morte et d'un Boche, bel avenir !

Ils l'auraient tous repoussé.

À Sabran-sur-la-Lys, Clément, puisqu'il se prénomme donc ainsi, aurait probablement vécu un calvaire jusqu'à ce qu'il parvienne, peut-être, à s'échapper du village pour le quitter sans se retourner.

— Si je comprends bien, il aurait été adopté ? demande Marthe à Léa en reposant son torchon à vaisselle.

— C'est ce que je pense, oui. Mais je n'ai aucune idée de la raison pour laquelle il revient seulement maintenant au village, et sans révéler son identité, qui plus est…, répond Léa en tournant autour de son index une mèche de ses cheveux bruns.

Marthe croise les bras, se concentre pour assembler les pièces du puzzle en silence. Son petit-fils, la mort de Charlotte, les maisons du village rachetées une à une et éventrées depuis l'hiver dernier.

Léa, elle, se mord les lèvres en réfléchissant à l'histoire terrible que Mme Vernay vient de lui confier.

Puis, au bout de plusieurs minutes, toutes les deux semblent parvenir à la même conclusion, déclarant soudain simultanément :

— Il veut se venger.

Chapitre 52

— Mon petit-fils…, murmure Marthe Vernay pour elle-même, comme si elle n'avait plus vraiment conscience de la présence de Léa.

Henri lui a demandé de préparer une quiche aux poireaux et aux lardons pour le dîner de ce soir, et la vieille dame se lève soudain de la chaise où elle venait pourtant à peine de s'asseoir. Elle a toujours été incapable de rester sans rien faire, et ce n'est pas à quatre-vingt-six ans que son caractère va changer. Déjà, elle s'affaire pour retirer du réfrigérateur des œufs, de la crème fraîche et du lait. Du placard, elle sort son cul-de-poule et le plat à tarte en céramique que sa belle-mère lui avait offert, peu après son mariage avec Henri. Même si elle est presque courbée en deux tellement ses lombaires la font souffrir, Marthe casse les œufs d'un geste précis, commence à les battre un peu plus vigoureusement que d'habitude, pour compenser le léger tremblement de sa main droite.

Elle a beau tourner et retourner les paroles de Léa dans sa tête, elle ne parvient à aucune autre conclusion : le 23 novembre 1944, Charlotte est morte en donnant la vie à son bébé, un petit garçon dont Henri lui a caché l'existence. Henri, et Clara également, puisque c'est elle qui a trouvé le corps de Charlotte ce matin-là. Sans parler d'Hector Michelet, le curé, qui s'est sans doute aussi bien fichu d'elle, avec cette histoire de cercueil fermé : comment aurait-il pu ignorer la vérité alors que c'est lui qui l'a scellé ? Marthe fouette ses œufs ; elle se sent tellement flouée, tellement trahie… Henri s'est débarrassé de leur petit-fils comme on se débarrasse de vulgaires épluchures de légumes. L'enfant de Charlotte a peut-être bien passé des années dans un orphelinat, à quémander en permanence un peu d'affection et d'attention auprès d'étrangers qui n'avaient que faire de lui… D'accord, il a changé de nom de famille, ce qui signifierait donc qu'il a été adopté, mais par qui ? Qui sont ces de Clercq ? L'ont-ils bien traité, l'ont-ils choyé, l'ont-ils aimé comme leur propre enfant ? Et puis, que lui ont-ils raconté de ses origines, de sa véritable famille ?

Les œufs sont depuis longtemps mousseux, mais le poignet de Marthe, pourtant perclus d'arthrose, ne ralentit pas. Elle est perdue dans ses pensées. Tout son esprit est centré sur ce petit-fils qu'on lui a *enlevé* sans même qu'elle le sache, sans même qu'elle ait son mot à dire. Quelle idiote elle a été ! Quelle idiote elle est toujours, à confectionner cette quiche pour Henri, simplement parce qu'il l'a demandée. Elle déteste le goût amer des poireaux, et pourtant, il ne lui est jamais ne serait-ce que venu à l'esprit de le dire ouvertement. Est-ce que ça aurait été si dur, de déclarer, il y a des années : « Henri, je n'aime pas les poireaux » ? Est-ce que ça aurait été si dur, de déclarer, il y a des années : « Henri, Charlotte a fait une erreur avec ce soldat, mais je ne veux pas que tu la chasses de chez nous, c'est notre enfant » ?

À la place, elle s'est contentée de petits arrangements avec elle-même, comme une enfant qui aurait supporté le quotidien grâce aux petits tours insignifiants joués à la maîtresse. Parfois, elle fait brûler la quiche à dessein. Parfois, elle affirme à Henri qu'il n'y avait plus le moindre poireau au marché, en se composant la mine la plus contrite possible. Parfois, elle ose prétexter l'envie de tester une nouvelle recette pour justifier l'absence de poireau dans la quiche. C'est tellement pitoyable qu'elle aurait honte d'avouer ces stratagèmes à qui que ce soit. Elle a osé tendre la main à un soldat allemand pour le sortir du canal il y a des années, mais elle n'a jamais réussi à cracher à la figure de son mari que la simple vue d'un poireau lui donnait envie de vomir… Comment expliquer cela ?

Machinalement, Marthe vide le petit pot de crème fraîche dans le cul-de-poule en Inox, se remet à fouetter avec une énergie inédite, si fort que des gouttelettes blanches viennent maculer le plan de travail. Soudain, Marthe se sent en colère contre la Terre entière, et contre son mari en particulier. Ah, comme elle a hâte de se mesurer à lui quand il daignera rentrer de son après-midi de rami tout à l'heure, comme elle est impatiente de laisser éclater son courroux et de lui demander comment il a bien pu lui mentir sans se sentir un instant coupable durant plus de quarante années ! Quarante années à pleurer en secret la mort de Charlotte et de son bébé, simplement parce qu'il l'a toujours fait se sentir honteuse. À l'écouter, il n'y aurait que pour Oscar que des larmes auraient été légitimes, parce que lui, il était mort en héros, pour défendre son pays !

Tout à coup, le mouvement de poignet de Marthe est si brutal que le cul-de-poule lui échappe des mains et valse sur le plan de travail jusqu'à atterrir sur le carrelage gris dans un fracas qui ramène la vieille dame à la réalité. Elle sursaute, contemple le mélange jaune pâle qui dégouline le long des placards et forme une flaque à ses pieds. Ses chaussons noirs ont été éclaboussés. Elle reste là, les bras ballants, comme si elle venait de se réveiller d'un mauvais rêve et qu'elle peine à comprendre où elle se trouve à présent. Même si elle le voulait, elle serait bien incapable de s'agenouiller pour réparer sa maladresse…

Léa se lève d'un bond, ramasse le cul-de-poule pour le déposer dans l'évier, déroule plusieurs feuilles d'essuie-tout pour éponger les œufs et la crème. Lorsqu'elle se redresse, Marthe n'a pas bougé d'un millimètre. D'un geste empreint de douceur, Léa lui retire la fourchette de la main droite, l'entraîne vers une chaise pour la faire asseoir. La vieille dame se laisse faire, déboussolée.

— Je n'ai jamais aimé les poireaux…, murmure-t-elle soudain en dévisageant Léa comme si c'était la première fois qu'elle la rencontrait et que cette information soit essentielle.

La jeune femme hoche la tête sans paraître le moins du monde décontenancée.

— Moi non plus, répond-elle en souriant avec gentillesse.

— Alors… Henri m'a menti ? Durant toutes ces années, j'avais un petit-fils et je n'en ai rien su ? demande Marthe d'un ton aussi hésitant que désespéré.

Léa hoche la tête ; elle non plus ne voit pas d'autre explication. Elle aimerait pouvoir dire à la femme en face d'elle qu'il est possible que son mari ait ignoré que le bébé avait survécu, que peut-être Clara l'aurait emmené à l'orphelinat dans le plus grand secret, sans que personne soit au courant. Après tout, d'après les souvenirs de Marthe, Clara avait vu tout le village se liguer contre sa meilleure amie, et elle aurait tout à fait pu vouloir protéger l'enfant en l'extrayant d'un endroit où il n'aurait jamais été accueilli avec bienveillance… Mais cette hypothèse ne colle pas avec la réaction qu'Henri Vernay a eue au marché. Quand Léa a mentionné la date du 23 novembre 1944, il n'a pas seulement eu l'air surpris, il a paru *en colère*, comme s'il venait d'être pris la main dans le sac…

— Tant d'années gâchées… Comme je voudrais pouvoir remonter en arrière et changer le cours des choses…, se lamente Marthe en se prenant la tête entre les mains.

Léa retient un soupir devant une détresse qu'elle sent parfaitement sincère. Elle veut se montrer optimiste.

— Je pense que votre petit-fils a grandi en pensant que tout le monde, ici, avait renié et rejeté sa mère. C'est pour cette raison qu'il veut se venger, d'une manière sans doute étrange... Alors je crois vraiment que, quand il saura qui vous êtes, quand il saura ce que vous ressentez, tout s'arrêtera...

Marthe lève des yeux pleins d'espoir vers Léa.

— Vous pensez que je vais pouvoir... le rencontrer ? Mais comment ? Tout le monde raconte qu'il est inaccessible ; personne ne l'a même jamais aperçu depuis qu'il s'est installé au château...

— Laissez-moi un peu de temps, s'il vous plaît. Je vous promets de tout faire pour arranger la situation ; je vais me débrouiller pour entrer en contact avec lui d'une manière ou d'une autre, et lui expliquer ce qu'il ignore. Je comprends qu'il puisse être aveuglé par sa colère, mais je suis certaine que, lorsqu'il apprendra la vérité, il changera d'avis..., déclare Léa, soudain persuadée qu'une lumière vient de s'allumer au bout du tunnel.

— Et Henri ? demande Marthe, les sourcils froncés.

— Ne lui parlez pas de notre conversation pour le moment, continuez d'agir comme si vous n'étiez au courant de rien, d'accord ? Votre objectif, et le mien, c'est de renouer avec un petit-fils que vous n'avez jamais eu la chance de connaître, et je pense qu'il vaut mieux éviter que votre mari ne s'en mêle...

Marthe acquiesce sans rien dire, se promet à elle-même qu'Henri ne perd rien pour attendre. Elle ne l'affrontera pas, très bien. Mais une chose est sûre : ce soir, il ne mangera pas de quiche aux poireaux.

Il n'en mangera même plus jamais, d'ailleurs.

Chapitre 53

Juin 1985

Rose est morte.

Depuis onze jours déjà, Léa se répète ces trois mots d'une syllabe chacun, qui devraient former une phrase avec un sens mais semblent pourtant parfaitement absurdes.

Rose est morte.

Le trio de mots-poignards surgit à n'importe quel moment de la journée ou de la nuit, et, pourtant, la douleur n'arrive pas à pointer à la surface. Léa se sent seulement anesthésiée, vide, comme si elle était enfermée dans un gigantesque oreiller en plume.

Rose est morte. Elle est allée se coucher, un soir pareil à tous les autres, et elle s'est contentée de ne pas se réveiller. Il a toujours semblé à Léa que celle qu'elle considère comme une deuxième mère évoluait en permanence en ce monde sur la pointe des pieds, pour rester discrète, pour ne troubler personne, pour ne pas *déranger*.

Elle s'en est allée de la même manière, alors.

Sans bruit, sans cri, sans mélodrame.

Assise dans le vieux *rocking-chair* de Rose, Léa se balance doucement en regardant Baptiste qui, au loin, cueille des framboises dans le jardin. Ce sont les mêmes framboisiers que quand elle était enfant, eux n'ont pas bougé ; à croire qu'il n'y a que les êtres humains qui soient éphémères…

Le petit transistor avec lequel Jacques, puis Rose, écoutaient les actualités en petit-déjeunant crachote une chanson que Léa connaît par cœur à force de l'avoir entendue dans la chambre de son fils. Mécaniquement, ses lèvres articulent en silence un couplet en rythme. « Encore un matin, un matin pour rien, une argile au creux de mes mains… »

Le cœur aussi morne qu'un matin de brouillard sur un champ de blé, Léa repense à la conversation qu'elle vient d'avoir avec le notaire de Rose, François Faelens. « Conversation » est un bien grand mot, étant donné le peu de fois où elle a ouvert la bouche. Elle aurait voulu dire à cet homme empressé qu'elle n'était pas prête à discuter de toutes ces choses matérielles, que l'empreinte du corps menu de Rose était encore imprimée dans son *rocking-chair*, que son odeur était encore imprégnée dans ses draps, dans le moindre de ses vêtements. Que son foulard bleu pâle sentait encore son eau de toilette à la fleur d'oranger, que son oreiller embaumait encore son shampoing à l'ortie. Mais l'homme de loi n'aurait eu que faire de ces détails, alors Léa s'est contentée de l'écouter en se mordant la lèvre presque jusqu'au sang.

Abasourdie, elle a appris que Rose et Jacques s'étaient mis d'accord pour que l'ancienne ferme revienne pour moitié à leur fille, Marie-Anne, et pour moitié à Léa. Marie-Anne, aujourd'hui âgée de soixante et onze ans, vit toujours à Lille avec son époux, Étienne. Léa ne la connaît pas intimement, ne l'ayant côtoyée que lors des repas de Noël ou de Pâques pour lesquels Rose adorait cuisiner et préparer une grande tablée chaleureuse. Rien que de repenser à ces souvenirs de fêtes familiales, Léa se sent sombrer, comme si le fauteuil devenait subitement immense et l'aspirait.

« Marie-Anne Pithiviers m'a informé de sa volonté de ne pas conserver la propriété. Est-ce également votre souhait ? » a interrogé maître Faelens d'un ton monocorde. Pour lui, le dossier de succession n'était qu'un de plus parmi des dizaines, des centaines d'autres qu'il avait dû voir passer au cours de sa carrière. Léa a bredouillé qu'elle ne savait pas, qu'il lui fallait du temps pour réfléchir, qu'elle ne s'attendait même pas à hériter de quoi que ce soit, que le bol jaune légèrement ébréché de Rose était encore dans l'évier, à attendre d'être lavé... Le notaire a fait mine de ne pas entendre sa voix qui commençait à vaciller comme la flamme d'une bougie en plein courant d'air, a ajouté qu'il la recontacterait d'ici à quelques jours, quand elle aurait eu le temps de digérer toutes ces informations. « Cependant, sachez que les impôts ne seront pas tendres avec vous, étant donné que vous n'avez aucun lien de parenté avec Rose Flament. Si jamais vous envisagiez de garder le corps de ferme, il faudrait non seulement que vous puissiez racheter la part de Marie-Anne Pithiviers, mais aussi que vous vous acquittiez de droits de succession qui seront assez élevés. » Léa avait remercié le notaire pour ces éléments, avait promis de lui répondre dès que possible.

Jamais elle n'avait imaginé que cette ferme, dans laquelle elle avait fait ses premiers pas, dans laquelle elle avait grandi, pourrait un jour lui revenir, ne serait-ce qu'en partie. Jamais non plus elle n'avait imaginé que Marie-Anne pourrait vouloir s'en débarrasser ainsi, même si, à y réfléchir un peu, cela paraissait plus qu'évident, étant donné qu'elle ne venait que deux ou trois fois par an, préférant de très loin sa vie de citadine.

Aujourd'hui, pourtant, tout change. Si elle ne trouve pas un moyen de la conserver, la ferme sera mise en vente. Ce qui ne serait pas une tragédie en soi si le village n'était pas mis à sac et vidé de son âme par un inconnu assoiffé de vengeance... Que risque-t-il d'arriver ? Marie-Anne et Léa mettront la ferme en vente, et Clément de

Clercq s'empressera de leur en offrir un très bon prix. La fille de Rose sera ravie ; la somme lui permettra d'agrandir sa maison, de payer un voyage à ses enfants ou à ses petits-enfants, qui sait ? Quelques jours, quelques semaines plus tard tout au plus, des ouvriers débarqueront ici et s'escrimeront à retirer le grand portail, toutes les portes, toutes les fenêtres. Puis ils repartiront aussi vite qu'ils seront venus, laissant derrière eux le cadavre d'un endroit où, durant des décennies, le bonheur et l'amour ont régné en maîtres.

Au nom de quoi ?

Voilà ce à quoi pense Léa, les doigts soudain crispés aux accoudoirs d'un fauteuil qui l'a depuis toujours bercée. Dehors, Baptiste se délecte de framboises, tout à fait conscient que sa mère a besoin d'être seule.

Léa a beau réfléchir, les comptes sont vite faits : elle n'a quasiment aucune épargne, et l'appartement dans lequel elle et son fils vivent depuis son retour à Sabran-sur-la-Lys ne lui appartient même pas, alors comment pourrait-elle racheter la ferme ? L'idée de s'y installer avec Baptiste est plus que séduisante, mais elle paraît aussi illusoire qu'un mirage en plein désert…

Néanmoins, elle ne compte pas renoncer si promptement. Elle ne parviendra sans doute pas à trouver de quoi racheter la ferme, mais elle a bon espoir de convaincre l'homme enfermé dans son château de renoncer à sa colère. Elle l'a promis à Marthe Vernay, et elle fait depuis toujours partie de ces gens qui croient au pouvoir supérieur de l'amour sur la haine.

Hier soir, après avoir longuement hésité sur la teneur de la lettre qu'elle avait décidé d'écrire, Léa a finalement opté pour un message des plus laconiques, qu'elle est allée déposer elle-même dans la boîte aux lettres du château.

« Monsieur,

J'ai bien compris que Clément de Clercq ne souhaitait entrer en communication avec personne.

Mais peut-être Clément Vernay y verrait-il un intérêt ?

Léa Ackerberg »

Il n'y a plus qu'à attendre, a-t-elle encore répété à Marthe lorsqu'elles se sont croisées à la boulangerie aujourd'hui. La vieille dame piaffe d'impatience et d'espoir, et Léa veut se persuader qu'elle est le maillon de la chaîne qui leur permettra d'être réunis, après tant d'années à errer chacun de leur côté.

Chapitre 54

Depuis quelques jours, tout le village ne parle plus que d'une chose : la soirée qu'a improvisée un groupe de jeunes de Flonghem dans la grange qui appartenait aux Grondin – avant que la famille ne vende sa fermette à Clément de Clercq, l'automne dernier. Il paraît que, pendant la Seconde Guerre mondiale, des bals clandestins étaient organisés dans cette même grange ; tous les anciens de Sabran-sur-la-Lys et des villages environnants s'en souviennent encore, et c'est peut-être cela qui a inspiré à une bande de lycéens l'idée de venir y passer la nuit… Il faut dire qu'ils avaient de quoi être tranquilles : une grange abandonnée située tout au bout du chemin des Saules, le chemin de terre qui longe le canal et qui est aussi désert à la nuit tombée que plein de promeneurs et de pêcheurs dans la journée. Rien de tel pour faire fantasmer des adolescents ayant envie de se faire peur ou de s'amuser loin de leurs parents, donc.

Manque de chance, c'était compter sans le réveil en sursaut à l'aube par un groupe de sangliers et de marcassins, probablement attirés par l'odeur de la nourriture. Léa n'a aucun mal à imaginer l'effroi de ces gamins, tirés du sommeil et de leurs sacs de couchage par des grognements de bêtes sauvages. Au lieu de rester calmes et immobiles, ils ont paniqué, poussé des cris, lancé divers objets sur le sanglier le plus proche, occupé à dévorer le restant d'un paquet de chips. L'animal, sans doute plus pour protéger ses petits que pour véritablement attaquer, a fini par charger l'adolescent le plus proche à plusieurs reprises, avant de déguerpir. Celui-ci est aujourd'hui à l'hôpital, grièvement blessé aux deux jambes. Rien que de penser qu'une chose pareille pourrait arriver à Baptiste, Léa en a des frissons tout le long de la colonne vertébrale...

Dans les commerces de Sabran, cette histoire, bien évidemment, est au cœur de toutes les discussions, puisqu'elle ne fait qu'ajouter de l'huile sur un incendie déjà bien étendu. Il y avait les maisons rachetées et dépecées, les sans-abri et les junkies attirés par les habitations à squatter, les animaux errants et l'insalubrité grandissante, et maintenant ça : un gamin qui manque de perdre ses jambes ?

Plus que la colère, c'est la peur qui monte d'un cran, à présent. Que faire pour lutter ? Comment garder espoir ?

Françoise Lemaître, la boulangère, essaye de rester joyeuse et optimiste face à ses clients qui sont son gagne-pain : « Allons bon, ce n'est ni la première ni la dernière fois qu'on verra un sanglier à la campagne ! Ce gamin aurait pu être amoché de la même manière en allant se balader dans la forêt de Clairmarais ; la vérité, c'est qu'ils n'ont pas été prudents ! » Ludmilla Ackerberg, la mère de Léa, qui gère la petite bibliothèque municipale depuis près de quarante ans, tient le même discours à chaque villageois qui vient emprunter un livre : « C'est une histoire terrible, mais c'est écrit dans tous les livres : un sanglier n'attaque que s'il se sent en danger... » André Louchard, l'ancien médecin de Sabran, répète à qui veut bien l'écouter au café que tout ça va mal finir, que bientôt, le village sera vidé de tous ses habitants et que le terrain sera libre pour construire une immense résidence de vacances pour des richards de Parigots. Pierre Vallon, souvent à ses côtés, secoue la tête pour montrer qu'il est entièrement d'accord avec cette funeste théorie. Lors de la dernière messe qu'il a prononcée, Hector Michelet a axé son message sur le pouvoir de la foi, la puissance du pardon et de la miséricorde. Personne n'a vraiment compris de quoi il parlait au juste, mais tous se sont recueillis malgré tout, voulant croire en un Dieu qui finirait par tirer Sabran-sur-la-Lys de ce drôle de mauvais pas. Dans sa salle de classe, Marie-Louise Plantier, à la demande de ses CM2, a fait un cours sur la conduite à adopter en cas de rencontre avec un sanglier. Elle en a profité pour évoquer son mode de vie et son régime alimentaire, et les écoliers ont poussé un ouf de soulagement en apprenant que l'homme ne faisait pas partie de ses repas. Ségolène Degroote, la secrétaire du maire, a câliné ses deux enfants un peu plus longtemps avant de les coucher, et a pris son courage à deux mains pour avouer à son mari qu'elle venait d'envoyer des candidatures aux mairies de Saint-Omer et de Béthune, « au cas où ». Elle s'est jetée dans ses bras quand il lui a confié à son tour que, dès que l'occasion se présenterait, il était désormais lui aussi prêt à quitter ce village avant qu'il n'en reste plus rien. Raymond Molinet, le maire insubmersible de Sabran, a demandé aux chasseurs du coin d'organiser une battue et a fait envoyer un bouquet de fleurs à la famille du gamin de Flonghem hospitalisé. Puis il s'est terré dans son bureau, en espérant qu'un miracle se produirait et que la tempête s'éloignerait enfin.

Le lendemain du fait divers qui a permis aux journalistes locaux de remplir la une de leurs feuilles de chou, quelque chose s'est effectivement produit, mais Raymond Molinet n'est pas certain qu'il puisse s'agir du miracle escompté. À moins que… ?

Yvonne de La Broise est la première à avoir trouvé la petite enveloppe carrée couleur crème dans la boîte aux lettres de sa villa. Il faut dire qu'elle a beau avoir plus de quatre-vingt-dix ans, le bonheur tout simple d'aller chercher le courrier ne l'a jamais quittée. Sans compter que les trois mètres entre sa porte d'entrée et son portail où se trouve la boîte aux lettres sont devenus, depuis près de un an déjà, la seule promenade qu'elle parvient encore à faire, en s'appuyant de toutes ses forces sur sa canne et en faisant plusieurs pauses durant le périple. En retenant un gémissement de douleur, la châtelaine déchue s'est donc assise sur le muret en pierre à quelques pas du portail, puis a glissé son index en haut de l'enveloppe pour l'ouvrir d'un geste assuré. Il est bien rare que les La Broise reçoivent le moindre courrier digne d'intérêt, aussi n'a-t-elle pas pu attendre d'être rentrée et d'attraper son ouvre-lettres en argent. Curieuse, elle a sorti une feuille carrée cartonnée de l'enveloppe et a lu les quelques lignes de texte imprimées dessus. Elle a porté la main à son cœur, a esquissé un sourire un peu rêveur.

Enfin, elle allait pouvoir retourner au château et voir ce que son nouveau propriétaire avait fait d'une demeure qu'elle a chérie toute sa vie…

Un à un, tous les habitants de Sabran-sur-la-Lys ont découvert au courrier la même enveloppe, le même carton d'invitation mystérieux.

Vous êtes invités au château
le samedi 29 juin 1985
à partir de 19 heures.
Tenue correcte exigée.

Si certains se sont demandé ce que pouvait bien vouloir signifier une « tenue correcte », la plupart se sont surtout interrogés sur le pourquoi de cette soirée inattendue. Est-ce qu'enfin le châtelain allait se montrer et leur expliquer ses projets pour le village ?

Raymond Molinet, lui, a songé qu'il allait devoir remettre son costume, avant d'espérer très fort, encore une fois, que toute cette histoire connaîtrait une issue heureuse.

Quant à Henri Vernay, le simple fait qu'un *étranger* se permette d'« exiger » quoi que ce soit de lui a fait monter sa tension en flèche. Puisque c'était comme ça, il a crié à qui voulait bien l'écouter qu'il irait à cette réception en bermuda et en polo, et on verrait bien qui aurait le dernier mot !

Ce qu'il a évité de mentionner, en revanche, c'est qu'il ne se rendrait nulle part sans son Opinel de chasse dans sa poche, à portée de main en cas de besoin. Oh, il imagine la mine déconfite que Marthe aurait, s'il lui confiait cela. Elle secouerait la tête de cet air méprisant qu'elle se permet de plus en plus d'avoir face à lui, cet air de pimbêche qui ne lui sied pas du tout. « À ton âge, tu ne te crois quand même plus capable de te jeter sur un homme pour le poignarder ? » ironiserait-elle. Qu'à cela ne tienne. Il n'attaquera pas, il n'est pas assez fou pour se croire invincible. Mais il sera en mesure de se défendre contre cet homme si présomptueux qu'il imagine leur faire peur. Il faut croire que l'arrogance est de famille, songe Henri Vernay, un drôle de goût métallique dans la bouche.

Même s'ils sont loin d'avoir une idée de l'identité du châtelain, Pierre et André n'en pensent pas moins, d'ailleurs : les probabilités pour que cette réception soit en réalité un guet-apens ne sont pas négligeables. Il faudrait être stupide pour faire confiance à un étranger qui a comme seul passe-temps d'acheter des maisons pour en retirer les portes et les fenêtres. Qui sait s'il ne projette pas tout simplement de faire entrer tous les Sabranois à l'intérieur de son château pour ensuite refermer la porte et y mettre le feu ? Comment imaginer un seul instant que cet homme pourrait simplement avoir l'intention de trinquer au champagne et de deviser gaiement pour faire enfin connaissance avec ses voisins ?

Henri aura son couteau sur lui.

Et si jamais il doit s’en servir, il s’en servira.

Chapitre 55

Léa applique un peu d'anticerne d'un geste assuré et précis, recule d'une dizaine de centimètres pour contempler son reflet dans le miroir ovale de la salle de bains. Elle fait une petite moue, la même que tous les matins, puis attrape un crayon khôl pour dessiner rapidement un trait couleur charbon au ras des cils, sur la paupière. Enfin, elle applique un très léger voile de blush rosé sur ses pommettes, juste pour illuminer son visage qui lui paraît bien chiffonné. La voix de sa mère résonne dans sa tête, et elle sourit, car elle sait à quel point le ton qu'elle imagine est le bon : « Pour avoir un teint frais, rien ne vaut une bonne nuit de sommeil ! »

Léa s'est toujours demandé comment Ludmilla pouvait s'inquiéter de son teint, comment elle pouvait parfois paraître si insouciante, après tout ce qu'elle avait vécu. Il lui avait fallu longtemps, très longtemps, pour comprendre qu'en réalité la *survie* tenait à ça. Au fait de parvenir, parfois, à se soucier de choses superficielles. Dans une moindre mesure, Léa avait expérimenté cette leçon de vie quand elle s'était retrouvée toute seule à élever Baptiste, à s'inquiéter de ses crises d'asthme de plus en plus impressionnantes, à se demander comment elle allait réussir à jouer un rôle qu'elle n'avait pas anticipé : celui de mère célibataire. Des semaines, des mois durant, elle n'avait fait que se traîner, sans goût à rien, jusqu'à ce qu'un soir, au supermarché, Baptiste lui montre de l'index un distributeur de Pez à l'effigie de Batman. D'ordinaire, elle se serait contentée de faire non de la tête en marmonnant qu'ils n'avaient pas besoin de ça, mais cette fois-là, elle s'était vue tendre la main pour attraper le jouet. Parce que Baptiste avait raison : le bonhomme était sacrément joli. Elle l'avait déballé avant même d'arriver à la caisse pour le payer, et s'en était servie comme d'une marionnette, en s'amusant à parler d'une grosse voix en ouvrant et fermant la bouche du héros. Baptiste avait ri aux larmes, il ne pouvait plus s'arrêter, et, autour d'eux, la plupart des clients du magasin s'étaient retournés, curieux de ce qui pouvait être si drôle. Certains, peut-être, s'étaient dit qu'il fallait être bien superficiel pour se divertir autant avec un morceau de plastique, alors que la vie était si compliquée, à chaque instant.

Ce jour-là, Léa avait compris sa mère.

Elle repose le pinceau à blush dans le pot à côté du lavabo, se passe un coup de brosse dans les cheveux pour leur donner un peu de volume, applique un peu de rouge à lèvres, pas trop pour ne pas paraître apprêtée.

Elle a rendez-vous avec Clément de Clercq, ou plutôt Clément Vernay, dans une heure. Barbara Lombardi, son assistante, lui a téléphoné hier soir pour lui proposer un rendez-vous au château. « Monsieur de Clercq souhaiterait faire votre connaissance », a-t-elle déclaré de sa voix à l'accent chantant, comme s'il n'y avait rien de plus normal, comme si elle occultait complètement le fait qu'il n'avait jamais voulu entrer en contact avec quiconque depuis son arrivée à Sabran-sur-la-Lys. Léa avait souri en son for intérieur, une première victoire remportée, enfin ! Il n'avait fallu que vingt-quatre heures au châtelain pour se décider ; preuve que sa lettre lapidaire avait fait mouche…

Elle n'a aucune idée de la manière dont va se passer cette rencontre, aucune idée de la personne qui sera en face d'elle. Comment sauver le village de ses griffes, comment sauver cet homme de la colère dans laquelle il s'est enlisé ? Y a-t-il même encore une once d'humanité en lui ? Sur quels boutons appuyer pour le faire réagir, pour lui faire comprendre qu'il fait fausse route en voulant détruire tout Sabran pour faire justice à sa mère ?

Léa n'a pas dormi de la nuit, tant l'enjeu de ce rendez-vous lui paraît important. Important pour elle, pour Baptiste, pour tout le village. C'est comme si, désormais, toute la responsabilité reposait sur ses épaules pourtant bien fragiles. Si elle échoue à toucher Clément de Clercq, tout sera perdu, elle en est convaincue.

Toute la nuit, elle a ressassé ses idées, les conversations qu'elle a eues avec Marthe Vernay, les réactions des Sabranois lors de la réunion publique en avril dernier. Pour être honnête, en écrivant cette lettre au châtelain, Léa ne pensait pas obtenir la moindre réaction. Elle l'espérait, bien sûr, mais elle ne l'escomptait guère. À présent, elle ne peut pas se permettre de commettre une erreur. Ses paroles, ses arguments doivent faire mouche. Elle doit à tout prix parvenir à lui faire comprendre que sa grand-mère aurait été une alliée si elle en avait eu la possibilité, elle doit réussir à mener Clément de Clercq sur la voie du pardon et de la rédemption.

Rien n'est jamais tout noir ou tout blanc, voilà exactement ce dont elle doit lui faire prendre conscience.

Rien n'est jamais tout noir ou tout blanc.

Une heure plus tard, c'est Gustave qui vient lui ouvrir le portail du château dans un sourire aussi avenant qu'incongru, compte tenu de la situation. L'homme à la fine moustache un peu guindée l'escorte jusqu'à la grande pièce carrée qu'abrite la tour centrale du château, là où, visiblement, Clément de Clercq a pris ses quartiers.

Le majordome fait signe à Léa de s'asseoir sur la chaise en face du bureau installé au milieu de la pièce. Un peu impressionnée, elle obtempère, sans quitter des yeux la silhouette sombre postée devant la fenêtre. Un homme d'une quarantaine d'années, qui observe le chemin serpentant jusqu'au village, les mains dans le dos. À ses pieds, assis, un grand chien marron et noir qui regarde dans la même direction que son maître. Les deux semblent étonnamment proches, sur la même longueur d'onde.

Une fois qu'ils sont seuls dans la pièce, Clément de Clercq pivote sur ses talons pour dévisager Léa et la saluer d'un « Bonjour » légèrement éraillé, comme s'il avait l'habitude de fumer un peu trop. En quelques enjambées, il est devant elle, à lui tendre une main ferme qu'elle serre en retour, agacée d'être assise alors que lui est encore debout. Elle est obligée de lever la tête pour croiser son regard, et elle déteste ce sentiment d'infériorité.

Des yeux bleu azur aux paupières tombantes, qui lui donnent un petit air de chien battu, comme cet acteur anglais dont elle est soudain incapable de retrouver le nom. Elle l'a pourtant sur le bout de la langue… On a l'impression qu'il est né avec un regard de cocker triste, et Léa fronce les sourcils ; il est hors de question de tomber sous le charme de cet homme qu'elle ne connaît même pas ! Des cheveux blonds courts, coiffés sur le côté, une mâchoire carrée qui donne un air solennel à l'ensemble de son visage. Une barbe de quelques millimètres à peine, peut-être simplement parce qu'il n'a pas pris la peine de se raser depuis deux ou trois jours.

— Vous vouliez me voir, je crois ? demande-t-il de cette voix rauque qui, étrangement, lui rappelle celle de Jacques.

Lui aussi fumait beaucoup ; trop, même. À la vue du cendrier à moitié rempli de mégots qui trône sur le bureau,

Léa conclut que Clément de Clercq a effectivement cette mauvaise habitude.

Il s'assoit en face d'elle. Enfin, ils sont physiquement sur un pied d'égalité. Il l'observe sans ciller, attend une réponse à sa question. Mal à l'aise, Léa cherche comment démarrer la discussion, comment mentionner Marthe Vernay, comment parler du passé de la manière adéquate… Mais comme elle met du temps à rassembler ses idées – qui lui paraissaient bien plus claires lorsqu'elle se trouvait devant le miroir de sa salle de bains –, Clément de Clercq reprend la parole :

— Vous savez qui je suis, donc. Vous connaissez très probablement une grande partie de mon histoire, si vous êtes parvenue à comprendre mon identité. Vous avez compris ce que je cherche à faire, dans *cet endroit…*

Léa perçoit aussitôt le dédain et le dégoût contenus quand il prononce ces derniers mots.

La souffrance, aussi.

Tout à coup, elle ne sait plus si évoquer Marthe sera suffisant. Tout à coup, elle est même convaincue qu'elle s'est bercée d'illusions, en imaginant qu'en parlant d'une seule personne, Clément de Clercq oublierait sa fureur contre tout un village qu'il estime responsable de la mort de sa mère, responsable de son sort à lui.

Elle lit sa souffrance dans le son de sa voix, dans son regard, dans ses mains aux ongles si courts qu'ils ne peuvent qu'être rongés, dans ces mégots de cigarette broyés au fond d'un cendrier trop rempli.

Alors elle répond à la question qu'il n'a pas explicitement posée, simplement pour qu'il sache que, oui, elle a compris ce qu'il voulait faire au village.

— Cette nuit-là, ils ont tous fermé leurs portes ; ils se sont barricadés au lieu de porter secours à votre mère. Alors… vous venez vous venger, murmure-t-elle d'un ton plus abattu qu'elle ne le voudrait.

Clément Vernay esquisse un sourire peiné en secouant la tête.

— Oh non, vous n'y êtes pas. Je ne cherche pas à me venger ; je cherche à rétablir la justice. Rien de plus. Les portes étaient fermées ; je me contente de les ouvrir.

Léa est estomaquée de ces paroles ; elle ne saurait dire si son interlocuteur est sincère en pensant « rétablir la justice » ou s'il est d'une mauvaise foi rare. Comment peut-il imaginer que tous les habitants de Sabran-sur-la-Lys, plus de quarante ans après la mort tragique de sa mère, en sont responsables et méritent de payer en assistant, impuissants, à l'anéantissement programmé du village où ils vivent ?

Clément de Clercq attrape une cigarette dans son paquet de Lucky Strike et il a ce geste qui, brusquement, fait vaciller Léa. Un geste anodin, pourtant : il tapote la cigarette contre le paquet, pour tasser davantage le tabac à l'intérieur avant de l'allumer. L'espace d'un instant, la jeune femme revoit Jacques faire le même geste, et un sanglot aussi violent qu'une lame de fond lui monte à la gorge.

Il lui faut toute l'énergie du monde pour ne pas se retrouver en larmes devant cet étranger.

Malgré elle, elle songe que, dans une tout autre vie, cet homme et elle auraient pu avoir une relation bien différente. Deux ans à peine les séparent ; ils auraient pu grandir ensemble à Sabran, devenir les meilleurs amis du monde. Lui aurait pu être tout le temps fourré à la ferme pour traire les vaches et chiper des fraises sous les serres en douce avec Léa. Elle aurait pu venir faire ses devoirs au café, ils seraient restés des heures assis côte à côte, à siroter du jus de pomme que Marthe Vernay leur aurait versé dès que son mari aurait eu le dos tourné.

Il est tellement facile de refaire l'histoire…

Lentement, Léa inspire et expire, jusqu'à ce qu'elle ait retrouvé un semblant de sérénité. Elle regarde l'homme assis en face d'elle aspirer la première bouffée de sa cigarette, puis pousser poliment le paquet vers elle au cas où elle en voudrait une.

C'est là qu'elle sait exactement ce qu'elle doit lui dire.

— Je ne suis pas venue ici pour parler de vous, déclare-t-elle d'un ton hésitant. Je croyais que c'était le cas, mais vous venez de me faire prendre conscience que je me trompais.

Clément de Clercq hausse un sourcil interrogateur, recrache la fumée en attendant la suite, visiblement intrigué.

— Je voudrais vous raconter mon histoire. Je connais la vôtre, dans les grandes lignes, du moins, et j'aimerais que nous soyons sur un pied d'égalité, déclare-t-elle en se redressant bien droite sur sa chaise.

D'un petit geste de la main, il lui indique en silence qu'il est prêt à l'écouter, et, instinctivement, la jeune femme agrippe le médaillon qu'elle porte autour du cou, comme pour lui demander de la protéger.

Chapitre 56

La gorge sèche d'avoir longuement parlé, Léa fait une pause dans son récit, et, durant quelques longues minutes, le silence règne dans la tour du château. Clément l'a écoutée sans jamais l'interrompre, impassible. Le quotidien de ses parents à Lens au début de la guerre, la rafle une nuit de septembre où il faisait encore doux, la déportation des époux Ackerberg, l'arrivée en catimini de Léa à Sabran-sur-la-Lys, chez les Flament…

— Ma mère est *revenue*, finalement. Quand elle est arrivée à Malines, le SS à la tête du camp a décidé de la garder à son service, parce qu'elle parlait couramment allemand et français. Durant plus de deux ans, elle s'est occupée d'enregistrer les personnes en transit. Elle ne m'a jamais rien raconté de ces deux années. Je sais seulement que le camp de Malines a été déserté par les SS dans la nuit du 3 au 4 septembre 1944, et que les prisonniers se sont retrouvés livrés à eux-mêmes en attendant l'arrivée des troupes alliées. Ma mère a fui, elle a tout fait pour retourner à Lens, chez les Beaumont. Quand ils lui ont appris qu'ils ne m'avaient jamais accueillie, elle a cru mourir de désespoir, souffle Léa, émue en se rappelant la façon dont sa mère lui a raconté tout cela, bien longtemps après.

— Comment vous a-t-elle retrouvée ? demande alors Clément, sortant soudain de sa réserve.

Léa explique comment Ludmilla est retournée à Lille après qu'Elsa Beaumont lui eut donné le nom du cheminot. Étienne Pithiviers. Après avoir interrogé quelques employés de la gare, elle a eu tôt fait de retrouver sa trace. Il l'a rassurée en lui affirmant que sa fille était en sécurité dans la ferme de ses beaux-parents, qui l'avaient fait passer pour une petite-nièce orpheline. Étienne Pithiviers l'avait emmenée jusqu'à Sabran-sur-la-Lys, et Ludmilla s'était figée en apercevant une petite fille de deux ans et demi qui jouait avec un ours en peluche sur la pelouse clairsemée. Rose était sortie de sa cuisine, les poings sur les hanches, déjà prête à mordre. Quand Étienne lui avait expliqué que Ludmilla était la mère de Léa, la femme aux cheveux grisonnants l'avait jaugée du regard, sceptique. « Comment sais-tu que c'est bien sa mère ? » avait-elle maugréé. Surpris, le cheminot avait répondu qu'il la reconnaissait, tout simplement. « Tu ne l'as pourtant vue que quelques minutes, il y a plus de deux ans... », avait rétorqué Rose. Assise dans l'herbe, Léa continuait à jouer avec sa peluche, inconsciente de la scène qui avait lieu à quelques mètres de là. « Elle avait une cape bleu marine, le jour où... », avait alors murmuré Ludmilla, livide. « Peut-être bien, oui », avait hésité la fermière, les sourcils froncés. « Pourriez-vous me l'apporter, s'il vous plaît ? » avait soufflé Ludmilla. Rose Flament s'était exécutée, avait rapporté la petite cape en feutrine qu'elle avait conservée tout au fond de son armoire, sous une pile de vieilles nappes. Avec son ongle, Ludmilla avait arraché le fil qui retenait la feutrine et la doublure, avait glissé ses doigts dans l'ouverture et en avait ressorti une fine feuille de papier pliée en quatre.

— La prière qu'elle avait écrite pour moi. Pour que je sois protégée..., chuchote Léa, le regard embué. Après ça, ma mère et moi nous sommes installées au village. Tout le monde nous a aidées.

Clément fait une moue sceptique. « Tout le monde », c'est un bien grand mot…

— Et votre père ? interroge-t-il tout en connaissant déjà la réponse au fond de lui.

— Il a été déporté à Auschwitz quelques jours après son arrivée à Malines. Il n'en est jamais revenu, déclare Léa en se levant soudain pour aller caresser le chien assoupi tranquillement dans son panier, devant la fenêtre qui offre une vue imprenable sur tout Sabran.

De nouveau, le silence se réinstalle. Lourd, dense.

— Voilà, c'est peut-être idiot, mais à présent, j'ai l'impression qu'on est sur un pied d'égalité. Je sais qui vous êtes et vous savez qui je suis. Je comprends pourquoi vous haïssez ce village au point de vouloir le détruire, vous comprenez pourquoi je l'aime au point de le défendre de toutes mes forces…, déclare soudain Léa d'une voix sourde.

Clément jette un coup d'œil au paquet de Lucky Strike qui est toujours posé sur le bureau ; il hésite à en prendre une, mais se ravise sans savoir pourquoi. Il n'a pas les mots face à l'histoire que vient de lui raconter cette jeune femme, qui ne manque pas de courage pour oser se mettre à nu d'une telle manière. Il n'a pas les mots, et pourtant, les seuls qui lui viennent à l'esprit au moment où elle s'interrompt enfin, c'est : « Et alors ? »

En quoi ce qu'elle et sa famille ont vécu devrait changer son chemin à lui, au juste ? Elle estime avoir des raisons de chérir ce village ; très bien. Mais en quoi ses raisons seraient-elles plus valables, ou légitimes, que celles qu'il a de haïr cet endroit et ses habitants ? Son combat à elle a un sens, mais le sien en a tout autant.

Est-il odieux, insensible de penser ainsi ? Quel effet espérait-elle produire en lui racontant le parcours de ses parents et le sien ? Pensait-elle l'attendrir, le ramollir ?

Imaginait-elle qu'il allait pleurer sur son épaule et prendre conscience qu'il faisait fausse route en voulant que Sabran-sur-la-Lys soit rayé de la carte de France ?

Cette jeune femme paraît intelligente, pourtant. Clément a du mal à croire qu'elle ait pu se montrer si naïve, en pensant changer le cours des choses grâce à une histoire émouvante.

Elle croit le connaître, elle imagine avoir tout compris de son histoire. Pourtant, elle n'est rien d'autre qu'une inconnue. Ce n'est pas parce qu'elle a percé à jour son identité, parce qu'elle pense avoir compris ses intentions qu'elle *sait* quoi que ce soit. Son chemin de vie n'a absolument rien à voir avec le sien. Rien.

— Comment l'auriez-vous vécu, si votre mère n'était pas parvenue à vous retrouver après la guerre parce qu'on lui aurait caché la vérité ? Imaginez : elle quitte Malines, va voir le cheminot qui vous a sauvée, et celui-ci, pour une raison mystérieuse, prétend que vous n'avez pas survécu. Elle s'effondre, anéantie.

Clément s'interrompt, laisse planer ses paroles dans le bureau, son regard plongé dans celui de Léa qui, aussitôt, frissonne. La jeune femme serait bien incapable de dire si le malaise qu'elle ressent est lié à la dureté du visage de son interlocuteur ou aux mots qu'il vient de prononcer.

— Jamais elle ne vous retrouve. Jamais vous ne la retrouvez. Et vous grandissez dans ce si joli petit village de carte postale, heureuse. Vous appelez papa et maman ceux qui vous élèvent avec amour. Vous croyez mener une vie toute tracée jusqu'au jour où, par le plus grand des hasards, quelqu'un y fait irruption pour vous annoncer que vos parents ne sont pas vos parents. Qu'ils vous ont menti, depuis toujours.

Léa déglutit avec difficulté, sa gorge est tellement nouée qu'elle a l'impression que la salive ne peut plus se frayer un chemin. Elle comprend à cet instant pourquoi Clément de Clercq n'a débarqué au village que récemment : il ignorait tout de ses origines… Elle est sous le choc. Sa façon de transposer si aisément son histoire à la sienne lui fait froid dans le dos.

Il croise les bras, se referme. Se penche très légèrement vers elle pour lui poser cette question :

— Et le pire dans tout ça, vous savez ce que c'est ?

Léa fait non de la tête, muette.

— Allons, vous n'avez pas une petite idée ? Vous avez tellement insisté pour me rencontrer, vous avez passé tellement de temps à étudier mon cas… Vous devez bien avoir une hypothèse, non ?

Le ton de Clément de Clercq se fait caustique. Léa se sent mouchée.

— Au moment où vous apprenez la vérité sur qui vous êtes, quelle est la première chose que vous auriez envie de faire ? Retrouver votre mère, retrouver votre père, non ? Mais, malheureusement, vous apprenez aussitôt qu'ils ne sont plus de ce monde. Qu'il est *trop tard.*

Clément de Clercq assène ces mots et, sous la rage, Léa perçoit une douleur inextinguible.

— Il est trop tard. La seule chose qui reste entre vos mains, c'est la liste des personnes qui sont responsables de la mort de vos parents. Ceux qui ont envoyé votre père en camp de concentration, ceux qui ont refusé de tendre une main à votre mère pour qu'elle survive. Alors dites-moi, mademoiselle Ackerberg, dites-moi : qu'auriez-vous fait ?

Clément de Clercq a terminé sa tirade. Il attrape un stylo sur son bureau, s'amuse à le faire tourner dans la paume de sa main avec dextérité. Sans doute éprouve-t-il le besoin de se donner une contenance, songe Léa, passablement déboussolée. Qu'est-elle censée lui répondre ?

Les secondes s'égrènent, pesantes. La jeune femme ferme les yeux, essaye d'imaginer l'hypothèse que le châtelain vient de lui soumettre. Qu'aurait-elle fait, à sa place ?

— Je me serais accrochée de toutes mes forces à ceux encore là, finit-elle par affirmer d'une voix posée, les visages de Jacques, Rose et Baptiste apparaissant à son esprit. Je me serais accrochée à eux pour ne pas sombrer.

Clément de Clercq sourit, et la grimace qui étire ses lèvres est à la fois triste et triomphale.

— Eh bien, sachez que c'est exactement ce que je fais depuis trois ans. Je me concentre sur ceux qui restent, murmure-t-il en songeant à tous ces lâches pour qui l'heure est venue de rendre des comptes.

Léa voudrait lui dire qu'il ne s'y prend pas de la bonne manière, ou qu'il ne se concentre pas sur ceux qu'il faudrait. Elle pense à Marthe Vernay, surtout, qui n'a qu'un espoir : établir un lien avec ce petit-fils dont elle ignorait l'existence. Mais la carapace que s'est forgée Clément de Clercq paraît impossible à briser ou même fissurer, et sa détermination semble si féroce que Léa, malgré ses résolutions, en est intimidée.

Il lui faut quelques minutes pour se ressaisir et repartir au combat. Elle ne doit pas oublier la raison pour laquelle elle est venue aujourd'hui.

Le village. Son village.

— Vous avez entendu parler du gamin qui a été attaqué par un sanglier et qui est hospitalisé, je suppose ? Ces mômes ont simplement voulu faire une petite fête dans une de ces maisons à l'abandon, et ça a mal tourné. Vous ne vous sentez pas ne serait-ce qu'un petit peu *responsable* de ce qui est arrivé ? interroge soudain Léa avec une amertume non dissimulée.

Clément hausse les épaules. S'il est tout d'abord embarrassé par une question qu'il n'attendait pas et qui n'a plus rien à voir avec leur conversation, c'est la colère qui prend vite le dessus.

— Je devrais me sentir responsable du sort d'un adolescent qui fait n'importe quoi ? C'est étrange, car personne, ici, ne s'est jamais senti le moins du monde responsable du sort qu'a connu ma mère. Alors je vais vous dire une chose : si vous pensez parvenir à me faire culpabiliser, c'est que vous n'avez absolument rien compris.

— Je pense au contraire avoir très bien compris vos intentions : vous voulez punir tous les habitants de Sabran pour des actes commis par certains il y a plus de quarante ans. Votre vision est tellement manichéenne : rien n'est jamais tout noir ou blanc, vous savez. Vous faites payer des personnes qui n'ont rien à voir avec votre histoire, moi, par exemple. Vous faites payer des personnes qui ont pu changer, avec le temps. Vous faites payer des personnes qui ont peut-être fait du mal à votre mère, mais qui, dans le même temps, ont pu en aider d'autres et faire le bien autour d'elles. Parce qu'un être humain a tellement de facettes que vouloir le résumer à un acte, c'est injuste… Dans votre monde, il n'y a donc aucune place pour le pardon et la rédemption ?

Clément se tourne de trois quarts pour regarder par la fenêtre durant la tirade enflammée de son interlocutrice. Contrairement à ce qu'elle affirme, elle ne *comprend* rien. Il pense à Charlotte, sent la rage se diffuser dans ses veines jusqu'à réchauffer ses membres de cette chaleur devenue si familière, désormais. Il pense à Tobias, à ce père qu'il aurait pu connaître si *ces gens-là* lui en avaient laissé la chance, s'ils ne lui avaient pas tout dérobé sans vergogne et sans pitié. Et maintenant, on vient lui parler de pardon ? Mais il n'est pas là pour absoudre les gens de leur manque d'humanité et de leurs fautes…

Léa se tortille sur sa chaise ; elle paraît mal à l'aise. Le silence est toujours difficile à gérer pour ceux qui ne font que parler en permanence, songe Clément, acerbe.

— Vous voulez vous venger d'un village en le détruisant, mais ça vous apportera quoi, quand il ne restera que des maisons éventrées et abandonnées ? ne peut-elle s'empêcher de demander encore, quand bien même l'homme assis en face d'elle n'a répondu à aucune de ses questions.

Clément tourne légèrement la tête pour plonger son regard délavé dans celui de Léa. Elle soutient son regard, longtemps.

Et il finit par répondre :

— Sans doute rien, mais qui a dit que ça devait m'apporter quelque chose ?

Chapitre 57

Clément joue avec le clapet argenté de son Zippo, le fait aller et venir simplement pour entendre le cliquetis lorsque le briquet se referme. C'est Lazare, son père adoptif, qui le lui a offert pour sa réussite au baccalauréat. Une mention « Très bien », de quoi faire la fierté du couple de Clercq. Élise avait déclaré que c'était une drôle d'idée, d'offrir un briquet à son fils, que c'était l'inciter à fumer et qu'elle ne voyait pas ça du tout d'un bon œil. Il faut dire qu'à l'époque Clément ne fumait pas encore, et qu'il s'y était mis peu après, sans doute pour imiter Lazare qui avait le même Zippo depuis toujours. Son père adoptif était tellement déçu que Clément préfère le métier de vétérinaire à celui de joaillier que le jeune bachelier avait voulu se montrer à la hauteur du cadeau qu'il lui offrait. Et la vérité, c'est que ça lui avait moins coûté de se mettre à la cigarette que de changer de voie professionnelle.

Le regard dans le vide, il s'amuse à rabattre le couvercle d'un coup sec pour éteindre la flamme orangée. L'asphyxier brutalement, la priver d'oxygène pour qu'elle meure aussitôt. Il y a quelque chose d'étrangement agréable dans le fait de pouvoir faire apparaître et disparaître cette petite vague de feu.

Ils ont tous dû trouver l'invitation qu'il a pris soin de faire déposer dans chaque boîte aux lettres du village.

C'est lui-même qui a écrit chaque nom, chaque adresse, à la main. Il s'est montré intransigeant sur ce point, quand bien même Barbara lui a proposé à plusieurs reprises de le faire à sa place. Deux cent seize enveloppes, ça lui a pris un peu de temps, c'est vrai. Mais du temps, il en a à revendre, de toute façon. Le temps de faire les choses convenablement, le temps de s'attacher aux détails, le temps de savourer l'attente qu'il reste. Neuf jours à peine, à présent.

Neuf jours, et, enfin, ils comprendront ce qui se passe, ils comprendront qu'ils ne peuvent en vouloir qu'à eux-mêmes si leur village est en passe d'être réduit en cendres. Bientôt, il ne restera plus rien de Sabran-sur-la-Lys, et il est évident que cet endroit insipide ne connaîtra pas la renommée posthume d'un Pompéi. Bientôt, il ne restera plus rien que des murs décrépits et recouverts par le lierre, et il n'y aura plus personne pour se souvenir du temps où ce village avait une *âme*. Les innocents auront tous revendu leur habitation et refait leur vie ailleurs. Quant aux coupables, soit ils seront restés jusqu'au bout, à s'accrocher vaille que vaille à leur passé, jusqu'à prendre conscience qu'ils auraient mieux fait de déguerpir, soit ils seront partis d'ici, ruinés parce que personne – et encore moins Clément – n'aura voulu racheter leur maison.

Une chose est sûre : tous ceux qui doivent payer vont payer.

Pour le moment, ils sentent juste le sol vibrer sous leurs pieds, doucement. Ils n'ont pas encore compris que le grondement va s'intensifier et que leurs jambes vont commencer à vaciller. Ils n'ont encore aucune idée du séisme qui s'annonce, ravageur et sans pitié.

Clément imagine déjà leurs mines déconfites, quand ils viendront au château en pensant assister à une belle réception, en pensant enfin avoir les clés pour comprendre ce qui se passe depuis des mois. Oh, ils vont connaître enfin la vérité, mais Clément doute qu'ils aient véritablement envie de l'entendre. Vallon, Michelet, Louchard, Plantier… Et les Vernay, évidemment. Léa Ackerberg lui parle de rédemption ; comme si un seul des Vernay méritait une once de miséricorde ! Ils vont prendre conscience qu'au bout du compte le *pouvoir* a changé de camp, et que désormais ce sont eux qui sont à sa merci et non plus l'inverse.

Quand il pense à la soirée à venir, il imagine sans peine la surprise, la colère, la terreur, et l'impuissance dans les yeux de tous ces monstres ordinaires. Cela fait près de trois ans qu'il vit pour cet instant à venir, pour ce moment où, enfin, il pourra leur révéler *qui* il est. Trois ans qu'il peaufine son discours, chaque soir quand il peine à trouver le sommeil.

Alors la petite histoire de la jeune femme assise en face de lui a beau être tragique, il n'est pas question qu'il laisse le moindre soupçon de doute s'immiscer en lui.

Pas si près du but.

S'il a accepté de la recevoir après avoir lu le message sibyllin qu'elle lui a envoyé, où la mention de son vrai nom de famille – Vernay plutôt que de Clercq – sonnait comme une menace à peine voilée, c'est pour une seule et unique raison : la crainte que cette inconnue effrontée compromette la soirée qu'il a mis tant de temps et d'énergie à prévoir dans les moindres détails.

Ce qui n'est absolument pas envisageable.

— Ma deuxième mère vient de mourir, déclare soudain Léa Ackerberg d'une voix sourde.

Clément dirige de nouveau son regard vers elle, presque surpris qu'elle reprenne la parole alors qu'il était plongé dans ses pensées. Ses cheveux noirs légèrement ondulés sont retenus en arrière par un bandeau rouge sombre et elle porte un rouge à lèvres de la même teinte que le tissu. Un instant, Clément se demande si la jeune femme a fait un effort particulier pour ce rendez-vous, ou si elle est toujours si féminine.

Dans d'autres circonstances, dans un univers parallèle, ils auraient pu être amis, être amants, être âmes sœurs peut-être même. Clément a eu tout le loisir de l'observer, de la dévisager pendant qu'elle se livrait dans l'espoir de le faire vaciller. Sa façon de se frotter la lèvre inférieure quand elle hésite, comme une enfant le ferait. Le timbre de sa voix, légèrement rauque lorsqu'elle se laisse envahir par l'émotion. Ses yeux noisette qui prennent une teinte presque translucide quand elle dirige son regard vers la fenêtre. Oui, dans un autre contexte, dans une de ces histoires à l'eau de rose qu'Élise aimait tellement lire, cette rencontre pourrait être leur première rencontre. Celle qu'ils se rappelleraient toute leur vie, autour de laquelle ils broderaient une légende pour leurs enfants et leurs petits-enfants.

Mais Clément est vide. Insensible, sans doute. La tristesse de Léa, les émotions qu'elle lui offre lui glissent dessus comme si sa peau, son âme avait été imperméabilisée.

Il la regarde prendre une longue inspiration tout en baissant la tête ; visiblement elle a du mal à retenir son chagrin en évoquant le décès de Rose Flament. Sa « deuxième mère », comme elle l'appelle. Clément voudrait lui dire qu'en réalité l'adjectif adéquat devrait plutôt être « seconde », à moins qu'elle n'ait, quelque part, une troisième mère. Néanmoins, il se retient, conscient que cette remarque serait sans doute jugée de mauvais goût par son interlocutrice.

— Votre deuxième mère…, répète-t-il avec une douceur inattendue. Je suppose que moi aussi, en un sens, j'ai eu deux mères. Comme vous avez de la chance d'avoir pu connaître les deux…

Léa reste interdite face à la douleur soudaine qu'elle lit dans le regard lointain de Clément. Puis elle se reprend, et poursuit d'une traite, peut-être pour ne plus se laisser déconcentrer par les émotions d'un autre :

— Rose vient de mourir, et elle nous a légué sa ferme, à sa fille et à moi. Je ne m'y attendais pas ; à vrai dire, je n'avais jamais réfléchi à tout ça... À ce qui se passerait après sa mort, à ce que représentait cet endroit pour moi... Cela ne vous regarde pas, mais sa fille veut vendre la propriété. De mon côté, je n'ai pas les moyens de racheter sa part pour éviter que la ferme ne soit mise en vente.

Clément jette un coup d'œil au chien, qui dort tranquillement dans son panier, installé juste devant la grande fenêtre cintrée de la tour. Comme Léa s'interrompt de nouveau et semble attendre une réaction de sa part, il finit par demander :

— En quoi tout cela me concerne, exactement ?

Léa étouffe un petit rire circonspect.

— En quoi ça vous concerne ? Mais... En tout, en un sens. Si la ferme se retrouvait vendue à quelqu'un d'honnête, qui souhaiterait la réhabiliter et l'habiter, qui voudrait en faire un lieu de vie, je n'aurais pas si mal au cœur à l'idée de la perdre. Mais nous savons tous les deux que ce n'est pas ce qui se passera le jour où elle sera sur le marché : personne ne veut plus acheter quoi que ce soit dans un village à moitié mort. Personne, sauf vous, qui dépèceriez la ferme comme vous avez dépecé toutes les maisons que vous avez récupérées. Vous viendriez arracher les portes d'un endroit où j'ai passé toute mon enfance, un endroit où j'ai été aimée et où j'ai aimé. Vous viendriez éventrer les fenêtres pour ne laisser que des murs béants et sans âme. Comment suis-je censée réagir ? Surtout, comment suis-je censée accepter que l'endroit que je préfère au monde soit détruit de cette manière ?

Soudain, les yeux de la jeune femme lancent des éclairs et Clément ne peut s'empêcher de se reconnaître dans cette ardeur et cette étrange combativité. Leurs luttes s'opposent, et pourtant, elles sont belles et justes toutes les deux. Il pourrait lui rétorquer que, parfois, quand il n'y a rien qu'on puisse faire pour empêcher que quelque chose se produise, il faut savoir lâcher prise et abdiquer. Mais il est le parfait exemple de l'incapacité de l'être humain à renoncer, alors il se tait. Il laisse la jeune femme donner libre cours à son émotion ; c'est peut-être bien le moins qu'il puisse lui accorder, après tout.

— Je suis revenue vivre ici parce que, quand je me suis retrouvée complètement déboussolée, tout m'a ramenée à Sabran. Mon fils est asthmatique, et la vie que je nous ai construite ici est celle qui lui convient. Je ne sais pas vous, mais moi, je crois aux signes : mon fils n'arrive à respirer correctement que depuis qu'on s'est tous les deux installés ici. Je ne veux pas quitter Sabran, je ne veux pas laisser mourir ce village sans rien faire…

Clément ne répond rien, même si quelque chose, tout au fond de lui, vacille. Charlotte aussi, dans ses lettres à Tobias, parlait de l'importance qu'elle accordait aux signes. Alors si lui ne croit pas à ce genre de superstitions, il comprend pourtant très bien à quoi fait allusion Léa.

— Si cette ferme est détruite, il ne restera plus rien du passage sur cette Terre de mes parents de guerre ; ce sera comme s'ils n'avaient jamais existé, comme si leur vie n'avait eu aucune importance. Il ne restera plus rien de leur histoire, de *notre* histoire, murmure la jeune femme en le regardant droit dans les yeux, comme si elle déclamait le plaidoyer de sa vie. Rose et Jacques ont risqué leur vie pour la mienne, pendant la guerre, et ils n'ont pas été les seuls. Presque tout le village savait. Presque tous les habitants savaient qui j'étais et ce qu'ils risquaient à ne pas me livrer aux Allemands, et pourtant, ils ont refusé de parler. La vérité est bien plus complexe que vous voulez bien le croire : ceux que vous haïssez du plus profond de votre cœur parce qu'ils sont responsables de la mort de votre mère sont aussi ceux qui ont sauvé la vie d'une gamine juive. Ce sont les mêmes personnes, les mêmes…

À quelques mètres d'eux, le chien s'étire brusquement avant de sortir de son panier pour se dégourdir les pattes. Il s'avance vers Léa, renifle avec précaution ses chaussures, se frotte la tête contre sa jambe pour mendier une caresse qui ne tarde pas à venir. Clément fronce les sourcils, abasourdi de l'ingratitude de l'animal qui semble vite oublier qui l'a recueilli et nourri depuis des mois.

— Dans le Talmud, il est écrit que celui qui sauve une vie sauve le monde entier, déclare la jeune femme sans quitter le chien des yeux.

Clément, un instant, se demande si elle s'adresse à lui ou à l'animal.

— Dans ce cas, l'inverse doit être vrai aussi, je suppose ? demande-t-il d'un ton plus sec qu'il l'aurait escompté.

— Comment ça ?

— Eh bien, celui qui détruit une vie détruit le monde entier, non ? explique Clément comme si sa pensée était l'évidence même.

La main de Léa se fige sur le ventre du chien, et celui-ci pousse un jappement pour que les caresses reprennent. Elle secoue la tête, se contente de répliquer :

— Si vous cherchez à tout prix à avoir le dernier mot, je vous le laisse, monsieur de Clercq. Peut-être n'y a-t-il aucun espoir que vous me compreniez, après tout… J'ai toujours pensé que les prénoms avaient une symbolique forte, mais peut-être est-ce une erreur, en réalité, ajoute-t-elle avec mélancolie.

Clément saisit parfaitement l'allusion. Parce qu'il s'appelle « Clément », il devrait être le premier à savoir faire preuve de compassion et de bienveillance ?

— Je n'ai pas choisi mon prénom, vous vous en doutez. Et pour tout dire, ce n'est même pas ma mère qui me l'a donné, alors je ne pense pas qu'il ait la moindre valeur symbolique…, rétorque-t-il, acerbe.

Contre toute attente, Léa se lève soudain, et le chien sursaute quand le fauteuil recule en grinçant sur le parquet. Elle tend la main à Clément, qui hésite une fraction de seconde avant de la lui serrer. L'entretien se termine dans une brusquerie étonnante, et il se retrouve bizarrement pris au dépourvu, comme si on venait de lui raccrocher au nez.

— Je vous remercie de m'avoir reçue, lance Léa Ackerberg tout en ramassant son sac à main.

Sans attendre de réponse, elle s'éloigne prestement, ne se retournant qu'après avoir ouvert la porte de la pièce. Clément et elle échangent un long regard silencieux ; on dirait qu'elle hésite à ouvrir la bouche pour dire une dernière chose. Peut-être se demande-t-elle si ses mots peuvent avoir le moindre intérêt, la moindre *portée*. Malgré tout, elle finit par parler, presque à contrecœur :

— Votre grand-mère, Marthe, ne savait pas que vous aviez survécu. Henri Vernay lui a affirmé que vous et Charlotte étiez morts tous les deux. Elle ignorait tout…

Même si ces paroles le sonnent, Clément accuse le coup sans ciller.

— Qu'est-ce que ça aurait changé, si elle avait su… ? demande-t-il d'un ton incertain.

— Tout, sans doute, riposte Léa d'un air soudain très triste.

— Ou peut-être rien.

Clément et Léa laissent ces derniers mots tranchants planer dans la pièce quelques instants.

Puis la jeune femme referme la porte derrière elle, sans un bruit, et Clément se retrouve seul avec le chien qui pousse un petit gémissement en contemplant la porte désormais close.

Il se sent soudain si las qu'il donnerait n'importe quoi pour que quelqu'un le prenne dans ses bras.

Chapitre 58

Les dernières traces rosées s'estompent peu à peu dans le ciel de printemps ; lentement, la nuit s'empare de Sabran-sur-la-Lys. Au sein de chaque foyer, la même attente, qu'on le veuille ou non : samedi soir aura lieu la mystérieuse réception au château. Samedi soir, beaucoup espèrent comprendre ce qui se passe au village, beaucoup espèrent avoir enfin une vision plus claire de leur avenir. Tous ressentent quelque chose, même ceux qui préféreraient n'être qu'indifférence : de la fébrilité, de l'impatience, de l'anxiété, de la colère, de la peur…

De la porte-fenêtre de son salon, Raymond Molinet observe l'horizon qui s'obscurcit ; il a toujours aimé assister au spectacle de la nuit qui tombe. Ne pas se laisser surprendre, être conscient du jour qui disparaît. Demain soir, il ira à cette réception. Ce n'est pas comme s'il avait le choix, de toute façon : en tant que maire du village depuis près d'un demi-siècle, il a le devoir de représenter Sabran. Il craint par-dessus tout d'être ridiculisé par ce Clément de Clercq : comment expliquer qu'un maire digne de ce nom soit si impuissant et ignorant du sort réservé à son village ? Il va être relégué au même rang que tous les habitants, à apprendre la vérité en même temps qu'eux, en espérant qu'elle ne sera pas trop sombre. Si les nouvelles sont positives, il ne pourra que pousser un ouf de soulagement. Peut-être même s'esclaffer, une coupe de champagne à la main, en s'exclamant que, depuis le début, il était certain que tout ce qui se tramait ne pouvait être que de bon augure. Si les révélations devaient s'avérer mauvaises, il fera tout son possible pour apaiser la situation, pour tenter de discuter, de négocier, de supplier peut-être même. Depuis des mois que dure toute cette histoire rocambolesque, il a fini par accepter de perdre. Son village va peut-être lui échapper complètement ; il ne sera peut-être pas à même de le protéger ou de le sauver. Mais la seule chose qu'il ne veut pas qu'on dise de lui, ni maintenant ni plus tard, c'est qu'il ne se sera pas battu bec et ongles pour l'intérêt général. Alors il luttera s'il le faut, il se mettra à genoux si ça peut aider, peu importe. Il a déjà sorti son costume de la penderie, a accroché le cintre sur le haut de la porte de la chambre. Il a posé l'écharpe tricolore dont il est si fier sur le dossier d'une chaise : il est bien décidé à la porter demain soir, parce que c'est en tant que maire qu'il se rendra au château. En maire inquiet mais certainement pas lâche, parce qu'il a été élevé comme ça, Raymond : dans la croyance qu'il n'y a pas pire défaut que la couardise.

Romuald Louchard est installé dans son canapé devant un film de Charlie Chaplin que ses enfants ont absolument eu envie de découvrir en rentrant de l'école. Émilie, sa femme, est lovée contre lui ; elle somnole déjà. Il est rentré tôt de ses consultations à domicile aujourd'hui, et son père André lui a encore téléphoné tout à l'heure pour lui demander de se rendre à la réception de samedi soir. De guerre lasse, il a fini par accepter. Il garde depuis longtemps ses pensées pour lui, mais la vérité, c'est qu'il en est à espérer que le châtelain mégalomane leur annoncera le naufrage inéluctable du village. La raison et les motivations lui importent peu : tout ce qu'il voit, c'est qu'il tient peut-être enfin sa chance de quitter Sabran pour aller installer son cabinet ailleurs, n'importe où du moment qu'il ne s'agit plus de ce trou paumé où tout le monde se connaît, s'épie et se juge. Quand son père a pris sa retraite, Romuald n'a pas eu le choix : il était entendu depuis toujours qu'il reprendrait le cabinet. Alors il a obéi, a accepté de marcher sur les rails dessinés par André. Lui aurait rêvé d'aller vivre à la mer, à Dunkerque ou Boulogne-sur-Mer par exemple. Mais il s'est laissé faire jusqu'à devenir un autre. La vie est ainsi faite : Romuald sait qu'il ne parviendra jamais à avouer à son père qu'il désire une autre vie. Mais il se sent malgré tout capable de déguiser un peu la vérité, si le destin l'y aide : « Papa, le village se meurt ; bientôt je ne pourrai même plus vivre de mon métier puisqu'il n'y aura plus de patients… Ça me crève le cœur, mais Émilie et moi, on a pris la décision de partir… » Voilà qui serait entendable, irréfutable même.

Marie-Louise Plantier, elle, vient de ranger son stylo-plume rouge dans sa petite trousse en cuir marron. Aujourd'hui, elle a rendu les dernières rédactions de sa classe de CM2. Comme toujours, les copies étaient parsemées d'encre écarlate, parce que, ce qui compte, ce n'est pas seulement l'imagination, mais aussi et surtout l'orthographe et la grammaire. On n'a jamais vu un roman rempli de fautes, a-t-elle toujours seriné aux enfants au moment de leur donner leurs copies, effarée qu'ils tiennent si peu en considération la langue française.

Samedi, pour aller au château, elle mettra sa jupe noire en velours côtelé et son chemisier en soie crème. Sobre, mais distingué. Elle se sent comme toujours un peu gênée de sortir sans quelqu'un à son bras ; oh, elle sait bien que, pour les habitants du village, elle n'est qu'une vieille fille un peu suspecte. Mais elle est bien décidée à faire fi de ce sentiment injuste de honte lancinante, car cette soirée imprévue sera peut-être l'occasion de parler à Barbara

Lombardi de vive voix – et peut-être même au propriétaire des lieux directement. Elle n'a pas encore renoncé à l'espoir de vendre son appartement, en vitrine de l'agence immobilière du village voisin depuis plusieurs mois déjà. Les jours ont passé sans qu'elle puisse les retenir et son départ à la retraite est déjà sur le pas de la porte, à lui tendre les bras : depuis que l'heure des vacances a sonné ce soir, elle est officiellement libre comme l'air. Impossible pour elle de se résoudre à rester enchaînée à Sabran-sur-la-Lys. Tout ce qu'elle demande, c'est de vendre son appartement à un prix décent pour aller s'installer à proximité de sa nièce, dans le Bordelais. Toute sa vie, elle a fait ce qui lui semblait juste. Elle a travaillé sans relâche, quand bien même ces dernières années les enfants devenaient de plus en plus insupportables et mal élevés. Elle a rattrapé sans broncher les quatre années de carrière perdues à cause de Michel. Elle a *mérité* cette porte de sortie ! Pourquoi diable ce Clément de Clercq achèterait tout et n'importe quoi dans le village, mais dédaignerait son appartement orienté plein sud ? Allons, ça n'a aucun sens. Marie-Louise est persuadée qu'il s'agit d'un malentendu, et rien de tel qu'une rencontre en chair et en os pour dissiper les quiproquos…

L'esprit en ébullition, Mireille Vallon étend la lessive en pestant contre les fermetures Éclair des pantalons de son mari qui ne sont jamais remontées. Celui-ci ne devrait pas tarder à rentrer, d'ailleurs : il est certainement en train de refaire le monde au café, en compagnie d'André et Henri… Pierre ne veut toujours pas entendre parler de vendre la maison, mais Mireille a bon espoir qu'il changera d'avis après cette réception. Si, comme elle le pense, le châtelain riche à millions leur annonce qu'il compte transformer Sabran en un immense village de vacances, Pierre finira peut-être par comprendre qu'ils ont tout intérêt à déménager… Qui aurait envie de vivre juste à côté d'un parc de vacances gigantesque, comme ceux qui ont un succès fou depuis quelques années aux Pays-Bas et en Belgique ? La seule chose qu'elle appréhende, c'est que la situation puisse tourner au vinaigre. Son mari a toujours été un sanguin, le genre d'homme à foncer bille en tête avant de réfléchir, à cogner à l'aveugle avant de discuter. Quelle honte ce serait, si jamais il devait en venir aux mains avec le propriétaire du château, devant tout le monde qui plus est… D'autant que rien ne dit qu'il sortirait vainqueur d'un combat de coqs ; c'est qu'il n'a plus vingt ans, son Pierre !

Mireille Vallon range le petit seau de pinces à linge en s'efforçant de ne pas penser au pire. Malgré tout, elle se promet de surveiller le nombre de verres que son mari avalera lors de cette soirée ; il a toujours eu l'alcool mauvais, et mieux vaut éviter de tenter le diable…

Félix Wattencourt est déjà dans son lit, occupé à faire une réussite. Il y a quelques jours, il a croisé sa voisine, Léa, et quand il a prétendu qu'il aimerait bien venir à la réception organisée au château, mais qu'il craignait que ça le fatigue beaucoup trop, celle-ci lui a répondu que cette soirée n'aurait sans doute que très peu d'intérêt. Elle lui a promis de lui faire dès le lendemain un compte rendu détaillé, ce qui a paru amplement suffisant au vieil homme : il n'a plus l'âge ni même la curiosité pour les sauteries jusqu'au bout de la nuit… Sans parler du fait qu'au fond de lui il est convaincu que cette invitation ne présage rien de bon. Il a vu bien trop de choses atroces dans sa vie pour ne pas envisager qu'il pourrait tout simplement s'agir d'un piège. De quelle sorte, il n'en a pas la moindre idée, mais quand il entend autour de lui d'autres villageois se réjouir de cette réception mystérieuse et espérer que le Dom Pérignon coulera à flots, il ne peut s'empêcher de secouer la tête en les jugeant bien naïfs. Félix Wattencourt a toujours évité les rassemblements en tous genres, parce qu'il sait à quel point il suffit de réunir au même endroit une poignée d'êtres humains revanchards ou simplement en colère pour que la situation dérape et dégénère de manière incontrôlable. Il n'a jamais oublié leur hargne à tous, ce jour de septembre 1944 où ils ont entrepris de tondre et de tatouer la petite Vernay. Il n'a jamais oublié l'énergie qu'il a dû déployer pour retenir sa femme et l'empêcher de trop se joindre à cette foule en rage ou en liesse ; la frontière était devenue si impalpable entre ces deux sentiments. Il n'a jamais oublié le regard apeuré de celle qui n'était qu'une gamine, il n'a jamais oublié ses mâchoires crispées pour, sans doute, ne surtout pas pleurer. Il n'a jamais oublié la lâcheté qu'il a éprouvée ce jour-là et qui ne l'a plus jamais vraiment quitté ensuite. Et avoir aidé Marthe Vernay quelques jours après à commander une perruque pour sa fille en cachette n'a jamais suffi à laver ses remords. Jamais.

Non, samedi soir, Félix Wattencourt restera bien au chaud sous ses draps, en priant pour qu'il n'arrive aucun malheur là-haut, voilà tout. Et lorsque sa gentille voisine viendra ensuite frapper à sa porte pour lui raconter ce qu'il aura manqué, il sera secrètement rassuré que tout le monde soit encore en vie.

Ségolène Degroote, l'assistante du maire, et son mari, Laurent, eux, sont tous les deux sur la même longueur d'onde : pour une fois qu'il se passe quelque chose à Sabran-sur-la-Lys, ils ne manqueraient l'événement pour rien au monde ! Ils veulent être au premier rang et surtout n'en rater aucune miette… La mère de Laurent est ravie d'avoir ses deux petits-enfants pour la nuit, donc toutes les étoiles sont alignées pour qu'ils profitent le plus possible de cette fête. Ségolène imagine déjà les montagnes de petits fours, tandis que Laurent espère que le champagne sera de qualité. L'une se demande s'il paraîtrait malpoli d'emporter discrètement dans son sac à main un

Tupperware, tandis que l'autre s'interroge sur la tenue que portera Barbara Lombardi, la voluptueuse Italienne qui est déjà venue le voir plusieurs fois dans l'espoir qu'ils acceptent de vendre leur petite maison avec jardin. Au fond d'eux, ils s'imaginent bientôt loin de Sabran-sur-la-Lys. Une toute nouvelle vie, à quelques dizaines de kilomètres de l'endroit où ils ont toujours vécu, voilà qui représente l'aventure avec un grand A pour eux. Alors, ce qu'il va bien pouvoir advenir de Sabran lui importe peu, même si jamais ils ne l'avoueraient ouvertement sous peine que tout le monde ici leur tourne le dos. Dans un petit village, mieux vaut ne pas faire de vagues…

Hector Michelet, le curé indéboulonnable de Sabran, vient à peine d'entamer un roman de Maupassant, qu'il a déjà lu à plusieurs reprises mais qu'il redécouvre chaque fois avec plaisir. Il n'apprécie que les auteurs classiques, depuis toujours, et il lui semble qu'un bon écrivain est forcément un écrivain mort. Quand il a reçu l'élégant carton d'invitation, il s'est d'abord senti honoré qu'un inconnu puisse désirer sa compagnie. Puis il a compris que tous les Sabranois avaient trouvé la même enveloppe dans leur boîte aux lettres, et il ne s'est plus du tout senti flatté. Il n'a pas la moindre envie de monter jusqu'au château samedi soir, mais il est aussi conscient du rôle qu'il a à tenir. Il est homme de Dieu, et sa foi l'a toujours guidé dans le moindre de ses actes. Ce Clément de Clercq est un étranger bien mystérieux, et sans aucun doute perdu. Il est de son devoir de tenter de remettre ses ouailles égarées dans le droit chemin ; c'est pour cette seule et unique raison que Dieu l'a envoyé sur Terre. Il ira donc au château, le cœur empli de bonté et de bienveillance, prêt à accorder le pardon à celui qui accepterait de rejoindre le côté lumineux de la vie. Depuis plusieurs jours déjà, Clément de Clercq est l'objet de toutes ses prières, et Hector Michelet veut croire que ses efforts ne seront pas vains. Quoi qu'il advienne, le bien finit toujours par triompher, il en est persuadé.

Yvonne de La Broise tricote une petite couverture au crochet, pendant que son mari Jean s'acharne sur une grille de mots croisés visiblement trop ardue. Elle a beau essayer de ne pas se faire d'illusions sur l'état du château qui était le sien auparavant, elle ne peut s'empêcher d'espérer avoir une magnifique surprise après-demain, en le découvrant dans son faste d'antan. Les belles choses existent, en ce monde, alors pourquoi son mari se moque-t-il systématiquement d'elle lorsqu'elle lui dit que le nouveau propriétaire a peut-être bien passé plus d'un an et demi à restaurer secrètement la demeure ? Pourquoi toujours imaginer le pire ? Quoi qu'il en soit, samedi, le suspense cessera et elle sera fixée. Et si jamais Jean devait finir par s'écrier : « Tu vois, je te l'avais bien dit ! », eh bien, elle se contenterait de hausser les épaules et de s'en remettre, voilà tout. Rien n'est jamais aussi grave que l'on pense, de toute manière.

Suzanne Vernay referme le robinet : la baignoire est suffisamment remplie et il n'y a rien qu'elle aime plus qu'un bain brûlant pour se délasser. Sa belle-mère, Marthe, a insisté pour que toute la famille Vernay se rende ensemble à la réception. Comme s'ils étaient unis, comme s'ils allaient à un mariage ou à un enterrement… Visiblement, Suzanne est la seule à s'étonner qu'aucun membre de la famille Vernay n'ait reçu une proposition de rachat de sa maison, alors que dans le village, rares sont ceux qui n'ont pas été, à un moment ou à un autre, approchés par cette Mme Lombardi. Peut-il réellement s'agir d'une coïncidence ? Quand Suzanne a abordé le sujet lors du dernier déjeuner dominical imposé, son beau-père, Henri, est immédiatement monté sur ses grands chevaux, comme si elle venait d'aborder un sujet tabou.

« Aucune des personnes assises autour de cette table n'a l'intention de partir d'ici, alors à quoi ça peut bien servir, de poser ce genre de questions ? » a-t-il tonné tandis que Julien baissait la tête vers sa poule au pot. Démunie, Suzanne s'est empressée de complimenter sa belle-mère sur le plat qu'elle avait confectionné, et la conversation a tourné sur la cuisson de la poule, un sujet de toute évidence bien moins épineux.

Marthe Vernay se déshabille dans la salle de bains avant de rejoindre son lit et son époux, occupé à zapper sur différentes chaînes sans se préoccuper le moins du monde de ce qu'elle pourrait avoir envie de regarder. Elle a suivi les recommandations de Léa Ackerberg sans broncher, a respecté le pacte à la lettre en ne révélant pas à Henri qu'elle savait que Clément de Clercq était en réalité son petit-fils, en ne le confrontant pas aux mensonges dans lesquels il s'est enlisé depuis plus de quarante ans. Malgré son sentiment d'avoir été trahie, malgré sa colère qui bouillonne à petit feu, elle s'est tue, s'est efforcée de rester la même bécasse qu'elle a toujours été. De son côté, son mari paraît particulièrement taciturne, ces derniers temps, mais, évidemment, il ne se confie pas non plus. Il a dû comprendre l'identité du châtelain qui s'en prend au village, mais il garde ces précieuses informations pour lui. Peut-être même craint-il les révélations qui risquent de tomber, demain soir ou un autre jour… Bien sûr, depuis sa conversation avec Léa le mois dernier, la vieille dame a été tentée d'entrer elle-même en contact avec Clément de Clercq. Combien de fois a-t-elle composé le numéro de téléphone du château… Mais, chaque fois, elle a raccroché le combiné avant la première sonnerie, le cœur battant la chamade et les mains moites. Elle s'est cramponnée aux promesses de Léa ; la jeune femme allait tout arranger, et c'était finalement plus facile de s'en remettre à elle…

Marthe est certainement celle qui attend avec le plus d'impatience cette soirée au château, parce qu'elle espère de tout cœur pouvoir enfin approcher le fils de Charlotte. Lui faire comprendre qu'elle regrette infiniment sa faiblesse de caractère et que, désormais, elle sera là pour lui s'il accepte de lui ouvrir son cœur.

L'espoir est tenace, sans doute parce qu'il est le dernier rempart contre le chaos.

Chapitre 59

Ce que Clément apprécie chaque fois, c'est de n'avoir aucune idée de qui sont les personnes qu'il voit défiler. Surtout, surtout, ne mettre aucun visage sur le moindre nom. Ne pas risquer de se laisser aller à humaniser des êtres qui ne le méritent en rien. Ne pas risquer de fléchir, de se laisser attendrir, quand bien même il ne pensait plus que son cœur soit capable de la moindre tendresse. Il tient à ce que tous restent des noms sans consistance, sans regard, sans âme.

Il s'assoit en tailleur, à même le sol, juste pour *être* là. C'est la dernière fois qu'il vient s'installer ici, un peu en retrait, à l'abri du porche de pierre gris sale.

À l'abri.

Comme ces mots paraissent vides de sens. Ridicules.

Il se trouve à l'endroit exact où Charlotte est morte, où lui a poussé son premier cri.

À l'endroit exact où tout a commencé, où tout s'est achevé.

Le jour où il s'est résolu à rendre visite à Clara, quelques mois après qu'Erna lui avait appris la vérité sur ses origines, celle qui était la meilleure amie de sa mère lui a raconté tout ce qu'elle savait. Il l'a poussée sans ménagement, l'a questionnée pour découvrir tous les détails dont elle se souvenait. Pour qu'à travers ses souvenirs il apprenne un peu à connaître Charlotte. Quand, les larmes aux yeux, elle lui a parlé de la nuit de sa naissance, il l'a écoutée en silence, sans jamais l'interrompre. Il a laissé le flot de paroles couler comme un torrent, les poings serrés, la rage au ventre, l'envie de hurler comme un loup. Quand elle a eu fini, il n'a posé qu'une question. « Où est-elle morte ? » Clara a eu l'air surprise de son visage fermé, de son absence d'émotion apparente. Mal à l'aise, elle a séché ses larmes, s'est mouchée, puis a secoué la tête. Elle a parlé de la porte cochère, rue des Potiers. Clément lui a demandé de la lui décrire le plus précisément possible et, pendant que Clara parlait de l'emplacement et de la couleur vert sombre du grand portail en bois, il a fermé les yeux pour que les indications se gravent dans son esprit.

Lorsqu'il a emménagé au château, près de un an après cette conversation, il s'est laissé pousser la barbe quelques jours pour avoir l'air négligé. Il a récupéré de vieux vêtements, a plongé ses mains dans la terre pour que des sillons noirs s'y impriment. Sous le regard médusé de Gustave, il s'est enfoncé un bonnet sur la tête et lui a demandé de le déposer en dehors du village, sur un chemin de terre discret qui lui permettrait ensuite de remonter à pied au village. Seul. Le majordome s'est courbé très légèrement et Clément a apprécié qu'il ne pose pas de questions inutiles.

Il a trouvé la porte cochère sans difficulté : il n'y en avait qu'une dans la rue des Potiers. Un renfoncement sombre de deux mètres qui donnait sur un portail à la peinture écaillée, vert foncé comme l'avait indiqué Clara. Près de quarante années avaient passé, mais le lieu n'avait pas changé, Clément en avait aussitôt eu la certitude.

Personne n'avait daigné mettre une jolie plaque dorée pour rappeler que Charlotte Vernay avait péri à cet endroit précis, dans la solitude la plus atroce. Personne ne s'abaissait à déposer quelques fleurs, comme on le fait pourtant là où des personnes ont perdu la vie dans un accident de voiture, par exemple.

Ce lieu ne représentait donc rien pour personne, alors.

Ébranlé, il s'était assis, avait posé les mains sur les pavés froids, comme pour se connecter au passé.

Tout ce qu'il voulait, c'était se rapprocher de Charlotte. Être au même endroit qu'elle, ressentir ce qui avait pu se passer, cette nuit-là. Être là pour elle, même si elle n'y était plus. Lui dire que tout ça était important. Lui dire que, désormais, quelqu'un *savait*. Quelqu'un qui comptait bien rafraîchir la mémoire des coupables.

La première fois où Clément s'est installé là, il est resté longtemps. Toute la journée. Des dizaines de passants ont défilé, personne n'a vraiment fait attention à lui, pauvre hère déboussolé.

Et puis, malgré lui, il a pris goût à cet anonymat, cet agréable sentiment de tous les berner. Le loup déguisé en mouton qui se pavane au milieu de la bergerie, qui savoure son coup d'avance.

C'est devenu un jeu, un rituel. Venir s'asseoir sous cette porte cochère pour humer l'air, sentir le village sans que quiconque sache qui il est en réalité.

Aujourd'hui, c'est la dernière fois, et il n'est jamais venu à l'idée d'un de ces lâches que le châtelain fortuné et le mendiant en guenilles pouvaient ne faire qu'un. Ils ont tout fait pour entrer en contact avec lui sans jamais s'apercevoir qu'il était régulièrement sous leur nez, à leur merci…

Vendredi matin, jour de marché. Tout le monde passe sans le voir, sans lui jeter le moindre coup d'œil. Oh, parfois une pièce tombe dans son bonnet posé à terre, parfois quelqu'un s'abaisse à lui adresser un petit sourire gêné, mais ça ne va jamais plus loin. Jamais.

Clément savoure ce dernier moment d'invisibilité. Il serait bien en peine de dire ce qu'il ressent. Demain soir, tous viendront au château sur leur trente et un, fébriles de savoir ce qui les attend. Le compte à rebours lancé il y a des mois va enfin s'achever, et c'est un étrange mélange de mélancolie et de chagrin qui lui broie le cœur. La colère semble se tenir à l'écart, comme une mer déchaînée qui se serait retirée et qui laisserait un sable parfaitement lisse. Mais Clément sait que la marée revient toujours, ce n'est qu'une question de temps.

Il dispose le carton marron sur lequel il a écrit au marqueur noir « À votre bon cœur », se recroqueville un peu pour paraître *soumis*. Puis, comme chaque fois, il sort son harmonica, un Hohner à dix trous qui n'a pas bougé depuis que sa mère adoptive, Élise, le lui a offert pour ses douze ans. À l'époque, devant sa mine étonnée, elle lui avait affirmé qu'avec cet instrument plus jamais il ne pourrait venir se plaindre qu'il s'ennuyait ou qu'il ne savait pas quoi faire de son temps libre. Clément avait remisé l'harmonica au fond d'un tiroir sans plus y penser, jusqu'au jour où il était tombé sur Albert Raisner qui en jouait dans l'émission que ses parents adoraient, « Âge tendre et tête de bois ». Clément en était resté muet d'admiration et il s'était empressé de retrouver le cadeau de sa mère. Combien d'heures avait-il passées, seul dans sa chambre ou à l'internat, à s'acharner pour apprendre à en jouer ?

Élise avait eu doublement raison : avec son harmonica, Clément ne s'était plus jamais ennuyé, mais, surtout, le précieux instrument lui avait toujours donné une contenance quand il ne savait pas quoi faire de ses mains.

Aujourd'hui encore, sous cette porte cochère, offert à ses ennemis, c'est le cas. Il sort son harmonica de la poche intérieure de sa vieille veste informe, prend une inspiration et commence à jouer.

Toujours la même mélodie, en boucle.

Cette chanson que Charlotte adorait, c'était peut-être même sa préférée, même s'il ne le saura jamais. Elle en parle dans une de ses lettres à Tobias, en tout cas. Elle lui recopie le refrain, dessine quelques notes de musique autour. Peut-être lui fredonnait-elle les paroles à l'oreille, lorsqu'ils étaient à deux, heureux. Peut-être était-ce *leur* chanson. Clément n'en sait rien, mais il aime se laisser aller à imaginer le couple qu'ils formaient.

Ses parents.

Il ferme les yeux pour jouer le refrain, chante les mots d'Esther Lekain dans sa tête comme pour leur rendre hommage.

> « Tout ça n'vaut pas l'amour, la belle amour,
> la vraie amour…
> L'amour qui fait revivre et qui vous enivre…
> Encore et toujours… »

Au coin de la rue des Potiers, Marthe Vernay apparaît, quelques emplettes à la main. Son époux a préféré rester au café plutôt que l'accompagner au marché, ce matin. Bien plus important de refaire le monde et de marmonner sur la mystérieuse réception à venir que de l'aider à porter les fruits et légumes pour la semaine.

Lorsqu'elle entend la mélodie que le mendiant joue avec son petit harmonica qui disparaît au creux de ses paumes, elle soupire. Ses épaules s'affaissent. C'est évidemment loin d'être la première fois qu'elle tombe sur lui, d'autant qu'il s'installe toujours au même endroit, mais, chaque fois, cette chanson est comme un violent coup de poing dans son plexus. Un instant, ça la fait suffoquer, son cœur tambourine dans sa poitrine comme pour lui ordonner de se remettre immédiatement à respirer.

Machinalement, ses pieds s'arrêtent. Refusent d'avancer, de passer devant lui. Hors de question d'être imprégnée encore, de cette mélodie qui ensuite ne la quittera plus de la journée. C'est trop de douleur.

Alors, lentement, elle tourne sur elle-même pour rebrousser chemin. Elle fera le grand tour, passera par ces rues désertes aux maisons dépecées, celles qui la font frissonner et qu'elle a l'habitude d'éviter quand elle chemine seule.

Le silence pesant sera toujours préférable à cette chanson qui, irrémédiablement, la ramène à Charlotte.

Chapitre 60

Léa vient à peine de finir de déjeuner avec Baptiste que le téléphone sonne dans le salon de leur petit appartement. Sans demander la permission, son fils file décrocher le combiné puis, au bout de quelques secondes silencieuses, lui lance d'un ton vaguement déçu que l'appel lui est destiné.

À l'autre bout du fil, la voix rocailleuse et un peu guindée de maître Faelens. Pourtant il y a quelque chose de différent dans son intonation, songe Léa sans trouver immédiatement quoi. Après quelques amabilités d'usage, le notaire finit par entrer dans le vif du sujet :

— Si je vous contacte aujourd'hui, mademoiselle Ackerberg, c'est parce que j'ai une nouvelle à vous annoncer. Une bonne nouvelle, précise-t-il aussitôt, comme s'il craignait que la jeune femme panique.

À cet instant, Léa parvient à mettre le doigt sur ce qui lui paraît inhabituel chez le vieil homme de loi toujours flegmatique. Son ton est *guilleret*, un mot qu'elle n'aurait jamais cru pouvoir lui associer. Méfiante malgré elle – elle n'a pas l'habitude que de jolies surprises lui tombent du ciel –, Léa lâche un simple « Oh ? » étonné et poli, pour le laisser poursuivre.

— Il s'agit de la succession de Rose Flament. Figurez-vous que la part de Marie-Anne a été rachetée et mise à votre nom, et que l'ensemble des frais de succession a été réglé. J'avais du mal à y croire, mais j'en ai eu la confirmation en fin de matinée, d'où mon appel ! s'exclame-t-il comme s'il venait de lui annoncer qu'elle avait gagné au Loto.

Et, en un sens, c'est exactement ce qu'il lui annonce. Léa, qui a l'habitude de marcher dans son salon lorsqu'elle est au téléphone jusqu'à ce que le cordon exige qu'elle fasse demi-tour, s'immobilise d'un seul coup. Certaine d'avoir mal entendu ou compris, elle demande à maître Faelens de répéter les mots qu'il vient de prononcer. Une fois qu'il les lui a redits en prenant soin d'articuler comme si elle était gâteuse, Léa porte la main au creux de ses clavicules, juste à l'endroit où se trouve son précieux médaillon, celui qui lui vient de ce père qu'elle n'a jamais pu connaître, celui que sa mère était parvenue à récupérer on ne sait comment des mains des Allemands à Malines. Elle s'assoit sur le sofa, ou plutôt se laisse tomber dessus ; ses jambes flageolent. Depuis la cuisine, Baptiste l'observe d'un air inquiet.

— Comment ça, je ne comprends pas... Qui aurait pu faire une chose pareille ? bredouille Léa en se massant la tempe gauche.

— Ça, je ne suis pas en mesure de vous le dire. Et, après tout, peu importe, mademoiselle. L'important, c'est le résultat : désormais, la ferme vous appartient, et vous êtes libre d'en faire ce qu'il vous plaît, déclare le notaire, jovial.

Léa insiste, refuse de croire que les choses puissent s'arranger de façon si inattendue et mystérieuse.

— Personne ne fait ça..., souffle-t-elle sans trouver d'autres mots pour exprimer son hébétude.

Si elle ne connaissait pas le morne sérieux du notaire, elle s'attendrait à ce qu'il éclate de rire en lui avouant qu'il s'agissait d'une plaisanterie et qu'il est désolé de lui avoir fait une fausse joie.

— Écoutez, je vous le répète : je ne suis pas en mesure de vous dire qui est à l'origine de ce rachat. Si j'étais à votre place, je me contenterais de remercier ma bonne étoile… Ce n'est pas tous les jours qu'un bienfaiteur anonyme se manifeste ! riposte maître Faelens avec enthousiasme.

Il lui fait promettre de passer à son office en début de semaine prochaine pour signer quelques documents, et Léa raccroche, sonnée.

— Qu'est-ce qui se passe, maman ? l'interroge Baptiste en venant s'asseoir à côté d'elle.

— Apparemment… La ferme est à nous, murmure-t-elle d'une voix atone.

Le visage de son fils s'éclaire d'un large sourire.

— Ça veut dire qu'on va pouvoir s'y installer ? demande-t-il en sautillant sur place.

Léa observe le regard joyeux de son garçon. Lui ne se pose pas la moindre question, et paraît au comble du bonheur. Alors elle rend les armes : après tout, pourquoi ne pas profiter de cette bonne nouvelle et savourer un avenir qui semble soudain plus lumineux ?

Quelques heures plus tard, lorsqu'elle a passé sa robe noire aux manches translucides – la seule qui lui semble correspondre à la consigne « Tenue correcte exigée » –, Léa contemple son reflet dans le miroir de son armoire. Elle hoche la tête pour elle-même, se sourit. Elle sait parfaitement que le bienfaiteur anonyme ne peut être que Clément de Clercq, et après y avoir réfléchi tout l'après-midi, elle se sent à la fois heureuse d'être parvenue à lui faire entendre raison et soulagée que l'homme blessé ait pu se remettre en question, même si elle n'attendait aucunement de lui qu'il l'aide financièrement à ne pas perdre la ferme de son enfance. Qu'est-ce qui a pu le faire changer d'avis, lui qui semblait si froid et déterminé lors de leur rencontre ? A-t-il repensé à l'histoire qu'elle a pris la peine de lui confier, celle de ses parents raflés et de ce village qui s'est ligué pour la sauver, elle, la petite Juive sortie de nulle part ? A-t-il pris conscience de la révélation qu'elle a faite avant de quitter le château, s'est-il rendu compte de ce que ça signifiait, que sa grand-mère n'ait jamais su qu'il avait survécu à l'accouchement, qu'elle n'ait jamais su qu'elle avait un petit-fils ?

Léa a un très bon pressentiment pour ce soir, et son intuition la trompe rarement. Cette réception, qui devait être l'occasion pour Clément de Clercq de révéler son identité et de cracher sa haine à tous les visages présents, sera finalement un événement heureux. Celui du pardon et de la réconciliation. Celui des retrouvailles entre une grand-mère et son petit-fils. Elle réfléchit aux choses de façon rationnelle, et tout paraît évident : Clément de Clercq est la seule personne qui était au courant de ce problème de succession, la seule personne ayant les moyens de jouer les bons Samaritains. Et s'il a décidé d'offrir la possibilité à Léa de conserver la ferme, ce ne peut être pour continuer à démolir le village, sinon à quoi bon ?

Elle s'est retenue de téléphoner à Marthe pour lui affirmer qu'elle était certaine que tout se passerait bien, d'abord parce qu'elle n'avait aucune envie de tomber sur Henri Vernay, et ensuite parce qu'elle préfère ne pas trop s'avancer. Mais elle est convaincue que Clément de Clercq a trouvé suffisamment de courage en lui pour renoncer à son projet de vengeance, pour renouer avec ses racines plutôt que de chercher à les arracher comme de vulgaires mauvaises herbes.

Tout compte fait, elle aura réussi à sauver son village. Et peu importe que personne ne le sache ; ce qui compte, c'est que le massacre cesse et que Sabran-sur-la-Lys retrouve un avenir.

Baptiste est ravi de pouvoir rester seul ce soir ; il est déjà en train de regarder les cassettes vidéo rangées dans la bibliothèque pour se choisir un film. Léa doit passer prendre sa mère en voiture. Elle attache ses cheveux en une demi-queue un peu floue, met du rouge à lèvres avec application avant d'embrasser son fils et de lui faire promettre de ne pas veiller trop tard.

Arrivée rue des Archers, elle klaxonne trois fois, comme elle en a l'habitude. Ludmilla ne supporte pas cette manie ; elle a toujours détesté se faire remarquer, elle qui toute sa vie aura avant tout cherché à se faire discrète. Mais pour Léa, c'est une façon de clamer qu'elles ont le droit d'exister, de montrer à sa mère qu'il ne faut pas avoir peur.

Comme elle s'y attendait, Ludmilla sort moins d'une minute plus tard, en jetant des coups d'œil inquiets de part et d'autre, comme si elle craignait que ses voisins sortent sur leur perron pour pester contre ces coups de Klaxon.

— Je t'ai déjà dit cent fois de frapper à la porte plutôt que d'ameuter tout le quartier…, bougonne-t-elle en s'engouffrant dans la voiture.

— Et moi, je t'ai déjà dit cent fois que ça ne dérangeait personne hormis toi ! sourit Léa.

Sa mère peut bien maugréer en bouclant sa ceinture, rien ne pourra assombrir la bonne humeur de la jeune femme.

Léa gare sa CX un peu en contrebas, car Ludmilla insiste pour marcher un peu. La vérité, c'est sans doute qu'elle préfère que leur arrivée passe inaperçue, d'autant que la grande majorité des villageois est venue à pied ce soir. Dans la montée qui serpente jusqu'au château, Ludmilla fait mine de ne pas être essoufflée tandis que Léa rit sous cape de l'obstination de sa mère. Elle ne la changera pas, de toute manière…

Les yeux fixés sur la tour du château qui se rapproche au fur et à mesure de leur avance, Léa fronce soudain les sourcils. Il y a quelque chose d'étrange, mais elle est incapable de trouver quoi.

— Tiens, il a enfin remis l'horloge en marche. Comme quoi il ne faut jamais désespérer, commente Ludmilla en s'immobilisant quelques instants pour faire semblant d'admirer la vue.

Léa tressaille. Sa mère a raison !

Les aiguilles de la grande horloge de la tour ont repris vie. La jeune femme jette un coup d'œil à sa montre pour s'assurer qu'elle ne rêve pas. Les heures concordent. Ça alors !

Il est évident que c'est un signe de paix, Léa en mettrait sa main au feu. Encore un ! Ludmilla ne paraît pas s'enthousiasmer de ce qui est pourtant un événement d'une grande portée symbolique, mais Léa a soudain du mal à contenir sa joie. Tout juste si elle résiste à l'envie de passer son bras sous celui de sa mère pour la faire avancer plus vite !

Elles arrivent devant les grilles du château à dix-neuf heures précises. La montre de Léa et l'horloge aux aiguilles dorées sont formelles. La plupart des habitants du village sont déjà présents, tous bien plus endimanchés que lors de la messe dominicale. Ils attendent, amassés en petits groupes, dansant d'un pied sur l'autre devant l'immense portail qui est, pour la première fois depuis près de deux ans, grand ouvert.

Étonnées que personne ne soit encore entré, Léa et sa mère rejoignent la foule et le brouhaha ambiant.

— Alors, que se passe-t-il ? Personne n'ose entrer en premier ? plaisante la jeune femme, en regardant Raymond Molinet engoncé dans son costume et son écharpe tricolore en bandoulière.

Françoise Lemaître, la boulangère, se tourne vers elle et la dévisage d'un air grave. Visiblement, l'heure n'est pas à la fête. Auraient-ils pu ne pas remarquer que l'horloge fonctionnait de nouveau ? D'un signe de tête, son mari désigne le château, à quelques mètres d'eux.

Léa dirige son regard vers la majestueuse demeure.

Alors, elle comprend le désarroi de tous ceux qui sont arrivés avant elle, fébriles à l'idée d'assister à une réception inédite.

Les grilles sont grandes ouvertes, et on pourrait croire qu'il s'agit d'un geste accueillant. Entrez, entrez chez moi, vous êtes les bienvenus.

Les grilles sont grandes ouvertes. Les portes du château sont absentes, de même que toutes les fenêtres de la demeure.

Il ne reste plus que les murs, troués, ouverts, béants.

Léa déglutit avec difficulté ; sa gorge est comme tapissée de minuscules éclats de verre. Elle regarde autour d'elle, aperçoit le clan Vernay, juste devant la grille. Elle découvre Marthe, qui ressemble à un oiseau affolé qu'on aurait mis en cage et qui n'oserait plus faire le moindre mouvement.

Ça va aller, se répète-t-elle machinalement, son cerveau étant incapable de comprendre ce qui se passe.

Elle fait quelques pas pour parvenir à la hauteur de la vieille dame, passe son bras sous le sien sans se soucier du regard interloqué d'Henri et Julien Vernay. Ensemble, elles pénètrent dans la cour du château, à pas lents, puisque Léa règle son pas sur celui de Marthe.

— Mon petit-fils…, chuchote-t-elle d'un ton étrangement plaintif, et Léa ne peut que poser la main sur la paume de la vieille dame pour tenter de la rassurer.

Sans un mot, elles passent la porte d'entrée, ou plutôt le trou rectangulaire qui reste à présent. Elles longent le couloir qui mène au grand salon, dans l'espoir d'y trouver Clément de Clercq et ses deux acolytes, dans l'espoir de découvrir un buffet dressé et de la musique douce, peut-être.

Mais l'endroit est désert.

Désert et déserté.

Éventré puis abandonné à son tour, comme tout le reste du village.

Chapitre 61

Clément est parti au petit matin, au moment où le jour pointait à peine à l'horizon. Il a attendu que les ouvriers en aient terminé avec le château, que la camionnette de déménagement ait disparu dans l'obscurité, et qu'il ne reste plus rien.

Plus rien hormis le silence.

Il est resté là plusieurs longues minutes, seul. Barbara et Gustave avaient pris le large deux jours auparavant, un peu à contrecœur sans doute. Mais Clément était resté intransigeant : seul le capitaine devait rester pour assister au naufrage de son navire.

La réception devait avoir lieu le soir même. Ce moment qu'il avait tant attendu, le clou du spectacle.

Mais, finalement, il ne serait pas là pour y assister. Il ne serait pas là pour observer les visages défaits, empreints de tristesse ou de colère. Il avait téléphoné à Erna, simplement pour lui annoncer qu'il en avait fini avec Sabran-sur-la-Lys. D'un ton hésitant, elle lui avait demandé ce que ça signifiait, au juste, et il s'était contenté de répondre que tout était terminé, et advienne que pourra.

Advienne que pourra.

Dans la tour du château, Clément a monté l'étroit escalier métallique en colimaçon, jusqu'à parvenir à la pièce exiguë qui abrite les rouages de l'horloge. Cette horloge magnifique qui, il le sait, a toujours fait la fierté des Sabranois. Jusqu'à ce qu'il prenne la décision de l'arrêter, le 23 novembre dernier, le même jour où toutes les portes et fenêtres possibles ont été retirées simultanément, en un ballet aussi bruyant qu'émouvant.

Le 23 novembre 1944. Une date essentielle pour lui seul, sans doute.

Ont-ils cru à une coïncidence, un incident, un hasard ? Y a-t-il même un villageois, ce jour-là, qui ait remarqué à quels endroits les aiguilles dorées s'étaient figées ?

23 h 11. 23/11.

Clément n'a jamais été du genre à laisser les choses au hasard. Il a tout orchestré dans les moindres détails, quand bien même le chemin a brutalement bifurqué juste avant l'arrivée.

À l'automne dernier, juste avant que les ouvriers ne débarquent au village, il avait pour la première fois gravi cet escalier en colimaçon, une masse à la main, avec la ferme intention de tout saccager. Il avait repoussé les toiles d'araignées, avait eu les poumons en feu tant la minuscule pièce était poussiéreuse. Mais quand il était tombé sur l'enchevêtrement de rouages et d'engrenages brillants, son bras était retombé mollement. Sans savoir pourquoi, il s'était senti incapable de détruire ce trésor qui avait dû demander des heures de travail minutieux. Peut-être parce que, à cet instant-là, il avait pensé à Lazare qui, toute sa vie, avait passé son temps courbé sur des bijoux. Celui qui avait assumé le rôle de son père pendant près de quarante ans aurait trouvé insupportable que Clément s'en prenne à cette horloge. Alors il s'était contenté de patienter quelques minutes supplémentaires pour qu'il soit 23 h 11, puis il avait flanqué le manche de sa masse à travers l'espèce de grande roue verticale au centre des rouages. Aussitôt, le mécanisme s'était immobilisé.

Le temps s'était figé sur Sabran et, du haut de sa tour, sans que personne puisse en être témoin, Clément avait hurlé sa rage et son chagrin.

Près de sept mois après, il est donc remonté dans cette pièce toujours aussi poussiéreuse. À 23 h 11, au cours de la nuit, il a retiré la masse, le plus délicatement possible cette fois-ci. Perdu dans ses pensées, il a remonté la petite manivelle pour que les engrenages s'animent de nouveau.

Au moment de monter dans sa Jaguar, après s'être assuré d'un coup d'œil à l'horloge que le temps défilait de nouveau, Clément a sifflé le chien, qu'il n'avait pas vu depuis la veille déjà. Il a fait tout le tour du château en l'appelant, mais l'animal ne s'est pas montré. Pour la première fois, Clément a hésité sur la conduite à tenir, avant de décider que le chien était aussi libre que lui. Peut-être bien qu'il était parti comme il était apparu, et qu'il fallait simplement l'accepter.

Ce n'était pas son chien, de toute façon. Ils s'étaient peut-être apprivoisés l'un l'autre, durant tous ces mois, mais ils n'étaient en rien responsables l'un de l'autre. Saint-Exupéry avait tort, voilà tout.

Ce n'était pas son chien.

Alors Clément a allumé le contact de sa voiture et a démarré sans plus attendre. Jusqu'à la sortie du village, il a attendu malgré lui que des aboiements retentissent dans le calme de l'aube. L'a espéré, peut-être même. Puis il a appuyé sur l'accélérateur et a déserté sans un regard dans son rétroviseur.

Chapitre 62

Le lendemain de la réception manquée, Marthe et Henri se promènent le long du canal. En ce dimanche matin, malgré la chaleur printanière, l'endroit est désert ; à croire que tout Sabran peine à émerger de la stupeur infligée la veille.

Marthe n'avait aucune envie d'aller marcher, mais Henri n'en a eu que faire, évidemment. Elle a eu beau répéter qu'elle se sentait patraque, il a fait comme s'il ne l'entendait pas. Sa meilleure stratégie, depuis toujours, pour imposer ses vues. Elle aurait eu envie de rester assise dans le canapé et d'attraper tranquillement son panier à tricot tandis qu'Henri enfilait ses chaussures avec son chausse-pied, mais, sans véritablement comprendre pourquoi, elle n'imaginait pas le laisser aller faire sa marche dominicale seul. Alors, en laissant échapper un petit soupir, elle l'a suivi, en se convainquant que, de toute manière, cela lui ferait le plus grand bien de prendre l'air avant de se rendre chez Julien et Suzanne. Ce midi, ils sont invités à célébrer l'anniversaire de mariage de leur fils et de leur belle-fille, et il est certain qu'ils vont rester à table jusqu'au soir, à enchaîner les assiettes copieusement remplies…

Au loin, une tourterelle invisible roucoule ; c'est le seul bruit qui trouble la quiétude de leur balade. Marthe et Henri n'ont jamais eu l'habitude de converser. Habituellement, elle se contente d'écouter son mari pester contre quelque chose et d'acquiescer de temps à autre pour le satisfaire. Mais aujourd'hui est un nouveau jour, apparemment, puisque Henri n'a pas prononcé un mot depuis la veille. Le front barré de rides, il semble ruminer, mais Marthe n'est pas dupe : elle a parfaitement perçu le soulagement qu'il a ressenti lorsqu'il a compris que le châtelain avait pris la poudre d'escampette et ne reviendrait sans doute jamais, laissant Sabran à l'abandon. Soulagement qui ne peut s'expliquer que d'une seule manière, d'après elle : Henri est ravi que l'identité de l'étranger reste secrète, et que personne au village n'apprenne qu'il est le grand-père d'un *fils de Boche*. Rien que de formuler cette pensée lui donne des haut-le-cœur ; comment a-t-elle pu accepter tant d'horreurs, tant de mensonges, comment ? Il lui semble que la femme qu'elle était il y a quarante ans n'a rien à voir avec celle qu'elle est aujourd'hui, mais sans doute se leurre-t-elle en pensant qu'elle a tellement changé. Personne ne change jamais vraiment, alors pourquoi ferait-elle exception, après tout ?

Au village, ils ont tous été estomaqués de la tournure qu'ont prise les événements : tout ce foin pour une soirée qui n'a finalement même pas eu lieu… Les uns après les autres, ils étaient redescendus sans comprendre ce qui s'était passé. Marthe était bien placée pour le savoir : toute cette folie occuperait les esprits encore quelques jours, quelques semaines, puis ils passeraient à autre chose. Ils rangeraient ça au fin fond de leur mémoire, au même endroit qu'ils rangeaient depuis bien longtemps tous les souvenirs un peu trop désagréables ou *dérangeants*.

Le silence se fait plus dense au fur et à mesure qu'ils cheminent tous les deux. Henri s'appuie sur sa canne de toutes ses forces ; au fond, il n'est désormais plus qu'un vieillard borné… Tout l'écœurement et la colère que Marthe ressent n'ont même plus de véritable cible ; c'est il y a longtemps qu'elle aurait dû se rebeller et l'affronter. Elle n'a même pas envie de lui révéler qu'elle sait tout ; à quoi bon ? Il lui dirait qu'elle est aussi coupable que lui, à avoir fermé les yeux sans chercher à comprendre, et il aurait raison, évidemment. Ou alors il nierait tout en bloc, en dépit de l'évidence, et elle est tellement influençable qu'il pourrait finir par la convaincre qu'il a raison et qu'elle s'est inventé des chimères.

À quoi bon ?

Elle gardera sa rancœur et sa haine – parce que c'est bien de haine qu'il s'agit, à présent. Elle a perdu son petit-fils, deux fois. Ses espoirs de retrouvailles ont été réduits à néant, si rapidement qu'elle s'est surtout sentie ridicule d'avoir pu imaginer que les choses s'arrangeraient miraculeusement.

Comme à son habitude, Henri marche sur l'herbe qui longe le canal plutôt que sur le chemin de terre battue et caillouteuse. Il déteste buter avec sa canne, les touffes de pelouse lui semblent plus sûres. Marthe progresse au même pas que lui, habituée à se caler sur son rythme. Toute sa vie, elle n'aura fait que ça : se *calquer* sur lui.

Sans un mot, elle observe l'herbe parsemée de pissenlits, au bord de l'eau. Des centaines de taches jaune vif venant donner un peu de couleur à ce lieu qui ne décline qu'un camaïeu de gris et de vert. Marthe aurait presque envie de s'exclamer pour faire remarquer à son époux le nombre étonnant de ces fleurs sauvages le long de la Lys : on dirait qu'elles ont colonisé l'endroit, et c'est bien la première fois que la vieille dame en voit tant. Un tapis de lumière qui semble dévorer les doux rayons du soleil. Pourtant, elle garde son étonnement pour elle-même et n'ouvre pas la bouche. Au mieux, Henri se contenterait d'ignorer ses paroles. Au pire, il grommellerait dans sa barbe d'un ton mauvais. « Qu'est-ce qu'on en a à faire, de tes maudits pissenlits ? Tu n'as rien de plus intéressant à raconter ? » La seule chose qu'il daigne regarder quand il marche, ce sont ses chaussures, comme s'il avait besoin de se concentrer sur elles pour les faire avancer…

Soudain, le pied de Marthe dérape sur une pierre et elle laisse échapper un cri aigu. La douleur est fulgurante et il lui faut toute l'énergie du monde pour ne pas s'étaler de tout son long et rester stoïquement debout. Elle voudrait se baisser pour toucher son pied droit, mais elle sait qu'elle est incapable d'une telle acrobatie. Alors, lentement, elle claudique en grimaçant jusqu'au banc le plus proche. Un banc en lames de bois brut comme il y en a une vingtaine le long du canal ; c'est le maire qui les a fait installer quelques mois avant sa dernière réélection, comme s'il craignait de ne plus avoir les faveurs des Sabranois. Marthe a toujours entendu Henri pester contre ces installations inutiles, dire que je paye des impôts pour que des fainéants se prélassent devant l'eau au lieu de marcher comme tout le monde… Il n'a jamais voulu poser ses fesses dessus lors d'une de leurs promenades, par principe.

Aujourd'hui, pourtant, Marthe est bien heureuse de pouvoir s'asseoir sur ce banc, et elle ne demande pas l'autorisation à son mari avant de le faire. En serrant les dents, elle se masse la cheville, incapable de poser le pied au sol.

Henri se retourne, surpris. Il fait un pas vers le banc avant de s'immobiliser et de s'appuyer sur sa canne pour contempler son épouse.

— Allons bon, qu'est-ce qui t'arrive ? marmonne-t-il, les sourcils froncés.

Les lèvres scellées, Marthe se contente de montrer sa cheville endolorie, qui commence déjà à gonfler. Henri paraît très ennuyé. Ennuyé, c'est le seul semblant de sentiment qu'elle lit sur le visage fermé de son époux. Pas de compassion, pas d'empathie ; de toute façon, Henri n'a jamais même pu imaginer que de telles émotions existaient. Il se gratte le sommet du crâne, relève la tête pour regarder au loin, sur sa gauche. En direction de la maison de Julien et Suzanne, sans doute. Marthe connaît son mari avec une telle précision qu'elle sait exactement les pensées qui agitent son cerveau : ils vont être en retard pour le déjeuner et Henri déteste être en retard. Être ponctuel, c'est essentiel.

— Tu peux marcher, quand même..., maugrée-t-il, le regard toujours fixé à l'horizon.

Sa phrase tient plus de l'affirmation que de la question, mais Marthe ose faire non de la tête. Elle a la gorge nouée tellement son articulation la fait souffrir. Des décharges électriques de douleur. Pourrait-elle s'être cassé quelque chose ?

— Je vais jusque chez Julien, on est attendus, et être ponctuel..., déclare Henri sans prendre la peine d'achever son éternelle rengaine. Je dirai à Violette de venir te récupérer : elle pourra se garer sur le pont et t'aider à marcher, je suppose...

Marthe ne répond rien. C'est à peine si elle hoche la tête. De toute manière, Henri n'attend pas son assentiment.

— Au moins, il n'y en aura qu'un de nous deux qui arrivera en retard, c'est moins grave..., lance-t-il en commençant déjà à s'éloigner, plus pour lui-même qu'à l'intention de son épouse.

Marthe reste là, assise sur le banc. Avec une délicatesse infinie, elle retire sa chaussure pour libérer son pied qui a déjà doublé de volume. La peau est violacée. Elle lève les yeux vers la silhouette d'Henri qui diminue peu à peu jusqu'à disparaître au tournant, quelques mètres plus loin. Elle n'est même pas surprise de son attitude. À peine écœurée, au fond. Ce n'est qu'une écharde de plus, rien d'autre.

Il n'y a plus qu'à attendre, à présent, en espérant que Violette viendra la secourir bientôt. Les pissenlits s'agitent doucement, de l'autre côté du chemin. Soudain, Marthe revoit Charlotte qui s'empressait de les cueillir, à la fin de l'été, pour les souffler le plus fort possible en gonflant ses joues rebondies. Quel âge pouvait-elle bien avoir ? Cinq ans, six ans peut-être ? Chaque fois, Marthe s'agenouillait à côté d'elle de crainte que la petite ne s'approche trop du bord et tombe à l'eau. Le cœur en vrac, elle réentend le rire cristallin de sa fille quand les akènes duveteux se dispersaient dans les airs. C'est comme si c'était hier, et la vivacité de ce souvenir enfoui depuis des décennies manque de faire déborder les yeux de la vieille dame. Machinalement, elle se cramponne au banc, comme si elle risquait de vaciller. « J'ai fait un vœu, maman, tu crois qu'il va se réaliser ? »

Combien de vœux Charlotte a-t-elle pu faire, au bord de ce canal ? Combien… ?

De son côté, Henri continue à cheminer seul, toujours sur la bande d'herbe le long de l'eau de façon à éviter les cailloux. Si Marthe l'avait imité, elle ne se serait pas tordu la cheville, au moins… Et ils auraient pu arriver à l'heure au déjeuner… Malgré lui, il presse le pas comme il peut, en prenant soin de regarder où il pose sa canne. Il sent l'agacement se répandre dans ses veines, essaye de relativiser les choses. Violette saura très bien s'arranger de la situation, et pendant qu'elle sera occupée à retrouver Marthe, ils prendront l'apéritif dans le jardin de Julien, voilà tout. Suzanne aura sans doute préparé des amuse-gueules. En moins de temps qu'il n'en faudra pour le dire, tout sera résolu et ils pourront passer à table. Avant treize heures, même.

Soudain, Henri aperçoit une silhouette sombre, au loin. Il plisse les yeux pour voir de quoi il s'agit, mais le soleil est traître et l'empêche de distinguer autre chose qu'une boule noire qui se rapproche à vive allure. Le vieil homme s'arrête un instant, met sa main en visière pour neutraliser l'éblouissement. Il a à peine le temps de le faire que la silhouette passe en trombe à sa hauteur.

Il est difficile de dire si elle le frôle ou si elle le bouscule, mais peu importe, au fond, puisque le résultat est le même : surpris, Henri vacille brusquement. Il pousse un cri rauque tandis que le chien au pelage noir poursuit sa route sans ralentir.

Tout se passe en quelques secondes à peine.

Henri perd l'équilibre et lâche sa canne, et sans que personne puisse assister à l'enchaînement de ses mouvements incohérents, il tombe dans l'eau sombre du canal. Le vieil homme s'agite, gesticule dans tous les sens, aussi étonné que paniqué. Il est incapable de trouver la moindre prise ; la bordure en béton du canal mesure près de un mètre de hauteur. Un homme plus jeune parviendrait probablement à se hisser sans encombre pour s'accrocher au rebord, mais pas lui.

Il hurle et vocifère, comme il l'a toujours fait, même s'il n'y a personne pour l'entendre. Il n'y a personne, absolument personne pour lui venir en aide. À une dizaine de mètres de là, le pont en pierre de taille qui enjambe la Lys depuis des siècles.

Plus de quarante ans plus tôt, Marthe se trouvait exactement au même endroit, mais Henri est trop occupé à tenter de sauver sa vie pour le remarquer.

Plus de quarante ans plus tôt, Marthe se trouvait exactement au même endroit, et, lorsque Henri finit par disparaître dans l'eau noire, la tourterelle invisible se remet à roucouler.

Comme si de rien n'était.

Abandonnée sur son banc, Marthe admire le ciel bleu éclatant tout en accueillant comme elle le peut l'image de

Charlotte soufflant sur les pissenlits, toute à son bonheur. Elle aurait aimé partager ce souvenir avec son petit-fils ; il n'y a sans doute que lui que ce bris de mémoire aurait pu intéresser…

Le soleil est déjà haut, à narguer le cœur chagrin de la vieille dame. Il y a plus de quarante ans, elle se trouvait au bord de ce canal, songe-t-elle soudain, sans qu'il y ait le moindre lien avec la vision de sa fille et ses bouquets de pissenlits. Ce jour-là, il faisait aussi beau qu'aujourd'hui, Marthe s'en souvient encore. Ce jour-là, elle avait sauvé un soldat allemand de la noyade, sans réfléchir, et Henri l'avait accablée de mépris et de reproches. Il avait réussi à lui faire ressentir de la honte, d'ailleurs.

Pourtant, aujourd'hui, Marthe se rend compte à quel point ce geste est peut-être la *seule* chose de bien qu'elle ait accomplie dans sa vie.

Contre toute attente, incapable de se lever de ce banc, elle sent une étrange sérénité l'envahir tout doucement, comme si quelqu'un venait de lui déposer un plaid bien épais sur les épaules pour la réchauffer.

Au loin, elle aperçoit un chien noir qui batifole le long du canal, courant dans sa direction. Si Henri était là, Marthe est certaine qu'il pesterait contre les promeneurs inconscients qui laissent leurs animaux vagabonder sans laisse.

Une fois à sa hauteur, le chien ralentit sa course jusqu'à s'arrêter devant elle, comme s'il était arrivé *à destination*. Avant même que Marthe puisse esquisser un geste de recul, il lui lèche la cheville.

Puis il s'allonge à ses pieds.

— Tu as envie de me tenir compagnie, c'est ça ? murmure la vieille dame en lui caressant la tête.

Évidemment, le chien ne répond pas. Il se contente de regarder au loin vers le canal, le museau posé sur ses pattes de devant, et Marthe se dit qu'elle pourrait peut-être l'apprivoiser.

L'adopter.

Ça ne plaira pas à Henri, c'est sûr, mais après tout, qu'est-ce que ça peut bien faire ?

— J'ai fait un vœu, maman, tu crois qu'il va se réaliser ?

— Si tu as réussi à souffler tout ton pissenlit d'un seul coup, je pense que oui, Charlotte…

— Alors ça veut dire que j'aurai bientôt un chien !

— Ah ça, je ne sais pas… Ton père ne sera jamais d'accord…

— Mais, un vœu, c'est un vœu, non ? Je voudrais tellement, tellement avoir un chien, je sais déjà à quoi il ressemblerait : il serait grand, noir, avec des poils doux comme de la soie et un regard malicieux… J'ai soufflé tout le pissenlit, regarde, il ne reste plus que la tige !

— Dans ce cas, tu as sans doute raison d'y croire, ma chérie. Tu as sans doute raison d'y croire…

Remerciements

À Jack, évidemment, pour m'avoir confié une idée d'histoire qu'il portait depuis longtemps dans son cœur. Pour s'être dit que j'étais capable d'en créer les personnages et d'en faire un roman. Pour avoir accepté de lâcher prise et de me laisser m'approprier complètement quelque chose qui n'était pas né en moi. Pour avoir pensé, bien avant moi sans doute, que je saurais me montrer à la hauteur.

J'espère l'avoir été.

À mon père, toujours mon premier lecteur. Celui qui me rend mon manuscrit en déclarant chaque fois : « Ouais, ça fonctionne. » Je me permets d'interpréter cette phrase laconique comme un compliment hautement enthousiaste ; dans la famille, on n'est pas trop dans la démonstration.

À Nicolas, qui ne se lasse jamais de noter mes idées quand je lui lance : « Tu peux retenir ça, s'il te plaît ? Sinon, c'est sûr, je vais l'oublier… » Qui n'est même pas exaspéré quand je m'offusque, les rares fois où il n'a pas consigné les bribes de pensées sans queue ni tête que je lui ai confiées.

À ma grand-mère, qui, roman après roman, continue d'espérer me voir invitée à La Grande Librairie pour enfin pouvoir dire à toutes ses copines de bridge d'allumer leur télévision – Un jour, on y arrivera, mamie !

À Bernard Fixot, pour avoir encore envie de parier sur moi.

À Édith Leblond et Renaud Leblond, pour leur enthousiasme et leur bienveillance.

À Gwenaëlle, pour m'aider à travailler, retravailler, et encore retravailler mes textes jusqu'à ce qu'ils soient à la hauteur de ce qu'on imaginait. Et pour être toujours disponible au moindre coup de blues, au moindre moment de doute – et ils sont nombreux.

À David, Stéphanie, Anissa et Marine, qui tous se démènent pour faire connaître mes romans et leur permettent de trouver leurs lecteurs.

À Monique Heddebaut, pour avoir partagé avec moi ses connaissances sur la rafle du 11 septembre 1942.

À Jeannine de Saint Jan, pour avoir accepté de plonger dans ses souvenirs d'enfance et d'en remonter des choses précieuses.

À vous, qui prenez la peine de m'écrire ou de venir me voir dans les salons pour me confier que vous avez aimé mes histoires, que vous avez eu de la peine à vous séparer de mes personnages. Je pense que vous n'avez aucune idée à quel point vos mots sont ceux qui me permettent de continuer à me dire que j'ai trouvé mon chemin, ma *place*.

Enfin, une pensée particulière, accompagnée de roulements de tambour, pour celles et ceux qui, de temps à autre, ont la gentillesse d'imprimer en catimini (ou en loucedé, comme diraient mes enfants) mes manuscrits une fois achevés afin que je puisse les retravailler. Merci pour ce militantisme et cette bravoure. ;)

Retrouvez-moi ici :
www.amelie-antoine.com
Et sur ma page Facebook :
https://www.facebook.com/AmelieAtn
Pour me contacter :
amelie.antoine.auteur@gmail.com

Composition et mise en pages
Nord Compo à Villeneuve-d'Ascq

Achevé d'imprimer sur Roto-Page
par l'Imprimerie Floch à Mayenne
en septembre 2022

N° d'édition : 4821/01 – N° d'impression : 101196
Dépôt légal : octobre 2022

Imprimé en France